템테이션
TEMPTATION

TEMPTATION by Douglas Kennedy
Copyright ⓒ Douglas Kennedy, 2006
All rights reserved.

This Korean edition was published by Balgunsesang Publishing Co., Ltd. in 2012
by arrangement with Douglas Kennedy c/o Aitken Alexander Associates
through KCC(Korea Copyright Center Inc.), Seoul.

이 책은 (주)한국저작권센터(KCC)를 통한 저작권자와의 독점계약으로 도서출판 밝은세상에서 출간되었습니다.
저작권법에 의해 한국 내에서 보호를 받는 저작물이므로 무단전재와 복제를 금합니다.

템테이션
TEMPTATION

더글라스 케네디 장편소설 | 조동섭 옮김

밝은세상

프레드 하인스에게 바칩니다.

성공으로는 충분하지 않다. 다른 사람들이 실패해야 한다.

−고어 비달

템테이션 CONTENTS

제 **1** 부 / **6**

제 **2** 부 / **221**

옮긴이의 말 / **453**

제 1 부

제1장

늘 부자가 되고 싶었다. 그렇게 말하면 나를 무식하게 보겠지만 어쨌든 부자가 되고 싶다고 바란 건 틀림없는 사실이며 내 진심 어린 고백이다.

일 년 전쯤, 그 소원이 이루어졌다. 계속해서 거절만 당하는 끔찍한 불운이 무려 10년이나 계속됐다.

'정말이지 지난달에 이런 기획의 원고를 찾고 있었는데 안타깝게 됐습니다.'

잘 살펴보고 있다는 둥, 아깝게 놓쳤다는 둥 판에 박은 핑계를 들을 때도 있었고, 아예 답변조차 들을 수 없을 때도 있었다. 그러다가 우연을 관장하는 신이 마침내 나에게 미소를 보내왔다. 전화가 왔다. 단순한 전화가 아니었다. 내가 늘 꿈꾸던 전화였다.

내 에이전시인 앨리슨 엘로이가 말했다.

"데이비드, 팔았어."

가슴이 쿵쾅거렸다. '팔았어.'라는 말을 듣는 게 얼마 만인가? 아니, 솔직히 말하자면 처음이었다.

"뭘 팔았어요?"

그렇게 물어본 이유는 내가 쓴 시나리오가 다섯 편이나 여러 영화사에서 떠돌고 있었기 때문이다.

"텔레비전 시험 방송용 대본."

"그래요?"

"〈셀링 유〉를 팔았어."

"어디에다요?"

"FRT방송국."

"어디요?"

"FRT. 프론트 로 텔레비전(Front Row Television). 유선방송에서 가장 독창적인 프로그램을 만들어 현재 가장 잘 나가는 제작자한테……."

이제 심장에 전기 충격기를 대야 할 판이었다.

"FRT가 어딘지는 저도 잘 알아요. 그런데 정말 FRT에서 내 대본을 샀다고요?"

"그렇다니까. FRT에서 〈셀링 유〉를 샀어."

긴 침묵.

"돈을 낸대요?"

"원고를 사려면 당연히 돈을 내야지."

"아, 그렇군요. 저는 그냥……얼마를 준대요?"

"사만 달러."

"그렇군요."

"그다지 좋아하지 않는 목소리네."

"아주 좋아요. 그저……."

"나도 알아. 일백만 달러짜리 대박 계약은 아니지. 하지만 데뷔작으로 사만 달러면 슬램덩크라고 할 수 있어. 이 바닥에서 이년에 한 번 있을까 말까 한 계약이지. 텔레비전 시험 방송용 대본에 사만 달러면 정말 괜찮은 가격이야. 게다가 한 번도 팔린 적 없는 작가의 대본치고는……. 지금 북수프에서 얼마를 받고 있지?"

"연봉으로 일만오천 달러요."

"그것 봐. 한 방에 거의 삼 년치 연봉을 받게 되는 거야. 게다가 이제 시작이잖아. 대본을 사기만 하는 게 아니라 반드시 드라마로 만들 거라고 했어."

"정말요? 그 말을 직접 들었어요?"

"그렇다니까."

"그 사람들 말을 어떻게 믿어요?"

"뭐, 자기 말대로 이 바닥이 거짓으로 똘똘 뭉친 건 사실이야. 하지만 이번에는 감이 달라. 자기한테 행운이 찾아올 거야."

머릿속이 빙빙 돌았다. 좋은 소식이야, 좋은 소식.

"무슨 말을 해야 할지 모르겠어요."

"그냥 고맙다고 말하면 돼."

"고마워요."

내가 앨리슨 엘로이에게 그저 말로만 고마워한 건 아니다. 전화를 받은 다음날, 〈베벌리센터(로스앤젤레스 베벌리힐스에 있는 고급 쇼핑센터 : 옮긴이)〉에 가서 거금 375달러를 주고 몽블랑 만년필을 선물로 샀다. 앨리슨은 선물을 받고 무척이나 기뻐했다.

"처음이야, 작가한테 선물을 받아보기는……. 내가 에이전시를 한

지 몇 년이나 됐지?"

"그건 저보다 본인이 더 잘 아시잖아요?"

"무려 삼십 년이나 됐어. 어쨌거나 그 많은 세월을 똑같은 일을 하며 지냈는데 이런 선물은 처음이야. 고마워. 그래도 계약서에 서명할 때 이 만년필을 빌려달라고는 하지 마."

아내 루시는 내가 선물을 사는데 너무나 큰돈을 썼다고 화냈다.

"무슨 짓이야? 간신히 일을 하나 딴 주제에 로버트 타운(미국 유명 시나리오 작가로 〈차이나타운〉으로 아카데미상을 수상함 : 옮긴이)이라도 된 줄 알아?"

"그냥 작은 감사 표시를 했을 뿐이야."

"375달러짜리 감사 표시가 작아?"

"이제 그 정도는 써도 되잖아."

"아, 그래? 산수도 못해? 앨리슨은 사만 달러에서 커미션으로 십오 퍼센트를 가져가. 게다가 우린 삼십삼 퍼센트를 세금으로 내야 해. 그러면 남는 돈은 겨우 이만삼천 달러밖에 안 돼."

"자기가 그런 걸 어떻게 다 알아?"

"나도 산수 정도는 할 수 있거든. 비자카드와 마스터카드 대금으로 나갈 돈도 계산해두었어. 무려 일만칠천 달러야. 씀씀이는 다달이 계속 늘어나고 있고, 지난 학기에 케이틀린의 등록금을 대출한 돈만 해도 육천 달러나 돼. 집집마다 차가 두 대인데 한 대인 집은 달랑 우리 집뿐이야. 그 한 대도 십이 년이나 탄 고물 볼보야. 트랜스미션을 손봐야 하는데 당장 돈도 없고……."

"알았어, 알았어. 내가 생각 없이 돈을 썼어. 아, 모처럼 즐거운 일에 똥칠을 해줘서 정말 고마워."

"내가 똥칠을 해? 어제 그 소식을 듣고 내가 얼마나 기뻐했는지 당신도 잘 알잖아? 지난 십일 년 동안 꿈꿔온 일이야. 그렇지만 내 요점은 그 정도로는 빚 갚기에도 모자란다는 뜻이야."

나는 그쯤에서 말다툼을 그만두고 싶었다.

"그래, 그래. 알았으니까 이제 그만해."

"에이전트에게 몽블랑 만년필을 선물했다고 질투하는 게 아니야. 그동안 우리가 누구 덕분에 파산하지 않았는지 조금이라도 생각했더라면 좋지 않았을까?"

"그래, 당신 말이 맞아. 하지만 이제 밝은 내일이 기다리잖아. 돈이 기다리고 있어."

"그 말이 맞았으면 좋겠네. 그동안 우린 정말 힘들게 살았으니까."

나는 루시의 뺨을 어루만졌다. 루시는 억지 미소를 지었다. 그럴 만했다. 지난 10년 동안 우리 부부는 가파른 오르막길을 쉬지 않고 올라야 했다.

우리는 1990년대 초에 맨해튼에서 처음 만났다.

극작가가 되겠다는 결심을 품고 시카고를 떠나 뉴욕에 온 지 3년이 지난 때였다. 나는 극작가로 성공하는 대신 오프오프브로드웨이의 극단에서 무대감독으로 일했고, 고담북마트 서점에서 책을 쌓는 아르바이트를 하며 겨우 집세를 벌었다.

에이전시가 내 희곡들을 여기저기 돌리기는 했지만 공연된 희곡은 한 편도 없었다. 그 가운데 한 편인 〈오크 공원의 평범한 저녁(교외 중산층 생활에 대한 풍자극)〉이 무대에서 강독되었을 뿐이다. 애비뉴 B극단(그나마 '애비뉴C'는 아니었다)에서 강독 공연을 열었고, 그 배우들 중 루시 에버릿이 끼어 있었다. 첫 강독 공연 후 일주일도 지나지 않아 루시와 나는 서로에게 깊이 빠져들었다. 세 번째 강독 공연이 열릴 때쯤 나는 이스트19 스트리트에 있는 루시의 아파트로 이사했다. 두 달 뒤, 루시는 ABC텔레비전의 시험 방송용 시트콤에서 배역을 하나 맡았다. 할리우드에서 촬영이 이루어지기로 되었다. 당시 나는 사랑에 눈이 멀었으므로 한순간도 망설이지 않고 루시와 동행하기로 결정했다.

우리는 로스앤젤레스로 이사했다. 웨스트할리우드 킹스로드에 있는 비좁은 아파트가 우리가 살 집이었다. 루시는 시트콤을 찍으러 갔고, 나는 아파트의 방 두 개 중 하나를 작업실로 꾸몄다. 시트콤은 시청률이 바닥을 기는 바람에 중도에 그만 엎어졌다. 나는 첫 시나리오 〈세 불평꾼〉을 썼다. 나이 든 베트남 참전용사들이 작당해 은행을 터는 이야기로, 나는 그 시나리오를 '유쾌하고 지적인 블랙코미디'라 칭했다.

시나리오는 팔리지 않았지만 앨리슨 엘로이가 내 에이전시가 되어주었다. 앨리슨은 수직 계층 구조의 거대 회사에서 일하지 않고, 베벌리힐스의 작은 사무실에서 혼자 일하는 '독립 에이전시'였다. 할리우드에서 독립 에이전시는 멸종 위기를 맞고 있었다. 앨리슨은 〈세 불평꾼〉을 읽고 나서 내가 이전에 쓴 블랙코미디 희곡도 다 읽어보더니 에이전시를 맡겠다고 했다.

"할리우드에서 글을 쓰려면 대중적인 내용이어야 해. 블랙코미디적인 요소는 가끔씩만 드러내도록 해. 블랙코미디는 한 편의 시나리오에서 딱 한 번 정도 나오면 적당해. 브루스 윌리스가 바보라고 생각해? 아니, 아주 똑똑해. 그렇지만 독일 테러리스트를 박살내고 불타는 고층건물에서 아내를 구하는 역할을 계속해서 연기하고 있어. 내 말, 무슨 뜻인지 알지?"

무슨 뜻인지 알았다. 그 이후 일 년 동안 나는 세 편의 시나리오를 썼다. 이슬람교도 테러리스트들이 지중해에서 미국 대통령 자녀 세 명이 타고 있는 여객선을 납치한다는 설정의 액션영화 시나리오, 못된 시어머니 때문에 어린 자식들과 헤어져야 했던 여자가 나중에 암에 걸리고, 시한부인생을 선고받은 뒤 성인이 된 자녀들과 가까워지려 애쓰는 가족드라마, 신혼부부가 신혼여행을 가서 서로 배우자의 형제자매에게 반하게 된다는 내용의 로맨틱코미디, 그렇게 세 가지였다. 세 시나리오 모두 일반적인 법칙대로 썼다. 각 시나리오마다 블랙코미디적인 요소도 집어넣었다. 세 시나리오 모두 팔리지 않았다.

루시는 시트콤이 거품도 없이 가라앉고 나서는 배역을 따내지 못했다. 여기저기 광고에 출연하기는 했다. 골수암으로 투병 중인 마라톤 주자에 관한 텔레비전 영화에서 동정심 많은 종양학자 역을 맡을 뻔했다. 비명을 지르는 공포영화에서 비명을 지르며 죽어가는 희생자 역을 맡을 뻔했다.

루시도 나처럼 실망만 떠안은 채 살아가고 있었고, 은행 잔고는 위험수치를 넘어서기 시작했다. 정기직으로 돈을 받는 직업을 구해야만 했다. 로스앤젤레스 최고의 독립서점인 북수프에서 일주일에 30시간 일하기로 했다. 루시는 배우조합 동료의 말을 받아들여 텔레마케팅을 시작했다. 루시는 텔레마케팅 일을 몸서리치게 싫어했지만 타고난 배우 기질 덕분에 '팔기 힘든 물건을 전화로 파는 역할'에 몰두할 수 있었다.

루시는 곧 텔레마케팅에 뛰어난 수완을 보였다. 일 년에 3만 달러쯤 벌었으니 수입도 짭짤한 편이었다. 루시는 틈틈이 오디션을 보러 다녔지만 계속 떨어졌다. 할 수 없이 텔레마케팅을 계속했고, 그러는 중에 케이틀린이 태어났다.

　나는 할 수 없이 북수프를 잠시 그만두고 딸을 돌보았다. 그러는 동안에도 장르물 시나리오, 새 희곡, 텔레비전 시험 방송용 드라마 대본을 썼지만 팔리지 않았다. 케이틀린이 태어난 지 일 년쯤 되었을 때 루시는 텔레마케팅 트레이너 과정을 이수했고, 나는 다시 북수프에 출근했다. 세금을 제한 우리 부부의 연간 총수입은 4만 달러였다. 가슴 근육을 키우는 데에만 일 년에 4만 달러를 쓰는 바람둥이 남자들이 수두룩한 로스앤젤레스에서 우리의 수입은 그야말로 푼돈에 불과했다.

　아이가 태어났지만 넓은 집으로 이사할 형편이 못되었다. 내가 타고 다니는 차는 레이건 대통령 초임 시절 출시된 구닥다리 볼보였다. 한 마디로 갑갑했다. 집이 좁기 때문만은 아니었다. 가능성이 점점 줄어들기만 하는 삶에 갇혀버렸다는 자각이 점점 커졌기 때문이었다. 그나마 딸 덕분에 즐거웠다.

　루시와 내가 30대 후반에 접어들면서 시간은 점점 빨리 흘러갔다. 우리 부부는 서로를 탓하기 시작했다. 우리 부부는 늘 각자 일에서 성공하지 못했다는 자괴감과 싸워야 했다. 클린턴 시대의 거품 경제를 틈타 우리가 아는 많은 사람들이 경제적으로 성공을 거두었다. 우리만 이 모양 이 꼴로 살고 있다는 사실이 너무나 안타까웠다.

　루시는 배우 일을 아예 포기했지만 나는 계속 글을 썼다. 루시가 경제적 부담을 더 많이 짊어져야 했으므로 자주 짜증을 냈다. 루시는 나에게 북수프를 그만두고 제대로 된 직장을 구해보라고 잔소리를 했다. 나는 글을 쓰는 처지에서 서점 일이 잘 맞는다며 루시의 말을 듣지 않았다.

　"글을 쓰는 처지? 개소리 좀 작작해."

나를 더없이 기죽이는 말투였고, 그 다음은 당연히 핵전쟁 같은 부부싸움이 시작됐다. 함께 세월을 흘려보내는 동안 쌓인 증오, 적개심, 짜증이 지축을 뒤흔들 정도였다.

"당신은 이미 실패했다는 걸 알면서도 글쓰기를 자식보다 소중하게 여기고 있어. 그러고 보면 정말 이기적인 사람이라니까."

"어쨌든 꿈을 잃지 않고 산다는 건 중요해."

"시나리오 하나 못 판 주제에 꼭 프로 작가라도 된 듯 말하는 것 좀 보라지."

나는 휙 뛰쳐나갔다. 밤새 차를 몰아 샌디에이고 북쪽에 다다랐다. 델마르 해변을 거닐며 생각했다.

계속 남쪽으로 차를 달려 국경을 넘어 티후아나로 가서 이 끔찍한 삶의 짐을 벗어던질 수 있다면 얼마나 좋을까?

나에게는 그럴 만한 배짱이 없었다. 루시가 옳았다. 나는 실패자였다. 그래도 순간적인 분노 때문에 딸을 포기할 사람은 아니었다. 나는 다시 차로 돌아가 북쪽을 향해 달렸다. 해가 뜨기 전에 집에 도착했다. 루시는 잠도 자지 않고 공허한 표정으로 비좁은 거실 소파에 웅크리고 있었다.

나는 소파 맞은편에 놓인 안락의자에 풀썩 주저앉았다. 아주 한참 동안 우리는 아무 말도 하지 않았다.

마침내 루시가 침묵을 깨트렸다.

"끔찍했어."

"그래, 맞아."

"내가 한 말들은 진심이 아니었어."

"나도."

"정말 피곤해."

나는 루시의 손을 잡았다.

"나도."

우리는 키스하고 화해했다. 케이틀린에게 아침을 주고, 스쿨버스에 태웠다. 그리고 둘 다 각자의 일, 즐거움이라고는 전혀 얻을 수 없고 벌이마저 시원찮은 일로 돌아갔다. 그날 밤 루시가 집에 돌아왔을 때에는 휴전이 이루어진 상태였다. 그 피비린내 나는 싸움에 대해서는 한마디도 하지 않았다. 그러나 일단 내뱉은 말은 주워 담을 수 없는 법이다. 우리 부부는 아무 일 없었던 것처럼 지내려 애썼지만 마음 한구석에서는 여전히 차가운 조류가 흘렀다.

나와 루시는 차가운 조류를 애써 회피하려 했다. 나는 바쁘게 움직여 〈셀링 유〉라고 제목을 붙인 시트콤 시험 방송용 대본에 열중했다. 〈셀링 유〉의 중심 스토리는 시카고의 홍보대행사에서 벌어지는 권력 싸움이었다. 날카롭고 잘난 사람들이 등장하는 블랙코미디.

앨리슨은 〈셀링 유〉를 좋아했다. 앨리슨이 내 글에 대해 칭찬한 건 몇 년 만에 처음이었고, FRT에 대본을 보냈다. FRT의 담당자는 브래드 브루스에게 대본을 건넸다. 브래드 브루스는 독창적이고 신선한 시트콤을 만드는 사람으로 이름을 날리기 시작한 독립 제작자였다. 브래드는 내 대본을 마음에 들어 했다.

그리하여 나는 앨리슨의 전화를 받았다.

그리고 모든 것이 변하기 시작했다.

브래드 브루스는 별종이었다. 로스앤젤레스에서 살아남으려면 아이러니에 기대는 수밖에 없다고 믿는 사람이었다. 30대 후반의 밀워키 태생으로 같은 중서부 출신인 우리는 금세 친해졌다. 일에 있어서도 죽이 척척 맞았다. 브래드는 내가 수긍할 수 있는 것만 지적했다. 말이 잘 통해 늘 서로의 말에 웃었다. 브래드는 내가 대본을 처음으로 방송사에 판 초짜 작가라는 걸 알고 있었지만 텔레비전 전쟁터에서 오래도록 함께 싸운 전우인 양 대해주었다. 이제야 나를 알아주는 친구가 생겼다는 건 큰 기쁨이었고, 나 역시 브래드에게 최선을 다했다. 물론 내 대본이 시트콤으로 제작되지 않는다면 브래드의 나에 대한 관심은 곧 멀어질 것이라는 걸 잘 알고 있었다.

브래드는 추진력이 강했다. 시험방송용 시트콤을 실제로 아주 뛰어나게 만들었다. 탄탄한 연기와 연출, 멋진 화면구성, 웃음. 시험 방송용 시트콤이 갖추어야 할 조건은 모두 갖추었다. FRT에서도 무척이나 좋아했다.

일주일 뒤 앨리슨이 전화했다.

"진정하고 들어."

"좋은 뉴스인가요?"

"더없이 좋은 뉴스야. 방금 브래드 브루스한테 전해 들었어. 브래드가 금방 자기한테 전화하겠지만 내가 먼저 소식을 전하고 싶었지. FRT가 〈셀링 유〉 시리즈의 첫 여덟 편 에피소드를 제작하기로 결정했대. 브래드는 그 여덟 편 중에 네 편의 대본을 자기한테 맡기겠다고 했어. 전체 시리즈 대본의 총 지휘도 자기가 맡아 달래."

나는 할 말을 잃었다.

앨리슨이 나를 불렀다.

"여보세요? 여보세요?"

내가 말했다.

"너무 놀라 입이 크게 벌어졌어요. 지금은 잠시 떨어진 턱을 줍고 있어요."

"원고료가 얼만지 들으면 더 놀랄걸? 정신 차리고 들어. 자그마치 회당 칠만오천 달러야. 원고료를 모두 합하면 삼십만 달러지. 다른 대본 집필을 총지휘한 대가로 십오만 달러를 더 받기로 했어. 크레디트에 원작자로 이름이 들어갈 거고, 전체 방송 수익에서 5내지 10퍼센트를 저작권료로 받게 돼. 축하해, 이제 자기는 부자가 됐어."

나는 그날 밤 당장 북수프를 그만두었다. 그 주가 끝날 때, 월트샤이어에 집을 샀다. 전형적인 월트샤이어 스타일의 예쁘고 아담한 집이었다. 구닥다리 볼보는 랜드로버 디스커버리로 바꾸었다. 나는 미니 쿠페S를 리스로 뽑았다. 〈셀링 유〉가 두 번째 시즌까지 이어지면 포르쉐 카레라를 타리라 결심했다.

루시는 갑자기 뒤바뀐 상황에 몹시 기뻐했다. 우리는 처음으로 결혼생활의 안락감에 휩싸였다. 고급가구, 첨단가전제품, 유명 디자이너 침구도 들여놓았다. 다섯 달 동안 네 편을 써야 하는 빡빡한 일정 때문에 새 집을 장식하는 일은 루시가 도맡아했다. 루시도 텔레마케터들을 교육시키는 책임자로 승진한 지 얼마 지나지 않은 때여서 일이 산더미처럼 쌓여 있었다. 루시는 빠듯한 시간을 쪼개 딸을 돌보는 데 썼다. 우리 부부에게 늘 바쁜 생활 패턴은 나쁘지 않았다. 근본적으로 흔들리는 결혼생활이라도 바쁘면 갈라진 틈이 보이지 않기 때문이다. 우리 부부는 계속 바빴고, 뒤늦게나마 찾아온 행운에 감사했고, 우리 사이가 정상궤도에 들어선 양 안도했다. 하지만 우리는 알고 있었다, 우리의 결혼생활은 결코 제 궤도를 찾을 수 없다는 것을……. 나는 종종 우울한 감상에 빠져들었다. 돈 때문에 우리 부부 사이가 더 좋아지기는커녕 훨씬 더 나빠지고 있다고.

일 년 가까이 지난 뒤 〈셀링 유〉의 첫 시사회가 열렸다. 평론가들은 하나같이 찬사를 보냈다.
시사회를 마치고 오는 길에 루시가 말했다.
"이제 나를 버리겠군."
"내가 왜?"
"이제 버릴 수 있게 됐으니까."
"말도 안 되는 소리. 그런 일은 절대로 없어."
"아니, 있어. 그게 갑자기 성공한 사람이 따르는 순서니까."
루시의 말이 맞았다. 그나마 반년 동안은 아무 일 없었다. 반년 뒤, 나는 미니 쿠페를 포르쉐로 바꾸었다. 〈셀링 유〉는 최고의 인기를 구가하며 꼭 봐야 할 시트콤이 되었고, 시즌 연장이 결정됐다. 나는 부쩍 언론과 대중의 관심을 받게 됐다.
《에스콰이어(미국의 유명 남성 월간지. 우리나라에서도 한국판이 발행됨 : 옮긴이)》의 '우리가 좋아하는 남자' 라는 연재 기사에 내 이야기가 실렸다. 나는 졸지에 '유선 방송계의 톰 울프(현대 미국 사회를 날카로운 눈으로 그린 것으로 유명한 미국 소설가 : 옮긴이)' 라 불리게 되었다. 싫지 않았다. 《로스앤젤레스타임스》에서 인터뷰 요청을 하면서 오랜 무명생활 동안 고생한 이야기를 자세히 싣고 싶다고 했다. 오랫동안 작은 서점에서 잡일을 하던 내가 갑자기 '비범한 작가라는 소수 엘리트 집단' 에 끼게 되기까지의 사연을 인터뷰하자는 요청이었다. 나는 물론 거절하지 않았다.
비서에게 내 인터뷰 기사를 스크랩해 퀵으로 앨리슨에게 보내주라고 했다. 내가 직접 쓴 포스트잇도 붙이는 걸 잊지 않았다.
'내 마음은 늘 당신 생각뿐입니다, 데이비드.'
한 시간 뒤, 퀵서비스가 도착했다. 앨리슨이 보낸 두툼한 봉투였다.

안에는 잘 포장된 상자가 들어 있었고, 카드에는 이렇게 적혀 있었다.
'웃기지 마, 앨리슨.'
카드의 메모와 함께 내가 몇 년 동안 탐내던 물건이 들어 있었다. 워터맨 에드슨 만년필. 675달러나 하는 필기구의 페라리.
앨리슨이 나에게 비싼 만년필을 선물로 줄 만했다. 〈셀링 유〉의 두 번째 시즌 때 내가 원작료로 받은 돈은 1백만 달러에 육박했다. 앨리슨의 몫인 15퍼센트를 제하고 난 금액이었다.
《로스앤젤레스타임스》에 실린 내 기사에 앨리슨의 코멘트도 실렸다. 앨리슨은 내 기나긴 무명 시절에 나를 절대로 포기하지 않은 이유에 대해 늘 하던 설명을 늘어놓았다.
'전화하지 않아야 할 때를 아는 작가죠. 정말이에요. 할리우드에서 그런 재능을 갖춘 작가를 만나기란 쉽지 않아요.'
그뿐 아니라 감동적인 말도 했다.
'재능과 끈기, 이 두 가지를 갖추고 있으면 할리우드에서 언젠가 성공할 수 있다는 걸 몸소 보여준 표본이 바로 데이비드죠. 사실 그 정도면 아무리 재능이 있더라도 지레 포기했을 거예요. 데이비드는 끝까지 포기하지 않았죠. 데이비드는 돈, 개인 작업실, 비서, 명망, 특권 그 모두를 받을 만한 자격이 있어요. 그는 이제 전화통화도 힘들 만큼 유명인사가 됐어요. 이제는 저조차도 제발 만나 달라고 졸라야 할 형편이니까요. 이 바닥에서 똑똑한 사람이라면 누구나 다 데이비드 아미티지와 일하고 싶어 하니까요.'
〈셀링 유〉의 두 번째 시즌을 기획하느라 다른 만남은 거의 피하고 있을 때 앨리슨의 재촉으로 폭스텔레비전의 젊은 이사와 점심을 먹게 됐다. 그 젊은 이사의 이름은 샐리 버밍엄이었다.

앨리슨이 말했다.

"나도 딱 한 번 봤을 뿐이야. 방송계에서는 거물이 될 거라고 하나같이 입을 모으는 여자야. 벌써부터 영향력이 대단한가 봐. 샐리 버밍엄이 〈셀링 유〉를 무척이나 좋아한대. 얼마나 좋아하는지 삼십 분짜리 시험방송용 대본 원고료로 이십오만 달러를 내겠대."

그 말에 나는 다시 생각하지 않을 수 없었다.

"시험방송용 대본 한 편에 이십오만 달러요?"

"그래, 원고료든 제작이든 내가 확실히 할게."

"샐리 버밍엄도 〈셀링 유〉 두 번째 시즌 촬영이 끝날 때까지는 전혀 여유가 없다는 걸 잘 알 텐데요?"

"그때까지 기꺼이 기다리겠다고 하던걸. 시험방송용 대본을 쓰겠다는 계약서에 서명만 하래. 데이비드 아미티지와 계약했다는 사실만으로도 샐리는 자기 가치를 한껏 올릴 수 있기 때문이겠지. 일단 긍정적으로 생각해 봐. 일이 잘 풀리면 〈셀링 유〉 시즌 2와 3 사이에 육 주는 쉴 수 있잖아. 시험방송용 대본 한 편을 쓰는 데 시간이 얼마나 걸리지?"

"길어야 삼 주 정도면 충분해요."

"그럼 그때 작업해주고 남은 삼주 동안 해변에서 쉴 수 있겠네. 단 삼 주에 이십오만 달러를 번다면 해볼 만한 일이잖아."

"알았어요. 만날게요."

"잘 생각했어. 일단 만나보면 자기도 좋아할 거야. 아주 똑똑하고 예쁜 여자니까."

앨리슨의 말은 옳았다. 샐리 버밍엄은 똑똑하고 예뻤다.

아이비(유명 인사와 파파라치가 많기로 유명한 로스앤젤레스의 레스토랑 : 옮긴이)에서 샐리 버밍엄을 만났다. 나는 교통체증 때문에 10분 늦게 도착했다. 먼저 와 있던 샐리가 나를 보자마자 일어서서 인사했다. 나는 샐리를 보자마자 반했고, 내 마음을 들키지 않으려고 무척이나 애썼다. 큰 키, 백옥 같은 피부, 연갈색 머리카락, 밝은 미소. 처음에 나는 샐리가 동부의 귀족 가문에서 태어나 열 살 때 말을 선물로 받고 승마 교육을 받았을 게 틀림없다고 생각했다. 대화를 나눈 지 15분쯤 지났을 때 샐리의 재치와 박식함에 매료돼 출신 배경은 더 이상 보이지도 않았다. 샐리는 베드포드에서 자랐고, 〈로즈메리홀(미국 코네티컷 주에 있으며 명문학교로 알려진 사립 기숙 고등학교 : 옮긴이)〉과 프린스턴대학을 졸업했다. 정말이지 독서량이 어마어마했고, 영화광이라 일컬을 만했고, 서로 죽이고 죽는 할리우드의 생리를 잘 알고 있었다.

샐리는 할리우드에서 어느 정도 영향력을 행사할 수 있게 돼 기쁘다고 털어놓았다. 폭스텔레비전의 거물급 인사들이 왜 샐리를 높이 사는지 이해할 만했다. 샐리는 탁월한 자질과 능력을 갖추었음에도 다른 방송계 인사들을 무시하거나 폄훼하지 않았다. 게다가 샐리의 웃음은 더없이 매력적이었다.

"재미있는 얘길 듣고 싶어요?"

"당연하죠."

"지난달에 미아 모리슨과 점심을 먹고 있었어요. 아, 미아 모리슨은 폭스텔레비전 행정국장이에요. 미아 모리슨이 웨이터를 불러서 말했어요. '물은 어떤 게 있죠?' 그러자 웨이터는 진짜 프로여서 조금도 얼지 않고 읊었어요. '프랑스 산 페리에가 있습니다. 아일랜드 산 발리그완도 있고, 이탈리아 산 산펠레그리노도 있고……' 그러자 갑자기 미아 모리슨이 웨이터의 말을 끊었어요. '아, 아니, 산펠레그리노 말고. 그건 너무 리치(Rich)하거든.'"

내가 말했다.
"제가 표절해서 써먹어야 하겠는걸요."
샐리가 말했다.
"'미숙한 시인은 흉내를 내고, 성숙한 시인은 표절한다.'"
"T.S. 엘리엇."
그러자 샐리가 물었다.
"정말 다트무스대학교를 다녔어요?"
"뒷조사가 정말이지 감명 깊네요."
"저는 그쪽의 엘리엇에 대한 지식이 감명 깊은걸요."
"제가 쓴 〈셀링 유〉 에피소드들에서 〈사중주〉가 자주 인용되는 걸 알고 엘리엇을 인용한 거잖아요?"
"저는 그쪽이 〈황무지〉 타입에 더 가깝다고 생각했어요."
"아녜요. 그건 너무 리치해요."
우리는 만나자마자 이야기가 잘 통했다. 대화 소재도 다양했다. 결혼도 이야깃거리였다.
샐리가 내 결혼반지를 흘깃 보며 말했다.
"결혼했어요? 아니면 결혼생활에 억지로 매여 있어요?"
가벼운 말투였다. 나는 웃었다.
"억지로 매인 몸은 아니고, 결혼한 몸이죠."
"얼마나 됐어요?"
"십일 년."
"대단하시네요. 행복해요?"
내가 고개를 갸웃하자, 샐리가 말했다.
"특별한 일도 아니죠. 십일 년이나 됐는데."

나는 가볍게 들리기를 바라며 물었다.

"요즘 만나는 사람은 있어요?"

"가볍게 만나는 사람이 있었는데 넉 달 전쯤 헤어졌어요. 그 뒤로는 그냥……솔로죠."

"결혼한 적은 없어요?"

"결혼한 적은 없지만 끔찍한 재난을 자초할 뻔한 적은 있어요. 프린스턴에 다닐 때 당시 만나던 남자와 결혼할 뻔했죠. 그 남자가 결혼하자고 난리였는데, 내가 말했죠. 대학생끼리 결혼하면 길어야 이 년이라고. 사실 남녀 관계는 열정이 식으면 끝장이잖아요. 그래서 어느 누구와도 삼 년 이상 만난 적이 없어요."

"그럼 '운명의 상대' 같은 말은 다 헛소리라고 생각해요?"

샐리는 또 한 번 웃은 뒤 말했다.

"아뇨, 저도 운명의 상대가 있다고 믿어요. 아직 그런 남자를 못 만났을 뿐이죠."

샐리의 목소리가 다시 한 번 가벼워졌다. 그리고 우리 두 사람은 다시 한 번 눈길을 주고받았다.

다시 열띤 대화가 오갔다. 우리의 이야기는 한시도 멈추지 않았다. 어쩌면 그리 말이 잘 통하는지, 세상을 보는 눈이 어쩌면 그리 비슷한지 놀라지 않을 수 없었다. 서로 통한다는 느낌이 어찌나 강렬한지 무서울 정도였다. 내가 크게 오해하지 않은 한 샐리도 나에게 끌리고 있는 게 분명했다.

일 이야기는 한참 뒤에야 시작됐다. 샐리는 나에게 물었다. 시험 방송용 대본 줄거리로 생각해둔 게 있는지.

나는 간단히 대답했다.

"결혼상담사로 일하는 중년 여성의 힘든 직장생활과 사생활 이야기는 어때요?"

샐리가 미소를 지으며 말했다.

"괜찮아요. 첫 번째 질문. 주인공 여자는 이혼녀인가요?"

"당연하죠."

"자식들 때문에 골치를 썩나요?"

"자기 엄마를 멍청하다고 생각하는 십대 딸이 있죠."

"전 남편도 등장하겠죠?"

"전 남편은 스물다섯 살짜리 요가 강사와 눈이 맞아 집을 나갔어요."

"배경은 로스앤젤레스?"

"샌디에이고."

"로스앤젤레스처럼 번잡하지는 않지만 같은 캘리포니아 주에 있는 샌디에이고가 배경이라……. 그것도 좋네요. 우리의 여주인공이 연애도 하나요?"

"계속 새로운 남자를 만나요. 하지만 늘 결과가 나쁘죠."

"여주인공이 결혼 상담을 하니까, 상담을 받으러 오는 부부들도 있겠네요?"

"그 부부들이 만드는 에피소드들로 시청자를 웃겨야죠."

"제목은?"

"〈터놓고 얘기해〉."

샐리가 말했다.

"이제 다 썼네요."

나는 너무 환하게 웃지 않으려 애썼다.

"〈셀링 유〉 시즌2를 끝내기 전까지는 새 일을 시작할 수 없는

데…….”

"이미 앨리슨에게 이야기를 들었어요. 저는 괜찮아요. 중요한 건 '당신과 계약했다.'는 사실이죠."

샐리가 내 손등에 슬쩍 손을 얹었다. 나는 그 손을 치우지 않았다.

내가 말했다.

"고마워요."

샐리는 나와 눈을 맞춘 뒤 물었다.

"내일 저녁에 약속 있어요?"

우리는 웨스트할리우드에 있는 샐리의 집에서 만났다. 현관문을 넘자마자 우리는 서로 급히 상대의 옷을 벗겼다. 한참 뒤, 우리는 침대에 누운 채 피노누아르(같은 이름의 품종 포도로 만드는 레드 와인 : 옮긴이) 잔을 홀짝였다.

샐리가 물었다.

"거짓말 잘해요?"

"외도를 하는 일이 잦은지 묻는 건가요?"

"맞아요."

"글쎄, 결혼생활 십일 년 동안 딱 한 번 있었어요."

"그 한 번은 언제였어요?"

"1999년이었나? 어느 서점에서 우연히 만난 여배우와 하룻밤을 잤어요. 그때 아내는 딸아이와 함께 동부에 있는 친정에 다니러 가고 없었죠."

"정말요? 외도라고는 그 때 딱 한 번밖에 안했어요?"

나는 고개를 끄덕였다.

"세상에, 부인에게 대단히 충실한 남편이군요."

"이 바닥에서는 그런 게 오히려 단점이 되던가요?"

"지금 이 순간도 부인에게 죄책감을 느껴요?"

나는 망설이지 않고 대답했다.

"아뇨."

"왜 안 느끼죠?"

"우리 부부 사이가 크게 달라졌으니까요. 그리고······."

"그리고 뭐요?"

"그리고······상대가······당신이니까."

샐리는 부드럽게 내 입에 키스했다.

"고백인가요?"

"그렇다고 할 수 있죠."

"나도 고백할 게 있어요. 어제 만난 지 십 분도 안 돼 느꼈어요. '바로 이 남자야.'라고요. 지난밤 내내 그렇게 느꼈어요. 오늘도 일곱 시가 되기만 기다리며 내내 그렇게 느꼈어요. 일곱 시가 돼서 당신이 집에 왔어요. 그리고 이제······."

샐리는 오른손 검지로 내 턱을 쓰다듬고 나서 말을 이었다.

"이제 당신을 보내지 않겠어요."

나는 샐리에게 키스하고 나서 물었다.

"약속인가요?"

"걸스카우트의 명예를 걸고 약속해요. 하지만 간단한 문제가 아니잖아요. 잘 알고 있죠?"

"그럼요. 이제 거짓말하는 법부터 배워야 할 테고."

사실 나는 이미 거짓말을 시작했다. 샐리와 만나러 나오면서 루시에게 시트콤 대본 아이디어를 찾아보려고 라스베이거스에 간다고 했던 것이다. 11시에 샐리의 집 전화로 루시에게 전화해 '벨라지오호텔에 잘 투숙했으며 자기가 많이 보고 싶다.'고 말했다. 샐리는 특별히 신경 쓰지 않았다.

이튿날 저녁, 집에 도착한 나는 루시를 조심스레 관찰하며 의심의 징후가 없는지 살폈다. 루시가 벨라지오호텔에 전화해 내가 정말 투숙했는지 확인하지는 않았는지 의심도 들었다. 하지만 루시는 나를 즐겁게 맞았고, 지난밤 내 행적에 대해 전혀 묻지 않았다. 오히려 루시는 나를 일찍 침대로 끌어들였다. 그렇다. 죄책감의 종소리가 귀에서 댕댕 울렸다. 하지만 죄책감의 종소리는 더 큰 깨달음의 소리에 금세 자리를 내주었다. 그 깨달음이란 바로 '나는 샐리 버밍엄과 뜨거운 사랑에 빠졌다.'는 것이었다.

샐리도 나에게 빠졌다. 샐리는 내가 운명의 상대라고 확신했다. 남은 생을 나와 함께 보내고 싶다고 했다. 우리가 함께 살면 늘 아주 재미있게 지낼 수 있고, 서로의 일에도 큰 도움이 될 것이며, 아주 귀엽고 영리한 아이도 낳을 거라고 했다. 대부분의 부부들처럼 열정이 식어 늪에 빠지는 일은 절대로 일어나지 않을 거라고도 했다. 우리는 더없이 잘 어울릴 거라고도 했다. 왜냐하면 우리는 운명의 짝이니까.

문제가 한 가지 있었다. 내가 유부남이라는 것. 게다가 나는 우리 부부 문제가 케이틀린에게 악영향을 끼칠 수도 있다는 걱정 때문에 전전긍긍했다.

샐리도 내 말을 잘 이해했다.

샐리가 말했다.

"당장 가정을 깨라는 말은 아니야. 준비가 됐을 때 옮겨. 케이틀린이 마음으로 받아들일 준비가 됐을 때 오면 돼. 난 기다릴 수 있어. 당신은 기다릴 만한 가치가 있는 사람이니까."

준비가 됐을 때라? 샐리는 분명히 '준비가 된다면'이 아니라 '준비가 됐을 때'라고 말했다. 나는 그 말이 싫지 않았다.

'이주 만에 이야기가 이렇게 진전되다니 너무 빠르지 않은가?'라는 생각도 들지 않았다. 나도 샐리처럼 우리가 함께 할 미래를 확신했기 때문이다. 그랬지만 루시와 딸에게 가해질 고통과 상처를 걱정하지 않을 수 없었다.

적어도 팔 개월 동안은 샐리가 나에게 가정을 깨고 자기에게 오라고 압력을 넣은 적은 없었다. 팔 개월 뒤, 나는 〈셀링 유〉 시즌2에서 해야 할 일을 다 마쳤으며, 루시에게 거짓말하는 데 전문가가 됐다. 세 편이나 되는 대본 마감의 스트레스가 극심해질 무렵 나는 글쓰기에만 집중하려고 루시에게 보름 동안 산타바바라의 포시즌호텔에 가 있겠다고 말했다. 샐리가 두 번의 주말과 일주일을 내 옆에 있었지만 나는 열심히 글을 썼다. 야외 촬영 건 때문에 일주일 동안 시카고에 가게 됐을 때, 나는 일을 마친 뒤에도 며칠 더 머물며 옛 친구들을 만나기로 했다. 하지만 그 주말에 샐리와 나는 W호텔의 스위트룸을 거의 빠져나오지 않았다. 샐리도 나도 일정이 빡빡했지만 세심하게 조율해 일주일에 두 번은 반드시 만났다. 물론 웨스트우드마퀴스호텔의 객실을 이용했다. 그리고 일주일에 적어도 한 번은 샐리의 아파트에서 저녁 시간을 함께 보냈다.

내가 거짓말을 꾸며대는 데 어찌나 능숙한지 나 자신조차 종종 놀랐다. 직업이 작가니까 꾸며내는 솜씨를 발휘한 것뿐 아니냐고? 하지만 나는 샐리를 만나기 전까지 거짓말을 전혀 못하는 사람이었다. 얼마나 거짓말에 서툴렀던지 1999년에 딱 한 번 바람을 피웠을 때에도 며칠 뒤 루시가 다른 여자와 잤는지 캐물었을 만큼 티를 냈다. 물론 그 질문에 나는 얼굴이 하얗게 질려 아니라고 잡아뗐다. 물론 루시는 내 말을 전혀 믿지 않았지만…….

"내가 잘못 짚었다는 거야? 그런데 어쩌지? 자기 속이 훤히 들여다보이는걸."

"거짓말 아냐."

"그러지 말고, 얼른 말해."

"자기야……."

루시는 내 말을 더는 듣지 않고 다른 방으로 갔다. 그리고 그 일을 다시는 입 밖에 내지 않았다. 죄책감(발각되면 어쩌나 하는 두려움을 포함한)은 일주일쯤 지나자 사라졌다. 그때 다시는 바람을 피우지 않겠다고 다짐했다.

그로부터 6년 동안 나는 그 다짐을 지켰다. 샐리를 만나기 전까지 단 한 번도……. 샐리의 아파트에서 첫 밤을 보낸 날에도 나는 죄책감이나 두려움을 느끼지 않았다. 내 결혼생활이 점점 추락하고 있다는 걸 알았기 때문인지도 모른다. 아니면 내가 샐리에게 더없이 뜨거운 열정을 느꼈기 때문이거나.

아무튼 나는 루시를 속이는 데 전문가가 됐다. 내가 밤늦게 일해야 한다고 할 때에도 루시는 나에게 어디에서 일하는지 캐묻지 않았다. 사실, 그 시기에 루시는 나에게 아주 다정했다. 형편이 좋아진 탓에 루시가 마음의 여유를 찾게 된 것 같았다. 하지만 내가 대본들의 초고를 넘기고, 다른 작가들이 쓴 대본들을 수정하기 시작할 때 루시는 점점 소란스러워졌다.

"이제 서로 속이고 사는 생활은 청산해야 마땅하지 않을까? 나는 여전히 자기를 원해. 자기가 나를 원하지 않는다면 할 수 없지만."

"당연히 나도 자기를 원해. 자기도 잘 알잖아."

나는 모든 걸 털어놓아야 하는 순간, 내가 루시의 가슴에 대못을 박아야 하는 순간을 최대한 미루길 원했다. 나는 계속 망설였고, 루시는 점점 더 안달했다. 나는 한 달만 더 생각할 여유를 달라고 말했다.

어느 날, 브래드 브루스와 긴 회의를 마치고 자정쯤 집에 도착했다. 루시가 거실 안락의자에 앉아 있었다. 안락의자 옆에는 내 여행가방이 놓여 있었다.

루시가 말했다.

"하나 물어볼게. 지난 여덟 달 동안 궁금했던 일이야. 그 여자, 흥분하면 반응을 잘하는 타입이야? 아니면 생김새는 예쁘지만 몸에 손만 닿아도 몸서리치는 얼음공주 타입이야?"

나는 어리둥절해진 표정을 짓길 애쓰며 말했다.

"도무지 무슨 말인지 모르겠어."

"지난 일곱 달, 아니, 여덟 달인가? 그렇게 오래도록 만나며 섹스를 하고도 그 여자 이름조차 몰라?"

"그런 여자 없어."

"그럼 샐리 버밍엄은 유령인가?"

나는 털썩 주저앉았다.

루시는 언성을 높이지도 않고 분명하게 말했다.

"이제 생각할 시간이 필요한가 봐?"

나는 마침내 입을 열었다.

"이름은 어떻게 알았어?"

"누가 알아다줬어."

"누가?"

"사설탐정을 고용했어."

"나를 감시했어?"

"최소한 부부 사이에 지켜야 할 도리가 있는데 어떻게 탐정을 붙일 생각을 했냐고? 그런 개소리는 당장 집어치워. 너무 티를 내면서 바람을 피운 사람은 당신이니까."

어떻게 알았을까? 그토록 조심했는데.

"잠깐 스치는 바람이 아니라는 게 점점 확실해지더군. 그래서 탐정을 찾아가……."

"비싸지 않아?"

"삼천팔백 달러……. 그 돈은 이혼할 때 청구할게."

"나는 이혼 안 해."

나도 모르게 그 말이 튀어나왔다.

"당신 의사는 중요하지 않아. 나는 이혼해. 이제 우리 결혼은 끝났어."

루시의 목소리는 이상하리만치 침착했다.

루시가 내가 했어야 할 악역을 대신 떠맡은 셈이었다. 내 입장에서는 고마워해야 할 판이었는데 이상스레 몹시 두려웠다. 내가 바라던 걸 얻게 되었는데 끔찍하게 무서웠다.

"처음 눈치 챘을 때 당신이 말했으면……."

별안간 루시의 얼굴이 굳어졌다. 단단히 화가 난 표정이었다.

"말했으면 뭐? 결혼생활 십일 년이 아깝지 않느냐면서 당신한테 매달릴까? 우리 딸을 내세워 매달릴까? 아니면, 십 년을 개고생하면서 지금껏 기다렸는데 이제 겨우 살 만해지지 않았냐며 매달릴까?"

루시는 말을 멈췄다. 눈물을 쏟기 직전이었다. 내가 손을 뻗었지만 루시는 내 손을 휙 뿌리쳤다.

"다시는 내 몸에 손대지 마."

루시는 잠시 아무 말이 없다가 다시 입을 열었다.

"당신이 바람피우는 여자이름을 처음 들었을 때 내가 가장 먼저 무슨 생각을 했는지 알아? '이 사람이 정말 유명해졌구나. 폭스텔레비전 코미디 담당 부사장에, 프린스턴을 우등 졸업하고, 생김새마저 미모인 여자라니?' 탐정이 아주 철저한 성격이었어. 친절하게도 샐리 버밍엄의 사진까지 나에게 전해주더군. 그 여자, 사진발 좋던데?"

"진작 대화로 문제를 풀 수도 있었잖아?"

"아니, 대화는 필요하지 않았어. 난 어떤 컨트리송 가사처럼 바람피우는 남편한테 집으로 돌아오라고 애걸하는 불쌍한 여자 역할은 맡고 싶지 않으니까."

"그럼 왜 아무 말도 하지 않고 가만히 있었어?"

"당신이 스스로 정신 차리길 바랐으니까."

루시가 다시 말을 멈추고 감정을 추스르려고 애썼다. 이번에 나는 루시에게 손을 뻗지 않았다.

"당신에게 마감시한을 주려고 했어. 육 개월. 내가 바보지. 육 개월이 넘자 다시 칠 개월, 팔 개월까지 마감을 연장했어. 그런데 엿새 전쯤 당신이 떠나기로 결심했다는 걸 알아챘어."

나는 거짓말을 했다.

"그런 결심을 한 적 없어."

"거짓말. 차마 말을 꺼내지 못했을 뿐이지 당신 얼굴에 형광펜으로 다 적혀 있었어. 그래서 내가 당신을 위해 결론을 내려주기로 마음먹었지. 자, 이 집에서 나가. 당장."

루시가 일어섰다. 나도 일어섰다.

"제발, 우리 같이……."

"뭐? 지난 여덟 달을 아예 없었던 일로 하고 살아보자고?"

"케이틀린은 어떡하고?"

"저런, 저런, 이제야 딸이 생각나나 봐?"

"케이틀린과 이야기하고 싶어."

"알았으니까 내일 다시 와."

나는 일단 소파에서 자고 이튿날 맑은 정신에 다시 이야기하자고 이야기할 작정이었다. 하지만 루시의 결심이 어찌나 확고한지 차마 그러지 못했다.

'집을 나가는 건 내가 바라던 일이 아니었나?'

나는 여행 가방을 들고 말했다.

"여보, 미안해."

"난 주둥이에서 형식적으로 나오는 그따위 사과는 받아들일 마음 없어."

루시는 위층으로 휑하니 올라갔다.

나는 10분 동안 차에 꼼짝도 하지 않고 앉아 이제 어떻게 해야 할지를 생각했다. 갑자기 나도 모르게 벌떡 일어나 현관문으로 달려갔다. 문을 주먹으로 쾅쾅 치며 루시의 이름을 소리쳐 불렀다. 잠시 후, 현관문 너머로 루시의 목소리가 들려왔다.

"어서 썩 꺼져버려."

"나한테 기회를……."

"무슨 기회? 거짓말을 더 늘어놓을 기회?"

"내가 큰 실수를 저질렀어."

"안됐네. 그걸 적어도 몇 달 전에 깨달았어야지."

"용서를 바라는 게 아니야. 한 번 더 기회를 달라는 것뿐인데……."

"기회는 이미 줄 만큼 주었고, 더는 할 말이 없어."

"여보……."

"우리 사이는 여기까지야."

나는 집 열쇠를 급히 찾았다. 하지만 열쇠를 자물쇠에 넣으려 하자 안에서 잠금장치 걸쇠를 거는 소리가 들렸다.

"다시 들어올 꿈도 꾸지 마. 우린 끝났어. 그냥 가. 당장 꺼져."

나는 다시 문을 5분 동안 두드리며 들여보내달라고 애원했다. 하지만 루시는 내 말에 전혀 귀를 기울이지 않았다. 우리 가정이 나의 갑작스런 성공과 허영심 때문에 무너지는 순간이었다.

나는 괴로운 한편 내가 왜 가정을 깨는 길을 택했는지 이해하기도 했다. 현관문이 열리고 루시가 들어오라고 손짓하면 어떻게 될지도 잘 알고 있었다. 다시 출구 없는 삶으로 돌아가게 된다는 것을……. 아내를 버리고 다른 여자에게 간 친구에게서 들은 이야기가 떠올랐다. 작가인 그 친구는 나에게 말했다.

"결혼생활에는 문제가 따르기 마련이야. 그렇지만 결혼생활에 따르는 문제 중에서 아주 심각한 건 없어. 십이 년을 함께 살면 당연히 지겹지 않겠어? 기본적으로 우리 부부 사이에 크게 잘못된 건 없었어. 그럼, 나는 왜 가정을 깼을까? 내 머릿속에서 작은 목소리가 '인생이 이렇게 흘러가는 것인가?' 하고 끝없이 내게 질문을 던졌기 때문이야."

그렇지만 내 머릿속에서 '이러면 안 돼!' 라고 외치는 소리에 친구의 말은 사라졌다. 그 다음에는 그것보다 더 강한 생각이 머릿속에서 울려 퍼졌다.

넌 지금 '남자는 이런 족속이다.' 라는 스테레오타입을 스스로 확인시키고 있어. 정작 인생에서 중요한 것들을 모두 버리고, 전혀 낯선 곳으로 급히 머리를 처박고 있어.

나는 휴대전화를 꺼내 집 번호를 미친 듯이 눌렀다. 루시가 전화를 받자 나는 말했다.

"여보, 내가 뭐든 다 할게."

"뭐든?"

"그래, 자기가 원하는 건 뭐든."

"그럼, 나가 뒈져."

그것으로 전화는 끊겼다. 고개를 돌려 집을 흘깃 쳐다보았다. 아래층은 불빛 하나 없이 깜깜했다. 나는 숨을 깊이 들이쉰 뒤 차로 가 운전석에 올라탔다. 휴대전화를 꺼내 한참 동안 노려보았다. 지금 그 번호로 전화하는 건 다시는 돌아오지 못할 강을 건너는 일이라는 걸 잘 알고 있었다.

결국 전화를 걸었다. 샐리가 받았다. 나는 샐리에게 채근을 받던 일, 즉 아내에게 '끝'이라고 선언하는 일을 마침내 해냈다고 말했다. 샐리는 나에게 아내가 어떻게 받아들였는지, 지금 내 기분은 어떤지 등을 물었다. 나는 그다지 잘 받아들이지 못했지만 마침내 털어놓아 후련하다고 대답했다. 샐리는 나를 걱정하는 말을 해주었지만 바탕에 깔린 목소리는 아주 기뻐하는 듯했다.

샐리가 마침내 승리했다고 기뻐하는 건 아닌지 의심하는 마음이 잠시 내 머리를 스쳐지나갔다. 그러나 의심은 금세 사라졌다. 샐리가 나를 정말 사랑한다고, 나에게 이번 일이 얼마나 힘들었을지 충분히 이해한다고, 자신은 언제나 내 편이라고 말했기 때문이다.

샐리의 말에 마음이 놓이긴 했지만 나는 여전히 몹시 공허했다. 이런 상황에서 공허한 건 당연한 일이라고 스스로를 달랬지만 불안감이 가시지는 않았다.

샐리가 말했다.

"지금 여기로 와."

"달리 갈 데도 없어."

이튿날, 루시와 짧게 통화했다. 내가 케이틀린을 방과 후에 데리러 가는 것에 루시도 동의했다.

내가 물었다.

"케이틀린에게 말했어?"

"당연히 말했지."

"어떻게 됐어?"

"아이가 안정감을 잃었어. 모두가 당신 때문이야."

"결혼을 끝내기로 결정한 건 내가 아니라 당신이야. 어제도 말했지만 당신이 다시 기회를 준다면……."

"웃기지 마."

그런 다음 루시는 전화를 끊었다.

케이틀린을 만났을 때 내가 평소처럼 키스하려 하자 몸을 뒤로 뺐다. 케이틀린은 나와 손도 잡으려 하지 않았으며, 차에 탈 때까지 말을 한마디도 하지 않았다. 나는 산타모니카 해변을 산책하자고도 하고, 베벌리힐스의 자니로켓(케이틀린이 좋아하는 식당)에 가서 저녁을 먹자고도 했다. 베벌리센터에 있는 장난감 가게를 둘러 보자고도 했다. 내가 그렇게 이런저런 제안을 하고 있을 때, 한 가지 생각이 머릿속을 스쳤다.

'내가 벌써 이혼한 아빠처럼 말하고 있네.'

"엄마한테 갈래."

"케이틀린, 아빠가 미안해."

"엄마한테 갈래."

"힘든 일인 건 알아. 너는 틀림없이 이 아빠를……."

"엄마한테 갈래."

설득하려고 5분이나 애썼지만 케이틀린은 내 말을 듣지 않았다. '엄마한테 갈래' 라는 말을 계속 되풀이할 뿐이었다.

결국 그렇게 해줄 수밖에 없었다.

현관문 앞에 다다르자 케이틀린은 제 엄마 품으로 달려갔다.

내가 루시에게 말했다.

"아이를 단단히 세뇌시켰군. 참으로 고맙네."

"나에게 할 말이 있으면 변호사를 통해서 해."

루시는 그 말을 남기고 현관문을 쾅 닫았다.

정말 나중에는 셸든앤스트런클 법률사무소에서 나온 변호사를 통해서만 루시에게 말을 전할 수 있게 되었다. 그 법률사무소는 브래드 브루스로부터 소개받았다. 브래드는 두 번 이혼할 때 그 법률사무소를 이용했고, 세 번째 이혼을 하더라도 그곳을 이용하겠다고 말했다. 내 변호사가 루시의 변호사에게 말을 전했다. 루시의 변호사는 멜리사 레빈이라는 여자였다. 내 변호사들이 멜리사 레빈에 대해 설명해주었다. 멜리사 레빈은 변호사들 중에서도 '그놈의 내장을 도려내자.' 라고 외칠 만큼 강성 그룹에 속한다나.

멜리사 레빈은 내 재산을 다 빼앗는 것에 그치지 않고 나를 완전 불구자로 만들어버린 다음 이혼할 수 있게 해주겠다는 듯이 덤벼들었다.

내 변호사들이 가까스로 멜리사 레빈을 달랬다. 돈을 엄청나게 지불해야 하는 합의였지만 파산할 만큼은 아니었다. 집과 집안의 물건들, 매달 일만천 달러의 양육비와 이혼 수당을 지불하기로 했다.

나로서는 낼 만한 돈이었다. 게다가 나는 케이틀린에게 뭐든 다 주고 싶었다. 내 수입이 20만 달러라는 사실이 공개되는 게 그다지 싫지도 않았다.

멜리사 레빈의 주장 중에는 아주 못마땅한 사항도 있었다. 루시가 일 때문에 다른 도시로 이사해야 할 경우 케이틀린과 함께 이사할 수 있는 권리를 이혼합의서에 명시해야 한다는 주장이었다.

이혼 조정이 마무리된 지 넉 달 뒤, 루시는 그 조항을 실제로 이용했다. 루시가 마린카운티(미국 캘리포니아 주 샌프란시스코에서 해변 북쪽 지역 : 옮긴이)에 있는 소프트웨어 회사 인사부장으로 가게 된 것이다. 갑자기 케이틀린도 멀리 떠나갔다. 갑자기, 오후에 일을 잠시 쉬며 케이틀린과 함께 말리부에 가거나 웨스트우드에 있는 넓은 스케이트장으로 갈 수 없게 됐다. 갑자기, 비행기로 한 시간이나 가야 할 만큼 케이틀린과 나의 거리가 멀어졌다.

〈셀링 유〉 시즌2의 촬영이 시작됐으므로 한 달에 한 번밖에 케이틀린을 보러 갈 시간이 없었다. 나는 불면증에 시달릴 만큼 괴로웠다. 나는 샐리와 함께 살고 있는 웨스트할리우드의 커다란 아파트에서 잠을 못 자고 신음하며 내가 왜 가정을 깨뜨렸는지 고민했다.

그 이유? 물론 나도 다 잘 알고 있었다. 지루해진 결혼생활, 샐리의 멋진 외모와 뛰어난 재치, 성공에 수반되는 유혹, 실패했던 과거와 완전히 담을 쌓고 싶은 욕구. 하지만 혼자서 절망을 견뎌야 하는 새벽 4시에는 나도 이런 생각을 떠올리지 않을 수 없었다.

'루시가 아무리 나를 밀어낸다고 해도 쉽게 포기하는 게 아니었어. 루시를 잘 설득하면 틀림없이 나를 용서했을 거야. 우리 결혼은 다시 제자리를 찾아 굴러갔을 거야.'

그러다가 아침이 오면 급히 마쳐야 할 대본, 참석해야 할 회의, 서명해야 할 계약, 샐리와 함께 가야 할 오프닝 행사 등등이 나를 기다리고 있었다. 간단히 말해 성공한 사람에게 수반되는 가속도가 나를 꼼짝 못하게 만들었다. 그 가속도 덕분에 나는 수시로 머리를 드는 죄책감을, 새로운 내 삶에 깃들어 있는 불안감을 잠시나마 밀쳐둘 수 있었다.

내가 집을 나오자마자 내 가정 문제는 즉시 할리우드 사람들의 입방아에 오르내렸다. 모두들 내 앞에서 위로의 말을 건넸다. 내가 할리우드 텔레비전 방송계에서 가장 촉망받는 여성 임원과 '눈이 맞았다'는 사실은 오히려 내 경력에 도움이 됐다. 나는 어렵지 않게 상류사회로 올라섰던 것이다.

브래드 브루스가 나에게 말했다.

"누구나 데이비드를 똑똑한 사람으로 생각하고 있는데, 앞으로는 '정말' 똑똑한 사람으로 생각할 거야."

앨리슨의 반응은 좋지 않았다. 앨리슨은 평소 루시와 친하게 지냈고, 그녀를 인간적으로 좋아했기 때문이다. 〈셀링 유〉의 첫 시즌 계약 때 앨리슨은 무슨 일이 있어도 가정을 깨트리는 건 피해야 한다고 경고했었다. 내가 샐리와 새 출발을 한다는 소식을 전하자 앨리슨은 한동안 말이 없다가 입을 열었다.

"이런 일이 있기까지 일 년이나 참아준 걸 칭찬해야 마땅한 건가? 내가 항상 말했지? 할리우드에서 갑자기 큰 성공을 거두게 되면 반드시 이런 일이 일어난다고."

"저는 샐리를 사랑해요."

"사랑? 멋지지. 축하해."

"삐딱하게 나올 거라 예상했어요."

"세상일이란 대부분 예측이 가능하잖아. 자기가 벌인 일도 이미 예측 가능한 일이었어. 하긴 자기의 경우는 조금 다른 면이 있긴 하네."

"어떤 면이 다르죠?"

"대개의 경우 제작자가 작가를 따먹지. 자기는 그 반대의 경우잖아. 그러니까 자기는 할리우드의 규칙을 깨뜨렸어. 축하해."

"샐리를 처음 나에게 소개해주었으면서."

"걱정 마. 자기와 샐리가 손을 잡고 돈을 더 벌게 돼도 내가 처음 소개했다는 명목으로 커미션을 요구하지는 않을 테니까."

앨리슨은 에둘러 말했지만 샐리와 내가 자연스럽게 한 팀이 됐으니 시험방송용 시트콤을 폭스텔레비전에 제안하기가 더 쉬워진 건 사실이었다.

"솔직히 말해봐. 샐리가 성공에 도움이 된다는 것도 자기의 '사랑'에서 무시 못할 이유 아냐?"

"그 문제라면 이미 샐리와 이야기했어요. 폭스텔레비전에는 대본을 제안하지 않기로 결론지었죠."

"그 커플의 베갯머리송사는 아름답기도 하네."

"함께 베개를 베고 나눈 얘기가 아니거든요. 아침을 먹으면서 이야기했어요."

"아침? 사랑을 나눈 뒤에 아침을 먹었겠지? 아니, 아침을 먹은 뒤에 또 사랑을 나눴나?"

"제가 왜 이런 조롱을 당해야만 하죠?"

"왜냐하면 내가 진짜 자기 친구니까. 커미션으로 받을 수 있는 사만 달러를 포기하고 진심으로 조언해줄 수 있을 만큼 진정한 친구."

"정말 천사 같은 분이시라니까."

"아니, 내가 멍청한 탓일 거야. 자기 수입의 십오 퍼센트를 꼬박꼬박 떼어 가는 사람이 마지막으로 한 가지만 더 조언하지. 자기는 앞으로 몇 달 동안은 고개를 푹 숙이고 지내. 요즘 고개를 지나치게 높이 쳐들고 다닌 것 같아."

나는 앨리슨의 충고를 귀담아들으려 애썼지만 샐리와 나는 이미 '파워 커플'로 통했다. 우리는 '할리우드의 완벽한 모범'이었다. 텔레비전 방송계라는 휘발성 세계에서 살아남은 예술가와 아이비리그 출신 엘리트, 돈이 많다는 걸 티내지 않으려고 애쓰는 척하는 부자, 미니멀리즘 디자인으로 장식한 아파트, 포르쉐와 레인지로버.

나의 포르쉐와 샐리의 레인지로버는 성공을 거두었지만 과시적이라기보다는 실용적인 생활을 하는 사람들이 선택하는 차의 상징이었다. 꽤나 고급이지만 실용적인 취향의 사람들이 타는 차.

시사회나 파티도 우리와 어울리는 곳에만 갔다. 나는 언론과 인터뷰를 할 때마다 대중의 시선에는 관심이 없다고 말했다. 어쨌든 우리 둘 다 일이 너무 바빴다. 샐리는 가을 시즌에 방영될 새 코미디 시리즈 계획으로 바빴고, 나는 〈셀링 유〉 시즌 2의 촬영으로 바빴으므로 사교 모임에 연연할 시간은커녕 둘이 함께 할 시간도 부족했다.

샐리는 끝없이 일정에 맞춰 사는 사람이었다. 일주일에 세 번 나와 섹스를 하는 것도 일정에 포함된 것 같았다. 샐리는 드물게 조찬 약속이 없는 날이면 아침운동을 하기 전에 나와 섹스를 했다. 그럴 때 갑자기 내 품에 뛰어드는 것도 미리 계획된 시나리오가 아닌지 의심이 될 정도였다.

그러든 말든 나는 불평하지 않았다. 루시와 딸을 만나지 못한다는 아픔이 계속 내 가슴을 따갑게 찔렀지만, 그 문제 말고는 모든 일이 잘 풀리고 있었기 때문이다.

어쩌다 늦게까지 밖에서 마티니를 마신 금요일 밤이었다. 나는 가정을 깨트린 죄책감 때문에 아직도 괴롭다고 바비 바라에게 털어놓았다.

바비 바라는 최근 새롭게 사귄 친구로 내가 고해성사하듯 속내를 털어놓는 걸 좋아했다. 그런 고백을 한다는 건 서로 친해졌다는 증거이기도 했다. 바비 바라는 나와 친해진 걸 좋아했다. 내가 유명인이 된 탓이리라. 절박한 열망과 패배가 만연한 할리우드에서 보기 드물게 승리자가 된 사람이 바로 나였다.

바비 바라는 가정을 깬 죄책감에 괴로워하는 나에게 말했다.

"누구에게나 이혼은 괴로운 일이야. 하지만 이렇게 생각해 봐. 자네는 일이 지독하게 안 풀릴 때 전 부인을 만났어. 자네의 인생은 어둠 속에 있다가 이제 겨우 성공의 불빛 아래로 나온 거야. 안타깝긴 하지만 지난 결혼은 이제 어둠 속에 묻어야지."

나는 그다지 믿지 않는 목소리로 되물었다.

"그 말이 맞겠지?"

"당연히 맞지. 새로운 인생을 살려면 뭐든 다 새로워져야 해."

그래, 친구도 바비 바라 같은 새로운 친구여야 하겠지.

제2장

 바비 바라는 제법 큰 부자였다. 바비 바라의 말을 빌리자면 '더럽게' 큰 부자는 아니었다.
 "그건 무슨 뜻이야? '더럽게' 큰 부자라니?"
 "내 재산이 얼마나 되는지 묻는 거야?"
 "내가 가늠할 수 있는 숫자로 말해 봐."
 "수억 달러쯤."
 "그렇게 많아?"
 "뭐 그리 많지도 않잖아."
 "내가 느낄 수 있는 액수로는 엄청 많은데?"
 "십억이 되려면 백만이 몇 개 필요하지?"
 "몰라."
 "일천 개야."

"백만이 일천 개면 십억이 돼?"

"그렇지."

"재산이 십억 달러면 '더럽게' 큰 부자인가?"

"'더럽게' 큰 부자가 아니라 '자자손손 더럽게' 큰 부자지."

"그럼 자네도 꽤 큰 부자네. 재산이 일억 달러면……."

"'더럽게' 부자라고 말할 수도 있지만 누구 앞인지 듣는 사람을 가려 가며 말해야겠지."

"그럼 지금 자네는 '더럽게' 부자라고 할 수 있네?"

"그래, '더럽게' 부자라 할 수 있지."

"부자라서 좋아?"

"그래도 나 스스로는 아직 '더럽게' 큰 부자는 아니라고 생각해. 자네는 앞으로 진짜 거물들과 어울리게 될 거야. 빌 게이츠, 폴 앨런, 필립 플렉. 그런 사람들에게 일억 달러쯤은 아이들 코 묻은 돈이지. 삼백억, 사백억, 오백억 달러를 가진 사람들한테 일억 달러가 대수겠어?"

"그야말로 푼돈인가?"

"그렇지. 빌어먹게 푼돈이지. 잔돈 나부랭이."

나는 어이가 없어 씩 웃었다.

"지난해에 겨우 일백만 달러를 번 미천한 몸으로 말하자면……."

"그래, 그렇지만 내 도움을 받으면 자네도 거부가 될 수 있어."

"기꺼이 받지."

바비 바라는 돈 문제에 있어서 만큼은 조언할 말이 넘치는 사람이었다. 그런 일로 돈을 버는 사람이니까. 바비 바라는 투자 자문에 능했고, 서른다섯이라는 젊은 나이에 투자가로 명성을 떨치고 있었다.

바비 바라가 번 돈이 인상 깊은 이유는 모두가 자수성가로 벌었기 때문이었다. 바비 바라는 스스로를 '디트로이트에서 온 이탈리아계'라고 불렀다. 바비는 포드자동차 공장에서 일하는 아버지 밑에서 자라다가 운전면허를 따자마자 디트로이트를 박차고 나와 대부분의 아이들이 여드름 때문에 고민할 나이에 금융에 눈을 떴다.

우리가 막 친해질 무렵 바비 바라가 나에게 말했다.

"열세 살 때 무슨 책을 읽었는지 맞춰 볼까? 존 업다이크?"

"잠깐, 나는 평생 울 니트 스웨터를 입은 적이 없어. 대신 톰 울프를……."

"아하, 그쪽이었군."

"그럼, 자네는? 열세 살 때 뭘 읽었어?"

"리 아이아코카. 그리고 웃지 마."

"안 웃을 테니까 말해봐."

"톰 피터스, 아담 스미스, 존 케인스, 도널드 트럼프……."

"문화적 교차점도 있네. 도널드 트럼프가 존 케인스를 읽었을 것 같아?"

"아니, 그래도 도널드 트럼프는 카지노를 세우는 방법은 알았지. 게다가 빌어먹을 부자잖아. 나도 트럼프의 책을 읽는 순간부터 부자가 되기로 결심했어."

"그럼 부동산 업계에 뛰어들었어야지?"

"사촌 살한테는 조이 삼촌이 있고, 조이 삼촌한테는 조카 토니가 있어. 자네가 원하는 땅이 있는데 그 땅이 어느 유대인 소유라면, 사촌 살한테 얘기해서 토니가 그 유대인한테 압력을 넣게 해야 해. 무슨 말인지 알아?"

"어려운데……."

"부동산 업계에서 하는 짓도 똑같아. 단지 브룩스브라더스 정장을 입고 MBA학위를 갖추고 합법적인 매매를 한다는 것만 다를 뿐이지. 어쨌든 나는 그런 일은 하기 싫었어. 월스트리트는 내 입맛에 안 맞고, 월스트리트도 나 같은 공장노동자 집안 출신을 그다지 좋아하지 않을 게 뻔했지. 난 로스앤젤레스가 훨씬 좋겠다고 생각했어. 거짓이 판치고 돈이 전부이기로는 세계 최고의 도시니까. 게다가 로스앤젤레스에서는 이탈리아 출신이라고 해도 이상하게 볼 사람이 없잖아. 은행 잔고 액수만 크면 대접 받는 곳이지."

"존 케인스도 그렇게 말했지."

바비는 USC(남가주대학교)를 다니면서 마이클 밀큰의 회사에서 일주일에 사흘 밤을 일하며 학비를 벌었다고 했다. 마이클 밀큰이 위험률 높은 채권으로 큰 수익을 올리던 시절의 막바지 무렵이었다. 바비는 대학 졸업 후 센트럴시티에서 작은 브로커 회사를 운영하는 에디 에델스타인이라는 의심스러운 인물 밑으로 들어갔다. 에디 에델스타인은 상장주로 장난을 치다가 결국 금융법 위반으로 연방교도소에 수감되었다.

"에디가 내 스승이었어. 에디는 서부에서 가장 뛰어난 브로커였지. 불도그처럼 냄새를 잘 맡았으니까. 에디가 이익을 남기는 방법은 한마디로 예술적이었지. 그러다가 함정수사에 걸려들었어. 내가 함정을 조심하라고 전부터 그렇게 얘기했는데 말을 듣지 않은 거야. 에디는 결국 쇠고랑을 찼지. 테니스 라켓도 반입되는 개방형 교도소지만 그래도 괴롭기는 마찬가지였어. 쉰세 살에 고환암이라니……. 데이비드, 치실 써?"

나는 갑자기 바뀐 화제에 어리둥절해서 되물었다.

"뭐?"

"에디가 죽기 직전에 나에게 두 가지 조언을 남겼어. 뉴저지 출신 같은데 스스로를 아프리카 인이라고 주장하는 사람은 절대 믿지 마라. 그리고 고환암을 예방하려면 치실을 열심히 써라."

"고환암과 치실이 무슨 상관이야?"

"치실을 사용하지 않으면 치석이나 온갖 몸에 안 좋은 균들이 목으로 넘어가 결국 고환에 쌓이게 된대. 에디의 고환암도 그렇게 된 거야. 일등 브로커, 일등 남자였는데 치실을 안 쓰는 바람에 망했지."

바비와 그 이야기를 나눈 이튿날부터 나는 열심히 치실을 썼다. 그리고 왜 바비와 자주 어울리는지 그 이유를 스스로에게 묻곤 했다.

답은 나도 알고 있었다. 1) 바비는 브로커로서 나한테 돈을 벌어 주고 있다. 2) 바비는 늘 아주 재미있다.

바비는 〈셀링 유〉 첫 시즌 때 내 인생에 나타났다. 제3회가 방송으로 나간 뒤, 바비는 니에게 편지를 보냈다. 회사 공식 편시시에 쓴 바비의 편지에는 내 프로그램이 몇 년 새 본 가운데 가장 뛰어나며 자기가 내 투자브로커를 맡고 싶다고 적혀 있었다.

"저는 '정말로 약속한다.' 같은 허풍은 떨지 않겠습니다. '그 브라우니를 다 먹기 전까지 부자로 만들어 주겠다.' 같은 사탕발림도 하지 않겠습니다. 하지만 저는 로스앤젤레스에서 가장 똑똑한 브로커라는 사실을 자부하며 조만간 선생님께 짭짤한 수익을 올려드리겠습니다. 게다가 저는 아주 정직합니다. 제 말이 믿음직하지 않다면 다음 분들께 전화해 보시면……."

그 뒤에는 바비 바라가 거래 고객이라고 주장하는 할리우드 유명인의 이름들이 쭉 나열되어 있었다.

나는 편지를 훑어보고 버리기는 했지만, 버리기 전에 웃음을 날리지 않을 수 없었다. 〈셀링 유〉가 히트를 치고 나서 편지들이 일주일에 수십 통씩 왔다. 자동차 딜러, 부동산업자, 세무사, 운동 트레이너, 명상 집단……. 모두들 내 성공을 축하하는 한편 자기들이 나에게 도움이 되는 일을 하고 싶다고 했다. 바비의 편지는 그 중에서 가장 뻔뻔했다. 전반적으로 자만에 가득한 편지였고, 마지막 문단은 어이없기까지 했다.

'저는 일을 그저 잘하는 정도가 아닙니다. 아주 뛰어나게 잘 하죠. 돈이 돈을 번다는 말을 확인하고 싶으면 저에게 반드시 전화하세요. 전화하지 않으면 평생 후회하실 겁니다.'

이튿날에도 나는 똑같은 편지를 또 받았다. 이번 편지에는 포스트잇이 붙어 있었다.

'어제 받은 편지는 버리셨죠? 그래서 한 통 더 보냅니다. 자, 함께 돈을 벌어 봅시다.'

그 뒤로 바비는 내 사무실로 매일 전화를 걸었다. 나는 비서인 제니퍼에게 바비가 전화하면 무조건 회의 중이라 말하라고 일러두었다. 전화가 좀 성가시긴 했지만 그 끈기는 존경스럽지 않을 수 없었다.

바비에게서 오 봉 클리마(캘리포니아 주 산타마리아에서 생산되는 고급 와인 : 옮긴이)를 받았을 때에도 나는 흔들리지 않았다. 물론 정중하고 간략하게 고맙다는 인사말을 남겼다. 일주일 뒤 동 페리뇽(고급 샴페인을 만드는 모에에샹동의 브랜드 중에서도 최고급 샴페인 : 옮긴이)이 왔다.

카드도 들어 있었다.

'나를 투자 브로커로 고용하면 동 페리뇽을 사이다처럼 마실 수 있습니다.'

샴페인이 배달될 때 우연히 브래드 브루스가 내 사무실에 들렀다.

브래드가 말했다.

"도대체 얼마나 열성 팬이기에 이런 선물을 보내? 그 여자가 자네 전화번호도 알고 있나?"

"여자가 아니라 남자야."

"정말?"

"무슨 상상을 하는 거야? 이 남자는 연애파트너가 아니라 투자파트너를 찾고 있는 거야. 아주 끈질긴 사람이지."

"이름은?"

"바비 바라."

"아, 바비."

그 말에 나는 멈칫하며 브래드에게 물었다.

"알아?"

"당연하지. 데드 립튼도 바비한테 돈을 맡겨."

테드 립튼은 FRT방송국의 부회장이었다.

브래드는 여러 이름을 줄줄이 댔다. 바비 바라가 처음 나에게 보낸 편지에 적혀 있던 이름이 많았다.

"그럼 꽤 괜찮은 브로커인가?"

"내가 들은 바로는 썩 괜찮은 브로커로 알고 있어. 치고 빠지는 방법을 제대로 안다더군. 내 브로커도 나에게 샴페인을 보내면 얼마나 좋아."

그날 오후, 나는 테드 립튼에게 전화했다. 이런저런 이야기를 나누고 나서 바비 바라에 대한 의견을 물었다.

"작년에 이자를 이십칠 퍼센트나 벌어 줬어. 투자에 관한 한 믿을 만한 친구지."

그때까지 나는 브로커를 두지 않았다. 〈셀링 유〉 첫 시즌을 계약하고 나서 일이 정신없이 몰렸고, 새로 벌게 된 큰돈을 어디에 투자할지 생각할 여유가 없었다. 나는 비서에게 바비 바라에 대해 조사해보라고 일러두었다. 48시간도 지나지 않아 비서는 조사 자료를 가져왔다. 바비 바라의 고객들은 대부분 만족하고 있고, 범죄 기록도 없고, 악당과 얽힌 일도 없었다. 그 정도면 아주 모범적인 브로커였다.

나는 비서의 보고서를 읽고 나서 말했다.

"좋아. 바비 바라와 점심 약속을 잡아."

바비 바라는 키가 작았다. 157센티미터 정도. 검정 곱슬머리에 놀랍도록 완벽한 검정색 이탈리아 수제 양복을 입고 있었다. 바비 바라의 안내로 오르소 레스토랑으로 갔다. 바비 바라의 말은 빠르고 재미있었다. 놀랍게도 영화와 책에 박식했다.

"로스앤젤레스에서 흔히 하는 개소리들이 있어요. '친구니까 특별히 너한테만 말하는데……' 같은 거요. 저는 적어도 그런 개소리는 안 하는 사람입니다."

바비는 그렇게 말하고 나서 한참 뒤에 '친구니까' 만 빼놓았지 별다를 것 없는 말을 늘어놓았다.

"선생님은 그냥 텔레비전 작가가 아니라 대단한 텔레비전 작가십니다. 이건 진심이에요."

넓은 지식을 터프한 말투에 섞어 장사치처럼 속사포로 떠들어대는 바비는 함께 놀기에 아주 재미 있는 사람이었다.

바비는 나지막이 말했다.

"다리를 부러뜨리고 싶은 사람이 있으면 말씀하세요. 내가 아는 멕시코 아이들이 있는데, 삼백 달러만 주면 문제없이 처리할 수 있어요."

바비의 말을 듣고 있으면 솔 벨로(1976년 노벨문학상을 수상한 미국 소설가. 대표작 《오기 마치의 모험》은 시카고를 배경으로 주인공 오기 마치의 일대기를 그린 작품. : 옮긴이)가 아주 뛰어나게 묘사한 시카고 사기꾼들과 비슷하다는 생각을 떨칠 수 없었다. 바비는 똑똑하고 아는 게 많았다. 다만 조금 위험할 뿐이었다. 할리우드의 유명인들이 왜 바비와 일하는지 알만했다. 투자 브로커로는 최고로 보였다. 게다가 할리우드에서 가장 중요한 자기 홍보에서도 최고라 할 수 있었다.

"저는 고객의 돈을 불리는 데 열중합니다. 왜? 돈은 선택이니까요. 돈은 인간의 선택 능력을 시험합니다. 앞날이 어떻게 될지 모르는 게 인간의 운명이잖아요. 한없이 복잡한 인생을 살아가려면 꼭 필요한 무기들을 갖춰야 해요. 사람은 돈이 있으면 겁내지 않고 결정을 내릴 수 있어요. 돈이 있으면 세상을 향해 '엿 먹어라.' 라고 말할 수 있죠."

"그건 아담 스미스의 《국부론》에 나오는 말 아닌가요?"

바비가 나에게 말했다.

"아담 스미스를 좋아해요?"

"요약본만 읽었죠."

"마키아벨리? 〈성공은 선택이다〉(미국 농구 코치로 유명했던 릭 피티노가 지은 자기계발서로, 1998년에 미국에서 출간되어 큰 성공을 거둠 : 옮긴이)? 같은 말은 죄다 헛소리죠. 자본주의 선언서 중에서 아담 스미스의 《국부론》이 최고죠."

바비는 잠시 말을 끊고 숨을 들이쉬고 나서 디트로이트 출신 거물과 똑같은 목소리로 말하기 시작했다.

"지구상의 모든 체제는 사라져야 해요. 자유에 따라 저절로 만들어진 체제만이 유효하죠. 정의의 법칙을 거스르지 않는 한 누구라도 자기 방식대로 이익을 추구할 수 있는 자유를 완벽하게 누리게 해줘야죠. 다른 사람과 경쟁할 수 있는 자유를 맘껏 누리게 해야 하죠. 어쨌든 돈을 지키는 게 사치하는 것보다는 훨씬 중요하죠."

바비는 말을 멈추고 산 펠레그리노를 한 모금 마시고 나서 다시 말을 이었다.

"그렇다고 제가 랄프 파인즈와 똑같은 사람은 아니지만······."

내가 말했다.

"아주 인상 깊은 강의였어요. 게다가 프롬프터도 없었는데······."

"우리는 인류 역사상 가장 자유로운 시기에 살고 있어요. 하지만 아담 스미스가 꼭 맞는 말을 했죠. 사치하기 전에 뒷받침될 돈이 충분한지 확인하라. 바로 그거죠. 저는 고객들한테 뒷받침될 돈을 만들어 주지는 않아요. 다만 돈으로 요새를 만들어 주죠. 그러니까 저에게 돈을 맡기면 앞으로 어떤 어려움이 닥치더라도 이겨낼 수 있는 힘을 갖게 해드려요. 제 고객이라면 어느 누구도 깔아뭉개지 못하게 하죠."

"저에게 제안하는 바가 정확히 뭡니까?"

"제안하는 거요? 없어요. 결과를 어떻게 얻는지 보여드릴 겁니다. 자, 선생님이 저에게 적절한 돈, 가령 오만 달러를 맡기시면 반년 안에 두 배로 늘려드리죠. 오만 달러를 저에게 주시면 저는 적절한 서류와 영수증을 드릴 겁니다. 그리고 반년 뒤에는 최소한 십만 달러를······."

"만약 실패하면······."

바비가 내 말을 끊었다.

"저는 실패하지 않습니다."

잠시 침묵.

내가 물었다.

"한 가지 궁금한 게 있는데 왜 그렇게 저를 설득하려고 애쓰죠?"

"선생님이 지금은 최고이기 때문이죠. 저는 최고인 사람들과 어울리기를 좋아해요. 유명인을 들먹여서 미안하지만 필립 플렉이라고 알아요?"

"그 억만장자요? 영화감독이 못 돼 은둔한 사람? 필립 플렉을 모르는 사람이 어디 있어요? 유명하잖아요."

"사실 그 사람은 별다를 게 없어요. 단지 재산이 이백억 달러에 이르고……."

"그 돈이면 '빌어먹게 부자'인 거잖아요?"

"최고로 빌어먹게 부자죠. 그리고 저와 아주 절친한 친구고요."

"좋겠군요."

"필립 플렉이 선생님 팬이에요."

"설마."

"지난주에 필립이 직접 그랬어요. '텔레비전 작가들 중에서 가장 똑똑하다'고."

그 말을 믿어야 할지 말아야 할지 알 수 없었다. 그래서 그저 간단히 대꾸했다.

"고맙다는 말 좀 전해 줘요."

"제가 또 유명인의 이름을 들먹이면서 헛소리를 늘어놓는다고 생각하시죠?"

"그쪽이 자기 입으로 필립 플렉의 친구라고 말하면, 저야 믿을 수밖에요."

"저에게 오만 달러를 맡길 만큼 믿어요?"

"그럼요."

하지만 내 목소리는 떨렸다.

바비가 나에게 말했다.

"자, 그럼 수표로 오만 달러를 주세요."

"지금 당장?"

"그럼요. 자, 재킷 안주머니에서 지갑을 꺼내고……."

"제가 수표책을 가져온 걸 어떻게 알았어요?"

"뭐, 여태껏 경험으로 보자면 한동안 힘들게 살다가 갑자기 큰돈을 벌기 시작한 사람은 그 순간부터 늘 수표책을 가지고 다니게 마련이죠. 수표책이 있어야 전에는 형편이 안 돼 못 산 물건을 길을 지나가다가도 갑자기 살 수 있으니까요. 금칠한 플라스틱 신용카드를 내미는 것보다 수표를 쓰는 게 훨씬 고상해 보이기도 하고……."

나도 모르게 재킷 속주머니로 손이 갔다.

"딱 맞는 말이었어요."

"자, 그럼 수표를 써서 저에게 주세요."

나는 수표책과 펜을 꺼내 테이블 위에 올려놓고 뚫어져라 쳐다보았다. 바비가 참을성 없이 검지로 테이블 위를 탁탁 쳤다.

"어서요. 이제는 거래를 해야죠. 미래가 달라질 순간이에요. 과연 저를 믿어도 될지 다시 생각하고 있죠? 제 자랑은 이제 그만할게요. 대신, 한 가지만 묻죠. 부자가 될 배짱이 있긴 있어요?"

나는 펜을 집었다. 수표책을 폈다. 수표를 적었다.

바비가 말했다.

"역시 현명하십니다."

며칠 뒤, 내 투자에 관한 공식서류가 도착했다. 바비는 두 달이 지난 뒤에야 전화로 연락해 잘되고 있다는 간단한 말만 남겼다. 바비는 정확히 두 달 뒤에 또 전화했다. 역시 짧고 빠르게, 시장 상황이 좋다는 말만 남겼다. 또 두 달 뒤, 페덱스 봉투가 사무실 책상에 놓여 있었다. 안에는 수표가 들어 있었다. 122,344달러 82센트. 쪽지도 있었다.

'두 배 넘게 벌었죠? 자, 파티합시다.'

나는 바비의 방법을 좋아하지 않을 수 없었다. 바비는 투자하도록 나를 설득한 뒤 한 번도 내 앞에서 얼쩡대지 않다가 성과를 올리고 나서야 나타났다. 나는 그 돈을 다시 바비에게 맡겼고, 그 돈은 또 두 배인 25만 달러로 불어났다.

그때부터 바비와 나는 가끔 어울려 놀기 시작했다. 바비는 미혼이었지만 늘 모델이나 배우지망생 같은 미녀와 함께 다녔다. 그 여자들은 대부분 금발에 다정했지만 그다지 똑똑하지는 않았다. 나는 바비가 여자를 대동하고 다니는 것에 대해 돈 많은 남자들의 과시적인 행동이 아니냐며 잔소리를 했다.

그러자 바비가 말했다.

"이봐, 전에 나는 자동차의 도시 디트로이트에서 온 땅딸보 이탈리아 놈이었어. 이제는 자동차의 도시에서 온 땅딸보 이탈리아 부자가 됐지. 그러니까 당연히 나는 옛날에 나를 원숭이 취급했던 치어리더들을 이렇게 이용하는 거야."

처음 한두 번은 나도 바비가 데려온 여자들과 함께 놀았다. 그 다음에는 내가 여자들을 데려오는 건 싫다고 못을 박았다. 한 달에 한 번쯤 바비와 단둘이 만났다. 바비는 재미있는 이야기를 끝없이 늘어놓았고, 나는 바비의 이야기를 즐겁게 들었다. 샐리는 바비의 투자 실력을 인정했지만 내가 왜 그를 좋아하는지 이해하지 못했다. 샐리가 바비를 만난 건 단 한 번으로 끝났는데, 그날 만남의 결과는 아주 끔찍했다.

바비가 먼저 샐리를 만나게 해 달라고 졸라댔다. 더구나 바비는 샐리가 폭스텔레비전의 실력자라는 사실을 잘 알고 있었으므로 더욱 만나고 싶었을 것이다. 샐리와 나의 관계가 거의 공식화되다시피 한 지석 달쯤 지났을 때 바비는 웨스트할리우드의 라프티포르트에 저녁을 예약했다.

우리 세 명이 자리에 앉는 순간부터 나는 샐리가 바비를 즉시 '촌놈' 목록에 집어넣었다는 걸 알아챘다. 바비는 사람을 처음 만났을 때 늘 꺼내는 서두로 샐리의 기분을 맞추려 했다.

"만나게 되어서 영광입니다. 로스앤젤레스에서 버밍엄이라는 이름을 모르는 사람은 없더군요."

바비는 샐리에게 돈 드릴로 소설들 중에 뭘 가장 좋아하는지 물으며 문학적 소양을 뽐내려 들었다.

샐리가 바비에게 쏘아붙였다.

"그 작가의 소설은 한권도 갖고 있지 않아요. 자아도취적인 작가의 책에 빠져 있기에는 인생이 너무 짧지 않아요?"

바비는 '일급 유명인을 많이 안다.'는 카드를 꺼내들었다. 가령 전날 조니 뎁이 파리에서 전화해 스톡옵션에 대해 의논했다고.

샐리는 또 눈살을 찌푸리며 말했다.

"정말 재미있게 사시네요."

바비가 샐리에게 잘 보이려고 갖은 애를 다 쓸 때마다 샐리가 조용히 묵사발을 만드는 모습을 지켜보고 있자니 나 또한 신경이 곤두설 지경이었다. 가장 흥미로운 점은 샐리의 얼굴에 시종 떠올라 있던 귀족적인 미소였다. 샐리가 바비에게 '넌 인간쓰레기야.'라고 말한 적은 없었다. 단 한 번도 언성을 높이지도 않았다. 하지만 저녁식사가 끝날 때쯤 샐리는 바비의 코를 아주 납작하게 찌부러뜨렸다. 샐리는 바비를 더는 시간을 낭비하고 싶지 않은 '하등한 프티부르주아'로 간주한다는 사실을 말이 없는 가운데 확실하게 드러냈다.

그날 집으로 오는 차 안에서 샐리는 운전석에 앉은 내 머리를 다독이며 말했다.

"내가 자길 사랑하는 거 잘 알지? 하지만 앞으로 이런 만남은 사양할게."

긴 침묵. 마침내 내가 말했다.

"그렇게 싫었어?"

"내 말, 무슨 뜻인지 알지? 브로커로는 뛰어날지 모르지만 같이 어울리기에는……. 바보잖아."

"내가 보기에는 재밌는 사람인데……."

"자기가 왜 그렇게 생각하는지도 알아. 앞으로 마틴 스콜세지 감독의 영화 시나리오를 써야 할지도 모르니까. 자기는 현재 가장 잘 나가는 작가고, 바비는 유명인의 이름만 줄줄이 주워섬기는 사람이야. 내가 자기라면 바비에게 투자 문제만 일임하고, 그 이상의 관계는 맺지 않겠어. 바비는 싸구려야. 아침에 아르마니 애프터셰이브를 발라도 여전히 브뤼(슈퍼마켓에서 파는 저렴한 남성 화장품 상표명 : 옮긴이) 냄새를 풍기는 사람."

샐리가 잔인했다는 건 나도 알고 있었다. 그렇다고 샐리를 인간미 없는 사람으로 질책하고 싶지는 않았다. 나는 샐리의 말에 대꾸하지 않았다. 며칠 뒤 바비가 내 사무실에 들러 29퍼센트 정도 수익을 예상한다고 말했다. 나는 바비에게 샐리와 있었던 일을 이야기하지 않았다.

"이십구 퍼센트면 불법을 쓰지 않고는 낼 수 없는 수익률 아닌가?"

"아냐, 완전히 합법적인 투자였어."

나는 바비가 움찔하는 걸 알아채고 말했다.

"농담이야. 정말 기뻐. 다음번에는 내가 저녁 살게."

"다음번? 다음번이 있을까? 샐리가 나를 싫어하지 않아?"

"나는 잘 모르겠던데?"

"거짓말. 어쨌든 나를 위해 거짓말까지 해줘서 고마워. 난 누군가가 나를 싫어하면 금세 알아채지."

"두 사람이 잘 안 맞았던 것뿐이야."

"좋게 말해 줘서 고마워. 어쨌든 자네가 샐리의 평가를 무조건 따르지만 않는다면······."

"내가 왜 무조건 따르겠어? 게다가 자네는 나에게 투자 이익을 이십구 퍼센트나 남겨 준 사람인데!"

바비가 키득키득 웃었다.

"그래, 결론은 늘 그거지?"

"다른 말이 더 필요해?"

바비는 나를 만날 때마다 샐리의 안부 만큼은 꼭 물었다. 바비와 나는 한 달에 한 번씩 함께 저녁을 먹었다. 어쨌든 29퍼센트를 벌어준 사람이니까. 그렇다고 내가 바비를 브로커로만 좋아한 건 아니었다. 나는 정말로 바비를 좋아했다. 과시적인 자기 홍보, 능글능글한 태도, 그런 것들이 바비의 전부인 듯해도 나는 그 너머의 모습을 볼 수 있었다. 다른 사람들과 마찬가지로 바비도 무관심한 이 세상에서 자기 흔적을 남기려 애쓰며 희망을 품고 여행하는 사람이었다. 바비의 삶도 야망과 걱정으로 채워져 있었다. 바비는 '인생'이라는 덧없는 순간을 사는 동안 인간으로서 취하는 행동에는 분명 어떤 의미가 있어야 한다고 믿으려 애썼다.

어쨌든 나는 〈셀링 유〉 시즌2로 빌어먹게 바빴다. 바비와도 만날 시간이 없었다. 〈셀링 유〉 시즌2 촬영에 들어갈 때, 나는 내 생활 자체가 업무 효율성의 연구대상이 될 만하다는 결론에 다다랐다. 쉬는 날이라고는 단 하루도 없이 하루 14시간씩 일했다. 얼마 안 되는 시간은 전적으로 샐리 차지였다. 그렇지만 샐리는 나와 함께 보내는 시간이 많지 않아 싫다는 불평 따위는 늘어놓지 않았다. 샐리는 '하루 17시간을 일하지 않는 사람은 게으르다.' 라는 생각을 품고 있었으니까.

살인적인 일정에서 즐거운 일이라면 한 달에 두 번씩 케이틀린을 만나는 것이었다. 케이틀린과 나 사이를 가로막았던 장벽은 오래가지 않아 허물어졌다. 내가 새로 옮긴 루시의 집에 처음 갔을 때만 해도 케이틀린은 나를 서먹서먹하게 대했다. 하지만 함께 샌프란시스코에 가서 즐겁게 하루를 보낸 뒤로는 서먹한 느낌이 많이 가셨다.

그날 피셔맨스 와프(샌프란시스코의 유서 깊은 항구 지역으로, 관광지로 유명함 : 옮긴이)에 있는 어느 식당에서 저녁을 먹을 때, 케이틀린이 말했다.

"아빠에게 물어볼 말이 있어."

"얼마든지 물어봐."

"나와 엄마가 보고 싶어?"

깊은 슬픔이 나를 감쌌다. 나는 케이틀린의 손을 잡으며 말했다.

"날마다, 한 순간도 빠짐없이."

케이틀린은 손을 빼지 않고 오히려 내 손을 꽉 쥐며 물었다.

"다시 아빠와 함께 살면 안 돼?"

"나도 그랬으면 좋겠어. 하지만……."

"아빠가 엄마를 더 이상 사랑하지 않아서?"

"아빠는 엄마를 영원히 사랑할 거야. 하지만 서로 사랑해도 함께 살기 힘든 사람도 있어. 아니면 점점 멀어지거나. 아니면……."

"다시 점점 가까워질 수도 있잖아."

나는 내 말과 대구를 만드는 딸의 말솜씨에 놀라 빙긋이 웃었다.

"그렇게 간단하지가 않아. 사람들은 누군가에게 용서받을 수 없는 짓을 저지르기도 해. 앞으로는 전과 달리 살아야 한다는 걸 깨닫기도 하고."

케이틀린은 손을 빼내고 발아래만 내려다보았다.

"아빠가 옆에 없는 건 싫어."

"나도 네가 옆에 없는 게 싫어. 나에게 마법지팡이가 있어 모든 걸 싹 변하게 하면 얼마나 좋을까? 하지만 그런 일은 있을 수 없잖아. 그나마 우린 한 달에 두 번씩 만날 수 있어. 방학 때에는 더 오래 같이 지낼 수도 있고……."

"내 방학 때에도 아빠는 일만 할 거잖아?"

"네 방학에는 나도 일 안 할게."

"약속할 수 있어?"

"그럼."

"이 주일에 한 번씩 나를 찾아오고?"

"그래, 절대로 안 거를게."

케이틀린을 만나는 건 절대로 빠뜨리지 않았다. 한 달에 두 번씩 딸을 보러 가는데 방해되는 일이라면 차라리 안할 생각이었다.

또 반년이 지나갔다. 〈셀링 유〉 시즌2의 촬영이 끝났다. FRT 내부의 반응은 엄청나게 열광적이었다. 시즌2 방송을 시작하려면 아직 두어 달이나 남았는데, 브래드 브루스와 테드 립튼은 벌써부터 시즌3 이야기를 꺼냈다. 정신없이 바쁘긴 했지만 기분이 나쁘지는 않았다. 일은 순조롭게 진행되고 있었고, 샐리에 대한 사랑도 식지 않았고……. 샐리도 변함없이 나를 좋아했다. 금전적으로도 만족스러웠다. 돈이 돈을 벌었다.

내가 소살리토에 들를 때마다 루시는 나를 차갑게 대했다. 그래도 케이틀린은 아빠인 나를 보고 기뻐했고, 한 달에 한 번은 로스앤젤레스에서 자고 가기도 했다.

어느 날 앨리슨이 점심을 먹다가 나에게 물었다.

"무슨 일이야? 많이 행복해 보여."

"많이 행복해요."

"보도자료라도 돌려야 하는 거야?"

"행복한 게 뭐 잘못인가요?"

"그렇지는 않지. 그냥……지금껏 그런 모습은 처음이어서."

앨리슨의 말은 옳았다. 그러나 다시 생각해 보면 그때껏 내가 바라는 걸 얻은 적이 없었다.

"이제 행복할 수 있게 됐나 봐요."

"변화의 시작이야. 그럼, 행복할 때 좀 쉬어. 요즘 너무 지쳐 보여."

옳은 말이었다. 1년 2개월 동안 한 번도 제대로 쉰 적이 없었다. 정말이지 지쳤고, 휴식이 절실히 필요했다.

3월 중순에 바비가 전화했다.

"이번 주말에 카리브해에 가고 싶지 않아? 샐리와 같이 가도 괜찮아."

나는 곧장 좋다고 대답했다.

바비가 말했다.

"잘됐어. 필립 플렉이 자네를 만나고 싶대."

제3장

　필립 플렉에 관한 몇 가지 사실. 44년 전 밀워키에서 태어났다. 부친은 작은 포장지 공장을 운영했다. 1981년, 부친이 심장마비로 세상을 떠나자 필립은 학업을 중단하고 가업을 물려받으러 고향으로 가야 했다. 당시 필립은 뉴욕대학교 영화학과에 다니고 있었다. 영화감독이 되기로 마음먹었기 때문에 가업의 짐을 어깨에 짊어지기 싫었지만, 모친의 간곡한 뜻에 따라 포장지 회사 사장이 됐다.
　원래는 동네의 소규모 회사였는데 필립이 맡은 지 10년도 안 돼 미국에서 손꼽히는 소매용 포장지 기업으로 성장했다. 필립은 회사를 공개 상장하고 수십억 달러를 벌었다. 이후 필립은 벤처투자자로 변신했다. 1990년대 초만 하더라도 결과를 예측할 수 없었던 '인터넷'에 뛰어들었다. 필립은 투자처를 현명하게 골랐고 1999년에는 재산이 2백억 달러를 상회하게 되었다.

2000년은 필립의 마흔 번째 생일이었다. 그가 사람들 시야에서 사라지기로 갑자기 결심한 때이기도 했다. 필립은 포장지 회사 대표직에서 물러났다. 대중 앞에 모습을 보이지도 않았다. 사생활이 드러나지 않도록 보안회사에 신분 관리를 맡겼다. 인터뷰나 대중 앞에 모습을 드러내는 일은 모두 거절했다. 필립은 제국을 연상시키는 기업의 운영을 거대한 시스템에 맡기고, 자신은 그 시스템 뒤에 숨었다. 어찌나 완벽하게 모습을 감췄는지 사람들은 필립이 죽었거나 미쳤다고 생각했다. 심지어는 필립이 샐린저(《호밀밭의 파수꾼》으로 널리 알려진 작가로, 은둔 생활로도 유명함 : 옮긴이)라고 말하는 사람도 있었다.

그러다가 3년 전, 필립 플렉은 다시 대중 앞에 나타났다. 정정하겠다. 직접 모습을 드러낸 게 아니라 그 이름이 갑자기 다시 사람들 입에 오르내리기 시작했다. 필립이 연출한 첫 번째 영화 〈마지막 기회〉가 화제가 된 것이다. 필립은 그 영화의 시나리오를 쓰고, 감독도 하고, 제작비도 댔다. 영화 개봉 전에 《에스콰이어》지에 인터뷰도 실렸다.

필립은 인터뷰에서 그 영화를 '10년의 계획과 생각이 축적된 결과'라 자평했다. 영화의 내용은 핵 사고로 뉴잉글랜드 대부분이 휩쓸려 사라진 상황에, 메인 주 해변 가까이 있는 섬에서 두 커플이 갖가지 위기와 맞닥뜨린다는 묵시론적 이야기였다. 네 사람은 섬에 갇힌 채 치명적인 독극물이 자신들을 집어삼키지 않기를 바란다. 몸싸움과 말싸움과 섹스가 이어지고, 네 사람은 '유한한 삶의 진정한 의미'와 눈앞에 닥친 죽음을 이야기한다.

평단의 시선은 끔찍할 만큼 싸늘했다. 젠체하고 어이없는 영화라는 악평이 주를 이루었다. 재능은 없고 돈만 많은 사람이 역사상 가장 한심한 허영덩어리 영화에 돈을 낭비했다는 평이었다.

악평을 받은 필립 플렉은 다시 사람들의 시야에서 사라졌다. 이른바 '친구 무리'만 만난다는 소문이었다. 하지만 필립이 마침내 결혼했다는 소문이 퍼지면서 그 이름은 다시 화제로 떠올랐다. 〈마지막 기회〉의 시나리오 각색자가 필립의 결혼상대라는 소문이었다.

잠깐 옆길로 새자면, 브래드 브루스는 《타임》지에서 결혼 소식을 접하자마자 우리 사무실에 들러 나에게 말했다.

"그 빌어먹게 끔찍한 시나리오를 읽고 비웃지 않은 유일한 사람이라 결혼했나 봐."

평론가들이 필립 플렉의 자존심에 상처를 냈을지 모르지만 은행 계좌에는 그다지 해를 끼치지 않았다. 지난해 《포브스》 지에서 발표한 '미국의 부자 100인' 목록에서 필립 플렉은 8위에 올랐다. 필립은 맨해튼, 말리부, 파리, 샌프란시스코, 시드니에 집이 있었고, 안티과 섬(서인도제도 동부에 있는 작은 섬 : 옮긴이) 근처에 섬도 가지고 있었다. 보잉 767자가용 비행기도 있었다. 열성적인 미술품 수집가이기도 했고, 20세기 미국화가, 더 정확히 말하면 마더웰, 필립 커스톤, 로스코 등 1960년대 추상화가의 작품들을 주로 모았다. 자선기금도 많이 내놓았지만 무엇보다 영화에 대한 집착으로 가장 유명했다.

미국영화협회, 시네마테크 프랑세즈, 뉴욕대학교 영화학과 같은 유명 기구에도 큰돈을 기부했다. 《에스콰이어》 인터뷰에서도 그때껏 1만 편의 영화를 보았다고 말할 만큼 플렉은 열렬한 영화광이었다. 파리 좌안에 있는 유명 소형 영화관, 가령 〈아카톤〉과 〈악숑 크리스틴〉 같은 극장에서 필립을 보았다는 이야기가 나돌기도 했다. 하지만 정확히 그 모습이 포착된 적은 없었다. 생김새가 아주 평범해 눈에 띄지 않기로 유명했기 때문이다.

《에스콰이어》에 실린 플렉에 대한 소개는 은근히 비꼬는 투로 되어 있었다.

'디자이너의 옷은 잊으라. 가까이에서 만난 플렉의 성격은 모나고 몸집은 땅딸막한 보통 사람이었다. 말수도 적었다. 병적으로 낯을 가릴까? 아니면 천문학적인 재산 때문에 염세적인 자만심이 생겼을까? 알 수 없었다. 하지만 수백억 달러의 재산이 있다면 세상과 굳이 소통하려고 애쓸 이유가 없지 않을까? 필립 플렉을 만나 그가 소유한 엄청난 재산을 살피고 나서 찬찬히 뜯어보라. 그러면 이런 생각이 들 것이다. 신이 가끔 얼간이한테 미소를 보낼 때도 있구나.'

바비가 카리브해에 있는 플렉의 은신처에서 주말을 보내자고 제안한 뒤 나는 비서에게 곧바로 플렉과의 인터뷰 기사가 실린 《에스콰이어》를 가져오라고 해서 읽어보았다.

다 읽자마자 나는 바비에게 전화를 걸어 물었다.

"이 인터뷰 기사를 쓴 사람은 아직 목숨이 붙어 있어?"

"아마 그럴걸. 어쨌든 《뱅거 데일리 뉴스(미국 메인 주에서 발행되는 신문으로, 메인 주 소식을 주로 다룸 : 옮긴이)》의 기사보다는 나아."

"나는 이 정도의 악평을 들으면 글쓴이와 함께 자폭하겠어."

"그래, 하지만 재산이 이백억 달러면……."

"무슨 말인지 알겠어. 그래도 필립 플렉이 〈마지막 기회〉 때문에 온갖 비판에 시달렸으니 두 번 다시 영화판 쪽에는 고개도 안 돌리겠는데?"

"내가 필립에 대해 아는 게 있다면 바로 이런 거야. 필립이 속을 알 수 없는 사람이긴 하지만 절대로 포기하거나 굴복하지 않는다는 거야. 필립은 쉬지 않고 노력하는 사람이지. 원하는 게 있으면 반드시 손에 넣어야 하지. 지금은 필립이 자네를 원하고 있어."

그렇다. 내가 필립 플렉의 카리브해 별장에 초대된 이유는 그것이었다. 바비가 이 대단한 은둔자를 만나자고 나에게 전화했을 때부터 나는 그 이유를 짐작했다.

바비가 말했다.

"필립은 안티과 근처에 있는 자기 소유의 섬에서 일주일 동안 쉬고 있어. 섬 이름은 사프란이야. 한 마디로 파라다이스지."

"그 섬에 필립 플렉 혼자만 가는 타코벨도 있지?"

"왜 그렇게 비꼬길 좋아해?"

"그냥 자네가 엄청난 부자 친구를 둬서 좋겠다고 놀리는 것뿐이야."

"만나보면 알겠지만 필립은 정말 괜찮은 사람이야. 요즘은 자기 사생활을 핵폭탄 시험장 지키듯 철통같이 지키고 있지만 친구들끼리는 그저 보통 사람 이상도 이하도 아니야."

바비는 필립이 자기를 정말 좋아한다는 말도 덧붙였다.

"하긴 내가 누구나 좋아할 만한 사람이긴 하지."

"나쁜 뜻으로 말하는 건 아닌데, 자네가 어떻게 필립 플렉의 친구가 될 수 있었는지 모르겠어. 스탠리 큐브릭 감독보다도 만나기 힘든 사람 같은데……."

바비가 필립 플렉과 '한패'가 된 건 3년 전이었다. 필립이 세금 추적을 당하고 있어 세금 감면을 받을 수 있는 수단으로 영화 제작비 예산을 짜고 있을 때였다. 필립과 함께 제작에 참여한 제작자들 중에 바비의 고객도 있었다. 그 사람은 바비의 '천재적인 재정 운용 능력(바비의 말을 그대로 옮기면 그렇다)'을 알아보고 필립에게 소개했다. 바비는 샌프란시스코 러시안힐에 있는 필립의 '검소하고 작은 저택'에 초대됐다.

플렉과 바비는 한눈에 서로를 알아보았다. 편하게 이야기를 나눴고, 바비는 그 자리에서 아주 좋은 아이디어를 냈다. 영화를 아일랜드에서 만들면 2천만 달러의 제작비를 이듬해에 고스란히 환급받을 수 있다는 것이었다. 게다가 아일랜드 군부도 영화에 우호적이 될 것이라는 점을 역설했다.

그 결과 〈마지막 기회〉는 카운티클레어 해안에서 조금 떨어진 작은 섬에서 촬영했다. 실내 장면은 더블린에 있는 영화 촬영소에서 찍었다. 결과적으로 영화는 완전 실패했지만 바비는 필립과 친구가 되었다.

"믿거나 말거나 우리는 같은 언어를 써. 게다가 필립은 재정 문제에 대한 내 판단을 존중하지."

나는 '필립이 막대한 돈을 맡길 만큼 자네의 판단을 존중한단 말이야?'라고 묻고 싶었지만 꾹 참았다. 돈 문제에 관해서는 바비 같은 사람을 열두 명 정도 합쳐야 빌립 플렉에 견줄 수 있을 게 틀림없었기 때문이다. 내가 정말로 이해할 수 없었던 건 '필립 플렉처럼 사교성이라곤 없는 사람이 날라리 같은 바비의 어떤 면을 보고 친해질 수 있었는가?'였다. 나처럼 바비가 재미있는 사람이니 글을 쓸 때 등장인물의 소재로 쓸 수 있겠다고 생각했기 때문일까?

나는 바비에게 물었다.

"필립 플렉의 부인은 어떤 사람이야?"

"마사? 전형적인 뉴잉글랜드 여자야. 책벌레고. 에밀리 디킨슨 같은 타입을 좋아하는 사람. 자네 눈에는 예뻐 보일 수도 있어."

"자네가 에밀리 디킨슨을 알아?"

"에밀리 디킨슨과 데이트한 적은 없지. 그렇지만……."

바비는 눈치가 빨랐다. 그가 내 속마음을 알아채고 얼른 말을 이었다.

"우리끼리 얘기지만 필립이 마사를 천생연분이라 생각했을 때 모두가 당연하다고 여겼어. 이전에는 모임에 나갈 때 단순히 예쁘고 머리가 텅 빈 여자들을 대동하고 다녔지. 자기 이름도 제대로 쓸 줄 모르는 모델들 있잖아. 필립이 돈은 많지만 여자가 붙는 타입은 아니거든."

"그렇다면 지금의 부인을 만난 건 정말 다행이네."

나는 그렇게 말하면서 생각했다. 마사가 아무리 에밀리 디킨슨인 척해도 돈 냄새를 기막히게 맡는 사람인 건 분명하다고.

바비가 말했다.

"어쨌든 필립이 자네를 초청한 요점은 간단해. 아까도 말했지만 필립은 〈셀링 유〉를 아주 좋아해. 그냥 자네를 만나보고 싶대. 자네 커플이 사프란 섬에 와서 이틀쯤 지내라는 거야. 야자수 그늘 아래에서 푹 쉬다가 와."

"샐리도 같이?"

"방금 내가 말했잖아."

"그냥 만나서 인사하는 게 전부지?"

"그렇다니까."

바비는 망설이듯 말끝을 살짝 흐리다가 다시 말을 이었다.

"뭐, 일 얘기를 조금 하려는지도 모르지."

"그 정도는 나도 괜찮아."

"출발하기 전에 필립의 시나리오를 읽어 볼 수 있지?"

"그런 함정이 있을 줄 알았어."

"함정은 무슨……. 예의상 새 시나리오를 읽어 달라는 것뿐인걸."

"이봐, 나는 시나리오를 손보는 사람도 아니고……."

"거짓말. 〈셀링 유〉에서 자네가 쓰지 않은 에피소드의 대본들도 자네가 손보잖아."

"하지만 이건 얘기가 달라. 〈셀링 유〉는 내 시트콤이야. 이기적으로 들리겠지만 나는 정말이지 다른 사람의 시나리오를 응급처치해줄 생각이 없어."

"이기적이네. 그렇지만 더 들어 봐. 자네더러 시나리오를 손보라는 게 아냐. 아까도 말했지만 그저 예의상 읽는 것뿐이야. 그 이상은 없어. 더 정확히 말하면 문제는 그게 필립 플렉이 쓴 시나리오라는 점이지. 자네를 자가용 제트기에 태워 자기 섬으로 데려갈 사람. 자네에게 개인 수영장이 달리고, 집사가 있고, 다른 어디서도 볼 수 없는 6성급 서비스를 제공하는 스위트룸을 내줄 사람. 그렇게 완벽한 주말을 즐기는 대가로 시나리오를 읽는 게 뭐 그리 대수야. 게다가 지금 그 빌어먹을 시나리오가 내 앞에 있어서 아는데, 기껏해야 104쪽밖에 안 돼. 시나리오를 읽은 뒤에는 사프란 섬 야자수 그늘 아래에 앉아 피나콜라다를 홀짝이며 미국에서 여덟 번째로 돈이 많은 부자와 한 시간쯤 그 시나리오에 대해 이야기하면……."

바비는 잠시 말을 멈췄다. 숨을 쉬기 위해서이기도 하며 자기 말에 효과를 더하기 위해서이기도 했다.

"자, 이제 자네에게 다시 묻지. 그게 그렇게 힘든 일이야?"

"좋아. 시나리오를 퀵서비스로 보내."

두 시간 뒤에 시나리오가 도착했다. 그 사이에 나는 제니퍼가 인터넷에서 찾아 뽑은 인터뷰기사를 다 읽었고, 무척이나 호기심이 일었다. 필립 플렉의 모순된 면에 끌리지 않을 수 없었다. 엄청나게 많은 재산에 비해 너무나 초라한 재능이었다. 그리고 《에스콰이어》에 기사를 쓴 사람의 말을 따르자면 '창의력을 지녔다고 세상에 자랑하려고 안달난 사람'이었다.

인터뷰 기사에서 필립 플렉은 말했다.

'효용이 없으면 돈은 아무런 의미가 없습니다.' 그러나 그 많은 재산에도 사실은 재능이 없다고 밝혀졌다면? 그러면 어찌해야 하나? 나는 그런 아이러니를 관찰하며 며칠을 보내는 것도 나름 재미있겠다고 생각했다. 내 안의 고약한 심성이 발동한 것이다.

샐리도 엄청난 부자의 집에서 며칠을 보내는 게 재미있을 것 같다고 말했다. 샐리는 나에게 물었다.

"바비 바라한테 무슨 꿍꿍이가 있는 건 아니겠지?"

"바비는 필립 플렉의 섬에 한 번도 못 가 봤을 뿐더러 767제트기도 못 타 본 게 분명해. 어쨌든 시나리오는 받아어. 제니퍼에게 판권을 알아보라고 했는데, 필립 플렉이 저자인 것도 확실해. 바비가 지어낸 이야기는 아니야."

"어땠어?"

"몰라. 그냥 시나리오를 받아 놓기만 했어."

"금요일에 출발할 예정이면 미리 시나리오를 진지하게 읽어보는 게 좋겠어. 우리가 그 섬에서 즐기는 대가로 자기가 시나리오 이야기를 떠들어야 할 테니까."

"그러고 싶어?"

"필립 플렉의 섬에서 며칠 동안 한가롭게 노는 거? 당연히 그러고 싶지. 그렇게 며칠을 보낼 수 있으면 몇 달을 야근해도 괜찮아."

"이게 다 함정이라면?"

"동네방네 떠들어댈 이야깃거리가 생기는 거지."

그날 밤, 잠이 안 와 몸을 뒤척이다가 새벽 2시에 침대에서 나왔다.

거실에 앉아 필립 플렉의 시나리오를 꺼냈다.

제목은 〈재미와 게임〉이었다.

포르노 숍, 실내, 밤

버디 마일스(55세)는 입 한쪽 끝에 담배를 문 채 몹시 난잡한 포르노 숍 카운터 뒤에 앉아 있다. 버디가 앉아 있는 주변은 포스터들과 갖가지 잡지의 야한 표지들로 치장되었지만, 버디는 조이스의 〈율리시즈〉를 읽고 있는 것이 얼른 드러난다. 금전등록기 옆 시디플레이어에서는 말러의 교향곡 1번 앞부분이 흐른다. 버디는 머그잔을 들고 커피를 맛본다. 얼굴을 찌푸린 뒤 카운터 아래로 손을 뻗어 하이램워커 버번 위스키 병을 꺼낸다. 위스키 병을 따고 커피에 조금 따른 뒤 병을 다시 넣고 커피를 한 모금 마신다. 이번에는 빙긋 웃는다. 고개를 들자 카운터 앞에 한 남자가 서 있다. 남자는 두꺼운 겨울파카를 입고 있다. 귀끼지 덮는 털모자에 가려 얼굴이 안 보인다. 버디는 모자를 쓴 남자가 총을 겨누고 있는 것을 금세 알아챈다. 잠시 후, 모자를 쓴 남자가 말한다.

레온 : 지금 나오는 음악, 말러야?

버디 : (총을 보고도 놀라지 않은 채) 놀랍군. 몇 번 교향곡인지 못 맞힌 다는 데 십달러를 걸지.

레온 : 좋아. 교향곡 1번이야.

버디 : 지휘자를 못 맞힌다는 데 두 배 걸지.

레온 : 세 배를 걸어.

버디 : 갑자기 판돈을 너무 올린 것 아냐?

레온 : 그렇다고 할 수 있지. 하지만 총을 쥔 사람은 나야.

버디 : 엄연한 사실이군. 좋아, 세 배. 지휘봉을 휘두른 사람은 누구

일까?

레온 : (잠시 말없이 음악에 귀를 기울이다가) 번스타인.

버디 : 틀렸어. 게오르그 솔티가 지휘하는 시카고 심포니 오케스트라야.

레온 : 거짓말.

버디 : 직접 확인해 봐.

레온은 여전히 버디에게 총을 겨눈 채 시디플레이어 위를 열어 시디를 꺼내고 라벨을 들여다본다. 못마땅한 표정이다. 한참 들여다보다가 시디를 옆으로 치운다.

레온 : 빌어먹을! 시카고 심포니인지 몰랐어.

버디 : 귀를 한참 동안 기울여야지, 특히 관악 파트가 강조되는 부분에서. 이봐, 하려던 일은 계속할 거야?

레온 : 내 머릿속을 읽는군.(버디에게 가까이 다가간다.) 자, 금전등록기를 열고 나를 기쁘게 해 봐.

버디 : 문제없지.

버디가 금전등록기를 연다. 레온은 몸을 굽히고 총을 쥐지 않은 손으로 지폐를 집는다. 레온이 금전등록기에 손을 넣자 버디는 금전등록기 서랍을 탁 닫아서 레온의 손이 끼이게 하고, 다른 손으로는 재빨리 카운터 아래에서 엽총을 꺼낸다. 순식간에 레온의 손은 금전등록기에 끼이고, 머리에는 엽총 총부리가 닿아 있다. 레온은 손 때문에 아파 신음한다.

버디 : 총을 버리는 게 좋겠지?

레온은 버디가 시키는 대로 총을 떨어뜨린다. 버디는 여전히 레온의 머리에 총구를 댄 채 금전등록기 서랍에서 손을 빼고 레온의 모자를 벗긴다. 이제 레온의 모습이 드러난다. 흑인이고, 50대 중반이다. 버디는 눈이 휘둥그레져서 레온을 본다.

버디 : 레온? 레온 와치텔?

이제 레온의 눈도 휘둥그레진다. 레온도 그제야 버디를 알아본 것이다.

레온 : 버디 마일스?
버디 : (총구를 내리며)마일스 중사님이라고 불러야지.
레온 : 이게 도무지 무슨 일이죠?
버디 : 자네가 나를 못 알아봐?
레온 : 베트남전쟁이 벌써 언제 적 일입니까?

(커팅)

나는 그쯤에서 읽기를 멈추고 시나리오를 내려놓았다. 의자에서 얼른 일어선 나는 현관에 있는 커다란 벽장으로 갔다. 갖가지 상자들 속에서 비로소 내가 찾던 것을 꺼냈다. 트렁크였다. 무명 시절에 쓴 대본들로 가득 찬 트렁크. 자물쇠를 열었다. 실패한 시나리오와 제작되지 못한 드라마 대본 더미 깊숙한 곳에서 마침내 〈세 불평꾼〉을 찾아냈다. 앨리슨이 내 에이전시를 맡은 지 얼마 되지 않았을 때에 쓴 시나리오였다. 나는 소파로 갔다. 시나리오의 첫 페이지를 읽었다.

포르노 숍, 실내, 밤

포르노 숍, 실내, 밤
버디 마일스(55세)는 입 한쪽 끝에 담배를 문 채 몹시 난잡한 포르노 숍 카운터 뒤에 앉아 있다. 버디가 앉아 있는 주변은 포스터들과 갖가지 잡지의 야한 표지들로 치장되었지만, 버디는 조이스의 〈율리시즈〉를 읽고 있는 것이 얼른 드러난다. 금전등록기 옆 시디플레이어에서는 말러의 교향곡 1번 앞부분이 흐른다. 버디는 머그잔을 들고 커피를 맛본다. 얼굴을 찌푸린 뒤 카운터 아래로 손을 뻗어 하이램워커 버번 위스키 병을 꺼낸다. 위스키 병을 따고 커피에 조금 따른 뒤 병을 다시 넣고 커피를 한 모금 마신다. 이번에는 빙긋 웃는다. 고개를 들자 카운터 앞에 한 남자가 서 있다. 남자는 두꺼운 겨울파카를 입고 있다. 귀까지 덮는 털모자에 가려 얼굴이 안 보인다. 버디는 모자를 쓴 남자가 총을 겨누고 있는 것을 금세 알아챈다. 잠시 후, 모자를 쓴 남자가 말한다.
레온 : 지금 나오는 음악, 말러야?
버디 : (총을 보고도 놀라지 않은 채) 놀랍군. 몇 번 교향곡인지 못 맞힌다는 데 십달러를 걸지.

그 뒤도 필립 플렉의 시나리오에 적힌 그대로다. 필립의 시나리오를 한쪽 무릎에 올려놓고, 내 시나리오를 다른 무릎에 올려놓았다. 한 쪽씩 자세히 비교해보았다. 필립은 내 시나리오를 그대로 베꼈다. 필립이 한 달 전 〈영화 텔레비전 작가협회〉에 등록한 시나리오는 내가 8년 전에 쓴 작품이었다. 그저 아이디어만 빌린 게 아니었다. 단어 하나하나, 마침표 하나하나, 모두 똑같았다. 같은 글자체에 같은 포맷으로 프린트했고, 첫 장에 내 이름 대신 자기 이름을 넣고 그 첫 장만 바꿔치기하여 협회에 제출한 게 분명했다.

믿기지 않았고, 그저 화나는 정도가 아니었다. 큰 사건이었다. 작가협회에 알리고 표절로 공개적인 망신을 줄 수도 있었다. 필립처럼 사생활을 중요하게 여기는 사람이라면 표절 혐의가 공개되었을 때 언론이 얼마나 물어뜯으려 할지 잘 알 것이다. 나에게 시나리오를 보내면서 나의 분노를 사게 될 것이라는 점도 잘 알고 있었을 것이다.

도대체 필립 플렉은 무슨 생각으로 나에게 시나리오를 보냈을까?

손목시계를 보았다. 2시 41분. 바비의 말이 떠올랐다. '자네가 나를 필요로 하면 24시간 중 언제라도 전화해.'

수화기를 집어들었다. 바비의 휴대전화로 전화를 걸었다. 바비는 신호가 세 번 울리자 전화를 받았다. 뒤에서 요란한 테크노 음악과 빨리 달리는 자동차 엔진소리가 들려왔다. 바비는 넋이 빠진 목소리였다. 리탈린 계통의 약이나 코카인을 했을 것이다.

바비가 말했다.

"밤늦게 웬일이야?"

"통화하기 괜찮아?"

"지금 호텔방에서 헤더 퐁이라는 하와이 아가씨랑 뒹굴고 있다면 믿을래?"

"아니."

"아주 똑똑한 베네수엘라 부부랑 나스닥에 대해 늦게까지 상담하고 지금 집에 가는……."

"나는 시나리오를 읽었어. 필립 플렉은 도대체 무슨 생각으로 이런 짓을 한 거지? 내 시나리오를 베꼈잖아."

"아, 알아챘구나."

"곧장 알아챘지. 필립 플렉은 이제 큰일 났어. 내가 우선 뭘 할 거냐 하면 앨리슨에게 말해 고소장을 작성할 거고……."

"이봐, 지금이 새벽 세 시가 다 됐지만 상황은 제대로 짚어보자고. 필립 플렉은 자네에게 감사인사를 하는 거야. 모르겠어? 아주 진지하게 인사하고 있는 거라고. 자네가 쓴 시나리오로 영화를 만들고 싶대. 그게 필립 플렉의 다음 작품이 될 거야. 자네에게 큰 보상도 할 거야."

"시나리오는 자기 이름으로 내고?"

"필립 플렉의 재산은 자그마치 이백억 달러야. 멍청이가 아니지. 필립은 시나리오를 쓴 주인공이 누군지 잘 알고 있고, 그 시나리오를 정말 좋아한다는 뜻을 그저 자기 방식대로 전달하고 있는 것뿐이야."

"그냥 나에게 전화해서 시나리오가 정말 마음에 든다고 말하면 되잖아. 직접 전하지 않더라도 누군가를 시켜 전하게 하면 되잖아. 안 그래?"

"난들 알아? 필립 플렉은 누구한테나 늘 이상하게 행동해. 그렇지만 내가 자네라면 기뻐하겠어. 그 시나리오 원고료로 거금이 앨리슨에게 전해질 테고."

"아니, 그렇게 간단하게 넘어갈 문제가 아니야."

"이봐, 내 말대로 해. 자네가 반짝이는 유머 감각을 되찾게 잠을 자둬. 아침에 일어나면 모든 게 그저 재밌는 장난이었구나, 생각될 거야."

나는 전화를 끊었다. 갑자기 몹시 피곤했다.

필립 플렉의 속셈 따위를 더는 생각하기도 싫을 만큼 피곤했다. 하지만 침대에 들어가기 전, 두 시나리오의 첫 장을 연 채 나란히 주방 조리대에 올려놓았다. 옆에는 샐리에게 전하는 메모를 놓았다.

샐리, 이 이상한 표절에 대해 의견을 듣고 싶어.
사랑해.

그리고 가만가만 침실로 갔다. 침대에 눕자마자 곯아떨어졌다.
다섯 시간 뒤 잠에서 깨어났다. 샐리가 침대 끄트머리에 걸터앉아 카푸치노를 건넸다. 나는 잠이 덜 깨 웅얼웅얼하는 목소리로 고맙다고 인사했다. 샐리가 빙긋 웃었다. 샐리는 벌써 씻고 옷도 다 입은 차림이었다. 샐리의 겨드랑이에 낀 시나리오 두 개도 내 눈에 띄었다.
샐리가 물었다.
"내 의견을 정말 듣고 싶어?"
나는 카푸치노를 한 모금 마시고 고개를 끄덕였다.
"자, 엄밀히 말하자면 요즘 세상에 오리지널이란 없어. 그렇지? 쿠엔틴 타란티노가 1970년대의 한심한 범죄영화를 만난 셈이지."
"그것 참 고마운 말이네."
"내 의견을 듣고 싶다며? 그래서 내 의견을 말하는 것뿐이야. 어쨌든 이건 자기의 초기작이잖아. 솔직히 말하면 오프닝 신이 지나치게 작위적이야. 자기는 말러를 넣은 게 영리했다고 생각하지? 하지만 현실을 직시하자면 멀티플렉스 극장에 오는 대중들에게 그런 장치는 먹히지 않아."

나는 카푸치노를 한 모금 더 마시고 나서 말했다.

"아이코."

"나는 지금 자기가 쓴 시나리오가 형편없다는 말을 하는 게 아니야. 그 반대로 〈셀링 유〉가 히트작이 되게 만든 특징들이 그 시나리오에 다 들어 있다는 걸 지적하고 싶어. 중요한 건 자기가 그 시나리오를 쓴 뒤 훨씬 크게 발전했다는 사실이야."

나는 마음에 상처를 받은 목소리로 대꾸했다.

"알았어."

"어머, 설마 내가 인정할 수 없는 작품을 칭찬하길 바란 건 아니지?"

"아니, 칭찬받고 싶었어."

"하지만 그건 솔직한 의견이 아니잖아."

"이런 상황에서 솔직한 게 무슨 도움이 돼? 내가 듣고 싶었던 건 필립 플렉의 표절에 대한 자기 생각이야."

"표절? 좀더 자기 자신에게 솔직해질 수 없어? 자기도 내가 아는 다른 작가랑 다를 바 없는 사람이었어? 자기 작품을 바라볼 때는 유머감각이 전혀 없어지잖아. 필립 플렉이 표절한 시나리오를 자기에게 보내 반응을 떠보는 건 일종의 가벼운 장난이 아닐까? 모르겠어? 필립 플렉이 자기에게 어떤 메시지를 전하려 하는지 안 보여?"

"나도 알아. 내 시나리오에 공동작가로 이름을 올리려 하는 거지."

샐리가 고개를 갸웃했다.

"그래, 자기 말이 맞아. 자기가 필립 플렉한테 이 시나리오로 영화를 만들게 하려면 그 정도의 대가를 치러야 하겠지. 자기는 필립 플렉을 공동작가로 인정해야 해."

"왜?"

"그건 자기 스스로도 잘 알 거야. 그게 바로 게임의 법칙이니까. 게다가 솔직히 말하자면 최고의 시나리오는 아니잖아. 공동작가로 인정한들 별것 아니잖아."

나는 아무 말도 하지 않았다. 샐리가 다가와 내 정수리에 입을 맞췄다.

"그렇게 부루퉁해하지 마. 어쨌든 나는 자기에게 거짓말하기 싫어. 진부하고 시대에 뒤떨어진 시나리오잖아. 미국에서 여덟 번째로 돈이 많은 부자가 큰돈을 내고 그 시나리오를 사겠다잖아. 필립 플렉이 공동작가로 이름을 올리고 싶다고 한들 뭐 어때? 앨리슨도 분명 나와 같은 의견일 거야."

내가 앨리슨에게 전화해 필립 플렉의 장난에 대해 말했다.

"시나리오를 넘겨줘. 필립 플렉이 쓴 방법이 유치하긴 하지만 자기의 주목을 끌려면 그 수밖에 없었을 거야."

"공동작가로 이름을 올리겠다는 꿍꿍이 같은데 그것도 받아들여요?"

"여긴 할리우드고 이건 거래야. 발레파킹 요원도 시나리오에 자기 이름을 올릴 자격이 있다고 생각할걸. 어쨌든 자기가 쓴 작품 중에서 최고는 아니잖아."

나는 아무 말도 하지 않았다.

앨리슨이 말했다.

"어머, 무척이나 예민해진 침묵이네. 우리 작가 양반이 오늘따라 좀 감상적이 되셨나?"

"그래요, 조금."

"자기 〈셀링 유〉로 FRT방송국에서 대접을 받더니 응석받이가 됐어. 뭐든 자기 머리에서 나왔으니 다 자기 마음대로 해야 한다고 생각하지? 그렇지만 이걸 명심해. 이 시나리오가 실제로 제작에 들어가면 대작 영화가 되는 거야. 대작 영화가 만들어지려면 타협할 일이 많아. 물론 필립 플렉이 이 시나리오로 예술영화 따위를 만들 생각이라면 얘기는 달라지지만……."

"앨리슨, 이건 범죄영화 시나리오예요."

"필립 플렉의 손에 들어가면 존재론적 의미를 따지는 지루한 영화가 될 수도 있어. 〈마지막 기회〉를 봤잖아?"

"아직 안 봤어요."

"웃음거리를 찾는 셈치고 한 번 빌려 봐. 의도한 건 아니지만, 영화 역사상 가장 웃기는 영화니까."

앨리슨의 말대로 했다. 오후에 비디오 대여점에서 〈마지막 기회〉를 빌려 샐리가 퇴근하기 전에 보았다. DVD를 플레이어에 넣고 맥주를 딴 뒤 웃을 준비를 갖췄다.

오래 기다릴 필요도 없었다. 〈마지막 기회〉의 오프닝 신은 프루던스라는 인물의 클로즈업으로 시작됐다. 프루던스는 빼빼 마르고 흐느적거리는 몸에 펄럭펄럭하는 긴 망토를 걸친 여자였다. 카메라가 멀어지면 프루던스가 있는 곳이 황무지 섬의 바위 절벽임이 드러난다. 프루던스는 멀리 떨어진 육지에서 폭발로 버섯구름이 피어오르는 것을 지켜보고 있다. 끔찍한 핵폭발 광경에 프루던스의 눈은 점점 더 크게 휘둥그레진다. 그리고 이어지는 프루던스의 독백.

"세상이 끝나고 있어. 그 광경을 지금 내가 지켜보고 있어."

끔찍한 오프닝이었다. 몇 분 뒤, 프루던스와 함께 섬에 있는 등장인물들이 소개된다. 헬렌은 역시 깡마른 젊은 여자로, 프루던스와 다른 점은 뿔테안경뿐이다. 헬렌의 남편 허먼은 미친 화가로 살육이 벌어진 도시를 묵시론적으로 묘사한 커다란 추상화를 그린다.

허먼이 헬렌에게 말한다.

"물질에 속박된 사회에서 벗어나려고 여기에 왔어. 그런데 그 사회가 이제는 완전히 사라졌어. 마침내 우리 꿈이 이뤄졌어."

헬렌이 말한다.

"그래, 내 사랑. 맞는 말이야. 우리 꿈이 이뤄졌어. 그런데 문제가 있어. 우리도 죽어 간다는 거야."

이 이상한 사인조의 마지막 인물은 헬고르라는 스웨덴 은둔자다. 헬고르는 섬 구석에 있는 오두막이 소로의 월든 호수인 양 행동한다. 헬고르는 전기, 전기로 증폭된 소리, 수세식 화장실도 거부하고 유기농 땅에서 자라지 않은 것은 무엇이든 거부한다. 헬렌은 헬고르에게 빠져 있지만, 헬고르는 섹스도 거부한다. 그러나 세상이 끝났다는 말을 들은 뒤로, 헬고르는 금욕생활을 접고 헬렌의 유혹에 스스로를 떠맡기려 한다.

헬고르는 헬렌과 함께 오두막의 돌바닥에서 몸을 굴리며 말한다.

"당신 몸을 빨고 싶어. 당신의 생명력을 마시고 싶어."

미친 허먼은 프루던스와 섹스를 하고, 프루던스는 아이를 갖는다. 프루던스는 엄청난 깨달음이라도 얻은 듯 허먼에게 말한다.

"죽음이 모든 걸 삼키고 있는 동안 내 안에서 생명이 자라는 것을 느껴."

헬렌은 허먼이 프루던스와 바람피운 걸 알아챈다. 헬고르는 헬렌과 섹스한 비밀을 흘린다. 허먼과 헬고르는 주먹다짐을 벌인다. 그리고 30분 동안 지루한 침묵이 이어지다가 마침내 화해한다. 그 다음은 바위 베란다를 배경으로 인간 실존에 대한 긴 논쟁이 이어진다. 네 인물은 체스 판을 오가는 말처럼 단조롭게 움직일 뿐이다. 핵폭발에 이어진 불길이 육지에서 이글거리고 핵 구름이 섬으로 다가오기 시작한다. 사인조는 삶의 끈을 놓지 않기로 결심한다.

미친 허먼이 말한다.

"질식해서 인생을 마감할 수는 없어. 삶의 불꽃을 껴안아야 해."

그 말에 모두들 보트에 올라타고, 지옥 같은 육지로 향한다.

네 사람이 가는 곳이 '황혼' 임을 설명하듯 바그너의 오페라 〈신들의 황혼〉에 나오는 '지그프리드 라인 여행' 이 길게 흐른다. 암전. 엔딩 크레디트.

영화가 끝난 뒤에도 나는 한참을 멍하니 앉아 있었다. 그 다음에는 에이전시인 앨리슨에게 전화해 그 영화가 얼마나 형편없었는지 한참 떠들어댔다.

앨리슨이 말했다.

"그래, 정말 졸작이지?"

"이 사람과 일 못해요. 섬에 가기로 한 것 취소할래요."

"잠깐 기다려. 필립 플렉을 만나는 것까지 취소할 이유는 없잖아. 거기서 따사로운 햇빛을 즐기는 것도 재미있을 테고. 더 정확히 말하면 〈재미와 게임〉인지 뭔지 필립 플렉이 뭐라고 제목을 붙였든 그 시나리오를 못 팔 이유도 없잖아. 그 시나리오로 만든 영화가 마음에 안 들면 크레디트에서 이름을 빼달라고 하면 돼. 돈은 그 전에 다 받으면 되고. 나도 이번 건 만큼은 철저하게 돈만 생각하겠어. 일백만 달러는 거뜬히 받아낼 수 있을 거야. 필립 플렉은 그 정도는 기꺼이 낼 테니까. 자기 시나리오에 필립 플렉의 이름을 거는 게 우리끼리는 적당한 비밀이지만 어쨌든 그는 그 사실이 세상에 공개되기를 바라지 않을 거야. 입막음을 위해서라도 자진해서 큰돈을 내놓을걸."

"정말 인간의 본성을 그렇게 추악한 것으로 생각해요?"

"나는 에이전시잖아."

앨리슨과 통화를 마치고 나서 샐리에게 전화했다. 샐리의 비서는 3분 동안 내 전화를 통화대기로 둔 뒤 긴장한 목소리로 말했다.

"일이 좀 생겼어요. 십 분 뒤에 다시 전화하신답니다."

샐리는 한 시간쯤 지나고 나서야 전화했다. 나는 샐리의 목소리를 듣자마자 뭔가 심각한 일이 생겼다는 걸 알아챘다.

샐리가 떨리는 목소리로 말했다.

"빌 리바이가 심장마비를 일으켰어."

"세상에."

빌 리바이는 샐리를 폭스텔레비전으로 스카우트한 사람이었다. 샐리에게는 아버지 같은 존재며, 진심으로 신뢰하는 몇 안 되는 사람들 중 한 명이었다.

내가 물었다.

"심각해?"

"아주 심각해. 빌은 예산 회의 도중에 쓰러졌어. 다행히 회사 보건소 간호사가 구급차가 오기 전 심폐소생술을 할 수 있었어."

"빌은 지금 어디 있어?"

"UCLA병원 중환자실. 여긴 지금 엉망이야. 오늘은 좀 늦게 퇴근할 것 같아."

"알았어, 내 도움이 필요하면……."

그러나 샐리는 얼른 가봐야 한다고 말하며 전화를 끊었다.

샐리는 자정이 지나서야 집으로 돌아왔다. 지쳐서 기진맥진한 모습이었다. 나는 샐리를 껴안았다. 샐리는 가만히 내 팔을 풀고 소파에 털썩 주저앉았다.

"빌은 간신히 위기를 넘겼지만 아직 코마 상태야. 뇌 손상을 입었을지도 모른대."

"저런."

나는 샐리에게 독한 술을 한 잔 마시는 게 어떻겠냐고 말했다. 샐리는 그냥 페리에(프랑스산 생수 상표명 : 옮긴이)를 한 컵 달라고 했다.

"상황이 더 꼬였어. 빌의 부서를 당분간 스투 바커가 맡게 됐어."

나쁜 소식이었다. 스투 바커는 야망이 가득한 나쁜 놈으로, 오래전부터 빌 리바이의 자리를 노리고 있었다. 스투 바커는 샐리를 그다지 좋아하지 않았다. 샐리가 빌 리바이의 편이었기 때문이다.

내가 샐리에게 물었다.

"자기는 어떻게 할 생각이야?"

"이런 상황에서 내가 해야 할 일은 주의를 집중하는 것뿐이야. 바커 자식이 내가 폭스텔레비전에서 한 일들을 깎아내리지 못하게 막아야지. 필립 플렉의 섬에는 못 가게 됐어."

"그거야 당연하지. 바비한테 지금 전화해 못 간다고 말할게."

"자기는 가야지."

"자기가 이런 위기에 처했는데? 말도 안 돼."

"난 앞으로 일주일은 일에만 집중해야 돼. 바커가 부서 책임자로 있는 한 나는 하루 열다섯 시간 동안 사무실에서 꼼짝 않고 상황을 지켜봐야 해."

"좋아, 그래도 내가 집에서 자기를 기다려야지. 홍차와 마티니와 위안의 말을 준비하고."

샐리가 내 손을 꽉 쥐었다.

"정말 고마워. 하지만 나는 차라리 자기 혼자 여행을 다녀오면 좋겠어."

"샐리……."

"난 정말이지 혼자 일을 해결하는 게 더 편해. 누군가 옆에서 도우려고 하면 집중력이 흐트러지게 되거든. 혼자서 자리를 지키는 데 온 힘을 쏟고 싶어. 더구나 자기는 이번 기회를 놓치면 안 돼. 섬에 간 게 최악의 선택이었다고 해도 그저 웃을 일밖에 더 있겠어? 게다가 호사스럽게 지내다 올 수 있잖아. 일이 잘 풀리면 큰돈이 기다릴 테고. 스투 바커가 나를 회사에서 내몰아도 우리에게는 돈이 있을 테니 걱정 없잖아. 그렇지?"

샐리의 말은 사실이 아니었다. 샐리는 다른 방송국 이사직으로 옮길 수 있었다. 내가 집에 있겠다고 우겼지만 샐리는 뜻을 굽히지 않았다.

"내 말을 오해하지 마."

나는 샐리가 나를 집 밖으로 내몰려 해도 괜찮은 척하며 말했다.

"오해 안 해. 자기가 나더러 필립 플렉 행성에 가라고 하니 그 말대로 할게."

샐리는 내 입술에 가볍게 키스하며 말했다.

"고마워. 미안한데, 루이스랑 피터와 함께 전화로 회의를 하기로 했어."

루이스와 피터는 폭스텔레비전의 이사들 중에서 샐리와 가장 친한 사람들이었다.

나는 소파에서 일어서며 말했다.

"알았어. 침실에서 기다릴게."

샐리가 전화기를 집어들며 말했다.

"오래 안 걸려."

그러나 내가 두 시간 뒤에 잠들 때까지 샐리는 침대로 오지 않았다.

이튿날 아침, 일곱 시에 눈을 떴다. 샐리는 이미 출근한 뒤였다. 옆 베개에 메모가 놓여 있었다.

'아침 일찍 팀 회의가 있어. 나중에 전화할게.'

메모 끝에는 'S' 자가 적혀 있었다. 글씨에는 애정이 담겨 있지 않았다. 그저 이름의 이니셜을 갈겨썼을 뿐이었다.

한 시간 뒤, 바비 바라가 전화했다. 바비는 필립 플렉의 자가용 운전사가 다음날 아침 우리를 태우고 버뱅크공항까지 데려갈 것이라고 했다.

"767기는 필립이 일요일에 타고 갔대. 안타깝지만 걸프스트림을 타야 하겠어."

"그건 괜찮아. 그런데 나 혼자 갈 것 같아."

나는 폭스텔레비전에서 샐리가 처한 위기 상황을 대충 설명하고 양해를 구했다.

"나로서는 잘됐네. 아, 기분 나쁘게 듣지 마. 어쨌든 샐리가 못 가게 됐다고 해도 내가 술을 마시며 꺼이꺼이 울 일은 아니라는 말이야."

바비는 필립 플렉의 운전사가 다음날 아침 여덟 시에 집으로 올 것이라고 말했다.

"친구, 마음껏 즐겨."

바비는 그렇게 말하고 전화를 끊었다.

나는 작은 가방을 꾸리고 〈셀링 유〉 사무실로 갔다. 1회와 2회 대본 초안을 살펴보았다. 샐리는 전화 한 통 없었다. 밤에 집으로 돌아왔다. 집 전화응답기에도 샐리가 남긴 메시지는 없었다. 나는 〈세 불평꾼〉을 다시 읽었다. 이야기의 틀, 진행 속도 등을 개선하고 시대에 맞게 고칠 방법 몇 가지를 메모했다. 불필요한 대사를 빨간색 사인펜으로 지우기 시작했다. 시나리오에서는 말을 적게 할수록 이야기를 많이 전달할 수 있다. 대사는 간단하고 간략하게 쓰고 화면이 이야기를 전달하게 해야 한다. 영화는 화면으로 말하는 매체다. 화면이 있는데 말을 많이 하는 건 쓸데없는 짓이다.

밤 11시. 시나리오를 절반쯤 수정했다. 샐리에게서는 아직 연락이 없었다. 샐리의 휴대전화로 전화를 걸어 볼까? 그러다가 얼른 그 생각을 지웠다. 내가 혼자서 아무것도 못하는 사람이나 잔소리꾼('왜 아직 집에 안 들어오니?' 같은 말을 하는 부모 같은 존재)으로 비치기는 싫었다. 그래서 그냥 침대로 갔다.

이튿날 아침 7시, 알람 소리에 잠에서 깼다. 옆 베개에 또 메모가 놓여 있었다.

'미치겠어. 밤 한 시에 들어왔어. 아침 여섯 시 삼십 분에 폭스텔레비전 법률 자문들과 조찬회의를 갖기로 해서 얼른 나가봐야 해. 아침 여덟 시에 전화해. 아, 선탠 잘해.'

이번에는 끝에 '사랑하는 S가'라고 적혀 있었다. 그 마지막 인사에 기운이 났다. 하지만 그 메모에 적힌 대로 한 시간 뒤에 전화하자 샐리는 무뚝뚝하게 받았다.

"지금은 곤란해. 휴대전화 가져가지?"

"물론이지."

"그럼 내가 다시 전화할게."

샐리가 전화를 끊었다. 나는 샐리의 퉁명스러운 말에 신경 쓰지 말자고 스스로를 타일렀다. 샐리는 프로였다. 프로는 힘든 상황에 처했을 때 이렇게 행동한다.

몇 분 뒤, 초인종이 울렸다. 제복을 입은 운전사가 밖에서 기다리고 있었다. 운전사 옆에는 링컨 타운 카가 서 있었다. 번쩍거리는 새 차였다.

"안녕하십니까? 준비되셨습니까?"
내가 말했다.
"네, 태양 아래에서 즐길 준비가 다 됐습니다."

제4장

걸프스트림의 승객은 바비와 나, 둘뿐인데 승무원은 네 명이었다. 조종사 두 명, 스튜어디스 두 명. 두 스튜어디스는 똑같은 금발에 20대로 학창시절에 고적대 단원이었을 것 같았다. 이름은 셰릴과 낸시였다. 바비는 플렉의 자가용 비행기들을 장난삼아 '플렉항공'이라 불렀다. 이륙하기도 전에 바비는 벌써 셰릴에게 추근거렸다.

"비행하는 동안 마사지를 받을 수 있나요?"

셰릴이 말했다.

"그럼요. 요즘 제가 안마를 공부하고 있어요."

바비가 능글맞게 웃으며 말했다.

"아주 특별한 곳에도 안마를 받고 싶다면?"

셰릴의 미소가 어색해졌다. 셰릴은 나에게 말을 걸었다.

"이륙하기 전에 마실 것 좀 드릴까요?"

"고마워요. 탄산수가 있나요?"

바비가 말했다.

"데이비드, 왜 그래? 이런 여행을 시작할 때에는 프랑스 샴페인 같은 걸로 건배해야지. 플렉항공 비행기에는 크리스털 샴페인만 있어."

바비가 셰릴에게 또 물었다.

"크리스털 샴페인뿐이죠?"

셰릴이 말했다.

"네, 기내에 있는 샴페인은 크리스털입니다."

바비가 말했다.

"그럼 크리스털 두 잔 부탁해요. 킹 사이즈로."

셰릴이 말했다.

"알겠습니다. 이륙하기 전에 아침을 드시겠어요? 원하시면, 낸시가 아침 주문을 받을 겁니다."

바비가 말했다.

"그것도 좋군요."

셰릴이 간이 주방으로 간 뒤, 바비가 나에게 말했다.

"활달한 치어리더 타입 좋아해? 귀엽네."

내가 말했다.

"자네는 정말 망나니야."

"내가? 그냥 작업 좀 건 거야."

"은밀한 곳을 마사지 받고 싶다는 게 작업이야?"

"그렇게 노골적으로 말한 적 없어. 은근히 돌려 말했지."

"퍽이나 은근하더라. 그리고 샴페인 킹사이즈는 뭐야? 여기가 버거킹이야? 바비, 좋은 손님이 갖춰야 할 첫째 요건이 뭔지 알아? 그 집에

91

서 일하는 사람과 동침하지 말 것."

"이봐, 고지식쟁이 양반, 당신도 여기 손님이야."

"그렇게 행동하면 자네가 뭐가 되겠어?"

"단골손님."

셰릴이 샴페인 잔을 들고 나타났다. 물고기 알을 올린 작은 삼각형 빵도 가져왔다. 알은 검은색이었다.

바비가 물었다.

"철갑상어 알인가요?"

셰릴이 대답했다.

"이란 철갑상어 알입니다."

기장의 목소리가 스피커로 울렸다. 이륙할 테니 안전벨트를 매라는 방송이었다. 비행기 좌석은 깃털이 빵빵하게 들어간 가죽 안락의자였다. 의자는 바닥에 볼트로 고정되었지만, 360도로 회전할 수 있었다. 바비의 말에 따르면, 작은 걸프스트림이었다. 앞쪽 객실에는 좌석이 여덟 개뿐이고, 작은 더블 침대 하나, 사무 공간, 뒤쪽 객실에 소파 하나가 있었다. 오늘 아침 이 비행기는 바비와 나만을 위해 비행하고 있었다. 그러나 내가 불평할 일은 아니었다. 나는 샴페인을 마셨다. 비행기는 유도로를 이동하다가 잠시 멈췄다. 그런 다음 활주로를 달렸다. 어느새 우리는 하늘에 떠 있었다. 샌 페르난도 밸리가 아래로 멀어졌다.

바비가 물었다.

"자, 뭐 할까? 영화 볼까? 포커 칠까? 점심으로 샤토브리앙을 먹을까? 바닷가재 꼬리도 있을걸."

내가 말했다.

"나는 할 일이 있어."

"엄청나게 재밌겠네."

"플렉을 만나기 전에 시나리오를 수정해야 해. 섬에 플렉의 비서도 있을까?"

"섬에 사무시설도 완벽하게 갖춰져 있어. 시나리오를 타이핑하는 것쯤은 문제없어."

낸시가 아침 주문을 받으러 왔다.

바비가 물었다.

"달걀흰자로 만든 부들부들한 오믈렛을 먹고 싶어요. 관자를 넣고 그뤼에르 치즈를 아주 살짝 넣은 걸로. 될까요?"

낸시가 난감한 표정으로 대답했다.

"그럼요."

낸시가 미소를 지으며 나에게 물었다.

"손님은 뭘 드시겠어요?"

"그레이프프루트와 토스트, 블랙커피를 주세요."

바비가 나에게 물었다.

"언제부터 모르몬 교도가 됐어?"

"모르몬 교도는 커피를 안 마셔."

그런 다음 바비에게 실례한다고 말하고 뒤쪽 객실로 일하러 갔다.

〈세 불평꾼〉 시나리오와 빨간 사인펜을 꺼내 책상 위에 올려놓았다. 앞쪽 절반을 쭉 읽었다. 수정한 내용이 대체로 만족스러웠다. 1993년에 쓴 원래 시나리오를 보면서 나 스스로도 놀랐는데, 당시 내가 모든 걸 강조하려고 너무 애쓴 흔적이 역력했기 때문이다. 마치 굴착기로 구멍을 뚫어 강조한 것 같았다. 괜찮은 대사가 여기저기 있긴 했지만, 나의 지적 허영을 드러내려고 안간힘을 쓴 것도 역력했다. 맙소사. 기본적으로 그 시나리오는 범죄영화 시나리오일 뿐이었다. 그런데 나는 잘난 체하는 대사로 장식해서 가장하려 했다. 기껏해야 자기만족에 불과한 일이었다. 자만심이 흘러넘치는 시나리오였다. 나는 수정 작업을 계속했다. 지나치게 설명적인 대사, 불필요한 사건 등을 엄청나게 많이 쳐냈다. 시나리오는 훨씬 단단하고 어둡고 풍자적이 됐다. 그리고 확실히 더 깔끔해졌다.

다섯 시간을 내리 일했다. 바비가 어이없는 주문을 추가하며 내는 휴 헤프너 같은 느끼한 목소리 가령 "번거로운 부탁인지 알지만 바나나 다이커리(럼주, 레몬주스, 설탕 등으로 만드는 칵테일 : 옮긴이) 하나 주실래요?", 바비가 전화로 업무 통화를 하는 소리, 로스앤젤레스의 사무실에 전화해 직원에게 소리쳐 명령하는 소리만이 방해될 뿐이었다.

셰릴이 가끔 뒤쪽 객실에 나타나 내 잔에 커피를 따르고 필요한 게 없는지 물었다.

"제 친구 입에 재갈을 물려주실 수 있나요?"

셰릴이 빙긋 웃었다.

"저도 기꺼이 그러고 싶어요."

앞쪽 객실에서 바비가 전화기에 대고 내지르는 소리가 들렸다.

"이 멍청아, 잘 들어. 당장 해결하지 않으면, 네 여동생만 작살나는 게 아냐. 네 엄마도 작살날 줄 알아."

셰릴의 미소가 또 어색해졌다.

내가 말했다.

"저 사람과 이제부터 친구 사이 안할래요. 저 사람은 이제 그냥 내 투자 관리인일 뿐이에요."

"저 분이 돈을 많이 벌어다주는 게 틀림없겠네요. 더 필요하신 것 없나요?"

"저 친구 통화가 끝나면 전화를 쓰고 싶어요."

"기다리시지 않아도 됩니다. 전화는 또 있습니다."

셰릴이 책상에 놓인 전화기를 집어 다른 회선 버튼을 누른 뒤 수화기를 나에게 건넸다.

"앞에 지역 코드만 붙여 전화를 거시면 됩니다."

셰릴이 나간 뒤, 나는 샐리의 휴대전화로 전화했다. 연결음이 두 번 울리고 곧장 메시지로 넘어갔다. 나는 실망한 티를 감추려고 애쓰며 높은 어조로 메시지를 남겼다.

"자기, 나야. 일만 미터 상공이야. 우리도 크리스마스에 걸프스트림 한 대 사자. 여행을 하려면 이 정도는 타야겠어. 물론 바비 바라는 빼고. 바비는 지금 저질 남자 연기로 오스카 남우주연상에 도전하고 있어. 어쨌든 전화한 용건은 거기 일이 다 잘 되어가고 있는지 궁금해서야. 지금 자기가 내 옆에 있으면 정말 좋겠다는 말도 전하고 싶었어. 사랑해. 복잡한 회사 일에서 잠깐 벗어나 쉴 여유가 생기면 나에게 전화해. 또 연락하자. 안녕."

응답기에 대고 말할 때마다 늘 느끼는 공허감과 함께 전화를 끊었다. 그리고 나서 다시 시나리오를 수정하기 시작했다.

다섯 시간 뒤, 안티과에 착륙할 즈음 시나리오의 수정사항을 훑어보았다. 이야기 구조도 한층 탄탄해졌고 대사도 명료해졌다. 만족스러웠지만 다시 타자해 읽게 되면, 읽자마자 더 수정하고 싶으리란 걸 잘 알고 있었다. 생각이 꼬리에 꼬리를 물었다.

필립 플렉이 정말 이 시나리오를 영화로 만들 생각이라면 내가 완전히 새로 쓰기를 바라겠지? 새로운 초고가 나오면 재고에 재고를 거듭할 테고, 교정자가 나타나 또 다듬고 고치고, 세 번째 작가가 액션 장면을 더 다듬고, 네 번째 작가가 줄거리에서 강조할 부분을 다듬고, 그러다가 플렉이 갑자기 배경을 시카고에서 니카라과로 바꾸기로 마음먹고, 이야기는 니카라과 혁명군에 대한 뮤지컬이 되어 게릴라들이 노래하고…….

내가 다시 앞쪽 객실에 나타나자 바비가 말했다.

"남자 그레타 가르보 씨가 돌아오셨군. 다시는 자네와 여행하지 않겠다는 내 결심을 북돋우려고 오셨나?"

"이봐, 일은 일이잖아. 내일 플렉에게 새 시나리오를 선보여야지. 어쨌든 통화하는 소리를 들으니까 자네도 몹시 바쁘던걸. 자네가 협박한 사람은 회사 직원이야?"

"내 거래를 망친 놈."

"내가 혹시 자네 기분에 거슬릴라치면 얼른 알려 줘."

"이봐, 나는 고객을 엿 먹이진 않아. 엿 먹인다는 말도 어디까지나 은유고."

바비는 그렇게 말하더니 특유의 미소를 지으며 나에게 눈을 찡긋했다.

"물론 고객이 나에게 엿을 먹일 때는 예외지. 하지만 고객이 나에게 엿을 먹일 일이 뭐 있겠어? 그렇지?"

나도 바비를 보며 씽긋 웃었다.

"그럼, 그럴 일이 왜 있겠어?"

기장의 목소리가 스피커에서 울렸다. 곧 착륙하니 안전벨트를 매라는 방송이었다. 창밖을 내다보았다. 아래는 온통 푸른 바다였다. 그러다가 갑자기 바다가 사라졌다. 비행기가 아래로 내려가기 시작했다. 허름한 도시가 모습을 드러냈다. 찌그러진 주사위들이 줄지어 늘어선 양 초라한 가정집들이 늘어선 풍경이 보였다. 집들도 금방 사라졌다. 그리고 야자수와 포장도로가 눈앞에서 솟아오르기 시작했다. 햇빛은 사정없이 내리쬐였다.

비행기는 착륙한 뒤에도 공항터미널 건물과 멀리 떨어진 곳으로 움직였다. 셰릴이 문을 열고 트랩을 내리는 버튼을 눌렀다. 열대의 열기가 확 밀려들었다. 두 남자가 기다리고 있었다. 햇빛에 그을린 갈색 피부에 파일럿 유니폼을 입은 금발 남자와 안티과 경관이었다. 경관은 스탬프와 잉크를 들고 있었다.

우리가 땅에 내리자마자 조종사가 말했다.

"바라 씨, 아미티지 씨, 안티과에 오신 걸 환영합니다. 저는 스펜서 비숍입니다. 오후에 제가 사프란 섬까지 모실 겁니다. 하지만 우선 안티과 입국 수속을 마치셔야 합니다. 이 분께 여권을 보여 주시겠습니까?"

우리는 경관에게 여권을 건넸다. 경관은 사진이 맞는지도, 여권이 유효한지도 확인하지 않은 채 그저 빈 페이지에 입국 비자 스탬프를 찍고 다시 우리에게 돌려주었다. 조종사는 경관에게 고맙다고 인사하고 악수를 나누었다. 악수하는 경관의 손에 작게 접힌 미국 은행수표가 보였다. 조종사는 내 어깨를 가볍게 톡 치고, 비행기에서 100미터쯤 떨어진 곳에 있는 작은 헬리콥터를 가리켰다.

"저기에 타십시오."

몇 분 뒤, 우리는 안전벨트를 맨 채 좌석에 앉아 헤드셋으로 대화를 나누었다. 헬리콥터 날개 소리 때문에 목소리를 알아들을 수 없었기 때문이다. 헬리콥터가 솟아오르고, 공항은 멀어졌다. 그리고 다시 푸른 바다가 펼쳐졌다. 나는 창밖에 펼쳐진 물빛 수평선을 내다보았다. 그 순수한 색과 끝없는 너비에 감동했다. 그러다가 목적지가 점점 확실한 모습을 드러내기 시작했다. 둘레가 800미터쯤 되는 섬 곳곳은 빼곡한 야자수 숲으로 짙푸르고, 한가운데에는 층이 낮은 집이 길게 놓여 있었다. 선착장도 보였다. 배 몇 척이 매여 있었다. 선착장 옆은 긴 모래사장이었다. 그러다가 아래에 갑자기 둥근 아스팔트가 나타났다. 가운데에는 커다란 X표가 보였다. 파일럿은 금세 X표 바로 위로 헬리콥터를 몰았고, 아주 살짝만 덜컹거리며 X표 위에 딱 맞춰 착륙했다.

또 두 명이 기다리고 있었다. 남자와 여자. 둘 다 20대 후반이고, 금발에 까맣게 탄 피부였다. 열대 기후에 맞춘 유니폼을 똑같이 입고 있었다. 카키색 반바지, 흰 양말과 흰 나이키 운동화, '사프란 섬'이라는 단어가 이탤릭체로 보일 듯 말 듯 수놓인 파란색 폴로셔츠. 어린이 여름캠프의 지도교사 같았다. 남녀 옆에는 짙푸른색 랜드로버 디스커버리가 서 있었다. 남녀는 잘 관리된 이를 드러내며 환하게 웃었다.

남자가 말했다.

"아미티지 선생님, 어서 오십시오."

여자가 말했다.

"바라 씨, 다시 오신 걸 환영합니다."

바비가 말했다.

"다시 만나 반가워요. 메건, 맞죠?"

"기억력이 정말 좋으시네요."

"아름다운 숙녀 분은 절대 안 잊어버리죠."

나는 눈이 돌아갔지만 아무 말도 하지 않았다.

남자가 말했다.

"저는 게리입니다. 바라 씨께서 말씀하셨듯이 이쪽은 메건이고……."

"저는 그냥 멕이라고 부르세요."

"머무시는 동안 저희가 모실 겁니다. 필요한 일이 있으면 언제라도 저희들을 부르십시오."

바비가 물었다.

"각자 누구 담당이죠?"

게리가 말했다.

"바라 씨, 지난번에 멕이 바라 씨를 모셨으니까 이번에는 멕이 아미티지 선생님을 모시는 게 좋겠다고 생각합니다."

나는 멕과 게리를 흘깃 쳐다보았다. 두 사람은 계속 미소를 짓고 있었고, 다른 표정은 보이지 않았다. 바비는 입술을 비죽 내밀었다. 실망한 표정이었다.

바비가 말했다.

"뭐, 누구든 상관없어요."

게리가 재빨리 움직이며 말했다.

"그럼, 짐을 차에 싣겠습니다."

멕이 나에게 물었다.

"아미티지 선생님, 가방이 몇 개죠?"

"하나뿐입니다. 아, 그리고 그냥 성은 빼고 짧게 부르세요."

캠프 지도 교사가 우리 가방을 싣는 동안 바비와 나는 랜드로버에 올라탔다. 시동이 켜져 있고, 에어컨도 돌아가고 있었다.

내가 바비에게 말했다.

"어디 보자……. 자네, 지난번에 여기 왔을 때 멕한테 치근거렸지?"

바비가 고개를 갸웃했다.

"이봐, 거시기를 달고 나왔으니 어쩔 수 없잖아?"

"멕이 빈틈도 안 줬지? 자네, 멕의 엉덩이에 손대려고 하다가 헤드록에 걸려서 호되게 당했지?"
"그렇게까지 심하게 치근대지는 않았어. 이제 그 이야기는 그만하면 안 될까?"
"바비, 나는 자네 연애모험담이 좋아. 감동적이거든."
"이렇게 말할게. 내가 자네라면 멕의 근처에는 얼씬도 안 하겠어. 이두박근이 남자 군인 같거든."
"샐리가 집에서 기다리고 있는데 내가 왜 멕한테 얼씬거리겠어?"
"아이고, 정조남 나셨네. 모범 남편 모범 아버지 상이라도 받겠어."
"닥쳐."
"이봐, 농담이었잖아."
"나도 농담이었어."
"알았어, 알았어."
"바보짓을 하는 수업이라도 들었어? 아니면 타고난 거야?"
"아픈 데를 건드렸다면 미안해."
"아픈 데도 아니고……"
바비가 씩 웃으며 말했다.
"전 부인과 아이를 떠난 게 아픈 데가 아니었어?"
"이 쓰레기."
"자, 이제 휴전하자."
멕이 자동차 조수석 문을 열고 물었다.
"불편한 데는 없으시죠?"
바비가 말했다.
"처음으로 싸우고 있었어요."

게리가 운전석에 올라타고 기어를 넣더니 비포장도로를 달렸다. 나뭇가지가 캐노피처럼 위를 가렸다. 일분쯤 지났을까. 나는 뒤를 돌아보았다. 작은 착륙장은 보이지 않았다. 앞에는 정글뿐이었다.

게리가 말했다.

"드릴 말씀이 있습니다. 플렉 씨는 두 분을 모시게 되어 무척 기뻐하십니다. 이 섬에서 즐거운 시간을 보내시기 바란다고 전하랍니다. 플렉 씨는 며칠 섬을 비워야 해서……."

내가 불쑥 말했다.

"뭐요?"

"플렉 씨는 어제 떠나셨습니다. 며칠 뒤에 돌아오십니다."

바비가 말했다.

"농담이죠?"

"바라 씨, 농담이 아닙니다."

바비가 말했다.

"우리가 오는 걸 플렉도 알고 있잖아요?"

"물론 알고 계십니다. 이렇게 급히 떠나게 되어서 안타깝다고……."

바비가 물었다.

"사업상 큰일이 닥쳤나요?"

게리가 슬쩍 웃으며 말했다.

"꼭 그런 건 아닙니다. 플렉 씨가 낚시에 얼마나 열심인지 잘 아시죠? 세인트빈센트 해안에 청새치 떼가 나타났다는 말에……."

바비가 말했다.

"세인트빈센트요? 여기서 배로 이틀은 걸리잖아요?"

"정확히 말하면 서른여섯 시간이 걸립니다."

바비가 말했다.

"플렉이 오늘 밤에 거기 도착해 내일 낚시를 하면, 사흘 전에 여기에 오기는 글렀다는 뜻이잖아요?"

"맞습니다. 하지만 플렉 씨는 두 분께서 사프란 섬에서 마음껏 즐기시기 바란다고 전하라 하셨습니다."

바비가 말했다.

"플렉이 만나러 오라고 해서 일부러 온 건데요?"

게리가 말했다.

"며칠 뒤면 만나시게 됩니다."

바비가 팔꿈치로 나를 쿡 찔렀다.

"어떻게 생각해?"

내가 하고 싶은 말은 따로 있었다. '자네는 플렉과 엄청 친하다면서?' 였다. 하지만 바비와 더는 말싸움하고 싶지 않았다. 그래서 그저 간단히 말했다.

"나더러 작가와 청새치 중에서 한쪽을 고르라고 하면, 나 역시 청새치를 고르겠어."

"그래, 그렇지만 물고기는 엉망인 나스닥 시장과 고객을 걱정하지 않아도 되잖아."

"바라 씨, 저희 비즈니스센터에서는 원하는 주식시장 어디든 곧장 연결됩니다. 바라 씨와 바라 씨 고객들을 위해 이십사 시간 연결되는 전용라인도 구비해 드리겠습니다. 그러니까 비즈니스 문제로 걱정하실 일은 없습니다."

멕이 끼어들었다.

"그리고 일기예보로는 다음 주 날씨가 더없이 좋답니다. 비도 안 오고, 남풍이 부드럽게 분답니다. 온도는 화씨 팔십오 도에 계속 머문답니다."
 게리가 말했다.
 "그러니까 시장 흐름을 놓치지 않으면서 선탠도 하실 수 있죠."
 바비가 나에게 물었다.
 "화났어?"
 물론 화났지만 계속 태연한 척하기로 마음먹었다. 그래서 고개를 갸웃하며 말했다.
 "이참에 햇빛이나 좀 즐기지, 뭐."
 랜드로버는 정글을 계속 덜커덩거리며 달렸다. 그러다가 평지가 나타났다. 게리는 야외주차장 옆에 차를 세웠다. 주차장에는 랜드로버 세 대와 커다란 흰색 밴이 세워져 있었다. 랜드로버 네 대와 밴이라니, 이 작은 섬에 웬 차가 이렇게 많이 필요한지 묻고 싶었지만, 역시 아무 말도 하지 않았다.
 멕은 자갈길로 이루어진 좁은 인도를 앞장서서 걸어갔고, 나는 멕을 뒤따랐다. 10미터쯤 가자 커다란 장식용 연못을 건너는 작은 다리가 나왔다. 연못에는 갖가지 열대어가 있었다. 연못을 내려다보며 걷다가 고개를 들자 탄성이 절로 나왔다. 눈앞에 거대한 플렉의 저택이 보였다.
 하늘에서 볼 때에는 그저 커다란 통나무 목재가 누워 있는 것처럼 보였는데 가까이에서 보니 독특한 현대 건축물이었다. 커다란 창문과 목재 외관이 단층으로 길게 누워 있었다. 건물 양끝에는 각각 대성당 같은 탑이 있었다. 탑의 네 면은 모두 유리였다. 날개 같은 이 두 탑 사이에 더 작은 V자 모양의 탑들이 늘어서 있고, 탑마다 큰 유리창이 있었다. 나무 보도를 따라 걷다가 모퉁이를 돌았다. 또 탄성이 나올 뻔했지만 꾹 참았다. 자연 바위로 만든 거대한 수영장이 저택 바로 앞에 있었다. 수영장 뒤는 바다였다. 집 안에서 카리브해를 그대로 바라볼 수 있는 곳이었다.

내가 말했다.

"세상에, 전망 좋네."

바비가 말했다.

"그래, 아주 대단하지."

바비의 휴대전화가 울렸다. 바비는 인사를 나눈 뒤 곧장 일 이야기로 들어갔다.

"마진요?……네, 하지만 작년 이맘 때에는 29에 거래했죠.……당연히 네스케이프를 주시해 왔습니다.……제가 안 좋은 걸 권할 리 있겠어요?……1997년 시장 기록 기억하세요?……멍청한 르윈스키가 사고를 친 직후였죠. 1997년 2월 14일. 72시간 안에는 조금 만회할 수 있었지만 장기적인 영향은……."

나는 바비의 말에 귀를 기울였다. 사실과 숫자에 능한 바비의 실력, 고객을 부드럽게 대하는(자기 직원한테 심하게 말하던 것에 비해) 화법에 놀랐다. 게리와 멕도 바비의 말솜씨에 귀를 기울이고 있었다.

나는 생각했다.

'주식시장에서는 저렇게 명석한 사람이 큰돈 앞에서는 어떻게 이런 둔한 광대가 될 수 있을까? 그리고 여자 앞에서는 왜 계속 야만인이 될까?'

게리와 멕도 나처럼 그런 생각을 하고 있을지 궁금했다.

그러나 누구나 돈과 여자 앞에서는 바보가 되지 않나?

어쩌면 바비는 돈과 여자 앞에서 갖게 되는 어리석음을 사람들 앞에 그냥 드러내기로 마음먹었을 뿐인지도 몰랐다.

바비는 휴대전화를 탁 소리가 나게 닫고 가슴을 펴며 말했다.

"피부과의사를 고객으로 두지 마. 시장에 자그마한 뽀루지만 생겨도 피부암이라도 되는 것처럼 호들갑을 떨거든. 어쨌든……."

바비가 이제는 게리에게 고갯짓하며 말했다.

"고객한테 금세 답을 주겠다고 말하는 걸 들었죠?"

게리는 벨트에 찬 무전기를 들고 말했다.

"줄리, 바라 씨를 모시고 가는 중이에요. 도착하면 나스닥 시황이 스크린에 떠있어야 해요. 삼 분 뒤면 도착합니다."

무전기에서 지지직거리는 목소리가 들렸다.

"알았어요."

바비가 게리에게 말했다.

"멋지군요."

바비는 이제 나를 보며 말했다.

"아직 나 같은 저질과 대화할 마음이 있는지 모르겠지만 어쨌든 대화는 다음에……."

바비와 게리가 멀리 간 뒤, 멕이 말했다.

"지금 머무실 방을 보시겠어요?"

"네, 좋습니다."

안으로 들어갔다. 입구가 뻥 트인 긴 복도로, 벽은 흰색이고 바닥은 탈색한 목재였다. 쭉 걸어가자 20세기 미국 추상미술에서 중요한 작품이 눈앞에 보였다. 회색 표면에 적힌 수학 기호들이 눈길을 사로잡는 그림이었다.

내가 멕에게 물었다.

"마크 토비의 〈유니버설 필드〉 아닌가요?"

"그림에 대해 잘 아시네요."

"책에서만 봤죠. 멋지네요."

"미술 작품을 좋아하시면 여기서 '빅 룸'이라고 부르는 곳에 가 보셔야 해요."

"지금 가볼 수 있는 시간이 될까요?"

"여기는 사프란 섬이에요. 원하시는 일이라면 시간이야 늘 되죠."

왼쪽으로 꺾어져 복도를 지나갔다. 복도에는 다이앤 아버스의 사진들이 길게 이어졌다. 빅 룸은 대성당 날개 같은 커다란 두 탑 중 하나였다. 천장은 12미터 높이였고, 벽은 온통 유리였다. 커다란 야자수 한 그루도 있었다. 그때껏 내가 섬에서 본 모든 것들과 마찬가지로 빅 룸도 고급스럽고 값비싼 취향을 고스란히 드러내고 있었다. 스타인웨이 그랜드피아노도 있었다. 은근하게 톤이 다른 흰색의 긴 소파들과 속이 빵빵한 안락의자들, 흰 벽 한쪽을 차지한 거대한 수족관, 은은한 조명 그리고 벽에는 미술품이 정말 많았다.

뉴욕현대미술관이나 휘트니미술관, 게티미술관, 시카고미술관에서나 볼 수 있는 작품들이었다. 나는 미술관에 온 듯 전시품에 감탄하며 방을 둘러보았다.

호퍼, 벤 샨, 필립 거스턴의 중반기 작품 두 점. 만 레이, 토마스 하트 베이커, 클라우스 올덴버그, 조지 L.K. 모리스, 1930년대에 《배니티 페어(상류층 소식을 주로 담으며 문화 예술을 다루는 미국 월간지 : 옮긴이)》를 위해 찍은 에드워드 스타이첸의 풍경 사진 등의 작품이 계속 이어졌다. 빅 룸의 벽에는 적어도 마흔 점이나 되는 유명 그림이 걸려 있었다. 그 그림값이 모두 얼마인지 계산할 엄두도 나지 않았다.

"정말이지 믿기지 않는 컬렉션이네요."

갑자기 낯선 목소리가 들려왔다.

"다른 집들에 있는 작품들도 보셔야죠."

나는 고개를 들었다. 땅딸막한 남자가 보였다. 40대 중반에 키는 165센티미터 정도에 포니테일로 땋은 머리가 어깨까지 내려온 사람이었다. 아래는 데님 반바지 차림에 버켄스톡 샌들을 신고 있었다. 위에는 장 뤽 고다르 감독의 사진 아래 '영화는 초당 24프레임에서 진실이다.' 라는 문구가 프린트된 티셔츠를 입고 있었는데 배 부분이 불룩했다.

남자가 말했다.

"데이비드 아미티지 선생님, 맞죠?"

"네, 접니다."

남자는 다가오며 악수를 청했다.

"척 칼슨입니다."

나는 척 칼슨과 악수했다. 손바닥이 축축했다.

칼슨이 말했다.

"선생님의 팬입니다."

"고맙습니다."

"진심입니다. 제가 보기에는 〈셀링 유〉가 텔레비전 역사상 최고 작품입니다. 필립 플렉 씨도 그렇게 생각하고요."

"플렉 씨의 친구이신가요?"

"친구보다는 고용인이라는 표현이 맞겠죠. 저는 필립 플렉 씨의 영화 담당자입니다."

"영화 담당자라면 구체적으로 무슨 일을 하시나요?"

"기본적으로는 필립 플렉 씨의 영화도서관을 관리합니다."

"영화도서관이 있습니까?"

"필름 상태로 보관된 영화가 칠천 편, 비디오와 DVD로 보관된 영화가 일만오천 편 있습니다. 미국영화협회를 빼면 미국에서 가장 방대한 영화 도서관이죠."

"게다가 카리브해에 있고요?"

척 칼슨이 씩 웃었다.

"여기 사프란 섬에는 이천 편쯤 보관하고 있죠."

"여기 섬에는 멀티플렉스 극장도 없을 텐데……."

"그렇죠. 여기 섬에는 파졸리니 영화를 빌려주는 비디오 대여점도 없죠."

"파졸리니를 좋아하시는군요?"

"저에게는 신 같은 존재죠."

"플렉 씨한테도요?"

"필립 플렉 씨는 파졸리니를 아버지처럼 생각하죠. 어쨌든 여기에 파졸리니 영화 열두 편이 모두 있습니다. 언제라도 시사실을 이용하시면 됩니다."

"고맙습니다."

나는 그렇게 대답했지만 속으로는 카리브해에서 가장 보고 싶지 않은 영화가 파졸리니의 〈마태복음〉(내가 파졸리니 영화들 중에서 유일하게 본 작품)이라고 생각했다.

"그건 그렇고, 필립 플렉 씨는 선생님과 정말로 같이 일하고 싶답니다."

"고마운 말씀이네요."

"실례를 무릅쓰고 말씀드리자면 아주 뛰어난 시나리오입니다."

"어느 시나리오요? 필립 플렉 씨 시나리오요? 제 시나리오요?"
비웃는 듯한 척 칼슨의 웃음이 얼굴에 번져갔다.
"두 시나리오가 똑같은 가치를 지녔죠."
나는 입 밖으로는 내지 않고 머릿속으로만 생각했다.
'그 둘이 똑같다고 생각하다니? 처신을 아주 잘하는군.'
내가 말했다.
"시나리오 이야기가 나왔으니 말인데, 지난 며칠 동안 시나리오를 수정했습니다. 수정한 시나리오를 컴퓨터로 입력할 수 있을까요?"
"문제없습니다. 조앤한테 선생님 방에 들러서 원고를 챙기라고 하겠습니다. 그럼 시사실에서 다시 뵙기를 기다리겠습니다."
멕의 안내를 따라 내가 묵을 방으로 갔다. 가는 길에 나는 멕에게 개인적인 질문을 던졌다. 멕은 플로리다에서 왔고, '사프란 섬 직원'으로 일한 지 2년이 됐다고 했다. 플로리다에서는 유람선에서 일했는데, 사프란 섬에서 일하는 게 훨씬 재미있다고 말하며, 여기에는 손님이 없고 직원들뿐이므로 전반적으로 훨씬 편하다는 말도 덧붙였다.
"그럼 플렉 씨는 이 섬에 자주 오지 않는다는 뜻인가요?"
"일 년에 서너 주 정도만 오세요."
"플렉 씨가 없을 때에는……?"
"비어 있죠. 아주 가끔, 플렉 씨가 친구 분께 빌려주실 때도 있어요. 그것도 많아야 일 년에 사주 정도에 불과해요. 다른 날에는 우리 직원들 차지죠."
"직원은 모두 몇 명인가요?"
"상주 직원은 열네 명이에요."
"세상에나."

나는 그렇게 말하며 속으로 생각했다. 일 년에 고작 두 달을 쓸 섬에 직원들 급여를 도대체 얼마나 쓰는 거야?

멕이 말했다.

"플렉 씨는 돈이 많으니까요."

내가 쓸 방은 저택의 중심부에 V자 모양으로 늘어선 작은 탑들 중 하나였다. 아니 '작은'이라는 형용사는 이 공간을 표현하기에는 어울리지 않는다. 바닥부터 천장까지 이어진 흰색 돌벽과 나무 마루, 바다가 곧장 내다보이는 유리창, 커다란 킹사이즈 침대, 거대한 소파 두 쌍이 놓여 있는 넓은 거실, 온갖 고급 물품이 다 갖춰진 바, 사우나, 투명 유리문 안에 있는 샤워실, 다섯 군데에서 높은 수압으로 물을 쏘는 샤워기 등이 있는 욕실, 둥근 철제 계단을 올라가면 침실과 최신 기기를 갖춘 완벽한 서재가 있었다.

최고급 사양 컴퓨터도 세 내나 되었다. 책상 위에 하나, 거실 탁자 끝에 하나, 침대 옆에 하나. 나는 컴퓨터 모니터를 켜고, '비디오 라이브러리'라는 이름이 붙은 아이콘을 눌렀다. 알파벳이 화면에 펼쳐졌다. A를 누르자, 고다르의 〈알파빌 (Alphaville)〉, 조셉 맨키위즈의 〈이브의 모든 것 (All About Eve)〉부터 영화 서른 편의 목록이 떴다. 알파벳 순의 목록 끝에는 조셉 스트릭의 〈율리시즈 (Ulysses)〉가 있었다. 나는 〈알파빌〉을 눌렀다. 갑자기 벽에 걸린 최고급 파나소닉 평면 텔레비전이 켜지더니 순식간에 고다르의 미래 영화가 화면에 펼쳐졌다. 컴퓨터 모니터의 '뒤로 돌아가기' 버튼을 눌렀다. 다시 알파벳이 나왔다. 'C'를 누르고 〈시민 케인 (Citizen Kane)〉을 선택했다. 텔레비전 화면에서는 〈알파빌〉이 사라지고 〈시민 케인〉이 시작됐다. 나는 이제 고전이 된 오손 웰즈의 오프닝 트래킹 샷을 보았다. 세상을 등진 높은 담과

문, 그 뒤에 숨은 현대판 쿠빌라이의 거대한 저택.

그런 케인에게도 이런 AV시스템은 없었다.

노크 소리가 났다. 내가 들어오라고 소리치자 멕이 들어왔다.

멕이 말했다.

"짐을 부리겠습니다."

"고맙지만 제가 하면 됩니다."

멕은 내 가방을 가져오며 말했다.

"제가 선생님 담당 집사인걸요. 제가 할 일입니다."

멕은 나에게 흐릿한 미소를 지어보였다. 프로페셔널한 태도 뒤에 숨은 모순된 감정이 슬며시 드러나는 미소였다.

"AV시스템 조작법을 확인하셨군요. 편리하죠?"

"시스템은 그렇다 치고 보유하고 있는 영화목록이 감탄스럽네요."

"플렉 씨에게는 없는 게 없죠."

멕은 내 가방을 들고 옆에 붙은 의상실로 갔다. 나는 위층 서재로 갔다. 노트북컴퓨터를 꺼내 인터넷 선을 연결했다. 광케이블 인터넷은 멕이 랜드로버에서 말했던 대로 아주 빨랐다. 이메일이 금세 들어왔다. 브래드 브루스와 앨리슨이 보낸 메일들 가운데 내가 기다리던 메일이 보였다.

자기야.

여기는 지금 엉망이야. 그래도 나는 정신을 똑바로 차리고 있어.

보고 싶어.

S.

샐리의 메일을 보는 순간 머릿속에서 동시에 여러 생각이 들끓었다. 첫째 '뭐, 최소한 나에게 메일은 남겼네.' 둘째 '뭐, 최소한 내가 보고 싶다고는 하네.' 그리고 셋째 마지막에 '사랑하는'은 왜 빠졌지?'

그러다가 이성적인 면이 끼어들었다.

'샐리는 지금 할리우드에서 전형적인 질풍노도의 상황에 처했어. 할리우드에서 이런 종류의 위기에 빠질 경우 독재 권력에 맞서 투쟁하듯이 목숨을 걸고 대처하는 게 현명하지.'

다시 말해 샐리는 지금 다른 일에 정신을 팔 겨를이 없다고 봐야 했다.

노크소리가 났다. 짧게 자른 검은 머리, 검게 그을린 피부의 30대 초반 여자가 들어왔다. 이 여자도 '사프란 섬'이라는 글자가 수놓인 폴로셔츠와 반바지를 입고 있었다. 멕과 마찬가지로 팔다리가 매끈하고 얼굴이 말끔했다. 명문대학교 기숙사에서 학창시절을 보내며 미식축구팀 풀백과 데이트를 즐겼을 법한 모습이었다.

"아미티지 선생님이시죠? 안녕하세요? 저는 조앤입니다. 숙소는 마음에 드시는지요?"

"네, 아주 좋습니다."

"입력할 대본이 있다고 들었습니다."

"네."

나는 컴퓨터 가방에서 시나리오를 꺼내 아래층 거실로 내려갔다.

"죄송한데, 원본 디스크가 없어서……."

"괜찮습니다. 전부 새로 입력하면 됩니다."

"일이 너무 많지 않을까요?"

조앤은 고개를 갸웃했다.

"요즘 여기 일들이 좀 지루하던 참이었어요. 일거리가 생겨서 오히려 좋은걸요."

나는 세 번째 장을 펼쳐 수없이 많은 삭제와 수정사항을 가리키며 말했다.

"제 악필을 알아보기 힘들지도 몰라요."

"더 심한 악필도 봤어요. 여기에 며칠 더 머무르실 거라던데요?"

"그래야 한다고 들었어요."

"타이핑을 하다가 알아보기 힘든 부분이 있으면 곧장 전화하겠습니다."

조앤이 방을 나간 뒤 멕이 의상실에서 나왔다. 멕은 내 바지 두 장을 들고 있었다.

"가방에 들어 있어서 좀 구겨졌네요. 다림질해서 가져오겠습니다. 저녁을 만찬으로 드시겠어요, 아니면 가볍게 드시겠어요?"

나는 손목시계를 흘깃 쳐다보았다. 내 머릿속 시계는 로스앤젤레스 시간에 맞춰져 있어 아직 오후 5시밖에 안 된 느낌이었지만 벌써 밤 9시였다.

"번거롭지 않다면 아주 가볍게 먹고 싶어요."

"네, 아미티지 선생님, 그러면……."

"말할 때 너무 딱딱하게 예의를 갖추지 않아도 돼요."

"손님을 깍듯이 모시라는 건 플렉 씨의 지시사항입니다. 그럼 굴과 와인을……."

"게뷔르츠트라미네르(프랑스의 알자스 지방에서 나오는 화이트 와인 : 옮긴이)로 한 잔만 부탁해요."

"소믈리에가 와인을 병째 가져올 겁니다. 다 드시지 않아도 됩니다."

"소믈리에도 있나요?"

멕은 특유의 희미한 미소를 지으며 말했다.

"네, 소믈리에가 있습니다. 굴을 준비해 금방 돌아오겠습니다."

멕이 나가고 몇 분 뒤 전화벨이 울렸다. 전화를 건 남자는 소믈리에 클로드라고 자신을 소개했다. 클로드는 와인셀러에 게뷔르츠트라미네르가 스무 가지쯤 되는데 그 중에서 가장 괜찮은 제품을 고를 기회가 생겨 기쁘다고 말했고, 나는 기꺼이 하나를 골라 달라고 말했다. 클로드는 과일의 풍미와 산도가 완벽하게 조화를 이룬 1986년산 지젤브레트를 특별히 좋아한다고 프랑스어를 섞어 말했다.

내가 말했다.

"저는 그저 한 잔만 마시면 됩니다."

"그래도 일단 병째 가져가겠습니다."

전화를 끊자마자 와인 빈티지 웹사이트에서 1986년산 지젤브레트 게뷔르츠트라미네르를 검색했다. 노트북 모니터에 사진과 함께 상세한 설명이 떴다. 지젤브레트는 고급 게뷔르츠트라미네르 중에서도 특급이었다. 그 사이트의 '특별 할인 가격'이 275달러였다. 플렉의 카리브해 별장에서는 돈에 전혀 구애받지 않는 생활이 이루어지고 있었다.

나는 다시 책상 앞에 앉아 샐리에게 이메일을 썼다.

자기야
오즈의 부자 섬에서 인사를 전해. 여기는 멋지지만 어이없기도 해. '유명 부자 인사들의 라이프스타일(1984년에서 1995년까지 미국에서 방송된 텔레비전 프로그램으로, 제목 그대로 부자들의 생활을 다룬 다큐멘터리 : 옮긴이)의 실상을 보는 것 같아. 어쨌든 플렉의 취향이 고급인 점은 인정하지 않을 수 없어. 하지만 여기 온 지 30분도 지나지 않아 사람이 원하는 걸 다 가지게 되면 심하게 비뚤어질 수도 있다는 생각이 들기 시작했어. 플렉은 우리에게 누가 주도권을 쥐고 있는지 확인시키기라도 하듯이 섬을 비우고 헤밍웨이 놀이를 하러 갔어. 거대한 청새치를 뒤쫓는다나. 그리고 자기 애인을 여기에 묶어 놓았어. 이걸 무시당한 것으로 여겨야 할지 그저 공짜로 휴양지에 온 것으로 여겨야 할지 나도 모르겠어. 지금은 공짜 휴양지라 여기기로 마음먹었어. 그동안 못 잔 잠을 실컷 자고 선탠이나 즐기려고 해. 다만 자기가 옆에 없다는 게 아쉬울 따름이야. 여기 직통전화번호도 있어. 0704-555-8660이야. 바쁘겠지만 짬이 나면 전화해. 자기에게 작은 위기가 닥쳐왔지만 아주 적절한 전략을 구사해 무사히 돌파할 수 있을 거라 믿어. 자기는 정말이지 똑똑하니까.

사랑해. 자기가 정말 그리워.

데이비드

이메일을 보낸 뒤, 소살리토에 있는 딸에게 전화했다. 루시가 전화를 받았다. 루시는 늘 그렇듯 '무척이나 다정했다'.

루시가 높낮이 없는 목소리로 말했다.

"아, 당신이군."

"그래, 나야. 잘 지내?"

"무슨 상관이람?"

"루시, 나한테 짜증을 내는 거야 다 이해하지만, 이제는 그만할 때가 되지 않았어?"

"아니, 개자식에게는 내 감정의 칼이 무뎌지지 않아."

"그래, 잘 알았으니까 마음대로 해. 이제 제 딸 좀 바꿔 주시겠어요?"

"안 돼."

"부인, 왜 안 된다는 거죠?"

"수요일 저녁이니까. 조금이라도 책임감 있는 아빠라면 수요일 저녁에 딸이 발레수업을 받는다는 것쯤은 기억하고 있어야지."

"나는 책임감 있는 아버지야."

"내가 보기에는 전혀 책임감이 없어 보여."

"상관없어. 자, 내가 묵고 있는 곳 전화번호를 줄 텐데, 여기는 카리브해고……"

"세상에나, 세상에나, 그 프린스턴 창녀를 극진히도 대접하는군."

수화기를 쥔 내 손에 힘이 꽉 들어갔다.

"그런 몹쓸 말에 대꾸하고 싶지 않아. 하지만 제대로 된 자초지종을 알고 싶다면……"

"아니, 알고 싶지 않아."

"그럼 그냥 전화번호를 직고, 케이틀린에게 전화하라고 해."

"모레에 케이틀린을 보러 오기로 했잖아? 모레 와서 보면 되는데 왜 케이틀린한테 전화하래?"

이 한없이 다정하고 신사적인 대화에 이미 높아진 내 분노는 한두 단계 더 솟구쳤다.

내가 말했다.

"무슨 말이야? 금요일부터 이주 지나고 나서 만나기로 되어 있잖아?"

"빌어먹을! 케이틀린과의 약속을 잊어버린 거야?"

"뭘 잊어버려?"

"이번 주말에 내가 회의에 참석하러 가야 해서 케이틀린을 데려가기로 약속했잖아."

젠장, 젠장, 젠장. 루시의 말이 옳았다. 이제 이야기가 부드럽게 풀린다는 건 기대할 수 없는 판이었다.

"잠깐! 그 이야기를 한 게 언제였지? 육 주 전? 팔 주 전?"

"너무 오래돼 잊었다는 건망증 카드를 꺼낼 생각이라면, 꿈도 꾸지 마."

"사실, 오래됐잖아."

"헛소리."

"큰 죄를 지었다는 말밖에 할 말이 없어."

"소용없어. 약속은 약속이야. 그러니까 서른여섯 시간 안에 여기로 와."

"미안하지만 그건 불가능해."

"약속대로 와."

"나도 그러고 싶어. 하지만……."

"나를 엿 먹이려고? 꿈도 꾸지 마."

"지금 팔천 킬로미터나 떨어져 있어. 일 때문에 여기 왔어. 그때까지 못 가."

"약속을 안 지키면……."

"동생을 부르면 되잖아. 아니면 주말 동안 사람을 고용해. 비용은 내가 댈게."

"세상에 너처럼 이기적인 돼지는 없을 거야."

"마음대로 불러. 자, 내 전화번호는……."

"전화번호 따위 알고 싶지도 않아. 케이틀린은 틀림없이 전화하기 싫다고 할걸."

"그건 케이틀린이 결정할 문제야."

"네놈이 집에서 나가면서 케이틀린은 안정감을 잃었어. 내가 장담하는데, 케이틀린은 결국 네놈을 증오할 거야."

나는 아무 말도 하지 않았다. 손에 쥔 수화기만 덜덜 떨렸다. 루시가 다시 입을 열었다.

"이번 일은 반드시 되갚을 거야."

루시는 전화를 끊었다.

나는 수화기를 내려놓고 손바닥에 얼굴을 파묻었다. 죄책감이 밀려왔다.

그렇지만 루시의 회의 때문에 서둘러 대륙을 건너갈 수는 없었다. 그 이야기가 오간 건 두 달 전이었다. 나는 케이틀린과 만나기로 되어 있는 주말을 늘 기대하고 기다렸다. 케이틀린은 나를 더 자주 만나면 좋겠다고 했다. 루시는 케이틀린이 나와 통화하기 싫어할 것이라고 했지만 어림없는 말이었다. 루시는 도대체 언제까지 나를 미워할 것인가? 루시에게 나는 평생 나쁜 놈으로 남으리라. 내가 결혼생활을 끝내기로 마음먹은 건 극도로 이기적인 처사일 수 있지만 루시는 우리의 결혼을 벼랑 끝으로 내몬 자신의 문제점에 대해서는 절대로 돌이켜 따져보지 않을 것이다. 내가 이혼 수속 과정에서 만난 결혼상담가도 루시에 대해 그렇게 말했다.

노크 소리. 들어오라고 크게 말했다. 멕이 우아한 스테인리스스틸 카트를 밀고 들어왔다. 나는 아래층으로 내려갔다. 갈색 빵과 채소 샐러드와 굴이 놓여 있었다. 얼음이 담긴 투명한 유리 바구니에 게뷔르츠트라미네르 병도 들어있었다.

"발코니에 차릴까요? 아름다운 일몰을 감상하면서 드실 수 있거든요."

"좋아요."

멕은 병풍처럼 접히는 문을 열었다. 어두워진 카리브해 수평선 아래로 주홍빛 태양이 서서히 가라앉고 있었다.

발코니 의자에 털썩 주저앉았다. 나는 루시와 짜증스러운 통화를 한 끝이라 들끓는 감정을 억누르려 애썼다. 스트레스를 받은 표시가 내 얼굴에 확연했는지 멕이 식탁을 차린 뒤 말했다.

"와인을 좀 드시는 게 좋겠어요."

"늘 옳은 말만 하시네요."

나는 와인을 따고 있는 멕에게 물었다.

"바비 바라는 뭘 하고 있어요?"

"계속 전화만 붙잡고 계세요. 계속 크게 소리치시고요."

나는 오늘은 바비를 더 이상 상대하고 싶지 않아 멕에게 부탁했다.

"혹시 바비가 저에 대해 물어보면 일찍 잠자리에 들었다고 말해 줘요."

"알겠습니다."

멕은 가늘고 긴 와인글라스에 와인을 조금 따른 뒤 경쾌한 목소리로 말했다.

"자, 맛있게 드세요."

나는 와인글라스를 들었다. 잔을 빙글빙글 돌리고, 한 번 향을 맡고, 혀에 조금 적셨다. 와인 애호가들이 맛보기를 할 때 흔히 하는 대로 했다. 순간, 나도 상류사회에 발을 내디딘 것 같은 기분이 들었다. 와인 맛은 정말이지 최고였다. 아주 달콤하고 착착 감기는 맛.

내가 말했다.

"정말 맛있네요."

하긴 한 병에 275달러짜리 와인이니 이 정도 맛을 내는 건 당연하지 않을까?

"입에 맞는다니 제가 기쁩니다. 뭐 더 필요한 건 없나요?"

"전혀 없어요. 고맙습니다."

"마땅히 제가 할 일을 하는 것뿐입니다. 필요한 게 있으면 언제든 전화주세요."

"마치 제가 응석받이가 된 것 같습니다."

"아미티지 선생님은 플렉 씨의 손님이니까요. 전혀 부담 갖지 마십시오."

나는 와인글라스를 쳐들어 멕에게 인사한 뒤, 기우는 해의 마지막 조각이 바다로 녹아드는 광경을 지켜보았다. 숨을 깊게 쉬었다. 협죽도와 유칼립투스 향이 이제 내가 열대에 있다는 걸 선명히 알리고 있었다. 나는 터무니없이 비싸지만 더없이 맛있는 와인을 한 모금 더 마시고 나서 스스로에게 말했다.

"정말이지 나는 이 모든 분위기에 익숙해질 수 있을 것 같아."

제5장

 죽은 듯이 자고 깨어났다. 아홉 시간을 푹 잤더니 기운이 넘쳤다. 베개에서 고개를 뗐다. 작가로서 성공을 거둔 이후 내가 얼마나 긴장감 속에서 피곤하게 살았는지 비로소 깨달았다. 사람들은 흔히 성공하면 삶이 편해질 것이라 여긴다. 하지만 성공하면 삶은 어쩔 수 없이 더 복잡해진다. 아니, 더욱 복잡해지기를 바라는지도 모른다. 더 큰 성공을 거두기 위한 갈증에 자극을 받으며 더욱 매달려야 하기 때문이다. 바라던 걸 성취하면 또 다른 바람이 홀연히 나타난다. 그 바람을 충족시키지 못하면 우린 또 다시 결핍감을 느낄 수밖에 없다. 그러면 다시 완벽한 만족감을 얻기 위해 모든 걸 걸고 달려든다. 그때껏 이룬 것들을 모두 뒤엎더라도 새로운 성취와 변화를 찾아 매진한다.
 새로운 성취를 이루면 또 다른 의문이 고개를 쳐든다.
 이 모든 걸 그대로 지켜낼 수 있을까? 모래처럼 손아귀에서 슬며시 빠져 나가는 건 아닐까? 아니, 더 나쁜 경우는 그 모든 것에 질려 버려 사실은 이전에 이루었던 게 진정 원하던 게 아니었을지 자못 후회하게 되는 것이다.

나는 그런 감상적인 생각을 얼른 머릿속에서 지우고 '변화는 자연의 선물'이라는 아우렐리우스의 격언을 떠올렸다. 할리우드 사람들 사이에서 널리 통하는 격언이었다. 내가 아는 할리우드 사람들은 대개 목표로 하는 자리에 오르기 위해 자기 어머니라도 기꺼이 팔았을 사람들이었다. 버튼 하나만 누르면 블라인드가 자동으로 걷히며 짙푸른 카리브해의 아침 바다를 볼 수 있는 곳, 수화기만 들면 집사가 원하는 걸 모두 다 가져다주는 이곳에서 나는 할리우드에서의 내 위치를 확고하게 지키고 싶다는 마음이 간절했다.

게다가 한층 더 기쁜 일이 있었다. 바비 바라가 갑자기 서둘러 떠난 것이었다.

내가 그 사실을 안 건 샤워를 하려고 침대에서 몸을 일으켰을 때였다. 문 밑으로 밀어 넣은 편지봉투가 보였다. 봉투를 열자 갈겨쓴 메모가 보였다.

간밤에 전화하려 했는데 자네가 벌써 잠자리에 들었다고 하더군. 어제 우리가 여기 도착한 지 5분도 지나지 않아 월스트리트에서 전해진 소문을 들었어. 다음 주에 어떤 군수산업체의 주식 공개가 있을 예정인데, 그 군수산업체 회장이 사기와 횡령으로 시작해 닥스훈트 계간질까지 온갖 죄로 기소될 거라는 소문이야. 우리 회사도 주식 공개에 삼천만 달러를 투자했어. 내가 당장 발바닥에 불이 나도록 뉴욕으로 달려가야 할 중요한 이유야. 어서 뉴욕으로 달려가 이 빌어먹을 사건에서 연기가 나기 전에 얼른 불을 꺼야지.

자네가 나 없이 이 섬에서 며칠 더 지내야 한다는 결론이기도 하지. 그래, 사실 자네는 크게 기뻐할지도 몰라. 이 쪽지를 읽으면서 샴페인을 터뜨리는 자네 모습이 눈에 선하네. 우리가 어제 티격태격했지? 다 자네 잘못이지만 나는 물론 우리가 아직 친구라고 믿어.

섬에서 며칠 더 즐겁게 지내도록 해. 이런 데 와서 제대로 즐기지 않는다면 정말이지 바보야. 최대한 빨리 돌아올게. 아마 내가 오기 전에 이 섬의 주인이 낚시한 물고기를 들고 섬으로 돌아오겠지만.

마음 편히 잘 지내. 요즘 자네 몰골이 형편없어. 햇빛 아래에서 며칠간 지내면 혈색도 훨씬 좋아질걸.

그럼, 다시 만날 때까지 안녕.

바비

나는 솔직히 흐뭇한 미소를 감출 수 없었다. 바비는 친구에게 절교당하기 직전에 다시 친구를 유혹하는 법을 잘 알고 있었다.

멕이 아침밥을 가져왔다. 1991년산 크리스털도 한 병 있었다.

멕은 발코니에 아침상을 차리며 말했다.

"와인은 원하는 만큼 드시면 됩니다."

나는 와인을 두 잔 마시며 열대 과일과 이국적인 맛이 나는 갖가지 머핀을 먹고 커피를 마셨다. 아침을 먹는 동안 그리그의 〈서정 소곡집〉이 흘러나왔다. 발코니 벽에 스피커가 숨어 있었다. 태양은 뜨겁게 불탔다. 수은계가 30도를 가리켰다. 이메일을 얼른 살펴보았다. 햇빛 아래 앉아 있는 것 말고 특별한 일은 없었다.

온라인에 접속한 걸 후회했다. 사이버스페이스에서 나를 기다리는 소식은 전혀 달갑지 않은 것들뿐이었다. 우선, 샐리의 날카로운 이메일.

데이비드

이메일 읽고 놀라고 상처받았어. 내가 지금 폭스에서 처한 이 심각한 상황을 기껏해야 '작은 위기'라 표현하다니. 나는 지금 여태껏 쌓은 경력을 걸고 싸움을 벌이고 있어. 무엇보다 자기의 무조건적인 지지가 필요한 때야. 그런데 자기는 나를 응원하기는커녕 놀려먹다니. 자기의 반응에 내가 얼마나 실망했는지 이루 말할 수 없어. 자기가 나를 믿고 사랑하는지조차 궁금해.

오늘은 아침 일찍 뉴욕으로 가야 해. 통화하기 힘들어. 연락하고 싶으면 전화 대신 이메일로 해. 내 메일을 나쁘게 받아들이지 않으리라 믿어.

샐리

나는 너무나 기가 막혀 샐리의 이메일을 두 번이나 읽었다. 내 말을 그렇게 오해하다니? 도대체 왜 샐리가 화났는지 알아내려고 보낸 메일함을 뒤져 지난밤에 내가 보낸 메일을 다시 읽었다.

'폭스에서 작은 위기가 닥쳐왔지만 자기라면 아주 적절한 전략을 구사해 무사히 돌파할 수 있을 거라 믿어. 자기는 정말이지 똑똑하니까.'

이게 내가 적은 말의 전부였다.

아, 그래. 샐리의 고귀한 성전을 내가 '작은 위기'로 표현한 것에 화났나 보군. 거시적으로 보자면 이번 위기도 작은 풍파에 불과할 뿐일 거라는 뜻에서 그렇게 말했을 뿐인데.

까다롭게 구는 사람이 과연 누구일까? 하지만 내가 유리한 입장이 아니라는 사실은 나 스스로도 잘 알고 있었다. 그때껏 샐리와 나는 보기 드물게 오해 없는 관계를 유지해 왔다. 이제 와서 오해의 벽을 만들 수는 없었다. 내가 '내가 쓴 글의 뜻을 곡해해서 하는 말이야.'라고 지적하면 샐리의 반응이 좋을 리 없었다. 내가 꼬리를 내리는 게 가장 좋은 방법이라 결정했다.

루시와 오랜 결혼생활에서 배운 게 있다면 바로 그런 처신이었다.

'심한 의견 충돌 후에 서먹서먹한 분위기를 빨리 풀고 싶다면 자신에게 잘못이 없다고 생각하더라도 무조건 먼저 잘못했다고 말하라.'

답장 단추를 누르고 이메일을 썼다.

샐리

내가 세상에서 절대로 하고 싶지 않은 첫 번째 일은 자기 기분을 상하게 만드는 거야. 내가 절대로 품지 않는 생각은 자기 일을 '작은'이라고 생각하는 거야. 내가 '작은 위기'라고 말한 건 어디까지나 자기가 너무나 똑똑하고 현명하니까 작금의 위기를 잘 이겨내리라는 뜻에서 한 말이지. 지금은 커다랗게 보이지만 시간이 지나면 언젠가는 작게 보일 것이라는 뜻이야. 자기가 잘 해결할 테니까. 내 뜻을 명확하게 표현하지 못한 건 모두 다 내 잘못이야. 기분, 많이 상했지? 나도 이제는 자기 기분을 깨달았어. 그래서 더없이 미안해.

내가 자기를 얼마나 귀하게 여기는지 잘 알 거야. 나는 전적으로 자기를 사랑하고 지지해. 내가 단어를 잘못 선택해 오해를 불러일으킨 점 정말로 미안해. 용서해 줘.

사랑해.

데이비드

그렇다. 내가 과도하게 굽실거렸지만 나는 안다. 샐리는 사회적으로 비중 있는 사람이지만 주위로부터 끝없이 떠받들어져야 하는 사람이었다. 더 정확히 말하자면 샐리와 나의 관계는 아직 초기 단계이므로 무엇보다 안정이 중요했다. 나는 지난 며칠 동안 스스로에게 걸었던 주문을 다시 되뇌었다.

'샐리는 지금 극심한 압박감에 시달리고 있어. 지금은 샐리에게 무슨 이야기를 하든 퉁명스러운 대답이 돌아올 거야. 하지만 상황이 진정되면 샐리도 마음을 추스르겠지.'

아니, 적어도 나는 그렇게 되기를 바랐다.

답신을 보낸 뒤 다른 이메일을 읽었다. 루시에게서 온 이메일. 욕설에 가까운 말이 적혀 있을 게 뻔했다.

데이비드

아이 눈에서 눈물이 쏙 빠지게 하고 나니까 속이 시원하니? 케이틀린은 주말에 당신이 오지 못한다는 말을 듣고 울고불고 난리가 아니었어. 잘했네, 축하해. 아빠라는 작자가 딸아이의 마음에 커다란 상처를 입히고도 태연할 수 있다니.

출장 가 있는 동안 포틀랜드에 있는 여동생한테 집에 잠시 와 있으라고 간신히 설득했어. 너무 촉박하게 부탁하는 바람에 포틀랜드에서 여기까지 오는 비행기 티켓을 구하기 어려워 할 수 없이 비즈니스 석을 끊었대. 여동생이 디도와 아이네이아스를 맡기는 비용과 비행기 티켓 값까지 모두 합해 803달러 45센트가 들었어. 곧장 수표로 보내주길 바라.

네놈이 빌어먹을 성공을 거둔 이후 어떻게 변했는지 알아? 나는 이미 느끼고 있었어. 이번 일로 내 느낌이 완벽하게 증명되었지. 넌 자신밖에 모르는 인간이야. 이기심으로 똘똘 뭉친 인간. 어제 내가 전화로 말했지? 이번 일은 반드시 앙갚음하겠다고. 잊지 마. 약속은 꼭 지킬 테니까.

　　루시

　나는 얼른 수화기를 들었다. 손목시계를 보았다. 섬 시간으로 오전 10시 14분. 미국 서부 시간으로는 오전 7시 14분이었다. 운이 좋으면 케이틀린이 아직 학교에 가기 전일 것이다.

　다행히 운이 좋았다. 더 운이 좋았던 건 케이틀린이 먼저 전화를 받은 것이다. 케이틀린은 아주 반가워하는 목소리로 나를 반겼다.

"아빠!"

"공주님, 잘 지내지?"

"학교에서 연극을 하는데, 내가 천사 역을 맡았어."

"우리 공주는 원래 천사잖아."

"나는 천사 아냐. 케이틀린 아미티지야."

내가 웃었다.

"아빠가 주말에 못 가게 되어서 미안해."

"아니 괜찮아. 이번 주말에는 아빠 대신 마지 이모가 온대. 그런데 이모 고양이들은 동물병원에 맡겨야 한대."

"아빠한테 화 안 났어?"

"아빠는 그 다음 주에 올 거잖아, 그치?"

"그럼 가고말고. 다음 주말에는 우리 공주님이 하고 싶은 건 뭐든지 다 하게 해줄 거야."

"선물도 가져올 거야?"

"당연하지. 자, 이제 엄마 좀 바꿀래?"

"알았어. ……아, 그런데 엄마랑 싸우지 마."

나는 목이 멨다.

"안 싸우도록 노력할게."

"아빠, 보고 싶어."

"나도."

수화기를 넘기는 소리가 들렸다. 긴 침묵이 이어졌다. 마침내 루시가 먼저 침묵을 깼다.

"왜? 할 말이 뭐야?"

"케이틀린이 정말로 나한테 실망하고 화난 목소리던데?"

"그 이야기라면 더 이상 하고 싶지도 않고……."

"알았어. 나도 당신과 말하고 싶지 않아. 하지만 두 번 다시 케이틀린의 기분이 엉망이라는 둥 몹시 실망했다는 둥 감정상태에 대한 거짓말은 하지 마. 경고하는데 케이틀린에게 터무니없는 말로 나를 나쁘게 말하면……."

루시가 수화기를 탕 내려놓았다. 전화는 끊겼다. 루시의 대화 방식은 정말이지 어른답게 성숙하기도 하다. 어쨌든 케이틀린이 나에게 화나거나 실망하지 않아 마음이 놓였다. 루시의 여동생 마지를 오게 하느라 소요되는 비용 803달러는 별도의 문제였다. 마지는 사회생활을 해내지 못하는 성격이었다. 마지는 평소 혼자 몽상에 빠져 지내는 경우가 많았다. 마지는 작은 방에서 고양이들에게만 정을 주며 네팔 양치기 노래 음반을 듣고, 수정 구슬로 점을 치며 살았다.

마지를 나쁘게 말하고 싶지는 않다. 분명 의심할 여지 없이 착한 사람이니까. 게다가 하나뿐인 조카 케이틀린을 무척이나 아꼈다. 그것만으로도 나는 마지를 좋아했지만 허리둘레 42인치인 거구의 마지가 샌프란시스코까지 오는 데 8백 달러나 소요되다니? 그 비용에는 마지의 소중한 고양이들이 머물 특급호텔 비용까지 포함됐을 게 뻔했다. 게다가 도대체 누가 고양이에게 디도와 아이네이아스 같은 이름을 붙이던가? 디도와 아이네이아스는 그리스 신화에 나오는 인물들이다. 두 인물을 주인공으로 한 퍼셀의 오페라 제목이기도 하다.

좋든 싫든 돈을 내놓아야 하지만 8백 달러 중 절반은 마지의 수고비로 들어간다는 것도 모르지 않았다. 루시에게 그런 걸 따질 생각은 아니었다. 나는 이미 루시에게 이겼으니까. 케이틀린이 내 전화를 받고 분을 못 참고 울지 않았다는 사실만으로도 나는 다시 좋은 기분에 휩싸였다. 이제 카리브해의 섬을 즐길 일만 남았다.

수화기를 집어들었다. 신문을 볼 수 있는지 물었다. 《뉴욕타임스》가 방금 헬리콥터로 도착했다는 말에 나는 한 부 가져다달라고 말했다. 터치스크린 모니터에 손가락을 올리고 음악 라이브러리를 찾아들어 갔다. 모차르트 피아노 소나타들을 골랐다. 멕이 신문을 가져와 발코니에 장의자를 폈다. 멕은 욕실에 잠시 들어갔다가 여섯 가지 각기 다른 선크림을 가지고 나왔다. 멕이 샴페인을 따른 뒤 점심을 먹고 싶을 때에 전화하라고 했다.

나는 신문을 읽으며 모차르트의 피아노 소나타를 들었다. 햇빛에 몸을 살짝 그을리고 나서 한 시간 뒤 수영을 하기로 마음먹었다. 수화기를 들었다. 게리가 전화를 받았다.

"아미티지 선생님, 안녕하세요. 낙원에서 즐거운 시간을 보내고 계십니까?"

"아주 즐겁게 보내고 있어요. 궁금한 게 하나 있는데 혹시 섬에 수영할 만한 곳이 있나요? 수영장이 있다는 건 나도 아는데, 거기 말고 혹시 다른 곳이 있을까요?"

"수영을 즐길 수 있는 멋진 해변이 있습니다. 스노클링을 하고 싶으시다면……."

20분 뒤, 나는 프랑스 영화감독의 이름을 딴 트뤼포 호에 올랐다. 트뤼포 호는 전장 12미터의 요트로 고작 나 한 사람을 태우는 데 승무원이 다섯 명이나 탔다. 30분쯤 바다로 나가자 작은 열도 근처의 산호초에 다다랐다. 두 사람이 나에게 잠수복을 입히면서 바닷물이 조금 차다고 말했다. 나는 마스크와 스노클을 착용했고, 한 명이 잠수복을 입었다.

게리가 말했다.

"여기 데니스가 산호초 안에서 잘 안내를 해줄 겁니다."

"고맙지만 혼자 바닷물에 들어가도 됩니다."

"손님이 혼자 수영하게 내버려두면 안 된다는 게 플렉 씨의 지시 사항입니다. 모두 저희가 할 일입니다."

사프란 섬에 와서 수없이 들은 말이었다.

'모두 저희가 할 일입니다.'

산호초 주변을 스노클링하는 내내 옆에서 나란히 수영하며 지키고 있는 것도, 요트에서 네 명이나 내 시중을 드는 것도, 섬의 직원들이 마땅히 해야 할 일이었다. 샤블리스 샴페인과 바닷가재로 요트 갑판에 식탁을 차려 나에게만 대접하는 것도 이곳 직원들이 해야 할 일이었다.

오후에 사프란 섬에서 이번 주 《뉴요커》지가 있는지 묻자 직원이 헬리콥터로 안티과까지 날아가 사오기도 했다. 물론 나는 잡지 한 권 때문에 그런 수고와 비용을 들일 필요가 없으니 그럴 필요는 없다고 수없이 설득했다. 그럴 때마다 내가 듣는 말은 '모두 저희가 할 일입니다.' 였다.

방으로 돌아왔을 때 주방장 로렌스가 나에게 전화해 저녁식사로 어떤 음식을 먹고 싶은지를 물었다. 나는 뭐가 준비돼 있는지 물었다. 그러자 주방장은 '원하는 것은 뭐든지'라고 대답했다.

"뭐든 다요?"

"네."

"그래도 몇 가지를 추천해주시면 제가 선택하기가 더 용이할 것 같군요."

"제 특기는 태평양 요리입니다. 여긴 싱싱한 생선이 많으니까요."

"네, 그럼 주방장님께 일임하겠습니다."

몇 분 뒤, 사무 담당인 조앤이 전화했다. 조앤은 대본을 반쯤 입력했는데, 내 글씨 때문에 물어볼 게 있다고 했다. 나는 조앤을 내 방으로 불러 알아보기 힘든 글자들을 하나씩 정리해주었다. 다 마친 뒤, 조앤은 이튿날 정오까지 타자를 마치겠다고 했다. 그런 다음 덧붙이기를 플렉 씨가 저녁에 돌아올 예정인데 내가 시나리오를 수정했다는 말을 들으면 얼른 읽어보고 싶어 할 거라고 했다.

내가 물었다.

"그러면 밤을 새워야 하지 않아요?"

조앤이 말했다.

"제가 할 일인걸요."

조앤은 내가 새로 고친 시나리오를 이튿날 아침에 나에게 전달할 테니 확인해보고 수정할 사항이 있으면 점심시간 전에 알려 달라고 했다.

나는 침대에 올라가 대자로 누웠다가 까무룩 잠이 들었다. 다시 정신을 차렸을 때는 한 시간이 훅 흘러 있었다. 문 밑에 쪽지가 놓여 있었다. 문으로 가서 쪽지를 집어들었다.

아미티지 선생님

방해가 되지 않도록 문 밖에 《뉴요커》지를 놓아두었습니다. 섬 영화 도서관 카탈로그도 함께 두었습니다. 오늘밤에 영화를 보시고 싶어 하지 않을까 생각했습니다. 만약 영화를 보고 싶으시다면 내선 16번으로 전화하십시오. 소믈리에도 전화를 기다리고 있습니다. 오늘 저녁에 드실 와인을 정해야 합니다. 저녁에 드시고 싶은 게 있으면 소믈리에에게 전달하시면 됩니다. 주방에서는 손님께서 바라는 걸 언제라도 내놓을 수 있습니다. 언제라도 말씀만 하세요.

선생님을 모시게 되어 영광입니다. 어제도 말씀드렸지만 정말로 시사실에서 뵐 수 있기를 바랍니다.

척 드림

문을 열었다. 내 말 한마디에 헬리콥터가 날아가 가져온 《뉴요커》지와 함께 영화 카탈로그가 놓여 있었다. 다시 침대에 누웠다. '방해가 되지 않도록'이라는 말은 내가 낮잠을 자고 있다는 걸 알았다는 뜻이잖아? 어떻게 알았지? 방에 도청장치가 있나? 카메라가 숨어 있는 건 아닐까? 아니, 내 생각이 지나친 건가? 그래, 햇빛 아래에서 몸을 많이 썼으니 낮잠을 잘 거라고 예상했겠지. 섬 직원들의 관심을 한 몸에 받고 있다 보니 내가 지나치게 예민해졌나 봐.

갑자기 작가들의 일화가 떠올랐다.

헤밍웨이와 피츠제럴드가 파리의 어느 카페에 앉아 지나가는 사람들을 바라보고 있었다. 한껏 멋을 부린 사람들이 어슬렁어슬렁 지나다녔다. 피츠제럴드가 짐짓 심각하게 말했다.

'부자들은 우리와 달라.'

그 말에 헤밍웨이가 퉁명스레 대답했다.

'그래, 부자들은 우리보다 돈이 많지.'

그러나 이제 나는 돈이 주는 특권이 무엇인지 제대로 깨닫고 있었다. 어쩔 수 없이 해야 하는 잔일들에서 벗어날 수 있는 것. 그것이 바로 돈 많은 사람만이 누릴 수 있는 특권이다. 물론 권력도 누릴 수 있다. 권력 또한 다른 사람들과 다른 방식으로 살 수 있다는 사실에서 나오는 것이다.

2백억 달러. 그 돈이 얼마나 큰돈인지 여전히 감을 잡을 수 없었다. 바비의 말에 따르자면 그 돈의 이자로 플렉이 일주일에 벌어들이는 돈만 해도 세금을 다 제하고 2백만 달러었다.

원금에는 손도 대지 않고 일 년에 이자 수익만 1억 달러를 번다는 뜻이다. 어이가 없었다. 일주일에 2백만 달러쯤은 그냥 써도 된다는 결론이었다. 플렉 같은 부자가 월세를 지불할 돈을 어떻게 벌어야 할지 걱정하는 기분, 전화요금 낼 돈도 없어 노심초사하는 기분, 출시된 지 10년도 넘은 차에 기어가 잘 들어가지 않아도 수리비가 없어 그냥 타고 다녀야 하는 기분이 어떤지 알기나 할까?

필요한 욕구가 모두 충족된 뒤에도 플렉에게 남아 있는 소망이 있을까? 야망이 사라진 사람의 세계관은 어떻게 변할까? 위대한 사상이

나 행동을 따르며 형이상학적인 것에 더욱 집중하게 될까? 현대판 메디치 가의 철학자가 될까? 아니면 마키아벨리가 말하는 이상적인 군주가 될까?

플렉의 섬에서 겨우 하루를 보냈을 뿐인데 나는 벌써 응석받이가 다 됐다. 이상한 건 내가 그런 생활을 즐기고 있다는 것이었다. 내 안에 잠재되어 있던 왕자병 기질이 돌연 튀어나온 것이다. 나는 이 섬에 있는 직원들이 내 요구를 무엇이든 들어줄 거라는 생각에 재빨리 적응해가고 있었다. 요트에서 게리는 내가 안티과에 가고 싶다면 모터보트로 기꺼이 모시겠다고 했다. 한 술 더 떠 더 먼 육지로 가고 싶으면 언제든 안티과공항에 대기 중인 걸프스트림 비행기로 모시겠다고 했다.

"고마워요. 하지만 나는 섬에서 조용히 쉬고 싶어요."

사프란 섬에서는 쉬는 것조차 특별했다. 맛이 아주 뛰어난 '오 봉 클리마' 샤도네이(샤도네이 품종으로 만드는 화이트 와인 : 옮긴이)와 함께 주방장 특제 태평양 식 부야베스를 저녁으로 먹고 나서 나는 시사실에 혼자 앉아 프리츠 랑의 고전 영화 〈이유 없는 의심〉과 〈빅 히트〉를 보았다. 팝콘은 없었지만 멕이 벨기에 산 초콜릿과 1985년산 바스 아르마냑이 담긴 쟁반을 가끔 가져왔다.

영화 두 편이 다 끝나고, 척이 시사실로 와 프리츠 랑이 할리우드에서 겪은 모험에 대해 길게 이야기했다. 척은 영화에 대해 모르는 게 없었다. 나는 와인을 함께 마시자고 청해 척과 이야기를 나누었다.

척은 1970년대 초반 뉴욕대학교에 다닐 때 같은 학교를 다니던 필립 플렉을 처음으로 만났다고 했다.

"필립이 지금 같은 부자가 되기 훨씬 이전이죠. 필립의 아버지가 위스콘신에서 포장지 사업을 하고 있다는 건 나도 알고 있었어요. 필립은 뉴욕의 1번가 11스트리트에 있는 비좁은 아파트에서 살며 영화감독이 되기를 꿈꾸는 보통 영화과 학생들과 다를 바 없는 청년이었죠. 시간이 날 때마다 〈블리커 스트리트 시어터〉나 〈탈리아나 뉴요커〉 같은 영화관, 지금은 맨해튼에서 사라진 고전 영화관들에 앉아 있곤 했었죠. 필립과 나는 그렇게 친구가 됐어요. 둘 다 작은 영화관들을 찾아다녔고, 하루에 영화를 네 편 보는 것 말고는 특별히 관심을 두는 분야도 없었어요.

훗날 필립은 '작가'가 되겠다고 했어요. 나는 영화관을 운영하면서 《사이트앤사운드》나 《카이에뒤시네마》 같은 유럽 영화 잡지에 가끔씩 글을 기고하며 살겠다는 꿈을 꿨죠. 그러다가 대학 2학년 때 필립의 아버지가 돌아가셨어요. 필립은 가업을 이어받기 위해 밀워키로 돌아갔어요. 그 뒤로는 서로 연락이 끊겼죠. 그래도 나는 필립의 근황을 확실히 알고 있었어요. 필립이 포장지 회사를 상장해 처음으로 십억 달러를 벌었을 때 신문마다 이름이 실렸으니까요. 그 이후 필립은 각종 투자에 손을 대 성공을 거두고 지금의 '필립 플렉'이라는 인물이 됐죠. 영화광이던 내 학창시절 친구가 억만장자가 되었다니, 처음에는 전혀 실감이 나지 않더군요.

그러다가 난데없이 전화가 왔어요. 필립이 직접 건 전화였죠. 필립은 내 연락처를 수소문해 찾아냈다더군요. 당시 나는 텍사스 주 오스틴에 있는 텍사스대학교에서 영화 라이브러리 사서로 일하고 있었어요. 연봉은 2만7천 달러밖에 안 됐지만 나쁘지 않은 일자리였어요. 필립이 나에게 직접 전화하다니, 꿈만 같았죠.

내가 물었죠.

'어떻게 나를 찾아냈어?'

필립이 대답했어요.

'그런 일을 대신 해주는 사람들이 있어.'

그리고 곧장 본론으로 들어가더군요. 자신만의 영화 라이브러리, 개인 소유로는 미국에서 가장 규모가 큰 영화 라이브러리를 만들 텐데 나에게 운영을 맡기고 싶다고 했어요. 필립이 급여 조건을 제시하기도 전에 나는 좋다고 대답했어요. 뛰어난 영화 라이브러리를 만드는 건 평생에 한 번 올까 말까 한 기회였으니까요. 게다가 친구를 위한 라이브러리잖아요."

내가 말했다.

"그래서 이제는 플렉 씨와 늘 함께 다니시는군요."

"잘 보셨어요. 메인 라이브러리는 샌프란시스코에 있어요. 필립의 집 근처죠. 샌프란시스코의 집 말고도 다른 집에도 모두 영화 라이브러리를 갖추고 있어요. 메인 라이브러리에는 관리직원이 다섯 명이 있어요. 내가 그 팀을 총괄하죠. 그러면서도 나는 필립이 가는 곳마다 함께 다니면서 영화 라이브러리에 필요한 일들을 해결하고 있어요. 필립은 영화를 아주 진지하게 생각하죠."

나도 필립 플렉이 영화를 진지하게 생각한다는 말을 믿는다. 한밤중에 안토니오니의 초기작을 보고 싶을 경우나 사프란 섬 야자수 숲 위로 지는 해를 바라보며 아이젠스타인의 몽타주 이론에 대해 대화를 나누고 싶을 경우에 대비해 영화 라이브러리 사서를 고용하여 늘 대동하고 다니는 사람이 어찌 심각한 영화광이 아닐 수 있을까?

나는 척에게 말했다.

"아주 좋은 일자리 같군요."

척이 말했다.

"최고죠."

나는 다시 곤하게 잤다. 섬에서 딱 하루를 보냈을 뿐인데 정말로 긴장이 풀렸다. 알람시계를 맞추지도 않고, 모닝콜을 부탁하지도 않았다. 그저 눈을 뜰 때 깨어났다. 또 11시가 다 됐다. 역시, 문 밑에는 쪽지가 놓여있었다.

아미티지 선생님께
푹 주무셨는지요.
오늘 아침에 플렉 씨께서 연락하셨습니다.
플렉 씨께서 안부를 전하랍니다. 더불어 죄송한 말씀도 전하게 됐습니다. 플렉 씨께서 돌아오는 날이 사흘 더 늦어진답니다. 그래도 월요일 아침까지는 분명히 올 것이며, 그때까지 선생님께서는 섬에서 계속 즐거이 지내시라고 하십니다. 선생님께서 하고 싶으신 일, 가고 싶으신 곳, 뭐든 저희가 다 들어드리라고 플렉 씨께서 다짐을 받으셨습니다.
그러므로 필요하신 게 있으면 언제라도 전화주십시오. 저희는 항상 준비를 갖추고 있습니다.
오늘도 낙원에서 멋진 하루를 보내시기 바랍니다.
게리 드림

청새치가 잘 잡히고, 필립 플렉은 내가 물고기보다 못하다고 생각하는 게 틀림없었다. 그럼에도 왠지 나는 신경이 쓰이지 않았다. 플렉이 나를 기다리라고 하면, 기다리지, 뭐.

아침으로 뭘 주문할지 결정하기 전에 나는 잠시 이메일을 살펴보았다. 이번에는 나를 실망시키는 메일이 없었다. 오히려 샐리가 보낸 화해의 메일이 와 있었다.

자기야
미안하고 미안해. 회사에서 신경을 곤두세워 싸우다 보니, 아군이 누구인지도 잊어버리고 만사에 화를 내게 됐나 봐. 멋진 답장, 고마워. 나를 이해해 줘서 더욱 고마워.
지금은 뉴욕이야. 〈피에르호텔〉에 묵고 있어. 숙소는 형편없지는 않은 편이야. 뉴욕에 온 건 스투 바커 때문이야. 스투 바커가 뉴욕 폭스 본사에서 거물들을 만나 가을 개편 계획을 의논하기로 했는데, 나에게 동행하자고 했어. 우리는 국내선 비행기를 탔어. 스투 바커가 그나마 리바이의 자리를 차지하자마자 회사 전세기를 타려는 모습은 보이지 않더군. 뉴욕으로 오는 동안 스투 바커는 더없이 착했어. 180도로 확 달라진 모습이었지. 나와 진심으로 같이 일하고 싶대. 내가 정말로 팀에 남았으면 좋겠다나. 그동안 우리 사이에 있었던 나쁜 감정은 모두 없던 일로 하고 싶대. 바커는 리바이한테만 짜증났을 뿐이지 나에게는 아니라고 말하더군.
어쨌든 몇 시간 뒤면 뉴욕 본사 회의에 들어가야 해. 당연히 긴장돼. 솔직히 말해 나는 돋보이고 싶으니까. 회사 거물들 앞에서도 그렇고, 새 상관 앞에서도 그렇고. 지금 자기가 내 옆에 있으면서 나를 응원해 주면 좋겠어. 응원 말고 다른 것도 해 주면 좋겠지만 사이버 공간에서 노골적인 이야기는 쓰지 않을게. 오후에 전화하고 싶지만 회의가 끝나자마자 다시 서부로 돌아가야 할 것 같아. 내 몫까지 선탠 잘해. 자기 이야기를 들으니까 플렉의 섬이 아주 근사할 것 같아.
 사랑해.
 샐리

 발전이었다. 스투 바커의 태도 변화가 샐리의 기분까지 바꿔 놓았다. 사랑하는 여자에게서 사과를 받는 것만큼 아침을 활기차게 시작하기에 좋은 일은 없다.
 더 좋은 소식도 있었다. 인터넷에 접속해 있는 동안 '새 메일' 알림이 깜박거렸다. 앨리슨의 메일이었다.

 슈퍼스타, 안녕?
 햇빛을 즐기며 해먹에 누워 있겠지? 어쨌든 지금 기분 좋기 바라. 내가 아주 좋은 소식을 준비했거든.
 자기가 에미상 후보에 올랐어.
 이제 자기가 더욱 잘난 체하게 됐으니, 그걸 참으려면 우리한테 신의 가호가 필요하겠지. 물론 이 말은 농담.
 정말 잘됐어, 데이비드. 나에게도 정말 잘된 일이지. 이제부터 자기 원고료를 25퍼센트나 더 올려 받을 수 있게 됐으니까. 그러면 내 커미션도…….
 시상식 때 내가 파트너가 될 수 있을까? 아니, 그러면 샐리가 화내겠지?
 친애하는 앨리슨이

 그날 밤까지 계속 축하 인사를 받아서 밤에는 기분 좋은 무아지경에 빠졌다. 브래드 브루스는 섬으로 전화해 〈셀링 유〉 팀 전체가 내 소식으로 기뻐하고 있다고 전했다. 물론 팀원들은 〈셀링 유〉가 다른 부문에서는 에미상 후보에 오르지 못한 것에 대해 관계자들을 욕하고 있었지만……. FRT방송국의 코미디 국장인 네드 싱클레어도 전화했다. 배우 두 명도 전화했다. 그리고 소위 우리 업계라고 불리는 곳의 친구들과 관계자들 십여 명이 축하 이메일을 보내왔다.

무엇보다 반가웠던 건 뉴욕에서 온 샐리의 전화였다.

"회의 중간에 누가 들어와 에미상 후보 목록을 가져왔어. 폭스 작품이 몇 편이나 후보에 올랐는지 확인하려고 모두 들여다봤지. 그런데 폭스 임원 중 한 명이 고개를 들고 나한테 이러잖아. '데이비드 아미티지가 애인 맞죠?' 그러더니 자기가 후보에 올랐다는 사실을 알려줬어. 하마터면 나는 너무 기뻐 소리를 지를 뻔했어. 자기가 정말 자랑스러워. 게다가 이 말을 하지 않을 수 없는데, 자기 덕분에 폭스 임원들 앞에서 내가 아주 돋보일 수 있었어."

"회의는 잘 풀리고 있어?"

"그 이야기는 지금 곤란하고……어쨌든 우리는 잘되고 있어."

우리? 반갑게 변한 스투 바커? 샐리가 전에는 텔레비전 코미디의 나치라고 불렀던 그 스투 바커?

내가 말했다.

"두 사람이 벌써 똘똘 뭉친 것 같네."

샐리가 나직이 속삭였다.

"아직은 전폭적으로 믿을 수는 없어. 그렇지만 그 사람이 나한테 핵폭탄을 겨누는 것보다는 내 편에 있는 게 훨씬 유리해. 어쨌든 힘겨루기 이야기로 자기를 지루하게 만들기는 싫고……."

"자기 이야기가 뭐든 나에게 지루할 리 없지."

"자기는 세상에서 가장 다정하고 가장 능력 있는 사람이야."

"이러다가 정말 내가 자만심으로 꽉 차겠군."

"뭐, 어때? 충분히 으스댈 만하잖아."

"플렉은 아직도 조금 떨어진 다른 섬에서 낚시를 하고 있대. 월요일이 돼야 돌아온다나. 나는 여기서 그야말로 큰 특권을 누리고 있지. 걸프스트림 비행기를 뉴욕으로 보내 자기를 섬으로 데려올 수도 있어."

"어머, 나도 그러고 싶어. 그렇지만 스투랑 로스앤젤레스로 돌아가야 해. 지금은 스투와 유대관계를 잘 유지해야 하는 중요한 시점이거든. 스투가 일요일에 중요한 계획을 함께 짜자고 해서."

"알았어."

"회사에서 위기만 아니라면 당장이라도 자기 옆으로 날아갔을 거야. 자기도 내 맘 알지?"

"물론 잘 알아."

"그래, 고마워. 어쨌든 자기 소식에 정말 반가웠다는 말을 전하고 싶었고……사랑한다는 말도 하고 싶었어. 이제 얼른 회의에 들어가봐야 해. 내일 집에 도착하면 전화할게."

미처 내가 인사할 새도 없이 전화가 끊어졌다. 5분 면회는 끝났다.

흡족하지 않았던 마음은 곧 다른 것에서 위안거리를 찾았다. 어이없을 만큼 맛있는 1975년산 모르곤을 마시고, 빌리 와일더의 〈비장의 술수〉와 스탠리 큐브릭의 〈킬링〉을 보고, 에미상 모양의 축하 케이크(섬에는 빵 전문 주방장도 있었다)를 받았기 때문이다.

게리가 여섯 명의 직원과 함께 시사실로 케이크를 들고 들어왔을 때 내가 물었다.

"에미상 후보에 오른 걸 어떻게 알았어요?"

"뉴스란 원래 빨라요."

나에 대해 모르는 게 없는 곳, 어떤 요구라도 들어주는 곳, 내 기분까지 섬세하게 살펴주는 곳, 딱 바라는 대로 구할 수 있는 곳이 바로 사프란 섬이었다. 그런 생활에 빠져 살다 보면 각막이 선택적으로 열리는 양 바깥 현실은 보이지 않게 된다.

이렇듯 사회와 아주 동떨어진 곳에서 방문객으로 지내는 게 싫지는 않았다. 섬에서 더는 일을 하지 않으리라 마음먹었지만 업무 팀의 조앤이 새로 타자한 시나리오를 가져왔을 때 나는 발코니 해먹에서 얼른 몸을 일으켜 손에 빨간 펜을 쥐었다. 수정된 시나리오는 팔 쪽 정도가 줄어 진행이 간결하고 경쾌해졌다. 대사는 더 날카로워지고, 덜 젠체하는 느낌으로 변했다. 줄거리에서 중요한 부분들이 자연스럽게 강조됐다. 하지만 3장 부분은 여전히 부자연스럽게 읽혀졌다. 공범들이 서로 등을 돌린다는 설정이 조금은 작위적인 느낌을 주었다. 주말에는 일에 몰두하여 뒷부분 31쪽을 완전히 새로 썼다. 날씨는 계속 좋았지만 나는 종일 내 방에 틀어박혀 지냈다. 마침내 수정을 끝마쳤을 때는 일요일 저녁 6시였다. 조앤이 내 방에 들러 새로 쓴 3장을 가져갔다. 나는 샴페인을 마시며 일을 마친 것을 자축했다. 욕조에 뜨거운 물을 채우고, 한 시간 동안 몸을 담갔다. 저녁으로 게 요리를 먹으며 맛이 뛰어난 뉴질랜드 산 소비뇽블랑을 반 병쯤 마셨다. 10시에 조앤이 다시 타자한 시나리오를 가져왔다.

"자정에 다시 수정한 원고를 받으러 와야 할 텐데요."

"염려 마세요."

나는 원고를 재차 수정했다. 자정 전에 일을 마치고 조앤에게 넘긴 뒤 잠자리에 들었다. 늦잠을 잤다. 새로 고친 시나리오가 아침밥과 함께 들어왔다. 쪽지도 있었다.

방금 플렉 씨로부터 연락이 있었습니다. 선생님께서 시나리오를 수정하셨다는 소식을 듣고 얼른 돌아와 읽고 싶다고 하십니다. 그렇지만 안타깝게도 며칠 더 늦어지게 되었다고 합니다. 수요일 아침까지는 반드시 돌아오신답니다. 그때 선생님을 뵙기를 고대하고 있다고 하십니다.

처음 내 반응은 간단했다.
'빌어먹을 놈. 내가 여기 가만히 앉아 은총이라도 기다리듯 네 귀하신 몸을 기다리고 있을 줄 알아?'
로스앤젤레스에 있는 샐리에게 전화를 걸어 플렉이 계속 약속을 미루며 내 발목을 잡고 있다는 말을 전했다. 그러자 샐리가 내게 말했다.
"아니, 뭘 기대했어? 플렉은 뭐든 마음대로 할 수 있는 사람이야. 그러니까 당연히 마음대로 하겠지. 자기야, 자기는 어쨌든 작가고……."
"아이고, 참 고마운 말이네."
"그러지 마. 먹이사슬이 어떤지는 자기도 잘 알잖아. 플렉이 글솜씨는 아마추어인지 모르지만 어쨌든 돈을 쥐고 있잖아. 그래서 최고의 자리에 올라 있는 거고……."
"나는 시나리오의 노예고."
"플렉의 처사에 그토록 기분이 상했으면 제대로 크게 화내고 당장 걸프스트림을 타고 로스앤젤레스로 돌아와. 그렇지만 나는 앞으로 사흘 동안 집에 없을 거야. 협력사들을 방문하러 가야 하니까. 샌프란시스코, 포틀랜드, 시애틀로."

"언제 내린 결정이야?"

"어제 저녁. 스투가 태평양 시장을 점검해야 하겠대."

"이제 스투와 정말 똘똘 뭉쳤나 보네."

"내가 스투를 잘 구워삶은 것 같아. 자기도 그런 뜻으로 말한 거지?"

내 말은 그런 뜻이 아니었다. 하지만 그 이야기를 더 끌고 싶지는 않았다. 질투에 눈먼 괴물로 보이기 싫었기 때문이다. 하지만 샐리는 내 속뜻을 정확히 알고 있었다.

"자기 목소리에서 질투가 느껴지는걸. 내 귀가 이상한가?"

"질투? 그럴 리가?"

"내가 왜 스투한테 다정한 척해야 하는지 자기도 잘 알지?"

"알지, 알아."

"여차하면 내가 야만인들한테 잡아먹힐 판이야. 나는 지금 그런 최악의 결과를 막기 위해 최선을 다하고 있어. 알지?"

"그래……."

"내가 얼마나 자기를 사랑하는지도 알지? 그러니까 나는 절대로……."

"알았어, 알았어. 미안해."

샐리가 차갑게 말했다.

"사과는 받아들일게. 이제 회의에 들어가야 해. 나중에 연락해."

샐리는 전화를 끊었다.

머저리, 머저리, 머저리.

'이제 스투와 정말 똘똘 뭉쳤나 보네.'

도대체 어쩌자고 그런 말을 했나! 이제 샐리를 기쁘게 할 전략을 짜야 했다.

나는 수화기를 들고 멕에게 로스앤젤레스로 꽃바구니를 보내고 싶다고 말했다. 멕은 문제없다고 대답했다. 내가 신용카드 번호를 말하려 하자 멕은 그럴 필요 없다고 했다.

"비용은 저희가 기꺼이 부담하겠습니다. 특별히 염두에 둔 꽃이 있나요?"

"아뇨, 그냥 세련된 꽃바구니면 됩니다."

"카드에는 뭐라 적으라고 할까요?"

화해의 분위기를 담은 문구여야 했다. 하지만 지나치게 진지하지 않아야 했다. 나는 조금 생각하다가 문구를 정했다.

'자기는 내 평생 최고의 선물이야. 사랑해.'

멕은 한 시간 안에 꽃바구니가 샐리의 사무실로 배달될 것이라고 말했다. 90분 뒤, 샐리의 이메일이 도착했다.

이제 세련된 사과를 받았네. 나도 사랑해. 자기도 기분 좀 바꿔 봐.
샐리

나는 샐리의 조언을 따르기로 했다. 게리에게 전화해 근처에 있는 작은 열도로 요트 항해를 하고 싶다고 말했다. 요트가 준비됐다. 스쿠버다이빙 장비도 준비됐다. 부주방장이 점심 준비를 위해 요트에 탔다. 돛대 사이에 해먹이 매여 있었다. 한 시간 동안 요트 위 해먹에서 낮잠을 잤다. 낮잠에서 깨어나보니 카푸치노가 있어 단숨에 마셨다. 영화 라이브러리의 척이 보낸 이메일을 프린트한 종이도 나를 기다리고 있었다.

아미티지 선생님께

잘 지내시죠? 방금 플렉 씨로부터 연락을 받았는데, 오늘 저녁에 선생님께 아주 특별한 영화를 보여 드리라고 부탁하더군요. 저녁에 별다른 계획은 없죠? 몇 시쯤 영화를 보시는 게 좋을지 알려 주십시오. 팝콘을 준비해 두겠습니다.

요트에 있는 직원에게 척과 직접 통화하고 싶다고 말했다. 직원은 배에서 섬으로 연결되는 전화기를 가져왔다.
나는 척에게 물었다.
"무슨 영화죠?"
"죄송합니다만 미리 알려 드릴 수는 없습니다. 플렉 씨의 지시입니다."
나는 9시에 시사실로 갔다. 속이 빵빵한 가죽 안락의자에 푹 눕듯이 앉았다. 팝콘이 든 그리스털 그릇은 다리 사이에 끼웠다. 조명이 꺼지고, 영사기가 깜박였다. 음악이 흐르고, 화면에는 이탈리아어로 된 제목이 가득 찼다. 그 제목을 보고 깨달았다. 이제 보게 될 영화는 피에르 파올로 파졸리니의 〈살로, 소돔의 120일〉이었다.
파졸리니의 악명 높은 그 영화에 대해 잘 알고 있었다. 사드 남작의 괴팍한 소설을 원작으로 한 영화. 하지만 한 번도 본 적은 없었다. 미국에서는 1970년대 중반에 처음 상영된 뒤 전역에서 상영 금지되었기 때문이다. 뉴욕도 예외는 아니었다. 뉴욕에서조차 금지됐다면 누구나 지나치게 '센' 것이라고 짐작할 수 있으리라.
영화가 시작된 지 20분도 지나지 않아 뉴욕에서 이 영화가 왜 금지됐는지 충분히 이해됐다. 파시즘 국가 살로(전쟁의 막판에 무솔리니가 최후로 만든 곳)를 배경으로 네 명의 이탈리아 귀족이 서로의 딸과 결혼하기로 합의한다. 딸과 결혼하는 건 이 네 명의 귀족이 윤리를 거스르는 행동 중에서 가장 강도가 약한 일에 속한다. 네 사람은 이탈리아 북부 전역에서 섹시한 젊은 남녀들을 찾아다닌다. 파시스트 군인들이 젊은이들을 붙잡아 대저택으로 보낸다. 그곳에서 젊은이들은 법을 넘어선 영역에서 살게 되었다는 말을 듣는다. 젊은이들은 밤마다 그룹섹스를 해야 하고, 조금이라도 종교적인 행동을 보이면 즉각 죽임을 당한다.

한편 귀족들은 젊은이들을 제물처럼 다룬다. 청년들을 강제로 탐한다. 남녀의 결혼식이 열리고 신랑 신부가 자기들 앞에서 섹스를 하게 만드는데, 남자가 여자의 몸에 삽입하려 할 때 귀족들이 달려들어 남녀를 겁탈한다.

영화의 내용은 점점 이해의 범위를 벗어난다. 그룹섹스 도중 귀족한 명이 바닥에 대변을 보고, 앞서 결혼식을 치르게 한 여자에게 그 대변을 먹인다. 그런 행동을 모두 즐겨야 한다는 듯 귀족들은 젊은이들 모두에게 변을 보게 한 뒤 고급 도자기에 담아 만찬을 차린다. 더 이상 심해질 수는 없을 거라는 생각이 드는 순간 저택에서는 갖가지 고문과 학대가 벌어진다. 눈을 뽑고, 목을 졸라 죽이고, 촛불로 가슴을 태우고, 혀를 자른다. 다시 '이 어리석은 일들' 이 배경음악과 함께 흐르고, 파시스트 경비원 두 명이 춤추기 시작한다.

암전. 엔딩 크레디트.

시사실에 불이 켜졌다. 나도 모르게 쇼크 상태에 빠져 있었다. 〈살로, 소돔의 120일〉은 그저 조금 별난 영화가 아니었다. 완전히 저 너머에 있는 영화였다. 내가 더더욱 심란했던 이유는 이 영화가 싸구려 포르노영화가 아니었기 때문이다. 파졸리니는 더없이 세심하고 진지한 감독이고, 〈살로, 소돔의 120일〉은 관객의 참을성을 극단까지 몰아가며 전체주의를 더없이 진지하게 탐구한 영화다. 나는 개인 소유의 카리브해 섬의 화려한 시사실에 혼자 앉아 인간의 행동이 얼마나 최악으로 치달을 수 있는지 목격했다. 나는 풀리지 않는 의문에 휩싸였다.

'필립 플렉은 이 영화로 도대체 무슨 의미를 전하려 했을까?'

그 해답을 곰곰이 생각하기도 전에 뒤에서 목소리가 들렸다.

"그 영화를 본 뒤에는 술이 필요하죠?"

나는 고개를 돌렸다. 여자가 서 있었다. 뿔테안경, 위로 틀어 올린 긴 갈색머리, 척 보기에도 지성미를 풍기는 30대 초반 여자였다.

"아주 독한 술이 필요하겠어요. 영화가……."

"끔찍해요? 무서워요? 역겨워요? 지긋지긋해요? 아니면 잔인하게 재미있어요?"

"모두 다 해당됩니다."

"그런 영화를 보게 해서 미안해요. 하지만 제 남편은 이런 농담 같은 일을 즐겨요."

나는 얼른 일어서서 손을 내밀어 악수를 청했다.

"몰라뵈서 미안합니다. 저는……."

"누구신지 알아요. 저는 마사 플렉입니다."

마사 플렉은 살짝 미소를 지었다.

제6장

"뛰어난 재능을 갖추고 있으면 기분이 어때요?"
나는 뒤로 살짝 물러서며 말했다.
"네?"
"그저 여쭤본 거예요."
"아주 직접적인 질문이네요."
"정말요? 제 딴에는 좋은 질문이라고 생각했어요."
"저는 뛰어난 재능을 갖추고 있지 않아요."
마사 플렉은 또 미소를 지으며 말했다.
"그렇게 말씀하시면 제가 할 말이 없잖아요."
"하지만 정말 저는 재능이 뛰어나지 않아요."
"뭐, 겸손은 미덕이지만 제가 작가들에 대해 한 가지 아는 게 있다면 대개 자기에 대한 의심과 오만으로 뭉친 존재들이라는 사실이에요. 그런데 오만이 더 두드러지기 마련이죠."

"제가 오만하다는 말인가요?"

마사 플렉이 또 미소를 지었다.

"그럴 리가요? 하지만 아침에 잠에서 깨어나 텅 빈 하루를 마주할 경우 누구나 자존심 한 숟가락을 먹어야 기분이 좋아지지 않나요? 술 드시겠어요? 〈살로, 소돔의 120일〉을 본 다음에는 틀림없이 술 생각이 날 거예요. 남편은 그 영화를 최고의 걸작으로 여기지만……. 한편으로 생각하면 이해가 되기도 해요. 남편은 〈마지막 기회〉를 만들었잖아요. 남편 영화, 보셨죠?"

"아, 예. 아주 재미있었습니다."

"듣기 좋은 말을 잘하시네요."

"상대를 기분 좋게 만드는 건 좋은 일이죠."

"하지만 줄곧 그런 대화를 이어가다 보면 생동감이 없잖아요."

나는 아무 말도 하지 않았다.

"그러지 말고 우리 '진실 게임'을 할까요? 제 남편의 영화를 보고 진심으로 무슨 생각을 했어요?"

"음……제가 본 영화들 중에서 최고라고 말할 수는 없겠네요."

"더 솔직히."

나는 마사 플렉의 얼굴을 살폈다. 하지만 빙긋 짓는 미소뿐, 다른 숨은 뜻은 찾아낼 수 없었다.

"좋아요. 진실을 원하신다면 말하죠. 잘난 체하는 쓰레기로 봤습니다."

"멋져요. 자, 이제 술을 드릴게요."

마사 플렉은 의자 옆에 붙은 작은 버튼을 눌렀다.

이곳은 플렉의 집에서 가장 큰 방이었다. 시사실에서 마사의 안내로 이 방에 왔다. 마사가 앉은 의자 위에는 로스코의 그림이 걸려 있었다. 검은 사각형 두 개가 겹쳐지고, 가운데에는 가늘게 주황색 주름이 있는 그림. 온통 깜깜한 어둠 속에서도 해는 떠오른다고 슬며시 암시하는 느낌이었다.

마사가 나에게 물었다.

"로스코 좋아하세요?"

"네."

"남편도 좋아해요. 로스코 작품을 여덟 점이나 갖고 있죠."

"정말 많네요."

"비싸기도 하죠. 다 합치면 칠천사백만 달러쯤 될걸요."

"대단한 액수군요."

"푼돈이죠."

마사는 또 잠시 말을 멈추고, 자신을 보는 나를 마주 바라보았다. 마사의 말투는 계속 가볍고 다정했다. 마사가 내 눈에 몹시 매력적으로 보여 나 스스로도 놀랐다.

게리가 들어왔다.

"사모님, 반갑습니다. 뉴욕은 어땠나요?"

"재밌었어요."

마사는 그렇게 대답하고 나서 다시 나에게 물었다.

"이제부터 술을 좀 마셔 볼까요?"

"뭐……."

"좋다는 대답으로 듣겠어요. 게리, 보드카가 몇 종류나 있죠?"

"서른여섯 종류입니다."

"서른여섯 가지 보드카라……. 재밌죠?"

"뭐, 대단히 많군요."

마사는 다시 게리를 보며 말했다.

"자, 게리, 솔직히 대답해요. 여기 있는 최고급 보드카들 중에서 가장 최고급인 건 뭐죠?"

"세 번 거른 스톨리 골드죠. 1953년 산입니다."

"어디 보자……. 스탈린이 보관했던 것 맞죠?"

"그건 잘 모르겠습니다. 하지만 맛은 아주 뛰어날 겁니다."

"그럼 그것 좀 내오세요. 캐비아도 곁들여서요."

게리가 목례를 하고 나갔다.

"부인께서는 왜 플렉 씨와 함께 낚시를 가시지 않았습니까?"

"부인이라뇨? 그냥 편하게 부르세요. 저는 헤밍웨이와 안 친해요. 청새치를 쫓아 바다에서 며칠씩이나 보내야 하는 이유를 모르겠어요."

"뉴욕에는 일 때문에 출장을 다녀오신 겁니까?"

"정말 듣기 좋은 말을 잘하시는군요. 사람들은 대개 이백억 달러를 가진 남자의 아내라면 일 따위는 안 할 거라고 넘겨짚기 일쑤거든요. 하지만 저는 말씀하신 대로 일 때문에 뉴욕에 다녀왔어요. 가난한 극작가를 돕는 작은 재단을 운영하고 있는데, 재단 임원들과 회의가 있었어요."

"가난한 극작가들이라면? 그런 사람들이 존재하는지도 몰랐네요."

"극작가들은 대개가 불운하지 않나요? 선생님처럼 큰 행운을 얻지 않는 한……."

"네, 뭐, 제 경우는 운이 좋았죠."

마사는 내 손 위에 자기 손을 슬쩍 얹으며 말했다.

"너무 겸손하시니까 이제는 걱정스러울 지경이네요."

나는 손을 빼내며 말했다.

"결혼 전에는 대본 수정하는 일을 하셨다고요?"

"아, 정보에 밝으시군요. 네, 극작가들과 대본을 손보고 빛을 보지 못하고 묻혀 있는 희곡을 발굴하고……. 지역극단에서 그런 일을 했어요."

"그래서 만나신 겁니까?"

"남편하고요? 네, 그래서 결혼이라는 운명과 부딪쳤죠. 위스콘신 주 밀워키에서요. 로맨틱한 기운이 넘치는 곳이죠. 밀워키가 어떤 곳인지 아세요?"

"아쉽게도 잘 모릅니다."

"멋진 곳이에요. 미국 중서부의 베니스라고 할 만하죠."

나는 웃었다.

"그런 곳에 왜 가셨어요?"

"반쯤 괜찮은 극단이 거기 있었거든요. 그 극단에서 대본 수정할 사람을 찾았어요. 저는 일자리가 필요했고요. 급여도 나쁘지 않았어요. 연봉 이만팔천 달러였죠. 그동안 다녔던 직장들은 그 액수보다 못했거든요. 밀워키 레퍼토리 극단은 기금이 풍족했어요. 필립 덕분이었죠. 필립은 자기 고향을 베니스로 만든 구세주였어요. 새 미술관, 영화 라이브러리를 갖춘 새 커뮤니케이션 센터, 지역 극단 전용 새 연극공연장도 생겼어요. 그 시설들을 짓는 데 이억 오천만 달러쯤 썼을 거예요."

"플렉 씨는 아주 너그러운 분이군요."

"아주 영리하기도 하죠. 모두 세금감면을 위한 일이었으니까."

게리가 카트를 끌고 다시 들어왔다. 얼음 가운데에 멋지게 담긴 캐비아, 호밀빵, 보드카, 세련된 양주잔 등이 카트 위에 놓여 있었다. 게리는 얼음 바구니에서 보드카 병을 꺼내 정중히 마사 플렉에게 내밀었다. 마사가 보드카 라벨을 흘깃 보았다. 라벨에 적힌 글자는 옛 러시아 문자인 양 고색창연해 보였다.

마사가 나에게 물었다.

"러시아어를 알아요?"

내가 고개를 가로젓자 마사는 계속 말을 이었다.

"나도 몰라요. 그래도 1953이라는 숫자가 생산연도인 건 틀림없을 것 같아요. 게리, 이제 술을 따라 봐요."

게리는 보드카가 넘칠 듯 담긴 양주잔을 마사와 나에게 건넸다. 마사가 자기 잔을 쳐들어 내 잔에 살짝 부딪쳤다. 나도 마사도 단숨에 잔을 비웠다. 아주 차갑고 부드러운 보드카가 목을 찌릿찌릿 자극하며 내려갔다. 곧바로 머리에 취기가 올라왔고, 나는 짜릿한 쾌감에 나도 모르게 눈을 찡긋했다. 마사도 나와 비슷한 표정을 지어 보였다.

마사가 말했다.

"괜찮네요."

게리가 다시 잔을 채우고, 캐비아를 올린 빵도 하나씩 건넸다. 나는 캐비아와 빵을 맛보았다.

마사가 물었다.

"입맛에 맞아요?"

"뭐……캐비아 맛이네요."

마사는 게리에게 이제 직접 술을 따라 마시겠다고 말했다. 게리가 물러간 뒤 마사는 내 술잔을 다시 채우며 말했다.

"남편을 만나기 전에는 럭셔리브랜드 같은 걸 전혀 몰랐어요. 아니, 차이를 몰랐다고 할까요. 음, 무엇을 예로 들면 좋을까. 샘소나이트가 방이나 루이비통가방의 차이를 몰랐다고 할까요? 럭셔리브랜드는 저에게 아무런 의미가 없었어요."

"그런데 지금은 어떤가요?"

"지금은 가격까지 속속들이 알고 있죠. 이란 산 캐비아 가격도 알아요. 삼십 그램에 백육십 달러죠. 지금 들고 있는 술잔이 바카라 제품이라는 것도 알고, 앉아 계신 의자가 에임스 디자인의 진품이고 필립이 사천이백 달러를 주고 샀다는 것도 알아요."

"그런 걸 알기 전에는 어땠……."

"방 하나짜리 작은 아파트에 살았어요. 월세 천팔백 달러였어요. 차는 십이년 된 폭스바겐 래빗을 몰았죠. 제가 생각할 수 있는 브랜드 제품은 갭뿐이었어요."

"돈이 없어서 힘들지 않았어요?"

"그런 생각은 전혀 없었어요. 돈을 생각하지 않았으니까요. 그냥 편하게 입었고, 편하게 생각했어요. 돈 걱정은 전혀 안 했어요. 하지만 선생님은 빈털터리가 되는 게 싫었죠? 아닌가요?"

"돈이 있으면 사는 게 더 편하죠."

"그건 사실이에요. 하지만 북수프에서 일할 때 서점을 한가롭게 돌아다니는 성공한 작가들을 보면 부럽지 않던가요? 그 작가들은 수백만 달러짜리 계약을 맺고, 주차장에는 포르쉐가 세워져 있고, 시계는 카르티에를 차고……."

내가 마사의 말을 가로막았다.

"북수프 일을 알아요? 어떻게?"

"자료를 읽었어요."

"자료요? 나에 대한 자료가 있어요?"

"자료라기보다 좀 자세한 약력이라고 할까요. 선생님이 여기 오시기로 한 뒤에 필립의 측근들이 모은 거예요."

"그 자료에 정확히 뭐가 있나요?"

"그냥 기사스크랩이에요. 업데이트된 신상 자료도 있고, 작품 목록도 있고, 필립의 직원들이 여기저기서 그러모은 배경 정보도 있고……"

"배경 정보라면?"

"아, 있잖아요, 왜……. 어떤 술을 좋아하는지, 어떤 영화를 좋아하는지, 재정 상태는 어떤지, 어떤 상담가에게서 상담을 받는지……"

내가 발끈해서 말했다.

"나는 상담을 받고 있지 않아요."

"지금은 아니지만 전에 받으셨잖아요. 전 부인을 떠나 샐리와 함께 살기 시작했을 때, 반년 동안 상담을 받으셨죠? 의사 이름이 뭐더라…… 타버크 박사인가요? 로스앤젤레스 빅토리 가에 병원이 있는 도널드 타버크 박사. 미안해요. 제 말이 좀 지나쳤나요?"

나는 갑자기 안절부절못했다.

"그걸 다 어디서 들었어요?"

"들은 게 아니에요. 그저 읽었죠."

"애초에 부하 직원들이 그 자료들을 모을 때 정보를 준 사람이 있을 게 아닙니까? 그게 누구예요?"

"저는 몰라요. 정말이에요."

"틀림없이 그놈이겠죠. 바비 바라."

"화나셨군요. 기분을 상하게 할 뜻은 전혀 없었어요. 하지만 이건 확실히 말씀드릴게요. 바비는 밀고꾼이 아니에요. 여기가 옛날 독재국가도 아니고요. 제 남편은 일을 맡길 사람을 고를 때 신중을 기하죠.

그 사람에 대해 아주 많은 정보를 찾아내요. 그냥 그뿐이에요."

"나는 플렉 씨한테 일을 달라고 말한 적 없어요."

"무슨 뜻인지 알았어요. 그럼, 이렇게 말하죠. 필립은 선생님과 함께 일하기를 바라고 있어요. 그래서 요즘 누구나 그러듯이 선생님에 대해 기본 정보들을 모았어요. 됐죠?"

"내가 지나치게 예민한 게 아니라……."

마사가 술을 따르며 말했다.

"네, 지나치신 게 아니죠. 자, 이제 한잔하세요."

우리는 다시 잔을 부딪쳤다. 이번에는 보드카가 수월하게 넘어갔다. 내 목과 뇌가 술기운에 마비되기 시작했다는 신호였다.

마사가 상냥하게 물었다.

"이제 기분이 좀 나아졌어요?"

"좋은 보드카네요."

"어때요? 자신이 행복을 쉽게 느끼는 타입이라고 생각하세요?"

"네?"

"그냥 궁금해요. 사람들이 마음속 깊은 곳에서는 어떤 생각을 하고 있을까 하고. 과연 나에게 지금 같은 성공을 누릴 자격이 있을까 하는 의심이 들지 않아요?"

내가 웃으며 말했다.

"상대의 심사를 건드리는 놀이를 좋아하시는군요."

"마음에 드는 상대한테만 그래요. 어때요? 제 말이 맞죠? 제가 보기에 선생님은 자신이 거둔 성공을 탐탁하게 여기지 않는 것 같아요. 딸과 아내와 헤어진 것도 남몰래 후회하고 있는 것 같고."

나는 보드카 병을 집어 마사와 나의 잔에 각각 술을 따랐다. 그동안 서로 아무 말도 하지 않았다.

마침내 먼저 말을 꺼낸 사람은 마사였다.

"제가 질문을 너무 많이 한 것 같네요."

나는 보드카를 단번에 들이켰다.

마사가 말했다.

"그래도 하나만 더 물어봐도 될까요?"

"뭐죠?"

"필립의 영화를 본 솔직한 소감을 듣고 싶어요."

"아까 말했잖아요."

"아뇨, 아까는 '잘난 체하는 쓰레기'라고 말했죠. 왜 그렇게 생각하는지 그 이유는 설명하지 않았어요."

"정말 듣고 싶어요?"

마사가 술을 들이켜고 나서 고개를 끄덕였다.

나는 그 영화가 왜 내가 평생 본 영화들 가운데 최악인지 이야기했다. 한 장면 한 장면 예를 들며, 등장인물들이 왜 기본적으로 말이 안 되는지, 영화 대사가 왜 '작위적'이라는 말의 참뜻을 증명하는지, 전체 이야기가 왜 터무니없는지 설명했다. 보드카 때문에 내 머릿속의 수다 스위치가 켜졌는지, 10분이나 쉬지 않고 계속 말했다. 잠시 말을 멈춘 건 마사가 따라 준 보드카를 두 번 마실 때뿐이었다. 마침내 내가 말을 마치자 아주 긴 침묵이 이어졌다.

나는 혀가 약간 풀린 채 말했다.

"뭐……정말 듣고 싶다고 해서 얘기했습니다."

"확실한 얘기네요."

"미안해요."

"왜 사과하죠? 다 더없이 옳은 말이었어요. 선생님 말씀은 제가 필립에게 했던 말과 똑같아요. 그 영화를 제작하기 전에 제가 필립한테 그렇게 말했거든요."

"플렉 씨와 함께 시나리오 작업을 하지 않았나요?"

"음, 믿기 힘들겠지만 필립이 쓴 초고에 비해 엄청나게 좋아진 결과가 그 정도였어요. 어쨌든 영화가 그토록 참담한 실패작이니 시나리오 얘기는 하나마나죠."

"플렉 씨한테 영향력을 발휘할 수 없었나요?"

"겨우 시나리오 수정이나 하는 스태프가 언제부터 감독에게 영향력을 발휘했나요? 할리우드에서 작가들의 99.5퍼센트가 고용인 취급을 받는다면, 시나리오를 수정하는 사람은 인간 이하 취급을 받죠."

"그렇지만 그 감독과 사랑에 빠졌잖아요."

"아, 그건 영화가 다 만들어진 뒤의 일이었어요."

마사는 이어서 설명했다.

플렉은 자기가 밀워키에 지은 연극극장에 잠시 들렀다. 스태프들에게 인사하러 온 것이다. 극단 예술 감독은 플렉을 만나는 자리에 잠깐 인사를 나누라며 마사도 불러냈다. 플렉은 마사가 극단에서 희곡을 손보는 일을 하고 있다는 말을 듣고, 자기 시나리오를 막 탈고한 참인데 한 번 읽어 보고 장단점을 말해달라고 마사에게 부탁했다.

"당연히 저는 영광이라고 대답했죠. 달리 뭐라고 대답하겠어요. 그 사람은 우리 극단을 먹여 살리는 후원자인걸요. 하지만 마음속으로는 생각했죠. '맙소사, 갑부가 쓴 형편없는 시나리오겠지.' 라고. 한편으로는 플렉의 말이 그냥 해본 말일 뿐 정말로 시나리오를 보낼 리 없다고 생각했어요. 그렇게 돈이 많은 사람이라면 로버트 타운이나 윌리엄 골드먼(《머나먼 다리》, 《미저리》 등을 쓴 유명 시나리오 작가 : 옮긴이)한테 자문을 구할 수도 있지 않겠어요? 그런데 다음날 아침에 시나리오가 정말로 제 사무실에 배달되지 뭐예요. 맨 앞 장에는 포스트잇이 붙어 있었어요. '내일 아침까지 읽어보고 솔직한 감상을 적어주시면 대단히 고맙겠습니다.' 그리고 플렉의 서명도 있더군요."

마사는 어쩔 수 없이 그날 내내 시나리오를 읽었다. 밤이 되자 긴장감이 점점 팽배해졌다. 플렉의 시나리오는 쓰레기였지만 솔직하게 말했다가는 극단에서 잘릴지도 모르니까.

"새벽 다섯 시까지 잠도 못 자고 플렉에게 전할 글을 썼어요. 이 시나리오는 가망이 없다는 뜻을 알리면서도 최대한 은근하게 전달할 방법을 찾느라 전전긍긍했죠. 솔직히 그 시나리오에서 단 한 군데도 좋은 면을 발견할 수 없었어요. 결국 해가 뜨고, 네 번째로 다시 쓰던 글을 찢고 나서 생각했어요. 플렉을 그저 재능 없는 작가로 대하겠다고. 그 시나리오가 형편없다고 솔직히 말하겠다고."

그래서 그대로 쓰고 극단 사무실로 보낸 뒤 잠에서 깨어나면 새 일자리를 찾아보겠다고 생각하면서 잠자리에 들었다.

그날 저녁 5시에 전화벨이 울렸다. 플렉의 수행원이 건 전화였다. 플렉이 자가용 비행기를 보낼 테니 샌프란시스코로 만나러 오라는 전화. 극단으로부터는 며칠 동안 출근하지 않아도 된다는 말을 들었다.

"그 당시만 해도 비행기를 타본 적도 없을 때였어요. 그러니까 리무진을 타고 공항에 가서 자가용 비행기를 타는 일이란 상상도 못할 지경이었죠. 샌프란시스코 퍼시픽하이츠에 있는 필립의 집도 마찬가지였어요. 지하실에 시사실이 있고, 집에 상주하는 사람만 다섯 명이었어요. 물론 샌프란시스코까지 가는 내내 생각했죠. 도대체 왜 나를 만나려고 할까? 자가용 비행기로 데려올 재력이 있으니까 눈앞에서 해고할 권력도 있는 것이라고 몸소 나에게 자랑하려는 걸까?"

마사는 계속 말을 이었다.

"그런데 필립의 집에 도착하자 필립은 더없이 다정했어요. 필립은 원래 말이 없는 사람인데, 그런 점을 감안하면 아주 애써 다정하게 행동한 것이었죠. 필립은 제가 적어 보낸 평가서를 들고 말하더군요. '평소 사탕발림할 줄 모르시죠?' 그리고 며칠 동안 함께 지내면서 시나리오 수정 작업을 하면 좋겠다며, 수고비로 얼마를 받으면 좋을지 묻더군요. 저는 밀워키 극단에서 이미 급여를 받고 있으니 달리 더 받지 않아도 된다고 대답하고 나서 이렇게 덧붙였어요. '저에게는 플렉 씨가 대본을 크게 수정해야 할 작가로 보일 뿐입니다. 제 충고를 기꺼이 들어주시겠다면 저도 기꺼이 돕겠습니다.'

우리는 어떤 곳은 빼고 다른 곳은 첨가하며 일주일을 보냈어요. 필립은 다른 일을 다 접고 오로지 저와 시나리오를 수정하는 일에 집중했어요. 정말이지 필립은 제 말에 귀를 기울였어요. 제 비판을 잘 수용했죠. 일주일 뒤 시나리오 대부분을 자르고, 구조를 단단하게 하고, 인물들을 조금 그럴 듯하게 만들었어요. 그래도 제가 보기에는 전반적인 설정이 억지스러워 보인다고 말했어요. 하지만 어쨌든 이전 시나리오보다는 확실히 좋아졌죠.

우리 사이에 다른 일도 있었어요. 필립은 태생적으로 말이 없는 사람이었지만 친해지고 나니 꽤 재밌는 사람이었어요. 게다가 아주 똑똑했어요. 저는 필립의 똑똑한 면이 정말 좋았어요. 수백억 달러의 제국을 세운 사람치고는 영화와 책에도 아주 박식했어요. 게다가 진심으로 예술에 돈을 쓰기로 마음먹은 사람이었어요. 어쨌든 마지막 밤에 우리는 계속 술을 마셨죠."

내가 물었다.

"보드카요?"

마사가 눈썹을 장난스럽게 올리며 말했다.

"당연하죠. 제가 좋아하는 술이거든요."

나는 마사의 눈을 똑바로 쳐다보며 말했다.

"그 다음 무슨 일이 있었는지는 저의 상상에 맡기는 건가요?"

"네. 이튿날 아침에 깨어 보니 필립은 가고 없었어요. 그래도 베개에는 정말 낭만적인 쪽지가 남아 있었죠. '또 연락하겠습니다.' 저는 밀워키로 돌아갔어요. 필립에게서는 연락이 없었죠. 반년 뒤에 신문 기사를 읽었어요. 〈마지막 기회〉가 아일랜드에서 촬영에 들어간다는 기사였죠. 팔 개월 뒤에는 밀워키에 단 한 곳뿐인 예술영화관에서 그 영화가 개봉됐어요. 당연히 보러 갔죠. 플렉이 만든 영화를 저의 눈으로 보면서도 믿을 수가 없었어요. 우리가 수정한 내용의 이십 퍼센트도 반영되지 않았고, 함께 없애버린 형편없는 대사들도 반이나 다시 살렸더군요. 필립의 선택이 잘못됐다고 느낀 건 저뿐만이 아니었어요. 신문마다 악평이 실렸죠. 필립이 만나고 있던 슈퍼모델과 헤어졌다는 기사도 나돌았고요. 저와 하룻밤을 보낸 뒤 왜 연락이 없었는지 그제야 깨달았죠.

어쨌든 저는 엄청 화가 났어요. 저와 함께 수정한 작업을 우습게 본 것에도 화났고, 저에게 전화 한 번 하지 않은 것에도 화났어요. 참다못해 편지를 썼어요. 일로나 개인적으로나 몹시 불쾌하다고 적었어요. 답장은 바라지 않았어요. 그런데 일주일쯤 뒤에 필립이 제 앞에 나타났어요. 밤에 불쑥 집으로 찾아와 이러더군요. '모두 내 잘못이에요. 특히 우리 사이에 있었던 일에 대해서는 더더욱 미안해요.'"

"그 다음은요?"

"반년이 지나지 않아 결혼했어요."

"아주 낭만적이네요."

마사는 병에 남은 마지막 술을 따르며 슬며시 미소를 지었다.

내가 물었다.

"그럼 이 이야기의 결론은…… 뭐죠? 남편의 형편없는 영화를 비난하지 않겠다는 말인가요?"

"잘 맞히셨어요."

나는 술잔을 비웠다. 이제는 목구멍이 간지럽지도 않았다. 아무런 느낌도 없었다.

"제가 비밀 한 가지를 알려드리죠. 남편이 선생님을 여기 묶어 두는 이유는 재능 있는 사람이 자기 옆에 있는 걸 못 견디기 때문이에요."

"플렉 씨처럼 큰돈을 모은 사람이라면 재능이 뛰어나다고 불릴 만하지 않나요?"

"그럴지도 모르죠. 하지만 필립이 원하는 재능, 그이가 갖고 싶어서 안달하는 재능은 선생님께서 가지셨죠. 저도 선생님의 재능을 동경해요. 제가 이 밤에 왜 여기로 날아왔겠어요? 선생님을 만나뵐 기회였기 때문이에요. 〈셀링 유〉는 정말이지 독보적인 시트콤이에요."

"너무 비행기를 태우시는군요."

"기분 좋으시다니 저도 기쁘네요."

마사는 나를 똑바로 바라보며 다시 미소를 지었다. 나는 손목시계를 흘깃 보았다.

마사가 말했다.

"주무실 시간이 지났나요? 괜찮으니까 가서 주무세요. 게리한테 따뜻한 우유와 쿠키를 가져다드리라고 할게요. 집 안에 곰 인형도 있을 거예요. 껴안고 주무실 곰 인형이 필요하면 말씀하세요."

마사가 눈썹을 살짝 치켜 올렸다. 나를 놀리는 게 재미있다는 표정이었다. 아니, 나를 유혹하는 표정인가? 아니, 아무런 이유 없이 그저 눈썹을 치켜 올렸을 뿐인가?

나로서는 아무것도 분간할 수 없었다. 벌써 완전히 술에 취했으니까. 내가 말했다.

"다른 건 필요 없고 침대에 가면 돼요. 보드카 잘 마셨습니다."

"손님 대접으로 당연한 거죠. 안녕히 주무세요."

나도 인사하고, 비틀비틀 내 방으로 갔다.

방까지 어떻게 갔는지 기억나지 않는다. 옷을 다 입은 채 침대에 쓰러져 곯아떨어진 것도 기억나지 않는다. 하지만 새벽 4시쯤 오줌보가 터지려는 순간에 화들짝 놀라 잠에서 깨어나 화장실에 간 건 기억난다. 5분 동안 소변이 끊이지 않았다. 옷을 다 벗고 뜨거운 물을 틀고 샤워를 한 뒤, 물을 뚝뚝 떨어뜨리며 비틀비틀 침대로 돌아와 이불 속으로 들어갔다.

잠시 마사 플렉과 나눈 대화를 생각하다가 결국 다시 곯아떨어졌다. 다시 깨어났을 때에는 한낮인 것 같았다. 머리가 마치 핵폭발로 녹아내린 것 같았다. 전날 있었던 일들이 모두 기이하게 느껴지기만 했다. 강제로 똥을 먹이는 〈살로, 소돔의 120일〉을 억지로 본 것부터 술에 취해 마사 플렉과 유혹의 의미가 담긴 대화를 나눈 것까지.

지난밤의 이상하게 토막난 기억들을 다시 이어 맞추려 애쓰는 사이, 내 마음속에서는 어떤 결심이 굳어지고 있었다. 오늘 섬을 떠나겠다는 결심. 너무 오래 기다렸다. 부자의 변덕에 놀아나지 않겠다. 그래서 수화기를 들고 게리에게 오늘 오후 로스앤젤레스로 곧장 연결될 시간에 안티과로 떠날 수 있겠는지를 물었다. 게리는 다시 연락하겠다고 답하고 전화를 끊었다. 5분 뒤, 전화벨이 울렸다. 마사였다.

"베로카 드셔 보셨어요?"

"안녕하세요, 마사."

"잘 주무셨어요? 아직 숙취가 남은 목소리네요."

"그래요? 마사의 목소리는 아주 생생하네요."

"베로카 덕분이죠. 기력 회복에 아주 좋아요. 물에 녹여서 먹는 비타민제인데, 비타민B와 비타민C가 아주 많이 들어 있어요. 숙취 해소에 베로카보다 좋은 건 없어요, 적어도 제가 경험한 바로는……. 오스트레일리아에서 만들어졌어요. 오스트레일리아 사람들이야말로 숙취에 전문가가 될 수밖에 없거든요."

"얼른 두 알을 보내주세요."

"지금 가고 있어요. 신용카드로 가루를 만들어 지폐로 말아 코로 흡입하면 안 돼요."

"그런 짓은 안 합니다."

그렇게 말하고 나니 내 말투가 지나치게 방어적으로 보였다.

"농담이었어요. 너무 정색하지 마요."

"미안해요. 아, 어쨌든 어제는 정말 즐거웠습니다."

"그런데 왜 떠나시죠?"

"소문이 빠르네요."

"저 때문에 떠나시려는 게 아니기를 바라요."

"그럴 리가요? 굳이 이유를 대자면 부군께서 저를 여기에 일주일이

나 묶어 두었기 때문이죠. 저도 할 일이 있고⋯⋯금요일에는 딸아이를 만나러 샌프란시스코에 가야 해요."

"그건 문제도 아니죠. 금요일 아침에 걸프스트림으로 곧장 샌프란시스코까지 모실게요. 시차도 유리하게 바뀌니까 금요일 오후까지는 문제없이 도착할 수 있을 거예요."

"그러면 여기에 이틀 더 있어야 하잖아요."

"남편 때문에 짜증나신 건 충분히 이해해요. 어제도 말했지만 남편은 게임을 하는 거예요. 남편은 누구한테나 그래요. 이번 일은 모두 제 책임이에요. 제가 남편한테 선생님을 추천했거든요. 저는 아미티지 선생님의 팬이에요. 〈셀링 유〉뿐만 아니라 초기에 쓴 희곡들도 다 읽어봤어요."

"정말요?"

나는 우쭐한 티를 내지 않으려고 애썼지만 절로 티가 났다.

"네. 비서한테 선생님 작품을 다 모아서 가져오라고 했고⋯⋯."

나는 그 비서가 힘들었겠다고 생각했다. 그 희곡들은 출간된 적도 없었으니까. 하지만 이제 플렉 부부에 대해서 깨달은 바가 하나 있다면 '이 부부는 원하는 것을 반드시 손에 넣는다.' 는 사실이었다.

"필립을 위해 다시 쓰신 시나리오에 대해서도 선생님과 이야기를 나누고 싶어요."

나는 마사가 조앤에게서 시나리오를 받은 게 틀림없다고 생각했다.

"벌써 읽었어요?"

"아침에 잠에서 깨자마자 읽었어요."

"플렉 씨도 읽었나요?"

"모르겠어요. 남편과는 며칠째 연락도 안 했어요."

이유를 물어볼까 하다가 묻지 않는 게 낫겠다고 생각했다. 그래서 대신 다른 질문을 던졌다.

"정말 뉴욕에서 저를 만나려고 왔어요?"

"제가 존경하는 작가를 섬에 모시는 게 흔한 일은 아니죠."

"수정한 시나리오가 정말 마음에 들었나요?"

마사가 웃었다.

"계속 확인을 바라세요?"

"그럼요."

"글쎄요. 아주 훌륭하게 수정됐다고 생각해요."

"고맙습니다."

"정말이에요. 저는 좋지 않으면 좋지 않다고 솔직히 말하는 사람이에요."

"네, 믿습니다."

"여기 머무르시면 앞으로는 억지로 보드카를 권하지 않을게요. 물론 선생님께서 드시고 싶다면 얼마든지 드셔도 좋고요."

"아마 그럴 일은 없을 겁니다."

"그럼, 종일 술 없이 금욕적으로 지내죠, 뭐. 앞으로는 '바른생활 사나이'로 모실게요."

이번에는 내가 웃었다.

"알았어요. 하루 더 있죠. 하지만 내일도 플렉 씨가 나타나지 않으면 떠날 겁니다."

"좋아요."

몇 분 뒤에 베로카가 왔다. 놀랍게도, 정말 숙취가 가라앉았다. 오후에 마사와 함께 있으면서도 숙취와 짜증은 많이 줄어들었다. 간밤에 마신 보드카의 양이 어마어마했는데도 마샤는 아주 생생했다. 아니, 아주 생기발랄했다. 마샤는 저택의 메인 발코니에 점심을 차렸다. 햇빛은 쨍쨍했지만 산들바람이 열기를 식혔다. 우리는 차가운 바닷가재를 먹으며 버진 블러디메리(토마토주스에 보드카와 후추, 타바스코 소스를 넣은 칵테일이 블러디메리인데, 여기에서 보드카를 빼서 알코올을 넣지 않은 것을 '버진'이라 부름 : 옮긴이)를 마셨다. 우리는 쉴 새 없이 이야기를 나누었다. 마샤는 전날 보였던 유혹의 분위기를 버리고, 여러 주제에 대해 깊이 있고 명랑하게 이야기했다. 역시나 똑똑하고 재미있는 사람이었다. 게다가 마샤는 자신의 일인 극작에 있어서는 그야말로 제대로 알고 있는 사람이었다. 〈세 불평꾼〉의 수정된 시나리오에 대해서도 영리하고 지적인 지적을 많이 했다. 놀랍게도 마샤는 정말로 내 작품들을 다 읽었다. 1990년대 초에 무명의 오프오프브로드웨이 극단에서 리딩 한 번을 끝으로 먼지를 뒤집어쓴 채 묻혀 있는 희곡 두 편까지 다 읽었다.

내가 말했다.

"저도 지난 몇 년 동안 한 번도 꺼내 읽은 적 없는 희곡들이에요."

"필립이 선생님과 함께 일하고 싶다고 하자 저는 생각했죠. 선생님이 유명해지기 전에 쓰신 작품을 읽는 게 좋겠다고요."

"그러다가 〈세 불평꾼〉을 찾아냈나요?"

"그래요. 그걸 필립의 손에 쥐여준 게 제 잘못이죠."

"제가 쓴 시나리오의 지은이로 필립 플렉이라는 이름을 올리는 것도 마샤의 생각이었나요?"

마샤는 내가 무슨 말을 하는지 모르겠다는 듯이 나를 보며 말했다.

"그게 대체 무슨 말이에요?"

나는 마샤에게 그 일을 설명했다. 내 시나리오가 맨 앞에 필립 플렉이라는 이름이 적힌 채 바비 바라 편으로 나에게 전달됐다고.

마사는 이를 악물고 천천히 숨을 내쉰 뒤 말했다.

"제가 대신 사과할게요. 미안해요."

"아니에요. 엄밀히 말하면 마사의 잘못이 아니잖아요. 사실, 저도 플렉 씨의 제안을 받아들였으니까 여기까지 왔죠. 제가 정말 바보 같아요."

"필립의 돈 앞에서는 누구나 무릎을 꿇죠. 필립은 그 돈 덕분에 자기가 원하는 대로 게임을 할 수 있죠. 저는 그게 싫어요. 필립이 전화로 선생님에 대해 물어볼 때 알아챘어야 했어요. 필립이 선생님을 게임에 이용할 게 분명했는데……."

"전화로 이야기했다고요? 부부 사이에 왜?"

"사실, 우리는 별거 중이에요."

"아, 네."

"공식적인 별거는 아니에요. 필립도 저도 그 일이 세상에 공개되는 걸 원하지 않아요. 그렇지만 벌써 일 년 전부터 우리는 따로 살고 있어요."

"안타깝네요."

"별 말씀을요. 제 결정인걸요. 물론 필립이 다시 생각해 달라고 애걸하거나 네 발로 기며 쫓아다니지는 않았지만요. 어쨌든 필립은 애당초 그럴 사람이 아니기도 해요. 아니, 아예 어떤 유형에도 속하지 않는 사람이죠."

"별거 상태를 계속 유지하실 생각입니까?"

"몰라요. 가끔 대화는 나눠요. 일주일에 한 번쯤……. 자선행사나 사업상 만찬이나 백악관 연례 초청 행사 같은 일이 있을 때에는 저도 적절한 옷을 입고 꾸민 미소를 짓고 필립의 팔짱을 낀 채 행복한 부부

역할을 연기하죠. 필립의 집에 살면서 비행기도 타요. 필립이 없을 때에만……. 필립한테는 집도 많고 비행기도 많아 쉽게 서로 마주치지 않을 수 있어요."

"두 분 사이가 그렇게나 나빠요?"

마사는 잠시 말을 멈춘 채 햇빛과 물의 상호작용으로 반짝거리는 카리브해를 바라보았다.

"솔직히 필립이 조금 별나다는 건 처음부터 알았어요. 그런데 그 별난 면에 끌려 좋아하게 됐죠. 필립의 지적인 면도 좋았어요. 과묵한 부자라는 겉모습 뒤에 연약한 면이 있다는 것도 좋았죠. 우린 처음 이 년 동안은 정말이지 잘 지냈어요. 그러다가 갑자기 저를 피하기 시작하더군요. 이유는 전혀 알 수 없었어요. 필립은 아무런 설명도 하지 않았어요. 반짝이는 새 자동차가 어느날 아침부터 갑자기 시동이 안 걸리는 꼴이었죠. 어떻게든 차를 다시 움직이게 하려고 온갖 노력을 다 기울이다가도 걱정되기 시작했어요. 불량자동차가 아닐까? 그런 걱정을 더욱 심하게 만드는 건 그 모든 우여곡절에도 여전히 그 바보를 사랑하고 있다는 깨달음이죠."

마사는 다시 말을 멈추고 바다를 바라보다가 말했다.

"물론 이렇게 생각할 수도 있어요. 세상에 문제없는 사람이 어디 있는가?"

"형편없는 결혼생활은 그저 형편없는 결혼생활일 뿐이죠."

"선생님의 결혼생활도 아주 형편없었나요?"

이제는 내가 시선을 피해야 했다.

내가 물었다.

"피상적인 대답을 원해요, 아니면 솔직한 대답을 원해요?"

"그거야 선생님 마음이죠."

나는 잠시 망설이다가 입을 열었다.

"돌이켜보니 그다지 끔찍하지는 않았어요. 그저 길을 잃었던 거죠. 전처가 너무 오래 혼자서 가계를 책임졌어요. 그래서 둘 사이에 미움의 앙금이 쌓였죠. 제가 성공을 거둔 뒤에도 우리 사이의 앙금은 없어지지 않았어요. 오히려 골이 더 깊어졌고……."

"그러다가 샐리 버밍엄 씨를 만나셨군요."

"조사를 아주 철저히 하셨네요."

"샐리 버밍엄 씨를 사랑하세요?"

"물론이죠."

"피상적인 대답인가요, 솔직한 대답인가요?"

"이렇게 말해 두죠. 이전 결혼생활과 아주 다르다고요. 우리는 '파워 커플'입니다. 그 말 속에 모든 게 함축돼 있죠."

"꽤 솔직한 대답으로 들리네요."

나는 손목시계를 흘깃 보았다. 4시가 다 됐다. 시간이 휙 흘렀다. 마사를 보았다. 해의 각도로 마사의 얼굴이 부드럽게 빛났다. 마사를 찬찬히 살펴보다가 불현듯 '아주 아름답다'는 생각을 했다. 똑똑하고 재치가 넘치는 여자. 샐리와 달리 아주 겸손하기도 한 여자. 무엇보다 감수성이 나와 잘 맞았다. 뭐든 금세 말이 통했다. 온갖 면에서 마음이 통했다. 그러니까…….

그 순간, 다른 생각이 머릿속을 파고들었다.

'그 이상은 꿈도 꾸지 마.'

마사가 내 상상을 깨뜨리며 말했다.

"뭘 그렇게 생각해요?"

"네?"

"다른 데에 가 있는 사람 같았어요."

"아, 아닙니다. 여기 있었어요."

마사가 미소를 지으며 말했다.

"여기 쭉 계셨다니 다행이네요."

순간 나는 생각했다.

뭐? 내가 자기를 보고 있는 걸 알아채고 있었다는 말인가? 우리 사이에 '말없이 통하는 것'이 오가고 있나? '불꽃 같은 사랑'이 지금 벌어지고 있나? 아니야, 정신 차려, 이 바보야. 서로 이끌리고 있다고 한들 어쩔 텐데? 실행에 옮겨지면 그 결과가 어떨지 빤하잖아. 잠깐의 혼란으로 끝나지 않아. 핵폭발 후의 긴 겨울이 이어질 거야.

이번에는 마사가 자기 손목시계를 보고 나서 말했다.

"어머, 시간이 벌써 이렇게 됐네요."

"저 때문에 다른 일을 못하신 건 아니죠?"

"그럼요. 어쨌든 즐겁게 대화할 때에는 시간이 쏜살처럼 빨리 흘러요."

"그 말씀에 건배하죠."

"혹시 그 말씀이 신호인가요? 말똥말똥하게 있을 게 아니라 거품이 보글보글 이는 샴페인을 들고 건배하자는 신호?"

"아직은 아닙니다."

"그럼, 조금 뒤에는 마셔도 괜찮겠어요?"

나는 나도 모르게 대답하고 있었다.

"다른 계획이 없으면 저는……."

"저는 한가해요."

"저도요."

"그러면 제가 조금 재미있는 놀이를 하자고 하면 함께 하실래요?"

내 머릿속에서 이성의 목소리는 '하지 마'라고 야단쳤지만, 내 입에서는 다른 말이 튀어나왔다.

"저야 좋죠."

한 시간 뒤, 해가 저물고 있을 무렵 나는 요트 갑판에서 마사와 마주 앉아 샴페인을 홀짝이고 있었다. 요트는 수평선을 향해 달렸다. 요트가 출발하기 전에 마사는 나에게 갈아입을 옷과 스웨터도 준비하라고 말했다.

내가 마사에게 물었다.

"목적지가 어디죠?"

"곧 아시게 될 거예요."

30분쯤 뒤, 작은 섬이 보였다. 야자수로 장식된 푸른 언덕 같은 섬이었다. 선착장, 해변, 그 뒤로 서 있는 단순한 초가지붕 건물 세 채가 보였다.

내가 말했다.

"아주 작은 피난처 같군요. 저기는 누구 섬이죠?"

마사가 말했다.

"제 섬이에요."

"정말요?"

"그럼요. 필립이 결혼선물로 줬어요. 필립은 터무니없이 커다란 다이아몬드를 사주려고 했는데, 저는 그런 것에는 취미가 없다고 말했죠. 그러자 필립이 섬은 어떠냐고 묻더군요. 그건 참 독특하다고 생각했어요."

선착장에 배를 매어 둔 뒤, 마사는 해변으로 나를 이끌었다. 크지는 않지만 모래가 아주 희고 고운 해변이었다. 건물로 걸어갔다. 가운데 건물은 둥근 구조로 편안한 거실과 베란다, 온실, 넓은 식탁이 있었다. 온통 탈색한 나무와 천으로 꾸며져 있었다. 건물 뒤쪽은 주방이었고, 건물 양쪽으로 각각 작은 별채가 있었다. 두 별채에는 각기 킹사이즈 침대, 등나무 안락의자, 탈색한 침구들, 탈색한 목재로 꾸민 욕실 등이 있었다. 인테리어 잡지의 '열대 스타일 인테리어' 특집 화보를 보는 것 같았다.

"대단한 결혼선물이네요. 직접 인테리어 디자인에 손을 대신 것 같군요."

"네, 필립이 안티과에서 건축가를 물색해 보냈어요. 디자인은 전적으로 저에게 맡겼죠. 저는 건축가에게 특급 리조트를 그대로 베끼라고……."

"마사도 자신만의 종교단체를 만들 생각입니까?"

"혼전계약서에 제가 종교를 창설하지 못하게 하는 조항이 있을 거예요."

"혼전계약서도 썼어요?"

"이백억 달러쯤 되는 재산을 가진 남자와 결혼할 때에는 그 남자 주변 사람들의 성화 때문에라도 혼전계약서를 써야 해요. 혼전계약서 내용이 성경 만큼 길었죠. 저도 아주 깐깐한 변호사를 고용해서 최종 내용을 살폈어요. 이 결혼이 깨어진다고 해도 저는 괜찮아요. 자, 이제 섬 구경을 갈까요?"

"곧 어두워지지 않나요?"

"그게 묘미죠."

마사는 내 손을 잡고, 나가는 길에 문가에 걸린 플래시를 집어들고 가운데 건물 뒤에서 시작되는 울창한 야자수들과 미로처럼 얽힌 덩굴들 사이로 이어진 좁은 길로 걸어갔다. 아직 석양의 기운이 조금 남아 있었지만 열대의 밤에만 들을 수 있는 벌레와 새의 소리는 이미 최고조에 달해 있었다. 윙윙 소리와 끼룩거리는 소리가 메아리치자 도시에서만 살았던 나는 더럭 겁이 나기 시작했다.

내가 물었다.

"계속 가도 괜찮을까요?"

"아직 비단뱀이 나올 시간은 아니에요. 그러니까……."

"아주 재밌군요."

"제가 옆에 있으니까 안심해요."

우리는 위로 또 위로 올라갔다. 숲이 점점 우거져 길은 마치 어둠의 터널 같았다. 그러다가 갑자기 언덕 꼭대기가 나타났다. 숲이 사라지고 평원이 기다리고 있었다. 마사는 우리가 도착할 시간을 정확하게 맞춘 듯했다. 어두워지는 하늘을 배경으로 이제 막 수평선 아래로 들어가는 태양이 눈앞에 보였다.

"세상에나."

"맘에 들어요?"

"장관이네요."

우리는 말없이 서 있었다. 마사가 나를 보고 미소를 지으며 내 손을 꽉 잡았다. 금세 세상이 어두워졌다.

마사가 플래시를 켜며 말했다.

"이제 돌아가야 한다는 신호예요."

우리는 천천히 아래로 내려갔다. 건물에 다다를 때까지 마사는 내 손을 계속 잡고 있었다. 안으로 들어가기 직전에 마사가 손을 놓고 주방장에게로 갔다.

나는 베란다에 앉아 어두워진 해변을 바라보았다. 몇 분 뒤, 마사가 돌아왔다. 게리도 옆에 있었다. 게리는 칵테일 셰이커와 성에가 낀 마티니 잔 두 개를 담은 쟁반을 들고 있었다.

내가 말했다.

"오늘은 금주의 날이 아니었나요?"

"요트에서는 샴페인을 마다하지 않으셨잖아요?"

"그랬죠. 그렇지만 마티니와 샴페인은 급이 다르잖아요. 스커드 미사일과 비비총을 비교하는 셈이죠."

"다시 말씀드리지만 억지로 권하지는 않아요. 그래도 봄베이 진에 올리브 두 알을 넣은 마티니를 좋아하실 것 같은걸요."

"그런 것까지 조사했어요?"

"아녜요. 그냥 제가 짐작한 거예요."

"뭐, 딱 맞히셨군요. 그렇지만 미리 말씀드리지만 딱 한 잔만 마실게요."

물론 두 번째 잔을 마시게 하려고 마사가 내 팔을 비틀 필요도 없었다. 마사가 맛있는 와인과 그릴에 구운 생선을 더 먹자고 협박할 필요도 없었다. 오스트레일리아 산 무스카트 와인을 반 병쯤 마셨을 때, 우리의 목소리는 이미 높아져 있었다. 영화계와 연극계에서 겪은 어이없는 일들을 이야기하고, 시카고와 필라델피아 교외에서 보낸 어린시절을 이야기했다. 마사는 카네기멜론대학교를 졸업한 뒤 극단의 예술감독이 되려 했으나 실패한 이야기를 늘어놓았고, 나는 15년 동안 무명으로 전전긍긍한 이야기를 들려주었다. 우리는 20대 때 그 나이의 특징처럼 겪은 연애실패담도 늘어놓았다. 형편없었던 데이트 이야기를 주고받기 시작할 때에는 두 병째인 무스카트도 반이나 비어 있었다. 밤은 깊었다. 마사는 게리를 비롯한 직원들에게 쉬라고 말해두었다. 직원들은 모두 주방 뒤 숙소에 있었다.

마사가 말했다.

"자, 밖에 나가 조금 걸을까요?"

"지금은 조금 비틀거리자는 게 더 맞는 표현일 것 같아요."

"그럼 조금 비틀거릴까요?"

마사는 반 정도 남은 무스카트 병과 와인글라스를 들고 해변으로 갔다. 마사가 모래에 앉아 말했다.

"어때요? 조금 비틀거리니까 좋죠?"

나는 마사 옆에 앉아 밤하늘을 쳐다보았다. 아주 맑은 밤이었다. 우주가 평소보다 훨씬 방대해 보였다. 마사는 금빛 와인을 잔에 채웠다.

"위를 올려다보면서 뭘 생각하시는지 맞혀 볼까요? 다 덧없고 부질없어. 오십 년 뒤면 이 세상 사람도 아닐 테고……."

"너무 오래 사는 것 아닐까요?"

"알았어요. 그럼 사십 년. 십 년 줄어든다고 크게 달라지겠어요? 2041년에는 지금 우리가 하는 일이 뭐 그리 중요하겠어요? 우리가 전쟁을 일으키거나 시트콤의 역사를 완전히 새로 쓸 작품을 쓰지 않는 한……."

"그게 저의 궁극적인 목표인 걸 어떻게 아셨죠?"

"선생님을 처음 본 순간부터……."

마사는 말을 멈추고 손으로 내 얼굴을 어루만지며 미소 지었다. 다음 말을 무엇으로 하는 게 더 좋을지 생각하는 듯했다.

내가 되물었다.

"처음 본 순간부터?"

마사는 다시 가벼운 말투로 말했다.

"처음 본 순간부터 시트콤 계의 톨스토이가 되겠다고 굳게 마음먹은 사람이라는 걸 알아챘어요."

"늘 그렇게 비약이 심해요?"

"그럼요. 세상은 어차피 부조리하잖아요. 그러니까 이제 전 부인에 대한 이야기를 들려주세요."

"뭘 듣고 싶어요?"

"선생님의 전 부인도 첫눈에 반한 사랑이었나요?"

"그럼요."

"그분에게서 결혼하고 싶을 만큼 큰 사랑을 느꼈고요?"

"물론이죠."

"지금은 어때요?"

"지금 가장 사랑하는 사람은 내 딸 케이틀린이에요. 그리고 샐리."

"그렇겠죠."

"필립은 어때요?"

"필립은 저에게 가장 사랑하는 사람이었던 적이 없었어요."

"알았어요. 그럼, 그 전에는?"

"그 전에는 마이클 웹스터라는 남자가 있었죠."

"그 사람은 사랑이었나요?"

"물론이죠. 카네기멜론에 다닐 때 만났어요. 마이클은 배우였죠. 마이클을 보자마자 '이 사람이다.' 라고 생각했어요. 다행히 마이클도 그랬어요. 이학년 때부터 우리는 꼭 붙어 다녔죠. 우린 졸업한 뒤에 뉴욕에서 칠 년 동안 성공하려고 애썼지만 늘 힘들었어요. 그러다가 마이클이 거스리극단에서 한 시즌 동안 일하게 됐어요. 행운이었죠. 더욱 다행스럽게도 저는 그 극단의 대본 파트에서 일자리를 얻었어요. 어쨌든 우리는 미니애폴리스에서 자리를 잡았어요. 거스리극단장은 마이클을 아껴 두 번째 시즌에도 계약을 맺었죠. 로스앤젤레스에서 온 캐스팅 디렉터가 영화 소개하는 리포터로 마이클을 캐스팅하기도 했어요. 우리는 미래를 이야기하기 시작했죠. 이제 자리를 잡기 시작했으니까 가정을 이루어야 하지 않을까 하고. 눈이 펑펑 쏟아지는 어느 날 밤 마이클이 맥주를 사러 갔어요. 집으로 돌아오다가 빙판에 미끄러져 나무를 들이받았어요. 시속 65킬로미터로 달리다가 벌어진 사고였고, 마이클은 안전벨트도 매지 않았죠. 앞 유리를 뚫고 튕겨져 나간 마이클은 머리를 나무에 세게 부딪쳤어요."

마사가 와인 병을 집어들었다.

"더 드실래요?"

나는 고개를 끄덕였다. 마사가 잔을 채웠다.

내가 말했다.

"끔찍한 이야기군요."

"네, 그래요. 하지만 그로부터 사 주 동안이 더욱 끔찍했어요. 분명 뇌사 상태인데 생명유지 장치에 의지해 사 주를 더 연명했죠. 마이클의 부모님은 일찍 세상을 떠나셨고, 형은 군인인데 독일에서 근무하고 있었어요. 결정을 내릴 사람은 저뿐이었죠. 마이클을 그대로 죽게 하는 건 생각만 해도 견딜 수 없었어요. 그때 저는 너무도 상심해 제정신이 아니었죠. 기적이 일어나 마이클이 다시 깨어날 것만 같았어요. 사랑이 모든 걸 구원해 줄 것 같았어요.

결국 간호사가 저에게 퇴근 후 근처 술집에서 술을 마시자고 하더군요. 중환자실에서 온갖 일을 다 겪은 베테랑 간호사였어요. 그때 저는 마이클의 침대 옆에서 이십사 시간을 붙어 있었어요. 일주일 동안 잠도 전혀 자지 않았죠. 어쨌든 그 간호사는 근처 술집으로 저를 억지로 끌고 갔어요. 간호사는 저에게 위스키 두 잔을 먹이더니 단도직입적으로 말했어요. '마사의 애인은 절대로 다시 깨어나지 못해요. 기적 같은 건 일어나지 않아요. 마사, 그 사람은 죽었어요. 받아들이기가 끔찍이도 싫겠지만 마사 자신을 위해서라도 그 사실을 받아들여야만 해요. 이제 생명 유지장치 스위치를 끕시다.'

간호사는 저에게 위스키를 한 잔 더 사준 뒤에 집까지 바래다줬어요. 집에서 완전히 곯아떨어졌죠. 열두 시간 동안 죽은 듯이 잤어요. 이튿날 아침 느지막이 깨어나 병원에 전화했어요. 담당 레지던트한테 말했죠. 마이클의 생명유지 장치를 끄는 데 필요한 서류에 서명하겠다고요.

일주일 뒤였어요. 슬픔에 젖어 완전히 판단력을 잃은 채 밀워키레퍼토리극단에 원서를 냈어요. 마침 그때 밀워키극단에서 희곡 담당자를 모집했거든요. 지금도 기억나는 건 합격통지를 받고 위스콘신으로 간 것뿐이에요."

마사는 잔을 비우고 나서 다시 말을 이었다.

"밀워키레퍼토리극단에 원서를 낸 게 판단력을 잃은 행동이라는 말은 이런 뜻이에요. 대개 큰일을 당하고 나면 파리나 베니스 혹은 탕헤르 같은 곳으로 떠나잖아요. 저는 어디로 갔죠? 밀워키였어요."

마사가 말을 멈추고 바다를 바라보았다.

"그리고 곧바로 플렉 씨를 만났나요?"

"아뇨, 필립을 만난 건 일 년 뒤였어요. 시나리오를 수정하는 일주일 동안 필립에게도 마이클 이야기를 들려줬어요. 마이클이 죽은 이후 남자와 잠자리를 같이 한 건 필립이 처음이었어요. 필립한테서 연락이 없자 몇 배 더 괴로웠죠. 제가 필립에게 쓴 편지는 신랄한 것 이상이었어요. 우리가 함께 수정한 시나리오가 결국 어떻게 됐는지 영화를 본 뒤에는 더더욱……. 그렇지만 필립이 제 편지를 손에 쥐고 나타나서 용서해 달라고 빌었고…….”

"곧장 용서했나요?"

"그럴 리가요? 저에게 계속 매달리게 했어요. 필립은 정말 매달리더군요. 아주 끈질기게 매달렸어요. 게다가 아주 세련되게 저에게 잘해주었죠. 저 스스로도 믿기지 않을 만큼 필립에게 빠져들고 있었어요. 어쩌면 필립이 아주 외로운 성격이었기 때문인지도 몰라요. 점차 깨달았는데 필립은 저를 있는 그대로 좋아해 주었어요. 제 생각과 제 세계관을 그대로 좋아해 줬죠. 무엇보다 놀라운 건 필립이 저를 필요로 한다는 사실이었어요. 원하는 건 뭐든 손에 넣을 수 있는 남자가 저에게 지금껏 자신이 만난 최고의 선물이라고 말한다는 사실이 무엇보다 제 마음을 움직였어요.”

"그래서 결국 플렉 씨를 받아들였나요?"

"네, 그렇죠. 필립은 늘 그래요. 뭐든 아주 끈질기게 매달려 결국은 얻어내죠.”

마사가 잔을 비웠다.

"문제는 필립이 뭘 손에 넣은 다음에는 흥미를 잃는다는 거죠.”

"어리석은 사람이군요.”

"하.”

나는 나도 모르게 말하고 있었다.

"아니, 진심입니다. 마사처럼 매력적인 사람한테 어떻게 흥미를 잃을 수가 있어요?"
 마사가 나를 빤히 바라보았다. 그러더니 손을 뻗어 내 머리카락을 흐트러뜨린 뒤 말했다.

 지배는 손에 넣을 때까지만
 소유도 그때까지만 지속되니
 하지만 지배와 소유는 영원히
 지속되는 듯 활개치니

"이 시의 지은이를 맞히면 제가 키스해드리죠."
 내가 대답했다.
"에밀리 디킨슨."
"브라보."
 마사는 양팔로 내 목을 감고 나를 끌어당기더니 내 입술에 부드러운 입술을 댔다.
 내가 말했다.
"이번에는 제 차례예요. 규칙은 같아요."

 마음에 남겨 둘 목소리가
 없을 때 웅변이 된다는
 견해를 모두가
 올바르다 생각하는지 확인하는

 마사가 말했다.

"어렵네요."
마사가 다시 내 목에 팔을 두르며 말했다.
"에밀리 디킨슨."
"놀라운 실력이에요."
우리는 다시 입맞춤했다. 조금 더 긴 입맞춤.
마사는 여전히 내 목에 팔을 두른 채 말했다.
"이제 제 차례예요. 준비됐어요?"
"그럼요."
"잘 들으세요. 이번 건 좀 어려워요."

이 감옥은 얼마나 부드러운가?
이 딱딱한 빗장은 얼마나 달콤한가?
어느 왕도 아닌 지하의 왕이
이 휴식을 만들었나니.

더해진 영역이 전혀 없이
이것이 전부라면 그것은 운명
친족 없는 감옥
그것은 유폐지 집.

내가 말했다.
"어려운걸요."
"그냥 대충 찍어 봐요."
"그렇지만 틀린 답이면? 그럼 어떻게 되죠?"

마사가 나를 가까이 끌어당겼다.

"맞힐 거예요. 믿어요."

"설마 또 에밀리 디킨슨은 아니죠?"

"정답."

마사가 나를 모래사장에 눕혔다. 우리는 열정적으로 깊은 입맞춤을 나눴다. 격렬한 순간 뒤에 내 귀에 이성의 목소리가 경보를 보내기 시작했다. 하지만 내가 몸을 빼려 하자 마사는 다시 나를 눕히고 속삭였다.

"깊이 생각하지 말고 그저……."

내가 속삭였다.

"그럴 수는 없어요."

"있어요."

"안 돼요."

"오늘밤만……."

"그렇게는 안된다는 걸 잘 알잖아요? 일단 시작되면 멈출 수 없어요. 특히……."

"특히, 뭐요?"

"특히……아니, 우리 둘 다 알잖아요. 그저 하룻밤으로 끝나지 않을 거라고."

"정말 그렇게 느껴요?"

"어떻게?"

"그렇게……."

나는 마사의 팔을 살며시 빼고 윗몸을 일으켜 앉았다.

"제가 느끼는 건……취했다는 겁니다."

마사가 부드럽게 말했다.

"모르시겠어요? 보세요. 저, 이 섬, 이 바다, 이 하늘, 이 밤. 그저 하룻밤이 아니에요. '이 밤' 이에요. 다시는 돌아오지 않을, 한 번뿐인 밤."

"알아요, 알아. 하지만……."

나는 마사의 어깨에 손을 올렸다. 마사는 그 손을 꽉 잡았다.

마사가 말했다.

"너무 마음이 여리시군요."

"아니, 저도……."

마사가 내 입술에 가볍게 입을 맞추고 말했다.

"이제 말은 그만……."

그런 다음 마사는 벌떡 일어서며 말했다.

"산책할래요."

"같이 해도 될까요?"

"괜찮으시다면, 혼자 걷고 싶어요."

"정말요?"

마사가 고개를 끄덕였다.

"바깥에서 혼자 괜찮겠어요?"

"여기는 제 섬인걸요. 괜찮아요."

"오늘 고마웠어요."

마사는 서글픈 미소를 지으며 말했다.

"아뇨, 제가 고마웠어요."

마사는 몸을 돌려 해변으로 달려갔다. 나는 마사를 뒤쫓을까 생각했다. 다시 마사를 껴안고 키스할까 생각했다. 사랑과 타이밍에 대한 갖가지 생각이 머릿속에서 들끓었다. 그러면서도 내 인생을 더는 복잡하게 만들고 싶지 않다는 생각, 얼마나 마사에게 키스하고 싶은지 따위의 생각······.

끝내 나는 이성을 택해 애써 집으로 올라갔다. 방에 들어간 뒤, 침대 끝에 걸터앉았다. 손바닥에 얼굴을 묻고 생각했다.

'이상한 일주일이었어.'

그 생각밖에 할 수 없었다. 술기운으로 인지력이 마비되었기 때문이다. 방금 일어난 일을 제대로 판단할 수 있었다면 오히려 더 불안해졌을지도 모른다.

결국은 죄책감을 느낄 겨를도 없었다. 완전히 옷을 입은 채로 침대에 곯아떨어졌기 때문이다. 이번에는 한 번도 깨지 않고 잤다. 아침 6시 30분에 누가 살며시 문을 노크했다. 나는 잠결에 앞뒤가 안 맞는 말을 중얼거리며 문을 열었다. 게리가 커피포트와 커다란 물 잔이 담긴 쟁반을 들고 들어왔다. 그제야 깨달았는데, 누군가 침대에 누워 있는 나에게 담요를 덮어 주었나 보다. 누가 그랬을까?

게리가 말했다.

"아미티지 선생님, 안녕히 주무셨습니까? 기분은 어떠세요?"

"그저 그래요."

"그럼 두 개를 드셔야죠."

게리는 베로카 두 알을 물에 넣었다. 베로카가 물에 완전히 녹은 다음 게리는 나에게 잔을 건넸다. 나는 길게 한 모금을 마셨다. 베로카를 녹인 물이 속으로 내려가는 동안 텅 빈 머릿속에서 간밤의 일들이 스쳐지나갔다. 해변에서 마사와 포옹한 일이 떠올랐다. 나는 몸을 부르르 떨지 않으려고 애썼지만, 몸이 저절로 떨렸다. 게리는 못 본 체하고 말했다.

"아주 진한 블랙커피가 지금은 가장 효과적이겠죠?"

내가 고개를 끄덕이자 게리는 커피를 따랐다. 첫 모금은 목에서 턱 걸렸지만 두 번째 모금은 훨씬 쉽게 넘어갔고, 세 번째로 커피에 입을 댔을 때에는 베로카의 효과로 내 머릿속에서 안개가 걷히기 시작했다.

게리가 물었다.

"지난밤에는 즐거우셨습니까?"

나는 게리의 얼굴을 살펴보았다. 혹시 내 약점을 잡았다고 생각하고 수작을 부리려는 게 아닐까? 간밤에 베란다에서 쌍안경으로 마사와 나를 지켜본 게 아닐까? 하지만 게리의 표정에는 악의라고는 전혀 없었다.

"네, 아주 즐거웠어요."

"일찍 깨워 죄송합니다. 하지만 오늘 아침에 샌프란시스코로 가셔야 한다고 해서 지금 걸프스트림을 대기시켜 뒀습니다. 제가 간단히 여행준비를 할까요?"

"네, 그런데 제가 다시 돌아올지도 몰라요."

게리는 희미하게 미소를 지으며 말했다.

"플렉 부인에게서 지시를 받았습니다. 선생님을 오늘 오후 네 시까지 샌프란시스코로 모셔야 한다고요. 따님의 수업이 끝나는 대로 따님을 만나셔야 한다고 들었습니다."

"네, 맞아요. 플렉 부인은 잘 자고 일어나셨나요?"

"지금 뉴욕으로 가고 있습니다."

나는 순간 잘못 들은 줄 알고 되물었다.

"뭐라고요?"

"뉴욕으로 가는 중입니다."

"어떻게……."

"늘 가던 대로 가시고 있죠. 플렉 부인이 타는 비행기는 따로 있습니다. 밤에 출발했습니다. 선생님께서 잠자리에 드신 직후에요."

"정말요?"

"네."

"아."

"선생님께 쪽지를 남겼습니다."

게리가 흰 봉투를 건넸다. 겉봉에는 내 이름이 적혀 있었다. 당장 열어 보고 싶었지만 베개 위에 놓아두었다.

"플렉 부인께서 선생님을 샌프란시스코까지 잘 모시라고 지시해 일정을 짜두었습니다. 아홉 시까지 사프란으로 돌아가 헬리콥터로 열 시 삼십 분까지 안티과로 갑니다. 열한 시 십오 분에는 걸프스트림이 샌프란시스코로 출발합니다. 파일럿의 말로는 일곱 시간 사십 분이 걸린답니다. 그렇지만 시차로 네 시간이 빠지니까 샌프란시스코에 도착하면 세 시 십 분이 됩니다. 샌프란시스코 공항에 리무진을 대기시켰습니다. 주말 동안 그 리무진을 이용하시면 됩니다. 따님과 함께 묵으시도록 만다린 오리엔탈호텔의 스위트룸을 예약해두었습니다."

"그렇게까지 안 하셔도 되는데……."

"인사를 받을 사람은 제가 아니라 플렉 부인입니다. 모두 부인께서 지시한 사항입니다."

"네, 나중에 부인께 인사하죠."

"한 가지 더 있습니다. 사프란에서 플렉 씨가 선생님을 만나 뵙기를 원합니다."

갑자기 내 손이 차갑게 굳었다.

"뭐요?"

"아홉 시에 플렉 씨를 만나게 되실 겁니다."
"플렉 씨가 섬에 돌아왔습니까?"
"네, 지난밤 밤늦게 돌아오셨습니다."
나는 생각했다.
대단하군, 정말 대단해.

제 7 장

요트는 사프란 섬으로 속력을 냈다. 나는 점점 더 초조해졌다. 물론 가장 큰 이유는 마침내 나를 이레 동안 묶어 놓은 사람을 만나게 되었기 때문이다. 또 다른 이유도 있었다. 지난밤, 플렉은 내가 자기 아내와 다른 섬에 가서 하룻밤을 보낸 걸 알고 있을 게 아닌가? 내가 술에 취해 해변에서 마사와 입을 맞춘 것도 무척이나 신경이 쓰였다. 마사가 지난밤 늦은 시각에 사프란 섬으로 돌아갔으니 우리가 함께 밤을 보냈다는 의심을 사지는 않겠지만 어느 직원이 우리가 모래사장에서 키스하는 장면을 목격하고 의무감에 플렉에게 이야기했을지도 모르는 일이었다. 그 직원이 '사모님과 손님이 〈지상에서 영원으로〉에서 버트 랭카스터와 데보라 커가 연기한 장면을 재현했다.'라고 말하면 영화광인 플렉이 모를 리 없을 테고…….

컷!

나는 요트 갑판의 난간을 꽉 쥐고 나 자신에게 진정하라고 타일렀다.

숙취 때문이겠지. 술 마신 다음날이면 늘 마음이 약해지고 괜히 긴장하잖아. 술김에 해변에서 서로의 목을 휘감은 게 뭐 그리 대단한 일이라고. 별일 아니야. 솔직히 마사에게 유혹을 느끼기는 했지만 이겨냈잖아. 그러니까 괜한 걱정일랑 접어둬. 이제 더는 피하지 말고 마사의 편지를 열어 보는 거야.

나는 그제야 마사가 보낸 편지봉투를 열었다. 카드가 들어 있었다. 깔끔한 글씨체. 앞장에는 이렇게 적혀 있었다.

나는 슬픔을, 그 모든 슬픔의
웅덩이를 건널 수 있네
나는 익숙하네
그러나 아주 적은 기쁨이
내 발을 흔드네
나는 비틀거리네, 취해서
자갈 하나에도 웃음을 허하지 마라
그것은 새로운 술 그것일 뿐!

나는 카드를 돌려 뒷면을 읽었다.

누구의 시인지 아시죠?
네, 그래요. 선생님의 말씀이 옳아요. 슬프게도, 타이밍이 전부죠.
건강하세요.
마사

나의 첫 번째 반응. 자칫하면 상황이 더 꼬일 수도 있었는데, 내가 잘 참았군.

나의 두 번째 반응. 마사는 정말 멋진 여자야.

나의 세 번째 반응. 그 일은 모두 잊어버리고…….

요트가 사프란 섬에 도착했다. 멕이 선착장에 마중을 나와 있었다. 멕이 나에게 말하기를 내 짐을 다 챙겨 놓았으며 이제 헬리콥터에 싣기만 하면 되는데 혹시 옷을 갈아입고 싶으면…….

내가 멕에게 말했다.

"알아서 다 챙기셨으리라 믿어요."

"그럼 플렉 씨를 만나러 가시겠습니까? 지금 본채에서 기다리고 계십니다."

나는 멕을 따라 집으로 갔다. 복도를 지나 거대한 대성당 같은 응접실로 향했다. 응접실에 들어가기 전에 숨을 깊이 들이쉬었지만 안에 들어가보니 아무도 없었다.

멕이 말했다.

"플렉 씨가 잠깐 자리를 비우셨나 봐요. 마실 걸 가져올까요?"

"페리에를 주세요."

멕이 나갔다. 나는 마사가 4,200달러짜리라고 말했던 에임스 의자에 앉았다. 일분쯤 지났을까? 나는 다시 일어나 서성거리기 시작했다. 손목시계를 흘깃거리며 침착하자고 스스로를 타일렀다.

플렉도 똑같은 사람일 뿐이야. 물론 큰돈을 손에 쥔 사람이지만 나는 그 사람한테 아무런 영향도 받을 일이 없어. 아니, 더 정확히 말하자면 그 사람이 오히려 나를 필요로 해. 재능을 갖춘 사람은 나니까. 플렉은 내 재능을 돈으로 사려는 거야. 플렉이 기꺼이 만족하면서 나에게서 재능을 사면 서로 좋은 일이지. 난 플렉이 사지 않겠다고 해도 상관없어."

2분이 흘렀다. 그리고 3분, 5분……. 멕이 쟁반을 들고 들어왔는데 내가 부탁한 페리에는 없고, 셀러리 줄기로 장식된 토마토 주스가 있었다.

내가 멕에게 물었다.

"그게 뭐죠?"

"블러디메리입니다."

"페리에를 달라고 했잖아요."

"네, 그런데 플렉 씨가 선생님께 먼저 블러디메리를 드리라고 했습니다."

"뭐라고요?"

별안간 높은 곳에서 목소리가 들렸다. 응접실 위 발코니에서 들리는 목소리.

"블러디메리가 필요할 거라 생각했습니다."

조금 주저주저하는 낮은 톤의 목소리였다.

조금 뒤, 발코니로 이어지는 원형 철계단을 내려오는 발소리가 들렸다.

필립 플렉이 천천히 계단을 내려오며 나에게 희미한 미소를 보냈다. 물론 나는 플렉의 얼굴을 알고 있었다. 신문에 사진이 수도 없이 실렸으니까. 정작 내가 놀란 건 플렉의 땅딸막한 몸집 때문이었다. 키는 165센티미터를 넘지 않았다. 머리카락은 갈색인데 새치가 많았다. 어려 보이는 얼굴은 필시 탄수화물을 지나치게 많이 섭취한 탓이리라. 뚱뚱하다고 할 수는 없지만 살집이 많았다. 옷차림은 프레피 캐주

얼 스타일이었다. 연푸른 버튼다운셔츠, 베이지색 치노 바지, 흰색 컨버스 운동화. 뜨거운 카리브해의 태양 아래 낚싯배에서 일주일을 보낸 사람치고 피부가 놀랍도록 희었다. 피부암 공포증이 있어 멜라민 세포가 피부를 조금이라도 검게 만드는 걸 피하고 있는 건 아닌지 의심될 정도였다.

플렉이 악수를 청했다. 나는 그 손을 잡고 악수했다. 내 손을 잡은 플렉의 손은 부드러웠고, 상대의 평가에 신경 쓰지 않는 듯 힘을 주지 않은 악수였다.

플렉이 말했다.

"데이비드 아미티지 씨죠?"

"네, 맞습니다."

"그럼, 제가 알기로는 블러디메리를 좋아하실 텐데요?"

"그래요? 어떻게 아신다는 겁니까?"

"집사람한테 들었어요. 어제 제 집사람과 술을 많이 드셨다고요?"

플렉은 내 쪽을 보고 있었지만 정확히 나를 보고 있는 건 아니었다. 마치 근시여서 가까운 곳에 초점을 못 맞추듯이 나를 쳐다보면서 물었다.

"집사람의 말이 맞나요?"

나는 조심스레 적당한 대답을 찾았다.

"조금 마셨다고 할 수 있죠."

플렉은 여전히 머뭇거리는 듯한 어조로 조용히 말했다.

"조금 마셨다고 할 수 있……. 아주 적절히 골라서 말씀하시는군요. 하지만 어제 조금 마셨다면……."

플렉은 나에게 멕이 들고 있는 블러디메리를 마시라고 손짓했다.

나는 거절하고 싶은 한편으로 플렉의 권유를 따르고 싶기도 했다. 갑자기 해장술 생각이 간절해졌다.

쟁반에 놓인 블러디메리 잔을 집고, 플렉에게 건배의 표시로 잔을 조금 높이 들어올리고 한 번에 쭉 들이켰다. 그런 다음 술잔을 쟁반에 내려놓고 플렉에게 빙긋 웃음을 지어보였다.

플렉이 말했다.

"목마르셨군요. 한 잔 더 하시겠습니까?"

"아뇨, 한 잔이면 충분합니다."

플렉이 멕에게 고갯짓을 했다. 멕이 밖으로 나가자 플렉은 나에게 의자에 앉으라고 손짓했다. 나는 에임스 의자 맞은편에 놓인 소파에 앉았다. 플렉이 내 맞은편에 앉긴 했지만 그 자리는 나를 보지 않고 벽을 보며 대화를 나눌 수 있는 곳이었다.

플렉이 나직이 말했다.

"저……질문이 있습니다만……."

"말씀하세요."

"제 집사람한테 알코올의존증이 있는 것 같습니까?"

이런…….

"저야 모르죠."

"하지만 이틀이나 제 집사람과 술을 드시지 않았습니까?"

"네, 그건 사실입니다."

"그 이틀 동안 집사람은 술을 아주 많이 마셨죠?"

"저도 많이 마셨습니다."

"그럼, 아미티지 씨한테도 알코올의존증이 있나요?"

"플렉 씨……."

"집사람이 아미티지 씨에 대해 아주 좋게 말하더군요. 그렇지만 집사람이 그 말을 할 때에 취해 있기는 했어요. 하지만 그런 게 집사람의 매력이죠. 그렇지 않나요?"

나는 도대체 무슨 말을 해야 할지 알 수 없었다.

일분쯤 침묵이 흘렀다. 플렉은 자신과 나를 불편한 침묵에 빠뜨리고는 만족하는 듯했다. 그러다가 마침내 내가 침묵을 깨뜨리며 물었다.

"낚시는 어땠습니까?"

"낚시요? 낚시는 안 했는데요."

"그래요?"

"네."

"하지만 제가 듣기로는……."

"잘못 알고 계시는군요."

"아, 낚시를 안 하셨다면……."

"다른 곳에 있었는데요. 정확히 말하자면 상파울루에 있었습니다."

"비즈니스 때문에요?"

"관광으로 상파울루에 가는 사람은 없죠."

"하긴 지당한 말씀이군요."

다시 대화가 멈췄고, 플렉은 맞은편 벽만 바라보았다.

몇 분이나 침묵이 이어진 끝에 플렉이 마침내 말했다.

"저를 만나고 싶으셨군요."

"제가요?"

"네, 그렇습니다."

"아니……저를 여기에 초대하시지 않았던가요?"

"제가요?"

"그럼요."

"아, 그러시군요."

"플렉 씨가 저를 만나고 싶어 하신 게 아니란 말씀이죠?"

"제가 뭣 때문에요?"

"시나리오요."

"무슨 시나리오요?"

"제가 쓴 시나리오요."

"시나리오를 쓰세요?"

"지금 농담하시는 거죠?"

"제가 지금 농담이나 하는 것으로 들립니까?"

"아뇨, 저와 게임을 하시는 것처럼 들립니다."

"무슨 게임?"

"제가 왜 여기 있는지 잘 아시잖아요?"

"다시 말씀해 주시면……."

나는 의자에서 일어서면서 말했다.

"그만둡시다."

"네?"

"그만두자고요."

"왜 그런 말씀을 하시죠?"

"지금 저를 놀리시고 있지 않습니까?"

"화나셨어요?"

"아뇨, 그냥 돌아가려는 겁니다."

"제가 무슨 잘못이라도 했나요?"

"이제 더는 말려들지 않겠습니다."

"제가 잘못한 게 있으면……."

"이제는 할 말 없습니다. 안녕히 계세요."

나는 문으로 걸어가다가 플렉의 목소리에 걸음을 멈췄다.

"아미티지 씨!"

"뭐요?"

고개를 돌리자 플렉이 나를 똑바로 바라보고 있었다. 얼굴에는 커다랗게 장난스러운 미소를 머금고, 오른손에는 내 시나리오를 들고 있었다.

플렉이 말했다.

"속았죠?"

내가 '이런, 깜박 넘어갈 만한 장난이었어요!' 라고 말하며 환하게 웃지 않자 플렉이 말했다.

"제가 장난이 지나쳤나요? 화난 건 아니죠?"

"여기서 일주일이나 기다린 뒤에 그런 말을 들으면……."

플렉이 내 말을 가로챘다.

"그래요, 그래요. 기다리시게 한 건 제가 사과합니다. 그렇지만 같은 편끼리 해럴드 핀터(영국의 극작가로 부조리극의 대표적인 작가며 2005년 노벨문학상을 수상함 : 옮긴이) 희곡 같은 장난 정도는 칠 수 있잖아요."

"우리가 같은 편이던가요?"

"그러기를 바라는데요. 제 입장에서 말하자면 이 시나리오를 영화로 만들고 싶습니다."

나는 객관적인 어조를 지키려 애쓰며 말했다.

"그래요?"

"새로 수정해주신 시나리오가 아주 맘에 듭니다. 정치적인 의미가 강하게 담긴 범죄영화가 됐어요. 권태는 작금의 미국사회를 규정하는 주춧돌이잖아요. 권태야말로 소비지상주의에 깃든 만성 질환이죠. 바로 그런 점을 이 시나리오가 꼭 집어내고 있어요."

플렉은 시나리오에서 내가 생각하지도 않은 것들을 말하고 있었다. 하지만 내가 시나리오나 대본을 팔면서 배운 게 있다면 감독이 그 시나리오로 만든 영화가 어떨 것이라고 열심히 말하기 시작할 때 그저 고개만 끄덕여야 한다는 사실이다. 감독이 아무리 쓰레기 같은 말을 하더라도.

내가 말했다.

"물론, 무엇보다 이 시나리오는 장르 영화고……."

플렉은 나에게 다시 에임스 의자에 앉으라고 손짓하며 말했다.

"간단히 말하면 장르 영화죠. 하지만 장르를 파괴하고 있기도 하죠. 장피에르 멜빌이 〈사무라이〉에서 실존주의적 암살자의 전설을 재정의한 것처럼……."

'실존주의적 암살자의 전설'이라고? 이런…….

내가 말했다.

"그래도 기본적으로는 시카고에 사는 두 남자가 은행을 털려는 이야기죠."

"제가 바로 은행 강도 이야기를 영화에 담을 방법을 제대로 알고 있는 사람이죠."

그런 다음 플렉은 은행을 터는 장면을 어떻게 찍을 것인지 샷 별로 자세히 설명했다. 30분이나 걸렸다. 스테디캠을 쓰고 '게릴라 영화 제작의 느낌을 제대로 살릴 수 있도록' 거친 질감을 내겠다고 했다. 그 다음은 캐스팅 이야기를 시작했다.

"무명배우만 쓰겠어요. 주인공들은 작년에 베를린 앙상블에서 본 대단한 독일 배우가 두 명 있는데……."

내가 물었다.

"독일 배우들이면 영어 발음은 어떻게……?"

"그건 해결할 수 있어요."

강한 독일 억양을 쓰는 배우들이 베트남 참전용사를 연기하면 과연 관객에게 신뢰를 줄 수 있을까? 하지만 나는 그런 말을 입에 올리지 않았다. 플렉은 신이 나서 장황설을 계속 늘어놓았다. 영화제작비는 사천만 달러로 생각한다고 했다. 게릴라영화라면서 제작비는 터무니없이 많았다. 하지만 플렉이 자기 돈을 마음대로 쓰겠다는데 내가 무슨 말을 할 수 있겠는가? 게다가 여기에 오기 전에 앨리슨에게서 들은 말도 떠올랐다.

'나는 돈만 보고 플렉한테 달라붙을 수 있어. 이번에는 돈만 생각하겠어. 일백만 달러. 내가 장담하는데, 플렉은 분명히 그 돈을 낼걸. 플렉이 시나리오를 자기 이름으로 등록한 게 악의는 아니었다고 해도, 그 사실이 공개되는 건 바라지 않을 거야. 그러니까 우리 입을 막기 위해서라도, 우리가 요구하기도 전에 플렉이 먼저 큰돈을 제시할 거야.'

플렉이 어찌나 열심인지 나는 정말로 미칠 것 같았다. 플렉의 말 대로라면 나는 가벼운 소동을 담은 시나리오를 쓴 게 아니라 이 시대의 인간상을 규정하는 걸작을 쓴 셈이었다. 마사의 말이 옳았다. 플렉은 원하는 게 있을 때 아주 열정적이 된다. 하지만 마사가 말하지 않았던가? 플렉이 원하는 걸 손에 넣은 뒤에는 흥미를 잃는다고. 게다가 나는 플렉이 처음에 나를 불편하게 했던 일이 머리를 떠나지 않았다. 물론 플렉은 계획한 장난을 아직 반도 치지 않았다면서 사과했지만…….

플렉이 말했다.

"나쁜 버릇인 건 저도 압니다. 처음 만나는 사람에게는 조금 심한 장난을 쳐요. 어떻게 반응하는지 보려고요."

내가 말했다.

"그럼 저는 시험에 통과했나요?"

"A+입니다. 집사람이 그러더군요. 아미티지 씨는 일급이라고요. 집사람은 작가들을 제대로 볼 줄 알죠. 지난 이틀 동안 집사람과 함께 있어 주셔서 다시 한 번 고맙습니다. 집사람은 정말로 아미티지 씨의 팬입니다. 아미티지 씨와 그렇게 오래 이야기를 나눌 수 있어 집사람은 정말 즐거웠을 겁니다."

에밀리 디킨슨의 시로 키스 게임을 한 것도 즐거워했겠지. 하지만 플렉의 표정을 보니, 그런 일은 전혀 모르는 것 같았다.

나는 스스로를 안심시켰다.

'어쨌든 두 사람은 별거 중이라잖아. 플렉한테는 정부도 여러 명일 거야. 그러니까 내가 자기 아내와 키스한 게 대수겠어? 플렉은 내 시나리오를 좋아하잖아. 플렉이 어렴없이 아이디어를 시나리오에 넣으려고 하면, 크레디트에서 내 이름을 빼면 그만이야. 돈을 받은 뒤에.'

그래도 나는 플렉이 마사 이야기를 더 꺼내기 전에 대화 주제를 바꾸는 게 좋겠다고 생각했다.

"덕분에 파졸리니의 〈살로, 소돔의 120일〉을 잘 봤습니다. 첫 데이트 때 보기에는 최악의 영화로 손꼽힐 것 같습니다. 하지만 정말 굉장한 작품이더군요. 한번 본 뒤에는 머릿속에서 쉽게 사라지지 않겠어요."

"저는 제2차 세계대전 이후에 만들어진 영화들 중 최고라고 생각합니다. 동의하세요?"

"그건 아주 대단한 찬사인데…….."

"그런 찬사를 받을 만한 이유를 설명할까요? 이십세기의 가장 첨예한 문제를 다루는데……그 문제란 바로 다른 사람을 완벽하게 지배하고자 하는 욕구죠."

"그거야 이십세기에 국한된 문제는 아니라고 생각합니다만……."

"하지만 이십세기에 인류는 인간을 지배하는 면에서 아주 큰 도약을 이뤘죠. 테크놀로지의 힘으로 다른 사람을 지배하는 방법이 완성됐잖아요. 나치 포로수용소는 테크놀로지를 이용한 살인이 최초로 시행된 예라 할 수 있죠. 나치는 인간 말살에 필요한 아주 효과적인 도구들을 만들었으니까요. 핵폭탄도 인간 통제의 승리라 할 수 있습니다. 핵폭탄은 대량학살 무기일 뿐만 아니라 정치적 도구로도 유용하게 쓰이는 수단이죠. 핵폭탄의 위협 때문에 우리들은 지난 시절 정보전이라는 냉전시대에 살지 않았습니까? 이데올로기로 나뉜 두 진영의 정부들은 핵폭탄을 이용해 민중을 속박한 겁니다. 전쟁 위협이 억압적인 국가기구의 존재 이유가 되었고요. 게다가 이제는 정보력이 더욱 커져 개인을 더욱더 지배할 수 있게 됐죠. 서방 세계는 끝없는 물욕과 소비주의로 개인을 체제에 복종하게 만들어가고 있죠."

"그런데 그게 〈살로, 소돔의 120일〉과 무슨 상관입니까?"

"파졸리니는 테크놀로지가 개입되기 전 단계의 순수한 형태로 파시즘을 보여 주고 있어요. 인간의 존엄성과 인권을 부정하고, 인간을 지배하는 게 바로 파시즘이죠. 파시즘은 인간의 개성을 말살하고, 인간을 기능적인 대상으로 취급하죠. 이를테면 인간이 그 기능을 제대로 수행해내지 못하면 가차 없이 없애버리는 거죠. 이제 영화 속의 귀족은 정부 혹은 기업 같은 권력으로 바뀌었어요. 하지만 다른 인간을 지배하려는 욕구가 인간 행동의 가장 큰 동기라는 점은 변함이 없어요. 누구나 자기 세계관을 앞세우죠. 다른 사람에게 자기 세계관을 강요하려고 하죠. 아닌가요?"

"아니, 뭐……그렇죠. 하지만 그런……음, 이론이 내……아니, 우리 시나리오와 무슨 연관이 있죠?"

플렉이 나를 보며 미소를 지었다. 아주 독창적이고 멋진 제안을 하려는 사람이 지을 법한 미소였다. 플렉이 그 제안을 꺼내기에 적당한 때를 기다렸다는 듯이 말했다.

"가령……이건 그저 제안인데, 그저 제안이기는 하지만 아주 신중하게 들어주시기 바랍니다만……가령, 우리 영화의 두 주인공인 베트남 참전용사들이 은행을 터는데 성공하고 더 큰 야망을 품게 돼 아주 비밀이 많은 억만장자의 돈을 훔치려 한다고 생각해 보죠."

나는 생각했다.

'어련하겠나?'

그러나 플렉은 자기 이야기를 스스로 하게 되어 부끄럽다는 듯한 표정은 전혀 짓지 않았다. 그저 이야기를 계속할 뿐이었다.

"이 억만장자는 캘리포니아 북부에 있는 언덕 위에 살고 있죠. 요새 같은 집에서요. 그 집에는 미국에서 가장 방대한 개인미술관도 있습니다. 주인공 도둑들은 그 미술품들을 훔치기로 마음먹습니다. 마침내 도둑들이 억만장자의 요새에 침투합니다. 그런데 무장 경비원들에게 곧장 붙잡힙니다. 억만장자는 남녀가 섞인 친구들로 섹스그룹을 만들어 놓았죠. 섹스 노예들도 있어요. 도둑들은 붙잡히자마자 섹스 노예가 됩니다. 도둑들은 곧장 새로운 계획을 세우죠. 붙잡혀 있는 다른 노예들도 구하고, 자기들도 풀려날 방법을 찾는 겁니다."

플렉이 잠시 말을 멈추고 나를 쳐다보며 미소를 지었다.
"어떻습니까?"
이제부터 조심해야 한다. 절대로 찡그린 표정을 보이면 안 된다.
내가 말했다.
"음, 〈다이 하드〉가 사드 남작을 만난 것 같군요. 질문이 있어요. 두 주인공은 살아서 탈출합니까?"
"그게 중요한가요?"
"물론 중요하죠, 상업영화를 만들 생각이라면 그렇습니다. 사천만 달러를 제작비로 쓸 계획이라면 멀티플렉스 극장에 오는 대중들을 겨냥해야 하잖아요. 보통 관객은 영화에서 자기가 동일시할 인물을 찾습니다. 그러니까 참전용사 중 한 명이 악당을 다 해치우고 거기서 탈출해야……."
플렉이 갑자기 차가운 목소리로 물었다.
"그럼 다른 한 명은 어떻게 되죠?"
"영웅적으로 죽게 만들어야죠. 음, 되도록이면 못된 억만장자의 손에 죽임을 당하는 게 좋겠네요. 그래야만 브루스 윌리스 같은 역할을 맡은 다른 주인공이 적에게 더 큰 적의를 느끼고 싸울 수 있게 되죠. 영화의 마지막에 억만장자의 성을 박살내고, 브루스 윌리스와 억만장자가 마침내 맞붙죠. 당연히 윌리스는 옆에 예쁜 여자를 보호하며 폐허가 된 저택에서 빠져나오죠. 그 예쁜 여자는 윌리스가 구한 섹스 노예들 중 한 명이겠죠. 이렇게 하면 개봉 첫 주말에 이천만 달러를 벌 수 있어요."
긴 정적. 플렉이 입을 비죽 내밀었다.
"마음에 안 들어요. 전혀 마음에 안 들어요."

"저도 마음에 안 듭니다. 하지만 우리의 마음에 들고 안 들고는 그다지 중요하지 않아요."

"그럼 뭐가 중요합니까?"

"이 범죄 영화를 '부자 미치광이한테 붙잡힌 두 남자' 이야기로 바꾸고 흥행에도 성공하려면 할리우드의 법칙에 따라야 한다는 게 중요하죠."

"그렇지만 내가 말한 영화 이야기는 아미티지 씨가 쓴 시나리오와는 달라요."

내가 말했다.

"그렇게 말씀하시니까 제가 한 마디만 하죠. 아시다시피 제가 쓰고 수정한 시나리오는 우스꽝스럽고 조금 위험한 풍자 코미디입니다. 굳이 예를 들자면 로버트 알트만 스타일이죠. 늙은 베트남 참전용사로 엘리어트 구드와 도널드 서덜랜드가 출연하면 딱 좋을 그런 영화입니다. 그런데 플렉 씨가 지금 말하는 영화는……."

"제가 지금 말하는 영화도 위험한 풍자물이에요. 그렇지만 세상에 흔한 쓰레기를 만들기는 싫어요. 나는 21세기 미국을 배경으로 재해석한 〈살로, 소돔의 120일〉을 만들고 싶어요."

"재해석이라고 하시면……?"

"관객이 흔한 범죄영화를 보고 있다고 생각하고 있을 때 갑자기 펑 하고 더할 수 없이 어두운 세계로 들어가게 하겠다는 뜻이죠."

나는 플렉의 표정을 세심히 살폈다. 플렉은 농담을 하는 게 아니었다. 더없이 진지했다.

내가 말했다.

"더할 수 없이 어두운 세계가 뭔지 정의해 보세요."

플렉은 고개를 갸웃했다.

"⟨살로, 소돔의 120일⟩을 보셨잖아요. 그런 극도의 잔인함을 노릴 겁니다. 관객의 참을성과 취향을 극단으로 밀어붙일 겁니다."

"가령 대변으로 만찬을 차리는 것처럼요?"

"아니, 파졸리니 영화를 그대로 베끼지는 않을 거고……."

"당연히 아니겠죠."

"그래도 대소변이 들어가 혐오스러운 장면은 있어야 한다고 생각해요. 뭐니 뭐니 해도 변이 가장 더럽지 않나요?"

"그 말씀에는 전적으로 동의합니다."

나는 플렉이 다시 '속았죠?'라고 말하기를 계속 기다렸다. 그리고 두 번 다시 속지 않겠다고 마음을 단단히 먹고 있었다. 하지만 아무리 기다려봐도 플렉은 진지하기만 했다.

그래서 결국 내가 말했다.

"하지만 영화 마지막 부분에서 주인공이 승리를 거두지 않으면 관객으로부터 좋은 평가를 못 받는 게 문제가 아니라 개봉조차 힘들어요."

플렉이 말했다.

"아, 개봉은 제가 맡겠습니다."

당연히 그렇겠지. 뭐든 할 수 있는 돈이 있으니까. 허영만 가득한 영화에 사천만 달러를 쏟아 부을 수도 있겠지. 원하는 건 뭐든 할 수 있어. 영화를 널리 개봉시키는 건 물론이고, 영화에 투자한 돈을 흥행으로 회수해야 할 걱정 따위는 하지 않아도 될 돈이 있으니까.

"그런 영화는 파리나 헬싱키에 있는 예술 영화관에서만 상영될 겁니다. 자살률이 높은 나라에서……."

플렉이 조금 움찔했다.

"농담이죠?"

"네, 농담이죠. 제가 하려는 말은……."

"저도 무슨 말씀인지 압니다. 저의 제안이 좀 과격하다는 것도 잘 알고 있어요. 하지만 저처럼 재원을 마음껏 쓸 수 있는 사람이 안전한 길만 고집한다면 예술이 발전할 수 있겠습니까? 솔직히 말해 급진적인 예술에 돈을 댄 건 늘 부유한 엘리트들이었어요. 저는 그저 제 자신에게 돈을 대는 것뿐이죠. 제 작품이 모두에게서 욕을 먹은들 어떻습니까? 외면당하지만 않는다면……."

"첫 영화처럼요?"

나도 모르게 불쑥 튀어나온 말이었다. 플렉이 또 움찔했다. 플렉은 상처를 입은 눈빛과 화난 눈빛을 동시에 띠고 나를 빤히 쳐다보았다.

이런! 내가 방금 무슨 짓을 저지른 것인가?

그래서 얼른 말했다.

"물론 그 영화가 받은 대접은 부당하죠. 우리의 시나리오에 대해 방금 제안하신 아이디어가 사람들에게 무시당하리라 보지는 않습니다. 보수적인 기독교 단체에서 화형 시위를 벌일지는 몰라도 분명 시선을 집중시킬 겁니다. 그것도 아주 크게."

플렉은 그 말에 다시 미소를 짓고 있었다. 나는 겨우 한숨 돌렸다. 플렉이 탁자에 있는 버튼을 눌렀고, 멕이 금방 안으로 들어왔다. 플렉은 멕에게 샴페인을 가져오라고 했다.

플렉이 말했다.

"우리의 협동 작업을 축하해야죠."

"협동 작업을 하는 겁니까?"

"저는 그렇게 생각하는데요. 아미티지 씨도 이 작업을 계속하고 싶죠?"

"그건……."

"그건……뭐죠?"

"우리 스케줄이 맞아야 하고, 저는 이미 하고 있는 다른 일도 있고, 풀어야 할 문제도 있고……. 돈 문제도 있죠."

"돈은 문제가 되지 않을 겁니다."

"영화 제작에서는 돈이 늘 문제죠."

"저에게는 아닙니다. 액수를 부르세요."

"네?"

"액수를 부르세요. 시나리오를 수정하는데 얼마를 받고 싶은지 말씀하세요."

"그렇게 일한 적은 없습니다. 그 문제는 제 에이전시와……."

"두 번 다시 말하지 않겠습니다. 액수를 부르세요."

나는 어쩔 줄 몰라 깊이 숨을 들이쉰 뒤 말했다.

"요구에 맞춰 한 번 다시 쓰는 비용을 말씀하시나요?"

"두 번 수정하고 다듬는 것까지 포함해서요."

"그럼 시간이 꽤 많이 들겠군요."

"그만큼 수고한 대가도 늘어날 겁니다."

"그리고 '나파 밸리를 배경으로 한 〈살로, 소돔의 120일〉'의 시나리오를 쓴다는 조건이죠?"

플렉은 어색하게 슬쩍 미소를 지었다.

"그렇게 부를 수도 있겠군요. 어쨌든……액수는?"

나는 주저하지 않고 말했다.

"이백오십만 달러요."

플렉은 아래를 내려다보다가 말했다.

"좋습니다."

나는 오히려 이번에 주저하다가 말했다.

"정말이죠?"

"네, 됐죠? 그럼 언제부터 일을 시작할까요?"

"글쎄……음……계약서에 서명한 뒤에 일을 시작합니다. 제 에이전시와도 상의해야 해요."

"상의할 게 뭐 있습니까? 액수를 부르셨고, 제가 좋다고 했잖아요? 자, 시작합시다."

"지금요?"

"네, 당장."

나는 한 시간 뒤에 떠나야 했다. 샌프란시스코에 가서 딸과 함께 주말을 보내야 했다. 그 약속은 어길 수도 없고, 어겨서도 안 되었다.

"그런데 제 에이전시가 지금 로스앤젤레스에 없을 텐데……."

"제가 어떻게든 연락을 취할 수 있습니다. 에이전시와 연락이 안 돼도 오늘 오후에 이백오십만 달러의 절반을 아미티지 씨 계좌로 송금하겠습니다."

"정말 고마운 말씀이군요. 그렇지만 저에게 더욱 중요한 건 샌프란시스코에서 있을 가족 모임입니다."

플렉이 물었다.

"생사가 달린 문제인가요?"

"아뇨. 그렇지만 제가 가지 않으면 딸아이가 정말 화를 많이 낼 겁니다. 전처는 제가 나타나지 않으면 약속을 지키지 않은 것을 빌미로 아버지로서의 법적 권리를 빼앗을 겁니다."

"전처한테 본때를 보이세요."

"말처럼 쉽지 않습니다."

209

"아니, 쉬워요. 이백오십만 달러가 있으면 법적으로 도와줄 사람은 얼마든지 구할 수 있을 겁니다."

"그래도 딸아이는 생각해야 합니다."

"아이들은 어떻게든 살아갑니다."

물론 아이는 어떻게든 살아갈지 모르지만 나는 죄책감을 견딜 수 없을 것이다.

내가 말했다.

"자, 저는 지금 곧장 샌프란시스코에 갔다가 월요일 아침에 눈을 뜨자마자 다시 여기로 오겠습니다. 어떻습니까?"

플렉이 다시 아래를 내려다보기 시작했다.

"저는 그때 여기 없어요."

"그럼, 제가 계시는 곳으로 찾아가죠."

"다음 주는 안 됩니다."

"그 다음 주는 어떻습니까?"

나는 그렇게 말하고 나서 문득 후회했다.

'시나리오 작가가 지켜야 할 규칙 1번인 너무 절박하게 보이지 말 것'을 위배했기 때문이다. 일이나 돈이 절실히 필요한 것처럼 보여서는 안 된다. 물론 나는 그 돈이 탐났지만 할리우드에서는, 특히 플렉처럼 속셈이 많은 상대 앞에서는 일백만 달러쯤 없어도 잘 살 수 있는 것처럼 행동해야 한다. 자신만만한 태도가 무엇보다 중요하다. 절대로 다른 사람의 도움이 필요하다거나 자신의 능력에 대해 스스로 의심하는 기색을 보여서는 안 된다.

이번 거래에서 나는 굳이 시나리오 수정작업을 맡지 않으면 그만이었다. 게다가 플렉의 아이디어를 받아들여 시나리오를 쓴다면 그 결과는 참담하리란 게 분명했다. 하지만 그 어이없을 만큼 큰 액수의 돈을 어떻게 뿌리칠 수 있겠는가? 결과가 마음에 들지 않을 경우 크레디트에서 내 이름을 빼면 그만이라는 앨리슨의 확실한 충고도 들었다. 크레디트에 내 이름이 실리지 않는다면 변에 집착한 플렉의 괴상한 영화가 내 시나리오를 원작으로 했다는 사실을 아무도 눈치 챌 수 없을 것이다.

다만 플렉이 내가 자신의 손아귀에 들어왔다는 사실을 알아챈 게 문제였다. 주말 동안 섬에 머물며 작업을 하고 이백오십만 달러를 받을 것인가, 아니면 빈손으로 떠날 것인가?

플렉이 높낮이 없는 어조로 말했다.

"안타깝지만 저는 이번 주말밖에 시간이 없습니다. 게다가 솔직히 말해서 아미티지 씨께 좀 실망했습니다. 저와 일하려고 여기까지 오시지 않았습니까?"

나는 애써 침착하고 이성적인 말투로 말했다.

"플렉 씨, 그저 확실하게 해두려고 드리는 말씀입니다만 제가 여기에 온 건 플렉 씨께서 세 시나리오에 대해 의논하고 싶다고 청했기 때문입니다. 플렉 씨는 저를 여기에 이레나 묶어 두었습니다. 자그마치 일주일입니다. 일주일이면 시나리오 작업을 엄청나게 했을 겁니다. 그런데……"

"정말 여기서 이레를 기다리셨습니까?"

맙소사. 플렉은 다시 이해할 수 없는 세계로 들어갔다.

"아까 처음 만났을 때에도 그렇게 말씀드리지 않았습니까?"

"그런데 왜 아무도 저에게 말해주지 않았죠?"

"저야 모르죠. 하지만 저는 플렉 씨께서 다 알고 있다고 믿고 있었습니다."

플렉은 갑자기 흐릿하고 멍한 목소리로 바뀌어 말했다.

"미안합니다. 전혀 몰랐어요."

뭐 이런 거짓말쟁이가 있어? 갑자기 넋을 놓고 일시적인 기억상실 중에 걸린 듯 연기하는 능력이 어찌나 대단한지……. 내가 여기에 있는 것조차 몰랐다고? 자기 계획이나 생각과 맞지 않는 상황에 직면하는 경우 '삭제' 버튼을 눌러 완전히 모르는 일처럼 행동하다니.

플렉이 손목시계를 내려다보며 말했다.

"그럼……얘기는 끝났죠?"

"플렉 씨께 달렸죠."

플렉이 일어섰다.

"이제 얘기는 끝났습니다. 더 하실 말씀 없습니까?"

왜 없어? 욕을 퍼붓고 싶지.

내가 말했다.

"이제 다음 일은 플렉 씨에게 달렸죠. 메모지에 제 에이전시의 이름과 전화번호를 적어두겠습니다. 아까 이야기를 나눴던 대로 시나리오를 다시 쓰는 건 언제라도 환영합니다. 두 달 뒤 〈셀링 유〉 새 시즌을 준비하기 전까지 별다른 일은 없습니다. 그러니까 앞으로 두 달 사이에 플렉 씨와 시나리오 작업을 할 수 있습니다. 어쨌든 다시 한 번 말씀드리지만 하고 안 하고는 플렉 씨한테 달렸습니다."

플렉은 내 뒤를 보며 말했다.

"알았어, 알았어."

뒤에서는 직원이 한 손에 휴대전화를 들고 플렉에게 전화를 받아야 한다고 손짓하고 있었다.

플렉이 다시 나에게 말했다.

"아무튼 와 주셔서 고맙습니다. 아미티지 씨한테도 좋은 일이었길 바랍니다."

나는 비꼬는 투가 드러나게 말했다.

"아, 아주 좋은 일이었습니다. 유용했어요."

플렉이 아리송하다는 표정을 지어 보였다.

"지금 비꼬시는 겁니까?"

나는 더 비꼬는 말투로 말했다.

"그럴 리가요?"

"아미티지 씨는 자신의 문제가 뭔지 알고 계시나요?"

"뭐죠? 듣고 싶군요."

"농담을 못 받아들이시죠?"

플렉은 또 '속았지?' 하는 웃음을 지었다.

내가 물었다.

"사실은 저와 일하고 싶다는 뜻입니까?"

"당연하죠. 한 달을 더 기다려야 한다고 해도 기꺼이 기다려야죠."

"아까도 말씀드렸지만 저는 언제라도······."

"그럼 담당자들끼리 상의하게 하고, 계약이 정식으로 체결되면 우리 둘 다 시간이 맞는 주말에 편한 곳에서 만나 시나리오를 다시 쓰죠. 어때요? 괜찮습니까?"

나는 더 생각할 것도 없이 말했다.

"그럼요. 좋습니다."

"좋다고 하시니 저도 좋습니다."

플렉은 그렇게 말하고 나와 악수를 나눈 뒤 말을 이었다.

"함께 일하게 되어 기쁩니다. 우리 둘이라면 아주 특별한 작품을 만들 수 있을 거라 확신합니다. 분명 사람들이 쉽게 잊지 못할 작품을 만들 수 있을 겁니다. 무사히 잘 돌아가세요."

플렉은 나의 어깨를 토닥이고 방에서 나갔다.

한구석에 조용히 서 있던 멕이 다가와 말했다.

"헬리콥터가 준비되어 있습니다. 떠나기 전에 더 필요하신 일은 없나요?"

"없어요."

나는 그렇게 말하고 멕에게 그동안 고마웠다고 인사했다.

멕은 아주 흐릿한 미소를 지어보이며 말했다.

"여기서 보낸 시간이 부디 도움이 됐기를 바랍니다."

헬리콥터로 안티과까지 가고, 걸프스트림으로 샌프란시스코까지 갔다. 예정대로 3시를 조금 넘겨 도착했다. 약속대로 리무진이 대기하고 있었고, 소살리토에 위치한 루시의 집까지 갔다.

케이틀린이 달려와 내 품에 안겼다. 루시가 리무진과 나를 번갈아 노려보았다.

루시는 케이틀린의 가방을 나에게 건네며 말했다.

"우리에게 과시하는 거야?"

내가 말했다.

"루시, 내가 뭘 하든 언제 신경이나 썼어?"

케이틀린이 나와 루시를 불안한 눈빛으로 쳐다보았다. 말다툼은 싫다고 애원하는 눈빛이었다. 나는 루시에게 일요일 저녁 6시에 돌아오겠다고 말하고, 얼른 케이틀린을 리무진에 태우고 만다린 오리엔탈 호텔로 출발했다.

금문교를 건널 때 케이틀린이 물었다.

"차가 왜 이렇게 커?"

"아빠 글을 좋아하는 사람이 주말 동안 쓰라고 빌려줬어."

"계속 아빠 차로 쓸 수 있어?"

"아니, 그래도 주말 동안에는 마음껏 써도 돼."

케이틀린은 만다린 오리엔탈 호텔의 스위트룸을 정말 좋아했다. 방이 꼭대기 층에 있어 샌프란시스코 항구가 내려다보였다. 두 개의 다리, 시내의 스카이라인, 도시의 광경이 다 보였다. 케이틀린과 나는 스위트룸의 커다란 유리창에 코를 대고 감탄하며 창밖을 내다보고 있었다.

케이틀린이 나에게 물었다.

"아빠가 오는 주말마다 여기서 지내면 안 돼?"

"아쉽지만 여기는 누가 빌려준 거야."

"차를 빌려준 그 부자?"

"맞아. 그 사람이야."

"하지만 그 사람이 아빠를 계속 좋아하면……."

나는 웃으며 말했다.

"살다 보면 그렇게 되지 않아."

'특히 영화계에서는' 이라고 덧붙이고 싶었지만 가까스로 참았다.

케이틀린은 스위트룸의 전망에 너무나 만족해 밖으로 나가려하지 않았다. 룸서비스를 시키고, 음식이 오기를 기다리고 있는데 전화벨이 울렸다.

일주일 넘게 들리지 않던 목소리. 바비 바라였다.

"잘 지내?"

내가 말했다.

"이런, 반가운 목소리네. 아직 뉴욕이야?"

"그래, 이 빌어먹을 상장주를 살리려고 애쓰고 있어. 그렇지만 정맥이 갈라진 곳에 일회용 반창고를 붙이는 셈이지."

"아주 좋은 비유네. 내가 여기 있는 건 어떻게 알았을까? 아, 내가 맞혀 볼까?"

"뭐, 알다시피 필립 쪽 사람들한테서 들었어. 필립하고도 직접 통화했고. 이봐, 필립이 자네를 아주 좋아하더군."

"정말?"

"못 믿겠다는 말투는 뭐야?"

"바비, 내가 거기서 며칠이나 기다렸는지 알아? 일주일이야. 그러다가 내가 떠나기 한 시간 전에 나타나더군. 게다가 처음에는 나를 아예 모르는 척했어. 장난은 거기서 끝이 아니었지. 사람을 아주 피곤하게 만들더군. 보아하니 나에게 고삐를 채우려고 하던데, 못마땅했어."

"이봐, 내가 어쩌겠어? 우리끼리 얘기지만 필립은 좀 괴팍해. 나도 필립을 보면서 외계에서 온 9호 외계인이 아닐까 생각할 때가 많아. 그래도 그 괴짜는 이백억 달러를 쥐고 있잖아. 게다가 필립이 진심으로 자네와 영화를 만들고 싶어한다면서……."

내가 바비의 말을 가로막으며 말했다.

"솔직히 그 작자 아이디어는 똥이야. 아니, 정말로 똥에 집착하더라."

"그게 뭐 어때? 내 말은 똥 자체로 일관성은 있잖아, 안 그래? 게다가 백만 달러 단위의 돈이 오가는 일이잖아. 그러니까 필립의 나쁜 매너 같은 건 잊어버리고 만다린 오리엔탈 호텔의 서비스를 즐겨. 딸과 주말을 즐겁게 지낸 다음 에이전시에게 말해둬. 다음 주에 플랙 쪽에서 연락이 갈 거라고."

일요일 밤, 로스앤젤레스로 돌아와 샐리에게 그동안 있었던 일을 죄다 이야기했다. 내 이야기를 들은 샐리는 플렉에게서 다시는 연락이 오지 않을 거라고 말했다.

"내가 보기에는 자기를 데리고 논 거야. 그 덕분에 선탠은 했잖아. 섬에서 다른 사람은 안 만났어?"

나는 샐리에게 마사 이야기는 아예 꺼내지 않는 게 좋겠다고 생각했으므로 만난 사람이 없다고 간단히 대답했다. 나는 샐리가 정말 바라던 이야기를 꺼냈다. 샐리의 직장 이야기. 한때 샐리의 적이었던 스투 바커를 일주일 만에 동지이자 보호자로 돌리는 데 성공한 이야기. 스투 바커는 가을 시즌 황금시간대 편성에 대해 샐리에게 전권을 위임했으며 폭스텔레비전의 최고 거물들에게 샐리를 뛰어난 인재로 소개했다.

아, 샐리가 직장에서 거둔 승리를 이야기하는 도중에 나를 보고 싶었고, 사랑한다는 말도 하기는 했다. 나도 똑같이 말하고 샐리에게 키스했다.

샐리가 말했다.

"누구에게나 전성기가 있잖아. 우리에게는 지금이 전성기야."

어찌 보면 샐리의 말이 옳았다. 다음 주에 플렉의 변호사가 앨리슨에게 전화해 계약조건을 의논했다. 이백오십만 달러에는 이견이 없었다. 나중에 크레디트에서 내 이름을 뺄 수 있다는 조항에도 이견이 없었다.

앨리슨이 말했다.

"이백오십만 달러면 누구라도 침을 흘릴 만한 계약이야. 나 역시나 마찬가지지. 하지만 플렉이 계속 이상한 내용을 넣자고 우기면 제정신이 아닌 다음에야 공동 시나리오 작가로 이름을 올릴 수야 없잖아. 돈은 챙기되 달아날 구멍을 만들어놓자는 거야."

내가 앨리슨에게 물었다.

"내가 이 계약을 성사시키지 못해 안달하는 사람 같아?"

"여태까지 들은 이야기를 종합하자면 플렉은 정신병원에서 막 나온 사람 같아. 하지만 그 사실을 명심하고 있는 한, 우리가 빠져나갈 낙하산을 잘 챙기는 한, 욕심을 내볼만한 돈이야. 일은 두 달을 넘기지 마. 그 뒤에는 더 큰 일들이 기다리고 있으니까."

앨리슨의 말은 옳았다. 한 달 뒤 〈셀링 유〉의 두 번째 시즌이 방송되었고, 곧장 최고의 시청률을 자랑하는 히트작이 됐다.

《뉴욕타임스》 지에는 이렇게 실렸다.

'〈셀링 유〉 새 시리즈 에피소드 두 편만 봐도 데이비드 아미티지가 반짝하고 사라질 인재가 아니라는 걸 금세 알 수 있다. 데이비드 아미티지는 새 시리즈의 처음 두 편에서 탄탄한 구조와 신랄한 풍자를 선보이며 우리시대의 가장 뛰어난 코미디 작가라는 걸 증명했다. 〈셀링 유〉는 오늘날 미국의 어느 직장에서든 쉽게 볼 수 있는 복잡한 사회적 지형도를 기가 막히게 잘 포착하고 있다.'

정말이지 무척이나 고마웠다. 《뉴욕타임스》 지의 평과 입소문이 짝을 이루고, 첫 시즌의 팬들까지 가세하면 지속적으로 높은 시청률을 장담할 수 있을 듯했다. 세 번째 에피소드가 방송된 뒤에는 FRT방송국에서 세 번째 시즌을 준비하자는 연락이 왔다.

앨리슨은 〈셀링 유〉의 세 번째 시즌에 내가 받을 돈으로 극본과 제작을 묶어 이백오십만 달러로 협상했다. 워너브라더스에서는 내가 바라는 대로 영화 시나리오를 쓰는 데 일백오십만 달러를 제안했고, 나는 당연히 받아들였다.

〈셀링 유〉의 두 번째 시즌 첫 에피소드가 방송된 직후 나는 워너브라더스와 맺은 계약에 대해 바비 바라한테 전화로 이야기했다. 바비는 나에게 축하한다고 말하고, 아주 소수만 낄 수 있는 좋은 투자 건이 있는데 함께 하지 않겠느냐고 물었다. 중국과 동남아시아에서 최고가 될 검색엔진회사의 상장 작업에 투자하는 것이라고 했다.

바비가 말했다.

"찢어진 눈의 야후에 투자하는 거야."

"제발 인종차별적인 말은 삼가."

"이봐, 아직 길이 나지 않은 미지의 땅에 첫발을 내딛는 거야. 초반부터 낄 수 있는 절호의 기회지. 내가 아주 빨리 정보를 얻었기 때문에 가능한 일이야. 관심 있어?"

"뭐, 투자에 관한 한 여태껏 자네가 틀린 적은 없잖아."

"자네는 역시 똑똑하다니까."

정말 내가 똑똑한 사람으로 느껴졌다. 모든 일이 나에게 유리하게 돌아가고 있었으니까.

며칠 후 에미상 시상식이 있었다. 나는 샐리와 케이틀린을 데리고 시상식에 참석했다. 코미디 시리즈 극본상을 발표할 때가 됐다. 봉투가 열리고, 내 이름이 불렸다. 나는 샐리와 케이틀린과 포옹하고 나서 무대로 달려갔다. 트로피를 받고 간단히 수상소감을 말했다.

내 극본을 원작보다 뛰어난 텔레비전 시트콤으로 만들어준 사람들 모두에게 깊이 감사한다고 말하고, 내가 이런 뜻 깊은 상을 받을 수 있게 된 건 대단한 행운이었다는 말도 덧붙였다.

"훗날 제가 〈셀링 유〉와 함께 한 아주 특별한 경험을 되돌아보면서 지금 이 시간이 아주 드물고 유례없는 순간이었음을 깨닫게 되겠죠. 모든 행성이 일렬로 정렬되거나 우연의 신들이 동시에 미소를 짓거나 프로비던스가 로드아일랜드에 있는 지명이 아니라는 걸 깨달은 것처럼 아주 드문 순간 말입니다. 아니, 더 쉽게 말해 저는 대단히 드문 행운을 얻었고, 많은 분들이 저에게 이 영광스런 행운을 잡게 해 주었습니다. 감사합니다."

놀라운 2년 가운데에서도 가장 절정을 이룬 순간이었다. 그날 밤, 샴페인을 너무 많이 마셔 지끈거리는 머리로 샐리와 침대에 들면서 나도 모르게 생각했다.

'예전부터 꿈꿔온 모든 게 이제 다 네 차지가 되었어.'

마침내 도달했다. 축하하자.

제 2 부

제1장

그 모든 문제의 시작은 전화 한 통으로 시작되었다. 에미상 시상식이 있고 나서 맞은 첫 번째 수요일의 이른 아침이었다. 샐리는 스투 바커와 조찬 회의가 있다고 일찍 출근했다. 나는 여전히 꿈나라에 있었다. 전화벨이 울려 간신히 깨어났다. 흐릿한 머릿속에 든 생각은 한 가지뿐이었다.

'이런 시각에 울리는 전화라면 분명 좋은 소식은 아닐 거야.'

전화한 사람은 제작자 브래드 브루스였다. 잔뜩 긴장한 목소리였다. 제작자는 원래 잔뜩 긴장하지만 평소의 수준이 아니었다. 뭔가 단단히 잘못된 게 분명했다.

브래드가 말했다.

"이렇게 일찍 전화해서 미안하지만 일이 생겼어."

나는 침대에서 윗몸을 일으켜 앉았다.

"무슨 일인데?"

"혹시 《할리우드 러지트》라는 삼류 신문 알아?"

《할리우드 러지트》는 지난해부터 발간되기 시작한 무가지로 할리우드에서 잘 나가는 인물들을 모두 씹는 거친 취재기사를 주된 내용으로 하는 신문이었다.

나는 브루스에게 물었다.

"〈셀링 유〉가 《할리우드 러지트》에 실렸어?"

"실린 건 우리 시트콤이 아니라 데이비드 자네야."

"나? 작가가 기삿거리가 돼?"

"자네는 아주 돈을 많이 버는 작가지. 그러니까 온갖 비난의 타깃이 될 수 있어."

"나를 비난한 기사가 나왔어?"

"유감스럽지만 그래."

"도대체 무슨 내용으로 비난했는데?"

브루스가 침을 꼴깍 삼키는 소리가 들려왔고, 긴 한숨과 함께 딱 한마디가 흘렀다.

"표절."

"뭐?"

"자네가 표절했다는 거야."

"무슨 헛소리야."

"그 말을 들으니까 안심이 되네."

"나는 표절 같은 거 안 해."

"당연히 나도 확신하지."

"표절을 안 했는데 표절 작가로 비난받아야 하는 이유가 뭐래?"

"테오 맥콜이라는 쓰레기 기자가 내일 아침에 깔릴 신문 연재 칼럼에서 뭘 썼나 봐."

테오 맥콜의 칼럼이라면 나도 알고 있었다. 제목이 〈내부 비리〉인데, 이 작자는 매주 연예계의 온갖 스캔들을 캐내는 데 열을 올렸다. 나도 읽으면서 외설적인 느낌을 받았던 칼럼이었다. 누구나 가십을 좋아하지만 어디까지나 자신이 주인공이 되지 않았을 때의 이야기다.

나는 브루스에게 물어보았다.

"설마 내가 그 칼럼에 나온다는 말은 아니지?"

"나온다니까. 내가 읽어 줄까? 좀 길어."

그다지 좋은 소식은 아닌 것 같았지만 어서 읽어 보라고 재촉했다.

"'알았어. 먼저 작가 데이비드 아미티지에게 축하인사를 보낸다. 〈셀링 유〉가 승승장구하고 있고, 지난주 에미상 코미디 각본상도 수상했으니 현재 최고의 상한가인 셈이다. 게다가 〈셀링 유〉의 새 시리즈가 첫 번째 시리즈보다 좋다는 호평이 누구나 동감하지 않으면 안 될 분위기 속에서 쏟아지고 있으니까.'"

내가 브루스의 말을 가로챘다.

"'누구나 동감하지 않으면 안 될 분위기?' 그게 무슨 치졸한 말이야?"

"그건 아직 시작에 불과해. '아미티지는 최근 몇 년 사이에 의심할 여지없이 가장 뛰어난 활약을 펼친 신인 작가임이 분명하다. 매주 날카로운 등장인물들이 내뱉는 재기 넘치는 대사들과 특유의 관찰력이 빛나는 스토리는 아무도 이의를 제기할 수 없을 만큼 널리 독창성을 인정받아왔다. 하지만 지난주 익명의 소식통이 필자에게 새롭고 흥미로운 소식을 전해왔다. 에미상을 수상한 아미티지의 〈셀링 유〉 에피소드에 나온 대화가 벤 헥트와 찰스 맥아더가 신문사를 배경으로 쓴 코미디의 고전 〈프런트 페이지〉에서 거의 베꼈다는 사실이다.'"

나는 다시 브루스의 말을 가로챘다.

"말도 안 돼. 〈프런트 페이지〉를 안 본 지가……."

이제 브루스가 내 말을 가로챘다.

"하지만 본 건 사실이잖아?"

"물론이지. 빌리 와일더 영화도 봤고, 캐리 그랜트와 로절린드 러셀이 나오는 하워드 혹스 버전으로도 봤지. 다트무스대학교에서는 연극으로도……."

"이런 빌어먹을……."

"하지만 벌써 이십 년 전 이야기야."

"그래도 뭔가 기억해냈을 거야. 모르는 새 뭘 베끼고……."

"나는 아무것도 안 베꼈어."

"내 말을 잘 들어 봐. 맥콜은 이렇게 썼어. '문제의 대목은 아미티지가 에미상을 탄 '우스개 해프닝' 에피소드에서도 찾아볼 수 있다. 여기서 아미티지의 시트콤 속 PR 에이전시인 조이가 중요한 고객(초이기적인 디바 여가수)을 오프라 윈프리 쇼 녹화장으로 데려가려고 운전하다가 경찰차와 접촉사고를 낸다. 터덜터덜 사무실로 돌아온 조이는 회사 사장인 제롬에게 그 여가수가 병원에 있다고 말한다. 아미티지의 대본에는 이런 대화가 있다.

제롬 : 정말 경찰차를 들이받았어?

조이 : 무슨 말을 듣고 싶으세요? 그건 사고였어요.

제롬 : 다친 경찰은 없었어?

조이 : 그건 굳이 알아보지 않았어요. 하지만 경찰차를 받으면 어떻게 되는지 아시잖아요? 불량 차처럼 엉망이 돼요.

이 대화 장면을 〈프론트 페이지〉에 나오는 대화와 비교해 보자. 제멋대로인 편집장 월터 번스의 사무실로 심복인 루이스가 뛰어 들어간다. 루이스는 앞으로 장모가 될 일급 기자 힐디 존슨을 차에 태우고 가다가 경찰차와 충돌한다.

월터 : 정말 경찰차를 들이받았어?

루이스 : 무슨 말을 듣고 싶으세요? 그건 사고였어요.

월터 : 다친 경찰은 없었어?

루이 : 그건 굳이 알아보지 않았어요. 하지만 경찰차를 받으면 어떻게 되는지 아시잖아요? 불량 차처럼 엉망이 돼요.'"

내가 나직이 말했다.

"이런 젠장……. 나는 절대로……."

"일단 맥콜의 마지막 문장까지 들어 봐. '물론 아미티지가 재현한 이 대화는 프랑스에서 '오마주'라고 불리는 용어를 사용한 예라고도 할 수 있다. 하지만 이것은 분명 오마주를 할 의도 없이 차용한 오마주다. 쉽게 말해 표절이다. 이 장면은 한 가지 예일 뿐 아미티지의 작품들에서 표절은 수없이 많다. 하지만 이 예만 봐도, 이 재능 넘치고 똑똑한 작가가 '미숙한 시인은 흉내를 내고, 성숙한 시인은 표절한다.'는 T.S. 엘리엇의 유명한 말을 확실히 실천하면서 살고 있다는 걸 알 수 있다.'"

긴 정적. 나는 순간, 엘리베이터 없는 엘리베이터 수직 통로 안에 들어와 있는 듯한 기분을 느꼈다.

"무슨 말을 해야 할지 모르겠어, 브래드."

"할 수 있는 말도 별로 없어. 냉정하게 말하자면 맥콜한테 완전히 걸려들었고……."

"잠깐만! 내가 〈프런트 페이지〉에서 고의로 대사를 베꼈다는 말이야?"

"나는 지금 무슨 의도를 가지고 말하는 게 아냐. 그냥 사실 그대로를 보자는 말이야. 사실만 보자면 〈셀링 유〉에 나온 대화와 〈프런트 페이지〉의 대화가 아주 판박이니까."

"알았어, 알았어. 대화는 똑같을지 모르지만 내가 〈프런트 페이지〉 대본을 펼치고 그대로 베낀 것은 아니고……."

"데이비드, 내 말 잘 들어. 지금 내가 자네를 비난하자는 게 아냐. 하지만 뇌관에 불붙은 폭약을 쥐고 있는 꼴이고……."

"별것 아니야."

"아니, 매우 심각한 일이고……."

"칠십 년이나 된 희곡에 나온 농담이 어쩌다가 내 대본에 등장한 거야. 고의적으로 표절한 게 아냐. 다른 사람이 쓴 농담을 내가 악의 없이 차용한 것뿐이야. 그게 다야. 농담은 돌고 돌잖아. 그게 농담의 속성이야."

"맞는 말이지만 술자리에서 다른 사람이 말한 농담을 이용하는 거와 유명한 희곡의 대사를 대본에 그대로 사용하는 건 달라."

긴 정적. 점차 사태를 깨달으며 심장이 벌렁거리기 시작했다.

'큰 곤란에 처했어.'

"브래드, 이건 내가 고의로 베낀 게 절대 아냐. 그 점을 알아야 해."

"데이비드, 제작자로서 하는 말이지만 나도 자네의 방어벽이 되어 줄게. 당연히 자네가 그렇게 멍청한 자폭 행위를 할 리 없다는 건 나도 잘 알아. 다른 작품에서 읽은 한두 문장이 머릿속에 박혀 있다가 무의식중에 자기 작품에 들어갈 수 있다는 건 그 누구보다도 내가 잘 알아. 그런 문제에서 자유로울 수 있는 작가는 없어. 문제는 지금 그 문제의 인물이 자네라는 거지."

"하지만 그 신문은 마이너잖아."

"물론 마이너 신문이지. 하지만 한 가지 더 나쁜 소식이 있어. 트레이시 와이스 알지?"

트레이시 와이스는 FRT방송국의 홍보 이사였다.

"당연히 알지."

"트레이시 와이스가 어젯밤 아홉시 삼십분에 《데일리 버라이어티》의 크레이그 클락 기자한테서 전화를 받았대. 그 기자가 트레이시 와이스한테 FRT의 공식 입장을 듣고 싶다고 했나봐. 천만다행으로 트레이시가 그 기자와 친한 사이래. 겨우 그 기자를 설득해 《데일리 버라이어티》에 독점 제공하는 조건으로 오늘까지 FRT와 자네의 입장을 전달하겠다고 미뤘대."

"잘됐군."

"한시바삐 손실을 막을 대책을 세워야 해. 불똥이 더 튀기 전에 뭐든 해야 해."

"알았어, 알았어."

"그래서 트레이시가 지난밤에 나한테 전화했을 때……."

"어젯밤에 벌써 알고 있었던 거야? 그런데 왜 이제야 전화해?"

"자네가 지난밤에 들었다면 잠을 못 잘 게 틀림없으니까. 차라리 푹 자고 아침에 대책을 세우는 게 더 좋겠다고 생각했어."

"그럼, 지금 당장 해결해야 할 일은 뭐야?"

"여덟 시까지 사무실로 나와. 늦으면 안 돼. 트레이시와 나도 사무실로 갈게. 밥 로비슨도 올 거고……."

나는 날카로운 목소리로 말했다.

"밥도 알고 있어?"

"우리 시트콤을 책임지는 사람이 밥이야. 당연히 알고 있어야지. 절대 의도적인 표절이 아니라는 걸 발표해야 하고, 그 발표문을 설득력 있게 꾸미는 게 우리가 할 일이야. 부지불식간에 저지른 실수였고, 무척이나 반성하고 있고, 잘못이라면 재미있는 농담을 차용한 것뿐이라는 내용이면 돼. 발표문이 완성되면 《데일리 버라이어티》 기자를 만나서……."

"기자와 얼굴을 맞대면 해야만 해?"

"자네에게 위로의 말은 못 해. 트레이시는 그 기자한테 큰 기대를 걸고 있어. 그 기자가 우리 편이 돼 기사를 써주면 맥콜의 쓰레기 칼럼과 동시에 풀리게 돼. 잘만 되면 맥콜 칼럼의 여파는 곧 상쇄될 거야."

"그 기자가 우리 편이 안 되면? 우리에게 유리한 기사를 써주지 않으면? 그러면 어떻게 하지?"

브루스가 숨을 고르는 소리가 또 들렸다.

"그건 미리 걱정하지 말자."

긴 침묵이 이어지다가 브루스가 말했다.

"이봐, 상황은 나쁘지만……."

"나빠? 아니, 별것 아니야."

"바로 그거야. 우리는 이번 일을 별것 아닌 해프닝으로 대할 필요가 있어. 잘 해결될 거야. 그렇지만 한 가지만 물어볼게."

그 뒤에 무슨 질문이 나올지 뻔했다.

"아니, 절대, 절대 고의로 표절하지 않았어. 지금껏 한 번도 그런 적 없어. 앞으로는 무의식중에라도 다른 사람의 작품을 인용하거나 쓰는 일이 없게 최선을 다하겠어. 〈셀링 유〉에서도 당연히."

"바로 그거야. 그 말이 듣고 싶었어. 자, 이제 얼른 여기로 와. 힘든 하루가 될 거야."

사무실로 가는 차 안에서 앨리슨에게 전화했다.

앨리슨은 맥콜 칼럼 이야기를 듣고 나서 말했다.

"뭐야? 아무것도 아니잖아. 나는 그것보다 더한 일도 수없이 겪었어."

"혹시 상황이 나빠질 염려는 없을까요?"

"괜히 눈길을 끌려는 수작이야. 빌어먹을 기자들 같으니라고. 도덕이라고는 모르는 것들. 그것들은 아무나 막 씹어 대잖아."

"저는 어떻게 해야 하죠?"

"괜찮아. 무슨 일이 벌어져도 살아남을 수 있어."

"엄청 안심이 되는 말이네요."

"절대로 당황하면 안 된다는 뜻이야. 일단 FRT의 보호막 속에 안전하게 들어가 있어. 나도 거기로 갈게. 나를 믿어. 내 작가가 험한 꼴을 당하도록 가만히 있지 않을 거야. 털끝 하나라도 못 건드리게 할 테니까 걱정하지 마."

막히는 도로를 달리면서 내 기분은 두려워하다가 용기백배하다가를 한참이나 오락가락했다.

그래, 무의식중에 실수한 거야. 고의로 표절한 적은 절대 없어. 맥콜이라는 치사한 작자는 그리 중요하지 않은 대사 몇 개를 큰일인 양 부풀렸어. 이건 내가 아니라 맥콜이 몰상식한 거야. 이런 악의적인 기자와 싸우는 방법은 아예 상대하지 않고 빠져나오는 것뿐이야.

내가 아예 상대하지 않는 게 어떠냐고 제안하자 트레이시 와이스가 말했다.

"그게 가장 피해야 할 일이에요."

회의가 시작된 지 얼마 지나지 않았다. 우리는 브래드의 사무실에 모여 둥근 탁자에 빙 둘러 앉아 있었다. 평소에는 여럿이 모여 아이디어를 짜낼 때 쓰던 탁자였다. 하지만 지금은 브래드와 트레이시 와이스, 밥 로비슨이 나에게 위로의 말을 건넸다. 하나같이 얼굴에 드리워져 있는 두려움을 애써 감춘 표정이었다. 단순하게 다함께 책임지면 되는 일이 아니라는 증거였다.

한편, 둥근 탁자에서 브래드, 트레이시, 밥을 보는 순간 나는 '여기서 죄인은 나뿐이구나'라는 사실을 깨달았다. 세 사람은 회사 차원에서 해결하겠다고 말하지만 결국 벌을 받게 된다면 화형에 처해질 사람은 나밖에 없었다.

트레이시가 말했다.

"맥콜이 아무리 인간쓰레기라 해도 중요한 건 지금 그가 우리의 급소를 쥐고 있다는 거예요. 그러니까 싫어도 맥콜을 살살 달래야만 해요."

앨리슨이 내 옆에 앉아 살렘 담배에 불을 붙이며 말했다.

"그렇지만 맥콜이 데이비드에게 하는 짓은 무단횡단을 했다고 교수형에 처하는 셈이잖아요."

밥 로비슨이 말했다.

"앨리슨, 감상적인 태도는 버려야 해요. 맥콜은 증거까지 제시하고 있잖아요. 증거만 있으면 누구든 고소할 수 있어요. 행위의 결과가 증거로 있는 한 그 행위의 동기는 상관없어요."

내가 말했다.

"하지만 이 경우에는 차이가 있어요. 고의로 표절한 게 아니라 잠재의식에……."

밥 로비슨이 말했다.

"그건 상관없어. 의도했든 안 했든 결과는 저질러진 거니까."

앨리슨이 말했다.

"아니, 상관있어요. 작가들 태반이 자기가 쓰는 글의 출처가 어디인지 모르는 채 쓰니까요."

로비슨이 말했다.

"안타깝지만, 테오 맥콜은 그 작가들 중에서 데이비드를 딱 끄집어냈어요."

내가 말했다.

"그건 내 잘못이 아닙니다."

로비슨이 말했다.

"나도 진심으로 안타깝게 생각해. 내가 자네를 얼마나 높이 평가하는지 잘 알지? 그래도 일이 벌어졌다는 사실에는 변함이 없어. 표절이야. 의도적으로 표절한 건 아니겠지만 어쨌든 표절은 표절이야. 데이비드, 내가 말하려는 요점이 뭔지 알겠어?"

나는 고개를 끄덕였다.

브래드가 말했다.

"앨리슨에게도 데이비드에게도 분명히 말하지만 우리가 단단히 뒤를 지킬 겁니다. 두 사람을 포기하는 일은 절대 없을 거예요."

앨리슨이 딱딱하게 말했다.

"그것 참 감동적이네요. 그 약속을 나중에 상기시킬 일이 없기만 바라요."

트레이시가 말했다.

"우리는 맞서 싸울 겁니다. 너무 공격적이어서도 안 되고 방어적이어서도 안 돼요. 앞으로 더는 이런 이야기가 나오지 않도록 막는 게 중요해요. 데이비드가 어쩌다 부지불식간에 표절하고 말았다는 걸 인정하는 성명을 발표해야 해요."

로비슨이 끼어들었다.

"'어쩌다 부지불식간에 표절하고 말았다.' 좋은 표현이군요."

트레이시가 말을 이었다.

"하지만 데이비드가 납작 엎드리지는 않아야 해요. 어조가 중요해요. 어조를 신중하게 선택하는 건 크레이그 클라크와 인터뷰할 때에도 필요해요."

브래드가 트레이시에게 물었다.

"크레이그 클라크가 우리에게 우호적일까요?"

"크레이그는 연예부 기자예요. 우선 작가가 간혹 무의식적으로 다른 사람의 글을 그대로 쓰게 되는 경우가 있다는 사실을 크레이그가 이해해주길 기대해야죠. 크레이그는 맥콜 같은 스캔들 전문 악질 기자는 아니잖아요. 일단 우리는 크레이그한테 데이비드를 독점인터뷰할 특권을 주는 거예요. 더욱 다행스러운 건 크레이그가 〈셀링 유〉를 좋아한다는 사실이에요. 우리는 크레이그가 표절 이야기를 그저 슬쩍 흘러가는 이야기로 다루기를 바라야죠."

그로부터 한 시간 동안 FRT방송국의 공식 입장을 밝히는 성명서를 작성했다. 방송국은 내가 무의식중에 〈프런트 페이지〉의 대사 몇 줄을 가져다 썼다는 사실을 알고 있으며, 나는 이 '의도하지 않은 실수(내가 아니라 트레이시가 고른 단어다)'를 크게 뉘우치고 있고, 나조차 몰랐던 사실을 지적받아 무척이나 놀랐다는 내용이었다.

밥 로비슨의 코멘트도 들어갔다. 내 해명을 전적으로 이해하고 나를 전적으로 지지하며, 지난달에 언론에 널리 알려졌듯 〈셀링 유〉의 다음 시즌까지 계약했다는 내용이었다. 이 마지막 내용은 앨리슨이 꼭 넣어야 한다고 주장해서 들어가게 됐다. 앨리슨은 FRT방송국이 지금 나를 지지하는 데에서 그치지 않고 앞으로도 계속해서 나와 돈독한 관계를 유지해나갈 것임을 널리 알려야 한다고 고집했다.

마지막으로 나의 코멘트가 들어갔다. 무척이나 후회하지만 처음부터 어떻게 이런 일이 벌어졌는지 나 자신조차 이해하지 못하고 있으며, 진심으로 어리둥절한 투여야 했다.

'작가는 스펀지 같습니다. 작가는 모든 것을 빨아들입니다. 그리고 빨아들인 것을 모두 재활용합니다. 작가는 때로 미처 스스로 의식하지도 못하는 중에 그렇게 합니다. 지난 시즌 〈셀링 유〉의 어느 에피소드에 〈프런트 페이지〉의 대사 네 줄이 쓰인 것도 그런 경우입니다. 저도 가져다 쓴 걸 인정합니다. 〈프런트 페이지〉는 제가 무척이나 좋아하는 희곡이며, 대학시절 그 연극의 배우로 무대에 서기도 했습니다. 그러나 그건 1980년의 일입니다. 그 뒤로는 그 희곡을 읽지도 보지도 않았습니다.

그러면 어떻게 벤 헥트와 찰스 맥아더의 뛰어난 대사가 제 대본에 들어오게 됐을까요? 정말이지 그건 저도 모르겠습니다. 그렇다고 이 우연한 치환(이것도 트레이시가 제안한 말)이 용서되지는 않을 것이며, 무릇 모든 작가가 그렇듯 저 또한 부끄럽기 그지없습니다. 저는 의도적으로 다른 작가의 글을 표절한 적이 결코 없습니다. 이번 일은 한 번의 실수였습니다. 제 머리의 실수라고 잘못을 빌 수밖에 없습니다. 뒤죽박죽인 제 두뇌의 파일 캐비닛에서 농담 하나를 꺼냈는데, 그 농담이 애당초 어디서 나온 것인지 기억하지 못한 것입니다.'

이 자백 같은 코멘트를 두고 우리는 한참 동안 의논했다. 밥 로비슨은 고해성사처럼 하자고 했다. 앨리슨은 사과는 하되 당당한 태도를 잃지 않아야 한다며, 이번 일이 아주 사소한 해프닝일 뿐이며 누구나 다른 사람에게 들은 농담을 다시 써먹지 않느냐는 투로 말해야 한다고 했다. 나에게 위트를 가미하라고 충고한 사람은 트레이시였다.

내 코멘트를 다 다듬은 뒤 트레이시가 말했다.

"크레이그 클라크와 인터뷰할 때에도 이런 태도를 유지해야 해요. 잘못했다, 나도 당황스럽다, 하지만 '우리의 지식이란 그렇게 아이러니하다.' 는 태도요."

글쎄, 아이러니한 지식이라는 게 도대체 뭔지 나도 모르겠지만……. 크레이그 클라크는 연예부 기자답게 딱 그만큼만 정중했다. 트레이시는 다른 사람들을 내보낸 뒤 구석에 조용히 앉았고, 크레이그는 나에게 질문 공세를 퍼부었다. 크레이그는 40대 초반에 몸집은 조금 땅딸막했고, 행동은 약간 성마른 듯했다. 하지만 전반적으로 프로페셔널했고, 비교적 우호적이었다.

"먼저 말씀드리지만 저는 〈셀링 유〉의 열성 팬입니다."

"고맙습니다."

"〈셀링 유〉는 획기적인 시트콤입니다. 정말이지 독창적이죠. 그런 만큼 이번 일이 작가인 아미티지 씨한테 더욱 힘들게 느껴질 겁니다. 미리 확실히 해두기 위해서 우선 한 가지만 묻죠. 어느 시대를 막론하고 작가들은 자기도 모르는 사이에 다른 사람의 글을 가져오는 경향이 있다고 생각합니까?"

신이시여, 고맙습니다! 크레이그는 내 편이었다. 나를 산산이 부수거나 내 경력을 박살낼 생각은 없는 것 같았다. 까다로운 질문이 없지는 않았다.

'무의식중에 옮겨 쓴 것은 용서될 수 있는가?'

그 질문에 나는 무의식중이었다고 해서 잘못이 아니지는 않다고 대답했다. 스스로 잘못을 인정하는 태도로 크레이그에게 좋은 인상을 주고 싶었기 때문이다.

'다른 작가들이 내 작품을 자세히 살펴보아도 괜찮겠는가?'

그 질문에도 역시 벌을 달게 받겠다는 태도로 괜찮다고 대답했다. 나는 무의식중에 대사를 따온 작품이 〈길리건스 아일랜드(1964년부터 1967년까지 방송된 미국코미디로 7,80년대에 재방송되기도 했음 : 옮긴이)〉가 아니라 〈프런트 페이지〉여서 다행이라고 말해 크레이그를 웃기기도 했다.

나는 고해성사라도 하듯 다음 성룡 영화의 시나리오를 쓸 것이라는 말도 했다. 간단히 말해 트레이시가 바란 대로 '네, 죄송합니다. 하지만 큰 잘못은 아니잖아요.' 하는 태도를 유지했다.

20분에 걸친 인터뷰가 모두 끝났다. 예정된 시간보다 길어졌는데 크레이그 클라크가 재미있어 하는 것 같아 트레이시가 중간에 자르지 않았기 때문이었다.

크레이그는 나와 악수를 나누며 말했다.

"이번 일이 명성에 큰 흠이 되지 않기를 바랍니다."

내가 말했다.

"고맙습니다. 사려 깊은 인터뷰를 해주셔서 정말 감사합니다."

"멋진 칭찬을 들었습니다."

나는 주머니에서 수첩을 꺼냈다. 집과 휴대폰 전화번호를 적고, 그 페이지를 찢어 크레이그에게 건넸다.

"더 궁금한 게 있으면 전화주세요. 이번 일이 조용해지면 언제 맥주 한 잔 합시다."

크레이그는 쪽지를 주머니에 넣으며 말했다.

"그것 좋죠. 제가……저기……텔레비전 코미디 대본을 쓴 게 몇 편 있는데……."

"그 얘기도 꼭 다시 합시다."

크레이그가 다시 내 손을 잡고 악수하며 말했다.

"약속하셨습니다."

트레이시가 크레이그에게 문을 열어 주며 말했다.

"제가 차까지 모실게요."

크레이그와 트레이시가 나가자마자 앨리슨이 들어왔다.

"트레이시가 나가면서 엄지손가락을 들어 보이더라. 인터뷰는 잘됐어?"

나는 고개를 갸웃했다.

"지금은 그저 머리가 어질어질해요."

"이제 더 어지러워질걸. 밖에서 들었는데, 샐리가 급한 일이라며 전화했대."

이런. 말할 기회도 없이 샐리가 알아냈군.

나는 내 사무실로 가서 샐리에게 전화했다. 비서는 내 전화를 곧장 샐리에게 연결했다.

샐리의 첫 마디.

"너무 놀라서 말도 안 나와."

"자기야, 내가……."

"제일 속상한 게 뭔지 알아? 다른 사람한테 이 소식을 들은 거야."

"그렇지만 나도 일곱 시에야 알았어."

"그때 곧장 나에게 전화했어야지."

"스투와 조찬 회의를 하고 있을 시간이잖아."

"그래도 자기 전화라면 받았을 거야."

"게다가 여기로 곧장 와서 계속 비상회의를 해야 했어. 《데일리 버라이어티》 기자와 인터뷰도 해야 했고."

샐리가 짜증 섞인 목소리로 말했다.

"《데일리 버라이어티》에서도 벌써 알고 있어?"

"그래, 하지만 여기 홍보이사인 트레이시 와이스가 《데일리 버라이어티》 기자한테서 어젯밤에 전화를 받고 결정을 내려서······."

"그럼, 홍보이사는 어젯밤에 벌써 이 일을 알고 있었네?"

"응, 그런데 나는 정말로 오늘 아침에야 이야기를 들었어. 홍보이사는 《데일리 버라이어티》 기사가 우리에게 유리한 방향으로 나오게 하려고 독점인터뷰 자리를 만들었고······."

"내일 자기 인터뷰 기사가 《데일리 버라이어티》에 실려?"

"응."

"FRT방송국에서 성명도 발표하고?"

"응, 내 코멘트도 들어가."

"방송국 공식 성명서를 나에게 이메일로 보내봐."

"알았어. 그런데 그렇게 차갑게 말하지 마. 나에게는 지금 자기 도움이 필요해."

"내 도움이 필요하면 나에게 곧장 전화했어야지. 나는 내가 자기의 진정한 사랑이라고 생각했는데 아니었나 봐?"

"아니라니? 당연히 자기가 내 진정한 사랑이지. 이번에는 단지······ 샐리, 그저 모든 게 다급했어."

"나는 어땠을지 상상해 봤어? 우리 회사 언론홍보실에 있는 말단 직원이 《할리우드 러지트》 칼럼을 나에게 내밀며 이러더라. '애인 때문에 부끄러우시겠어요.' 그런데 나는 그 일에 대해 전혀 모르고 있었잖아."

"미안해, 미안해, 미안……."

그러다가 내가 말을 멈췄다. 갑자기 이 모든 일에 화가 치솟았다.

"데이비드?"

"응."

"괜찮아?"

"아니, 안 괜찮아."

"나는 이제 기분 나빠지려고……."

내가 말했다.

"내가 자기를 얼마나 사랑하는지 알지?"

"자기도 내가 얼마나 자기를 사랑하는지 알잖아. 내 말은……."

"그래, 샐리. 자기 말이 다 옳아. 내가 전화했어야 마땅했어. 하지만 상황이 엉망이었어. 그리고……."

"설명하지 않아도 돼. 내가 지나쳤어. 그렇지만 내가 그만큼 화났던 것도 사실이야. 상황이 아주 나쁜 것 같으니까. 어쨌든 자기가 고의로 그런 건 아니지?"

"표절 아니야."

"그래, 중요한 말이네. 정말로……."

모두가 나에게 물어보려 하는 그 질문이 또 시작되고 있었다.

"다른 사람이 쓴 대사가 내 대본에 나온 건 이번뿐이야. 정말로."

"당연히 나는 자기를 믿어. 어쩌다 한 번 생긴 일이니까 사람들도 너그럽게 이해하고 잊어버릴 거야."

나는 심술궂게 말했다.

"내가 일부러 표절할 사람으로 보여?"

"아니, 자기가 어떤 사람인지 나도 잘 알지. 이 일은 일주일도 지나지 않아서 묻힐 거야."

"그 말이 맞길 바라야지."

샐리가 가볍게 말했다.

"내 말은 항상 맞아."

나는 그날 처음으로 웃었다.

내가 말했다.

"지금 내가 바라는 게 뭔지 알아? 자기와 한가롭게 맛있는 점심을 먹는 거야. 곤두선 신경을 마티니로 얼른 가라앉히고 싶어."

"오늘 오후에는 시애틀에 가야 해."

"아, 그걸 잊어버렸네."

"새 시리즈 때문에……."

"알았어, 알았어."

"그렇지만 토요일 아침 일찍 돌아올게. 전화도 자주 할게."

"그래."

"다 잘 될 거야."

전화를 끊고 나서 사무실 문 밖으로 고개를 내밀었다. 앨리슨은 제니퍼의 책상 뒤에 앉아 전화로 일 이야기를 하고 있었다. 나는 앨리슨에게 사무실로 들어오라고 고갯짓했다. 앨리슨은 통화를 마치고 나서 내 사무실로 들어와 문을 닫았다.

앨리슨이 물었다.

"샐리와 얘기 잘 했어?"

"처음에는 신경질을 내다가 나중에는 이해하는 태도로 바뀌었어요."

앨리슨이 아무 감정 없이 말했다.

"잘됐네."

"말하지 마세요."

"뭘?"

"샐리에 대한 생각."

"난 샐리에 대해 아무런 생각도 안 했어."

"거짓말."

"그래, 거짓말이야. 샐리는 이번 일 때문에 자신이 피해를 입지 않기만 바라는 게 분명하고……."

"그건 모함이에요."

"아니, 더없이 정확한 지적이지."

"다른 얘기로 바꾸면 안 돼요?"

"나도 그러고 싶어. 좋은 소식이 있거든. 방금 〈영화 텔레비전 작가 협회〉에 있는 래리 라투시와 통화했어. 벌써 맥콜 칼럼에 대해 알고 있더라."

"그래요?"

"당연하지. 연예계의 소문이란 게 끝이 없잖아. 잘하면 지금 유명한 스타배우가 미성년자 멕시코 소녀와 불법적인 관계를 맺은 일로 사십팔 시간 안에 체포될 거야. 그러면 스포트라이트가 그 배우한테 가겠지. 하지만 그 전까지는 우리 사건이 할리우드에서 가장 큰 화제가 될 거야. 소문은 빨라."

"엄청 반가운 이야기네요."

"좋은 소식은 라투시도 맥콜의 칼럼에 화가 났다는 사실이야. 라투시가 말하기를 의도적이지 않게 남의 대사를 몇 줄 가져온 예는 당장이라도 수십 개를 늘어놓을 수 있대. 작가협회는 전적으로 우리 편이래. 협회에서는 내일 보도 자료를 낼 계획이라더군. 우리를 지지하고, 맥콜이 엉터리없는 칼럼을 신문에 낸 걸 규탄하는 내용으로."

"나중에 라투시한테 전화해서 고맙다고 인사해야 하겠네요."

"좋은 생각이야. 지금은 든든한 응원군들이 필요해."

노크 소리가 났다. 트레이시가 보도 자료를 들고 들어섰다.

"보세요. 뉴욕 본사에서 방금 승인이 떨어졌어요."

앨리슨이 트레이시에게 물었다.

"본사에서는 맥콜의 칼럼에 대해 뭐라고 해요?"

"좋아하지는 않아요. 나쁜 평은 피하자는 주의니까요. 어쨌든 본사도 데이비드 편이에요. 최대한 빨리 이 상황이 정리되기를 바라고 있어요."

앨리슨은 트레이시에게 라투시의 말을 전했다. 트레이시는 그다지 반가워하지 않았다.

"작가협회에서 지지한다니 좋은 일이네요. 애쓰셨어요. 고마워요. 하지만 저와 먼저 상의하셨어야죠."

앨리슨이 살렘 한 개비를 물고 불을 붙이며 말했다.

"제가 홍보이사님 밑에서 일하고 있는지 몰랐네요."

트레이시가 말했다.

"제 말뜻을 아시잖아요."

"네, 알아요. 뭐든 마음대로 주물러야 직성이 풀린다는 말이잖아요."

나는 앨리슨을 말렸다.

"앨리슨……."

트레이시가 말했다.

"맞아요. 저는 뭐든 제 마음대로 해야 직성이 풀리죠. 데이비드에게 최대한 피해가 가지 않게 이번 사건을 마무리하고 싶어요. 그게 잘못인가요?"

앨리슨이 말했다.

"아뇨, 잘못은 아니지만 그 말투와 태도는 거슬리네요."

"저에게는 그 담배연기 냄새가 거슬리네요. 여기는 금연이거든요."

앨리슨이 말했다.

"그렇다면 얼른 여기서 꺼져 드리죠."

내가 말했다.

"두 분 다 조금 마음을 가라앉히세요."

앨리슨이 말했다.

"그래요. 지금은 우리 모두 다정하게 껴안고 서로 눈물을 닦아 줘야죠. 어른스럽게 행동해야 할 때잖아요."

트레이시가 앨리슨에게 말했다.

"기분을 상하게 할 생각은 아니었어요."

앨리슨이 대꾸했다.

"저도 이 빌어먹을 상황에 기분이 상해서 그랬어요. 미안해요."

내가 앨리슨에게 물었다.

"오늘 저녁에 약속 있어요?"

"저녁에 애인과 함께 있어야 하지 않아?"

"샐리는 시애틀에서 새 시리즈 촬영이 있어 점검차 가야 한대요."

앨리슨이 말했다.

"그럼, 내가 마티니를 살게. 각자 여섯 잔씩 마셔야 할 판이야. 여섯 시까지 내 사무실로 와."

앨리슨이 나간 뒤, 트레이시가 나에게 말했다.

"실례가 되는 이야기인지 모르지만 앨리슨은 참 대단하네요. 저런 분을 에이전시로 두고 있다니 행운이에요. 데이비드를 위해서라면 목숨도 내놓겠어요."

"그래요, 정말 열성이죠. 말도 안 될 만큼 의리도 있고요."

"그러니까 행운이죠. 로스앤젤레스에서 의리라는 말이 사라진 지 오래잖아요."

"그렇지만 이사님도 의리가 넘치는 분이시죠?"

트레이시가 재빨리 말했다.

"그럼요. 의리 빼면 시체죠."

"자, 이제 뭘 해야 하죠?"

"맥콜의 칼럼이 어떤 효과를 낳는지 지켜봅시다."

이튿날 정오까지 홍보전에서는 우리가 이기고 있는 것 같았다. 《로스앤젤레스타임스》지 문화면에 맥콜의 칼럼을 언급한 작은 기사가 실리기는 했지만 다른 주요 전국지에서는 그 일을 전혀 다루지 않았다. 이 사건이 할리우드의 사소한 이야기 이상으로는 보이지 않는다는 증거였다. 《할리우드 리포터》지에서 조금 넓은 지면을 할애하기는 했다. 그래도 균형 잡힌 기사였고, 내 사과 코멘트와 작가협회의 지지 의견도 실렸다. 《데일리 버라이어티》에 실린 크레이그 클라크의 기사는 더 좋았다. 그 기사에는 내가 이번 사건을 전적으로 시인하고 있으며, 의도하지 않은 실수에 대해서 비겁한 변명을 늘어놓지 않았다고 적혀 있었다. 그리고 유명 작가 다섯 명의 코멘트도 실렸는데, 모두들 하나같이 나를 옹호하는 내용이었다. 지난 30년 동안 가장 뛰어난 시나리오 작가로 손꼽혀 온 저스틴 워너메이커의 코멘트가 단연 압권이었다. 저스틴 워너메이커는 테오 맥콜의 등에 칼을 꽂았을 뿐더러 그 칼을 여러 번 빙빙 돌리기까지 했다.

'진지한 연예부 기자가 있는가 하면, 테오 맥콜처럼 도덕성이 의심스러운 모사꾼도 있다. 테오 맥콜 같은 기자들은 농담을 차용한 게 큰 죄나 되는 양 표절이라는 혐의를 씌워 한 작가를 깎아내릴 생각만 한다. 오늘날 미국에서 가장 독창적이고 뛰어난 코미디 작가를 삼류 기자가 공격하는 광경은 보기에도 몹시 저열하다.'

트레이시는 크레이그 클라크의 기사에 들떴다. 브래드와 밥 로비슨도 들떴다. 물론 앨리슨도 마찬가지였다.

"오 분 전까지만 해도 나는 저스틴 워너메이커가 잘난 체하는 속물이라고 생각했는데, 이제부터는 노벨문학상 후보로 지지할래. 정말 대단한 코멘트야. 그 기자 놈의 평판이 이걸로 싹 죽었으면 좋겠어."

샐리도 시애틀에서 《데일리 버라이어티》지 기사에 기뻐하며 전화했다.

"아침 내내 사람들로부터 전화를 받았어. 자기가 정말 모진 일을 당했다고 위로하는 전화들이었어. 《데일리 버라이어티》지 인터뷰에 나온 자기 태도가 아주 근사했대. 정말 자랑스러워. 현명한 대처였어. 우리는 이번 일을 잘 해결할 거야."

'우리'라는 말을 다시 들으니 아주 기분이 좋았다. 전날 샐리가 화를 낸 것은 나로서도 비난할 수 없었다. 샐리의 말마따나 우리는 나쁜 상황이 될 수도 있었던 일을 잘 처리해가고 있었다. 친구들과 동료들로부터 격려 메시지와 메일이 쏟아지기까지 했다.

상황은 더 좋아졌다. 토요일에는 테오 맥콜이 공격을 받기 시작했다. 《로스앤젤레스타임스》의 사설 면에는 다른 작품들에서 볼 수 있는 의도적이지 않은 차용을 예로 들며, 화제가 되기만을 노리는 저널리

즘에 대해 맥콜을 비난했다. 이어서 《로스앤젤레스타임스》의 일요판은 확실한 레프트 훅을 날렸다. 문화 칼럼에서 맥콜이 《할리우드 러지트》지의 기자가 되기 전에 5년 동안 텔레비전 코미디 작가가 되려 했으나 실패만 했다는 것이 밝혀졌다. 그 기사에서, NBC텔레비전의 어느 프로듀서는 1990년대 말에 맥콜을 작가로 고용했으나 '형편없는 재능이 전혀 나아지지 않아서' 해고했다고 말했다. NBC에서 해고된 뒤에는 에이전시에서도 맥콜과의 계약을 파기했다고 한다.

샐리는 《로스앤젤레스타임스》의 기사를 나에게 읽어 준 뒤에 말했다.
"이렇게 권선징악이 제대로 이뤄져야지. 이제 그놈은 끝났어."
내가 말했다.
"투견처럼 덤벼드는 칼럼으로 명성을 얻었으니까 이제 다른 사람들로부터 공격을 받아야 합당하지."
샐리가 말했다.
"더한 대접을 받아도 싸. 게다가 더 좋은 일이 뭔지 알아? 자기는 이제 무죄가 됐을뿐더러 공연한 모함을 받은 피해자로 사람들에게 인식됐다는 사실이야. 이제 자기는 더 유명해졌어."

이번에도 샐리의 말이 옳았다. 주말에는 워너브라더스의 제작 총괄 이사인 제이크 데커에게서 전화가 왔다. 쓰기로 한 시나리오의 제작 준비가 순조롭게 이루어지고 있다는 전화였다. 일요일 정오쯤에는 FRT 본사의 셸든 피셔가 집으로 전화했다.

"지금부터 일 년쯤 전에 오렌지 카운티에서 '올해의 예능 제작자'로 상을 받게 됐어요. 시상식 때 수상 소감을 말하면서 나는 아내한테 고맙다는 말을 했죠. 이렇게 말했어요. '세상 모두가 잠들어 있는 새벽 3시에도 아내는 늘 제 옆에 있었습니다.' 그 수상 소감을 두고 모두가 좋다고 말했는데, 아내만 좋아하지 않았어요. 아내는 그 문장이 1990년대 초에 토니상을 받은 어거스트 윌슨이 수상 소감으로 말했던 것이라고 지적하더군요. 나도 그 시상식에 참석했거든요. 그때 윌슨의 소감이 내 머릿속에 박혀 있었던 거죠. 그리고 세월이 흐른 뒤에 그 기억이 머릿속에서 툭 튀어나온 겁니다. 나는 그저 내가 처음 만든 말이라고 생각했죠. 아미티지 씨가 어이없는 비난을 받을 때 나는 그 일을 떠올리고 무척 마음이 아팠어요. 내가 직접 겪어서 아는데, 그런 일은 누구에게나 일어날 수 있거든요."

내가 말했다.

"고맙습니다. FRT방송국에서 모두가 저를 지지해 주셔서 얼마나 감사하고 있는지 모릅니다."

"우리는 한가족이잖아요. 앞으로는 나를 친구처럼 편하게 대해주세요."

이튿날 아침, 나는 앨리슨에게 그 대화 내용을 들려주고 있었다. 앨리슨이 살렘 연기를 길게 내뿜었다.

"그 새로운 친구 셸든 피셔가 세 번째 아내를 버리고 투석 담당 간호사와 바람났다는 얘기는 들었어? 그 간호사는 스물여덟 살인데, 제인 맨스필드의 가슴도 밋밋해 보일 만큼 가슴이 크대."

"그런 가십은 어디서 들었어요?"

"테오 맥콜의 칼럼이지, 당연히."

"재미없어요."

"아니, 재밌어. 이제 테오 맥콜이라는 이름은 농담 소재가 됐거든. 할리우드 전체가 맥콜을 납작하게 찌부러뜨렸어. 골목에서 가장 힘센 깡패의 사타구니를 정통으로 걷어찬 셈이지. 게다가 모두가 기뻐하고 있어."

"나는 아무 일도 안 했어요. 그냥 있는 그대로의 진실을 말했을 뿐이에요."

"그래, 원칙을 지킨 올해의 인도주의자 상을 받아도 되겠네. 올해의 잘난 체하는 인물상까지."

"한순간이라도 냉소적이지 않을 수 없어요?"

"냉소적이라고? 내가? 어떻게 그런 말을 해? 데이비드, 나는 지금 정말 마음이 편해. 이제는 그 사건에서 벗어났다고 안심해도 되겠다는 생각이 들어서야."

"아직 완전히 벗어난 건 아니에요."

그날 오전, 트레이시가 의기양양한 표정으로 내 사무실로 들어왔다.

"방금 전국 신문과 지방 신문을 다 체크했어요. 이번 맥콜 칼럼과 《로스앤젤레스타임스》에서 맥콜이 실패한 코미디 작가임을 밝혔다는 내용을 다룬 기사가 《뉴욕타임스》와 《워싱턴 포스트》, 《USA 투데이》에도 실렸어요. 《샌프란시스코 크로니클》에서도 작게 다뤘고, 산타바바라, 샌디에이고, 새크라멘토 등의 지방 신문에서도 단신으로 다뤘어요. 어쨌든 기사는 모두 데이비드 편이에요. 저스틴 워너메이커 덕분이죠. 워너메이커한테 감사 선물을 보내야 하겠어요."

"워너메이커는 정말로 총과 물소 대가리 박제 같은 것들을 좋아하나요?"

"네, 남성적인 면모를 과시할 수 있는 것들을 좋아하죠. 하지만 AK-47 라이플총을 선물하고 싶으면……."

"고급 싱글 몰트위스키 한 상자가 어떨까요? 워너메이커는 아직도 술을 많이 마시죠?"

"그래요. 인터뷰할 때마다 럭키스트라이크 담배에 불을 붙이는 것도 트레이드마크죠. 스카치위스키 한 상자가 제일 좋겠네요. 특별히 염두에 둔 브랜드는 있어요?"

"뭐든 십오년 산 이상이면 괜찮아요."

"좋아요. 카드에는 뭐라고 쓸까요?"

나는 잠시 생각하다가 말했다.

"그냥 '고맙습니다' 만 적는 게 어떨까요?"

"그 한마디로 모든 말을 대신할 수 있겠네요."

"고맙다는 말이 나왔으니 말인데, 이사님, 고마워요. 덕분에 일이 아주 잘 처리됐어요. 정말이지 저의 은인이십니다."

트레이시가 미소를 지었다.

"마땅히 해야 할 일을 한 것뿐이에요."

"그래도 아직 완전히 해결된 건 아니죠?"

"이렇게 말할 수 있어요. 《할리우드 러지트》에 있는 내 스파이의 말에 따르면 맥콜은 《로스앤젤레스타임스》에서 밝힌 이야기 때문에 안절부절못하고 있다고 해요. 재능도 없고 비열한 놈이 자기 칼럼을 이용해 작가로서 실패한 과거를 복수한 것으로 통한대요. 우리에게 불리한 기사가 전혀 나오지 않고 있잖아요. 모두가 우리 편이라는 뜻이죠. 하지만 앞으로 이틀이 중요해요. 이번 일을 또 떠들썩하게 만들 사람이 나타날 수도 있으니까요. 예감으로는 다 끝난 것 같은데, 그래도 금요일까지는 지켜봐야 해요."

금요일 아침, 트레이시에게서 전화가 왔다. 나는 집에서 〈셀링 유〉 시즌3의 첫 에피소드를 구상하고 있었다.

트레이시가 말했다.

"오늘 아침 《할리우드 러지트》를 봤어요?"

"아뇨. 내가 아침마다 그 신문을 챙겨볼 리 없잖아요. 그놈이 또 나에게 똥을 퍼부었나요?"

"그렇지 않아도 테오 맥콜 칼럼 때문에 전화했어요. 이번 주에는 온통 제이슨 원덜리 얘기예요."

십대의 우상이 된 제이슨 원덜리가 히트 프로그램 〈잭 더 조크〉의 세트장 화장실에서 마약을 하다가 붙잡힌 이야기였다.

"내 이야기나 〈셀링 유〉에 대한 이야기는 없어요?"

"한마디도 없어요. 비서한테 다른 신문도 모두 체크하라고 했는데, 우리 이야기는 이제 보이지 않는대요. 아니, 월요일 이후로는 기사가 전혀 없었어요. 이제 다 지나간 뉴스로 생각하고 안심해도 되겠어요. 축하해요."

좋은 소식은 그것으로 끝나지 않았다. 오후에는 워너브라더스의 제이크 데커가 전화했다. 주목 받는 젊은 감독 빈스 네이젤이 〈부단 침입〉의 초고를 읽고 반했다는 전화였다. 빈스 네이젤이 다음주에 뉴욕으로 떠나는데, 돌아오자마자 나를 만나 초고에 보탤 아이디어들을 전하겠다고 했다는 것이었다.

이야기가 끝날 때쯤 제이크 데커가 말했다.

"맥콜이 데이비드 선생을 해코지하려다가 물러선 걸 보고 아주 기뻤어요. 그놈은 기자계의 에볼라 바이러스죠. 그놈이 깨진 걸 보니 즐거워요. 아, 데이비드 선생이 겪지 않아도 될 시련을 잘 이겨낸 게 더 기쁘고요."

제이크 데커의 말은 옳았다. 기나긴 시련의 한 주였다. 누가 신문을 통해 나를 비난했다는 사실(정말이지 결코 기분 좋을 수 없는 경험이다)보다도 더 내가 불편했던 이유는 할리우드의 여론에서 내가 졌다면 그 결과가 어떻게 될지 눈에 선했기 때문이다.

그런 생각은 이제 그만.

내가 이 진흙탕 싸움에서 거의 다치지 않고 빠져나왔다는 사실은 정말이지 축하받을 만한 일이었다. 샐리가 일찍이 지적했듯이 짧고 힘든 시련을 통해 내 자리는 더욱 탄탄해졌다.

샐리가 말했다.

"구석에 몰려 싸우다가 승리를 거둔 사람은 누구나 좋아하게 마련이야."

나는 샐리의 무릎에 머리를 대며 말했다.

"나는 아직도 바보가 된 기분이야."

"그러지 마. 쓸데없는 짓이야. 지난 한 주 동안 수백 번이나 힘든 일을 겪었잖아. 그건 '무의식적 실수'였어. 특별한 것도 아니야. 그러니까 이제부터 자책은 그만해. 자기는 무죄 판결을 받았고, 혐의를 완전히 벗었어."

샐리의 말이 맞는지도 모른다. 죽을지 모르는 사고를 겪을 때에는 눈앞에 일생이 스쳐 지나간다고 하던가? 나도 내 작가로서의 삶이 눈앞에서 휙휙 지나가는 것을 보았다. 그 사고가 일어나고 일주일이 지났다. 나는 여전히 건재했다. 그 주말에 나는 늦잠을 자고 집에서 빈둥거렸다. 엘모어 레너드의 새 소설을 읽고, 머릿속에서 다른 생각들을 모두 몰아내려 애썼다.

사실, 그렇게 한가한 주말이 아주 좋았다. 그래서 그 다음 주 초반 며칠도 그렇게 지내기로 마음먹었다. 〈셀링 유〉 다음 시즌의 틀을 잡는 일은 계속하겠지만 로스앤젤레스에서 한가하게 산책하는 역할을 며칠 더 맡기로 마음먹었다. 웨스트 할리우드에 있는 카페들에서 어슬렁거리고, 산타모니카에 있는 멕시코 식당에서 동료 작가와 편하게 점심을 먹고, CD를 아주 많이 사고, 옛 직장인 북수프 서점에 들르고, 오후에는 영화관에 숨었다. 일은 모두 미뤘다.

월요일은 화요일로, 화요일은 수요일로 금세 이어졌다. 수요일 저녁, 집에서 배달시킨 초밥 접시를 치우고 나서 샐리에게 말했다.

"이런 한가한 생활이 나에게는 잘 맞는 것 같아."

"게으르지 않으니까 그렇게 말하는 거야. 원래 생활로 돌아올 왕복 차표를 손에 쥐고 있을 때에는 다른 삶이 좋아 보이게 마련이지. 작가가 너무 게을러지면 어떻게 되는지 자기도 잘 알지?"

"행복해지나?"

"아니, 나는 '그런 일은 있을 수도 없어.' 같은 대답을 기대하고 있었어. 아니면 '그런 일이 있어서는 안 돼.' 라거나."

"알았어, 알았어. 너무 게을리지지 않을게."

샐리가 건조하게 말했다.

"확인하니까 좋네."

"하지만 나중에는, 일주일은 확실히 쉴……."

전화벨이 울렸다. 내가 받았다. 브래드 브루스였다. 브래드는 인사도 없이 불쑥 말했다.

"통화, 괜찮아?"

"무슨 일이야? 목소리가 안 좋아."

내 말에 샐리가 금세 걱정스러운 표정으로 나를 보았다.

브래드가 말했다.

"안 좋아. 안 좋고, 지금 나는 몹시 화가 났어."

"무슨 일인데?"

긴 침묵.

브래드가 말했다.

"직접 만나서 말하는 게 좋겠어."

"뭘 직접 만나서 말해?"

또 긴 침묵. 마침내 브래드가 말했다.

"트레이시가 《할리우드 러지트》 금요일 판을 들고 내 사무실로 들어왔어. 테오 맥콜 칼럼에 또 자네가 등장했어. 아니, 자네가 칼럼 전체를 다 차지하고 있어."

나는 이제 초조하다 못해 두려워지고 있었다.

"내가? 그럴 리 없잖아? 잘못한 게 없어."

"맥콜이 새로 제시한 증거를 보면 그렇게 안심하지는 못할걸."

"새로 제시한 증거? 무슨?"

"표절."

나는 한참이 지난 뒤에야 입을 열 수 있었다.

"말도 안 돼. 나는 표절하지 않았어. 절대로."

나는 샐리를 흘깃 쳐다보았다. 샐리는 눈이 휘둥그레져 나를 쳐다보고 있었다.

브래드가 가라앉은 목소리로 말했다.

"지난주에도 그렇게 말했잖아. 나는 그 말을 믿었어. 그런데 이제는……"

"이제는 뭐?"

"이제는……맥콜이 〈셀링 유〉 대본에서 표절 증거를 세 개나 더 찾아냈어. 그뿐 아니야. 다른 희곡들에서도 베낀 대사들을 찾아냈어. 전에 쓴……"

전에? 언제? 내가 유명해지기 전에? 의도적인 표절은 절대 한 적 없는 내가 표절 작가로 지목되기 전에? 하지만 어떻게? 무슨……?

나는 소파에 천천히 앉았다. 주위가 빙빙 돌았다. 작가로서의 내 삶이 다시 한 번 눈앞을 스치고 지나갔다. 이번에는 베개에 머리를 누이는 것으로 끝날 꿈이 아니었다. 이번에는 확실한 추락이었다. 부드럽게 땅에 착지할 수 없을 게 분명했다.

제 2장

테크놀로지의 발전 덕분에 몇 분도 지나지 않아 테오 맥콜의 칼럼을 볼 수 있었다. 트레이시가 스캔해서 우리 집 컴퓨터로 보낸 것이다. 내가 의자에 앉아 읽고 있는 동안 샐리는 내 옆에 서 있었다. 하지만 샐리는 나를 안심시키려고 내 어깨에 손을 얹지도 않았고, 응원의 말도 해주지 않았다.

내가 브래드와 통화를 마치고 스캔한 기사가 도착하기를 기다리는 동안 샐리는 아무 말도 하지 않았다. 전혀. 한마디도. 불신에 가까운 눈빛으로 나를 노려보기만 했다. 내가 루시에게 다른 사람이 생겼다고 말했을 때 루시의 눈빛에서 본 그 불신과 같은 것이었다. 배신을 동반한 불신.

하지만 나는 누구를 배신할 생각을 품은 적이 없었다. 나 자신을 배신할 생각도 품은 적이 없었다. 나는 컴퓨터 앞에 앉아 인터넷에 접속했다. 트레이시가 보낸 파일이 이미 도착해 있었다. 문제의 기사가 진한 글자로 보였다. 그 길이뿐 아니라 제목에도 놀랐다.

내부 비리
테오 맥콜

'우연한 표절'이 과연 정말 우연일까?
〈셀링 유〉의 작가 데이비드 아미티지의 습관적 표절을 밝힐 새로운 증거가 드러났다

우리 모두가 알고 있듯이 할리우드에서는 흥행이 보장된 인물이나 권력과 연결된 인물이 죄악을 범했을 때 너그럽다. 하지만 필자 같은 미물은 그다지 독하지 않은 마약을 조금이라도 가지고 있다가 발각되면 발붙일 만한 곳을 영원히 잃게 된다. 연예계는 필자 같은 작은 뾰루지를 언제라도 가차 없이 짜내서 없애버린다. 대부분의 신문, 잡지, 교육기관은 표절한 작가나 학자를 즉각 해고하는 반면, 할리우드에서는 글 도둑의 명성을 보호하려고 애쓴다. 특히 그 글 도둑이 요 몇 년 사이에 가장 인기 있는 텔레비전 시리즈의 작가라면 더욱 그렇다.

2주 전에 본 칼럼에서는 〈셀링 유〉로 에미상을 수상했으며 재능이 넘치는 작가 데이비드 아미티지가 희곡 〈프런트 페이지〉의 대사를 자기 대본에 써먹었다는 걸 지적했다. 실수를 인정하고 앞으로 조심하겠다고 약속하면 끝날 일을 아미티지 씨와 FRT방송국은 《데일리 버라이어티》 기자에게 자기들을 편드는 편파적인 기사를 쓰게 하여 필자의 지적을 공격적으로 맞받아쳤다. 그런데 그 가엾은 기자는 바로

지난해에 FRT의 홍보이사와 염문을 뿌린 적이 있다. 파벌주의라고 비난하기에는 아직 이르다. 할리우드의 문필가 대부분이 아미티지 씨를 칭송하는 편에 줄을 섰고, 겨우 넉 줄의 대사를 옮겨 쓴 것을 지적했다며 필자를 신랄하게 비난했다.

가장 호전적으로 목소리를 높인 사람은 산타바바라의 헤밍웨이라 할 수 있는 저스틴 워너메이커였다. 1960년대와 1970년대에는 급진적인 시나리오를 썼지만 이제 황혼기에 접어들어 제리 브룩하이머를 위해 뻔한 액션영화를 쓰고 있는 저스틴 워너메이커는 아미티지 씨를 적극적으로 변호하는 데 그치지 않고, 필자를 매장하려는 움직임에 불을 당겼다. 이어서 《로스앤젤레스타임스》는 필자가 텔레비전 작가로 실패한 전력이 있다고 지적하면서 복수심에 불타는 필자가 성공한 텔레비전 작가를 모함한다고 썼다.

하지만 최초의 아이러니 형사 드라마인 〈드라그넷〉의 조 프라이데이 경사의 말을 빌리자면 본 칼럼은 '사실만 말한다'. 그리고 사실을 말하자면 아미티지 씨의 표절 사실을 처음으로 밝히고 나서 아미티지 씨가 필자와 본 칼럼에 대해 불필요한 싸움을 걸었으므로, 어쩔 수 없이 필자도 본 칼럼의 명예를 걸고 데이비드 아미티지의 작품들을 자세히 조사했다. 신사다운 아미티지 씨의 표절이 그것 한가지만이 아니라는 걸 확인하기 위해서였다.

놀랍고 놀라워라. 우리 뛰어난 조사원들이 찾아낸 내용들은 다음과 같다.

1.〈셀링 유〉지난 시즌의 제3화에서 여자 꽁무니를 쫓아다니는 회계사 버트가 로스앤젤레스로 간 전처 이야기를 하면서 이렇게 말한다.

"자본주의의 진짜 정의가 뭔지 알아? 캘리포니아 소녀가 캘리포니아 성인 여자가 되는 과정이야."

오스카상을 받은 작가 크리스토퍼 햄튼의 희곡 〈할리우드 이야기〉에도 똑같은 대사가 나온다. 그 희곡에서는 오스트리아 극작가 오돈 본 호바스가 이렇게 말한다.

"자본주의는 미국 소녀가 미국 성인 여자가 되는 과정이야."

2. 〈셀링 유〉 새 시즌의 제1화에서 껌을 딱딱거리며 씹는 안내원 타냐가 조이에게 이제 리키 마틴과 꼭 닮은 남자를 만나게 됐으니 더 이상 동침하지 않겠다고 말하는 장면이 있다. 나중에 조이는 사무실에서 타냐의 새 남자 친구를 보고 타냐에게 말한다.

"리키 마틴? 무슨 말도 안 되는 소리. 리키 여드름이네."

'리키 여드름'은 엘몽 레너드의 소설 〈글리츠〉에 나오는 등장인물의 이름이다.

3. 역시 〈셀링 유〉 새 시즌 제1화에서 회사 창립자 제롬은 고객을 위한 광고를 촬영하는 B급 할리우드 배우를 못마땅하게 본다. 나중에 제롬이 버트에게 말한다.

"다음번에 광고를 찍을 일이 있으면, 배우 없이……."

멜 브룩스의 유명한 영화 〈프로듀서〉에서 제로 모스텔은 진 와일더에게 말한다.

"다음번에 연극을 올릴 일이 있으면, 배우 없이."

아, 아미티지 씨가 표절한 예는 아직 더 남았다. 우리 조사원들은 아미티지 씨의 초기 희곡도 살펴보았다. 대개가 오프오프브로드웨이에서 낭독으로 끝나고 결코 무대에 올려지지 않은 희곡들이다. 거기서 두 가지 흥미로운 사실이 발견됐다.

1. 아미티지의 1995년 희곡 〈절벽〉은 한때 재즈 피아니스트였다가 이제는 의사와 결혼한 주부가 남편과 절친인 재즈 색소포니스트와 바람을 피우는 삼각관계를 다룬다. 여자는 남편의 친구와 함께 연주를 하는데, 음악이 끈적해질수록 둘 사이의 열정도 뜨거워진다. 남편이 주말에 집을 비운 사이, 남녀는 마침내 열정을 불태운다. 그런데 그때 불쑥 남편이 들어온다. 남편과 색소포니스트가 싸움을 벌이자 여자가 끼어든다. 그러다가 사고로 남편의 심장을 칼로 찌르고 만다.

흥미롭게도, 〈절벽〉의 줄거리는 톨스토이의 유명한 소설 〈크로이체르 소나타〉의 판박이다. 톨스토이의 소설은 권태를 느끼는 피아니스트 주부가 남편의 친구와 사랑에 빠지는 이야기다. 단지 톨스토이의 소설에서는 남편의 친구가 바이올리니스트일 뿐 나머지는 같다. 여자와 남자가 베토벤의 크로이체르 소나타를 연주할 때 사랑의 불꽃이 튄다. 하지만 남편이 집을 비웠을 때 남녀가 사랑을 불태우려 하지만 아뿔싸 남편이 나타난다. 질투에 눈먼 남편은 사고로 사랑하는 아내를 죽인다.

2. 아미티지 씨의 새 시나리오 〈무단 침입〉(지금 워너브라더스와 작업 중인 시나리오로 내부 소식통의 말을 빌리면 원고료가 일백오십만 달러다)에서 영화의 시작은 주인공의 목소리로 시작된다. 그 대사는 이렇다.

'캐리어를 처음 털었을 때, 비가 오고 있었다.'

유명한 존 치버 이야기의 시작이 〈티파니를 처음 털었을 때, 비가 오고 있었다.〉라는 사실이 정말 신기하지 않은가? 이렇듯 아미티지 씨와 그 지지자들이 그토록 열심히 주장한 '의도하지 않은 표절'은 그저 단 한 번에 그치지 않는다. 아미티지 씨는 오히려 상습적으로 표절을 일삼았다. 아미티지 씨는 이번 지적에 대해서도 여기서는 농담을 빌렸고, 저기서는 줄거리를 빌렸을 뿐이라고 변명할 게 뻔하다. 하지만 어떤 변명을 늘어놓든 사실은 달라지지 않는다. 표절은 표절이다. 결론도 부인할 수 없이 분명하다. 데이비드 아미티지는 확실히 유죄다.

칼럼을 다 읽었을 즈음에는 너무 화가 난 나머지 모니터 화면을 향해 주먹을 휘두르고 싶을 지경이었다.
나는 샐리가 있던 곳으로 고개를 돌리며 말했다.
"이런 개소리를 늘어놓다니, 이게 말이나 돼?"
하지만 샐리는 이미 그 자리에 없었다. 샐리는 어쩔 줄 모르는 표정으로 팔짱을 낀 채 소파에 앉아 내 쪽을 쳐다보지도 않았다.
"아니, 말이 돼. 증거가 있잖아. 확실한 증거. 자기가 상습적으로 표절했다는 증거."
"샐리, 이러지 마. 이놈이 지적한 걸 봐. 여기서 한 줄, 저기서 한 줄……."
"희곡의 줄거리는? 톨스토이 소설에서 따온……."
"나는 그 희곡의 일러두기에서 분명히 밝혔어. 톨스토이 작품에서 영감을 얻었다고. 그런데 이놈이 그 얘기는 쏙 뺀 거야."
"일러두기? 희곡은 무대에서 연극으로 올리면 그것으로 끝이야. 일러두기를 누가 읽어?"
"알았어. 그 희곡이 제대로 상연됐다면 나도 분명히 밝혔을 거야."
"그거야 지금에 와서 하는 말이지."
"아니, 정말이야. 내가 톨스토이 작품을 베낄 만큼 바보야? 그렇게 보여?"

"나도 이제 모르겠어. 내가 어떻게 생각해야 하는지도 모르겠어."

"아니, 나는 알아. 맥콜, 이 개자식은 나를 끝장내려고 온힘을 다 쏟고 있어. 《로스앤젤레스타임스》 때문에 실패한 작가라고 밝혀진 걸 내 탓으로 돌리고 나에게 복수하는 거야."

"데이비드, 그건 중요하지 않아. 중요한 건 당신이 다시 도마 위에 올랐다는 거야. 그리고 이번에는 쉽게 빠져나가지 못할 거야."

전화벨이 울렸다. 나는 냉큼 전화를 받았다. 브래드였다.

브래드가 나에게 물었다.

"그 칼럼 읽었어?"

"읽었어. 사소한 예를 몇 가지 들었지만……."

브래드가 내 말을 끊고 말했다.

"데이비드, 당장 만나야 해. 만나서 이야기해야 해."

"물론이지. 이번에도 지난번처럼 싸울 수 있어."

"오늘밤에 당장 만나야 해."

나는 손목시계를 보았다. 밤 9시 7분.

"오늘밤에? 밤이 늦었는데?"

"위급한 상황이야. 얼른 대처해야 해."

나는 안도의 한숨을 쉬었다. 어쨌든 브래드는 전략을 짜자고 말하고 있지 않나?

적어도 브래드는 내 편이었다.

"나도 동감이야. 어디서 만날까?"

"사무실. 열 시까지 올 수 있지? 트레이시도 지금 사무실에 있어. 밥 로비슨은 지금 오는 중이야."

"최대한 빨리 갈게. 앨리슨도 오라고 해도 되지?"

"물론이야."

"알았어. 열 시에 봐."

나는 전화를 끊고 샐리에게 말했다.

"브래드는 우리 편이야."

"정말?"

"최대한 빨리 대응해야 한대. 지금 사무실로 오래."

이번에도 샐리는 나를 쳐다보지 않았다.

"그럼, 가."

내가 다가가 껴안으려 했지만 샐리는 몸을 빼냈다.

"샐리, 다 잘 될 거야."

"아니, 아니야."

샐리는 그렇게 말하고는 휙 나가버렸다.

나는 얼어붙은 채 가만히 서 있었다. 샐리를 뒤쫓고 싶었다. 내 결백을 설명하고 설득하고 싶었다. 하지만 본능이 나에게 명령했다. 얼른 나가라고. 그래서 재킷을 집고 휴대전화와 자동차 키를 챙긴 뒤 집을 나섰다.

FRT방송국으로 가는 길에 앨리슨의 휴대폰으로 전화를 걸었다. 하지만 음성메시지로 곧장 넘어가더니 목요일까지 뉴욕에 있을 거라는 메시지가 나왔다. 나는 다시 시계를 보았다. 동부 시간으로는 자정이 넘었을 시간이었다. 앨리슨이 자느라 휴대전화를 꺼놓아 음성메시지로 넘어간 것이다. 나는 짧게 메시지를 남겼다.

"앨리슨, 나예요, 데이비드. 위급상황이 생겼어요. 메시지를 듣는 대로 내 휴대폰으로 연락줘요."

액셀러레이터를 밟고 사무실로 달렸다. 맥콜에 대항해 무슨 말을 할지 혼자 연습했다. 워너브라더스에서 내 초고를 맥콜에게 흘린 사람이 누구인지 찾아내라고 연락하는 일도 빼먹지 말고…….

FRT사무실에 도착해보니 브래드와 밥은 침울한 표정이었고, 트레이시는 방금 눈물을 펑펑 쏟은 듯 눈이 빨갰다.

내가 말했다.

"이 모든 상황에 대해 정말 미안합니다. 하지만 여러분도 보세요. 이 미치광이가 사람들까지 동원해 내 글을 샅샅이 조사했어요. 그런데 찾아낸 게 고작 뭡니까? 다섯 줄이에요. 그게 다예요. 그리고 톨스토이 소설은 어이없게도……."

밥 로비슨이 내 말을 가로막았다.

"데이비드, 무슨 말인지 알아. 솔직히 내가 처음 그 칼럼을 읽었을 때에도 똑같은 생각을 했어. 여기저기에서 그저 한두 줄뿐이네. 예전에 썼다는 그 희곡에 대해서는 톨스토이 소설을 작정하고 베낄 사람이 어디 있어. 뇌가 반이라도 있는 사람이라면 누구나 말도 안 되는 소리라고 생각할 거야."

나는 거센 물줄기에 샤워하는 듯 근심이 싹 씻기는 기분이었다.

"고마워요."

"내 말, 아직 안 끝났어."

"미안합니다."

"이미 말했지만 나는 맥콜의 주장이 정당하다거나 옳다고 생각하지 않아. 그렇지만 문제는 신뢰도야. 좋든 싫든 맥콜의 칼럼이 금요일 아침에 뿌려지면 데이비드 자네는 다시 구설수에 오를 테고……."

"그렇지만……."

밥이 차갑게 말했다.

"내 말, 끝까지 듣게."

"미안합니다."

"우리는 이렇게 생각해. 지난 한 번은 의도하지 않은 표절이라고 설명하고 넘어갈 수 있었지만 이번에는 증거가 네 가지로 늘었어. 어떻게 할 거야?"

내가 말했다.

"넷뿐이잖아요. 넷이 전부예요."

"〈프런트 페이지〉에서 나온 대사 네 줄에 이어 이번에 또 네 가지가 더 나왔어."

"하지만 이놈은 케네스 스타(빌 클린턴이 미국 대통령 재임 시절 모니카 르윈스키에게 저지른 성추문을 수사한 미국 검사 : 옮긴이)가 되려고 발버둥을 치는 거잖아요. 별것도 아닌 증거를 내밀면서 마치 중죄인 양 부풀리려 하고 있어요."

브래드가 마침내 대화에 끼어들었다.

"자네 말이 맞아. 맥콜은 개자식이야. 암살자처럼 자네를 엿 먹이려고 하지. 그런데 자네 대본에서 나온 그 별것도 아닌 증거들 때문에 사람들은 자네를 표절 작가로 보게 될 거야. 바로 그게 문제야."

밥이 거들었다.

"더 큰 문제가 있어. 이 긴 칼럼에 실린 내용을 다른 통신사나 언론에서도 다룰 거라는 사실이야. 그렇게 되면 자네 명성에만 금이 가는 게 아냐. 우리 〈셀링 유〉의 신뢰도도 땅에 떨어지게 돼."

"헛소리……"

"이게 어디서 감히 헛소리래?"

이제 밥은 분노를 드러내고 있었다.

"이번 일로 누가 피해를 보게 될지 알기나 해? 트레이시는 맥콜 그 개자식 때문에 명예가 땅에 떨어졌어. 사표를 받지 않을 수 없을 정도로!"

나는 휘둥그레진 눈으로 트레이시를 보며 말했다.

"사표를 냈어요?"

트레이시가 나직이 말했다.

"어쩔 수 없잖아요? 크레이그 클라크와 어쩌다 한 번 있었던 일이 다 밝혀졌으니……."

내가 말했다.

"이사님 잘못이 아니잖아요?"

"그렇지만 이제 사람들은 내가 전 애인에게 전화해 데이비드 편에서 기사를 써달라고 청탁한 걸로 생각할 테고……."

"먼저 전화한 건 크레이그잖아요."

"그건 중요하지 않아요. 사람들 생각이 중요하죠."

내가 물었다.

"크레이그는 뭐래요?"

트레이시가 말했다.

"크레이그도 힘든 상황이에요. 《데일리 버라이어티》에서 해고됐어요."

밥이 트레이시에게 쏘아붙였다.

"우리는 트레이시를 해고한 게 아니잖아요. 트레이시가 먼저 사표를 쓴 겁니다."

"아뇨, 권총을 주면서 명예를 택하라고 하는데, 그 말에 따라 죽는 게 자살일까요?"

트레이시는 다시 울 것 같은 표정이었다. 브래드가 달래려는 듯 트레이시의 팔을 꽉 쥐었다. 트레이시는 팔을 흔들어 뿌리쳤다.

트레이시가 말했다.

"동정 따위는 필요 없어요. 제가 멍청한 짓을 했어요. 이제 그 대가를 달게 받아야죠."

내가 말했다.

"이 모든 상황이 두려울 뿐이에요."

트레이시가 말했다.

"아미티지 씨는 두려워해야 하는 게 당연해요."

"이루 말할 수 없이 미안합니다만 제가 고의로 벌인 일도 아니고……."

밥이 말했다.

"알았으니까 그만해. 데이비드 자네도 지금 상황을 이해해야만 해. 상황이 복잡하게 얽혔어. 지금 우리가 데이비드를 내보내지 않으면……."

그럴 수도 있다고 예상은 했지만 그 말을 실제로 들으니까 뺨을 찰싹 얻어맞은 기분이었다.

"나를 해고하려고요?"

나는 그렇게 말했지만 목이 꽉 메어 목소리가 거의 나오지 않았다.

"그래, 몹시 안타깝다는 말을 덧붙이지 않을 수 없지만 그래도……."

"이건 불공평해요."

"불공평할 수도 있지. 하지만 우리도 〈셀링 유〉와 방송국의 신뢰도를 생각하지 않을 수 없어."

"계약상……."

밥이 서류철을 휘리릭 넘기다가 서류 한 장을 꺼냈다.

"앨리슨이 설명하겠지만 계약상 작품에 문제가 있을 경우 계약을 파기하게 되어 있어. 계약조건에 분명히 나와 있지. 표절은 아주 큰 문제고……."

내가 말했다.

"지금 크게 잘못하시는 겁니다."

"나로서도 지금 하고 있는 일이 즐겁지는 않지만 어쨌든 필요한 조처야. 자네가 애착을 기울였던 시트콤을 위해서라도 이제 빠져."

"앨리슨과 내가 소송을 걸면 어쩌시려고요?"

"소송? 마음대로 해. 하지만 FRT방송국 주머니가 자네 주머니보다 더 두둑하다는 걸 잊지 마. 소송 결과는 뻔해."

내가 일어서며 말했다.

"두고 보죠."

브래드가 말했다.

"우리도 좋아서 이러는 줄 알아? 여기 있는 사람들 중에서 이 상황을 즐거워할 사람이 어디 있겠어? 〈셀링 유〉의 원작자가 누군지 나도 잘 알고 있어. 어쨌든 크레디트에는 데이비드 아미티라는 이름이 원작자로 계속 올라갈 테고, 원작자 몫으로 정해진 돈도 계속 지급될 거야. 그렇지만 〈셀링 유〉에 밥줄이 걸린 사람이 자그마치 일흔 명이야. 자네를 편들어 싸우느라 일흔 명의 사람들을 위험에 빠뜨릴 수는 없어. 지금 상황으로는 어떤 방법을 동원하든 자네가 불리해. 지금 자네를 겨누고 있는 건 그냥 총이 아니야. 바주카포야."

"고마워, 정말 의리가 넘치는군."

긴 침묵. 브래드는 손으로 펜만 빙빙 돌리다가 마음을 가라앉히려는 듯 깊이 숨을 들이쉬고 말했다.

"데이비드, 방금 자네가 한 말은 지금 우리 모두의 감정이 격해져서 나온 것이라 생각하고 못 들은 걸로 할게. 나는 정말이지 자네에게 의리를 다했어. 자네가 우리 중 누구한테라도 다시 화내기 전에 미리 알리는데, 한 가지만 명심해. 이건 자네가 싼 똥이야."

나는 감정적이고 꼴사납고 상스러운 말을 할 뻔했지만 꾹 참고 사무실에서 휙 뛰어나갔다. 방송국 건물에서도 휙 나갔다. 차에 몸을 던지고, 무작정 달리기 시작했다.

네 시간 동안 차를 몰았다. 아무런 계획도 생각도 없이 고속도로를 마구 내달렸다. 10번 고속도로, 330번 고속도로, 12번 고속도로, 85번 고속도로. 아무 근거도 없는 여정. 맨해튼비치에서 반우이로, 다시 벤투라로, 산타모니카로, 뉴포트비치로…….

그러다가 마침내 휴대폰에서 벨소리가 울렸다. 조수석에 놓여 있던 휴대폰을 집어들고 계기판 시계를 흘깃 쳐다보았다. 3시 10분. 아무런 목적 없이 다섯 시간 동인이나 운전했다.

"데이비드, 괜찮아?"

앨리슨이었다. 아직 잠에서 덜 깼지만 염려하는 목소리였다.

"잠깐만요. 차 좀 세울게요."

나는 갓길에 차를 세우고 시동을 껐다.

"밖이야? 운전하고 있어?"

"그런 셈이죠."

"한밤중이잖아?"

"그렇죠."

"나는 방금 일어났어. 메시지도 방금 들었고. 지금 어디야?"

"나도 몰라요……."

"몰라? 그게 무슨 말이야? 몇 번 도로야?"

"몰라요."

"이거 걱정되네. 도대체 무슨 일이야?"

바로 그때였다. 나는 흐느끼기 시작했다. 나한테 벌어진 온갖 일들의 공포가 결국 가슴을 탁 쳤고, 나는 더 이상 숨길 수 없었다. 일 분을 쉬지 않고 흐느낀 것 같았다. 마침내 내가 조금 진정하자 앨리슨이 말했다.

"데이비드, 어서 말해 봐. 도대체 무슨 일이야?"

앨리슨에게 모두 말했다. 맥콜의 새 칼럼에 실린 표절 이야기부터 샐리의 적대적인 반응, 밥과 브래드한테서 해고된 일까지 모두.

내가 마침내 이야기를 마치자 앨리슨이 말했다.

"빌어먹을! 젠장! 정말, 어이없네."

"고층 건물 꼭대기 층에서 뛰어내리고 있는 기분이에요."

"자, 차근차근 생각해보자고. 지금 있는 곳이 어디인지 알 수 있어?"

"로스앤젤레스 어디겠죠."

"로스앤젤레스를 벗어나지 않은 건 확실해?"

"그래요. 그건 확실해요."

"운전을 해도 괜찮겠어?"

"그런 것 같아요."

"좋아. 그럼 내 말대로 해. 집으로 가. 무사히 잘 가야 해. 지금 로스앤젤레스를 벗어나지 않았다면 한 시간 뒤면 집에 도착할 수 있을 거야. 가자마자 맥콜의 칼럼을 내 이메일로 보내. 나는 아침 아홉 시발 로스앤젤레스 행 비행기를 탈 수 있게 공항으로 갈게. 공항에서 이메일을 확인하고, 일단 비행기가 이륙한 뒤에 전화를 쓸 수 있을 거야. 별 문제가 없으면 로스앤젤레스 시간으로 정오에 도착할 거야. 그러니까 오후 두 시에 내 사무실로 와. 그때까지 할 일이 있어. 잠을 자두는 거야. 당장 잠에 곯아떨어지게 할 만한 게 집에 있어?"

"타이레놀이 있을 거예요."

"세 알 먹어."

"푹 자고 일어나면 모든 게 한결 좋게 느껴질 거라는 말은 사양해요. 좋아질 리 없으니까요."

"나도 알아. 하지만 최소한의 휴식을 취해 재충전한 몸으로 내일 나를 만날 수는 있지."

40분 뒤에 집에 도착했다. 앨리슨에게 이메일을 보냈다. 내가 컴퓨터 앞에 앉을 때 침실 문이 열리고 샐리가 나왔다. 샐리는 잠옷 상의만 입은 차림이었다. 첫 번째로 내 머릿속에 든 생각은 '샐리는 정말 아름다워.'였다. 두 번째 생각은 '이렇게 격의 없는 모습으로 샐리를 보는 게 이번이 마지막이 아닐까?'였다.

샐리가 말했다.

"걱정했잖아."

나는 컴퓨터 모니터만 바라보았다.

샐리가 물었다.

"지난 일곱 시간 동안 어디 있었는지 설명하지 않을래?"

"사무실에 있었어. 그 다음에는 드라이브했어."

"드라이브? 어디로?"

"그냥 드라이브."

"나에게 전화할 수도 있었잖아. 아니, 전화했어야 하잖아."

"미안해."

"일은 어떻게 됐어?"

"내가 밤에 계속 드라이브를 했다면 일은 어땠을지 짐작이 가잖아."
"잘렸어?"
"그래, 잘렸어."
샐리는 아무런 감정 없는 목소리로 말했다.
"그렇군."
"트레이시 와이스도 잘렸어."
"옛 애인한테 독점인터뷰 건을 따줘서?"
"그래, 그것 때문이야."
"역시 연예계는 힘들어."
"뻔한 이야기를 다시 짚어 줘서 고맙네."
"그럼 내가 무슨 말을 할까? 무슨 말을 하면 좋겠어?"
"이리 와서 나를 껴안고 사랑한다고 말해 주면 좋겠어."
긴 침묵. 마침내 샐리가 말했다.
"자러 갈게."
"내가 잘린 게 당연하다고 생각하지?"
"그쪽에서도 그럴 만했다고 생각해."
"그렇군. 무의식중에 빌린 대사 몇 줄 때문에?"
"회사에서 보상하겠다는 말은 없었어?"
"그 일은 앨리슨이 맡아서 할 거야. 앨리슨은 지금 뉴욕에 있어."
"어쨌든 앨리슨도 이번 일을 알고 있지?"
"얘기했어."
"그래서?"
"나에게 우선 잠을 좀 자두래."
"아주 좋은 말이네."

"내가 잘못했다고 생각하지?"

"지금은 한밤중이야."

"묻는 말에 대답해."

"내일 이야기하면 안 돼?"

"안 돼. 지금 해."

"알았어. 나는 당신이 망했다고 생각해. 그래, 당신한테 아주 실망했어. 이제 만족해?"

나는 벌떡 일어섰다. 샐리를 지나쳐 침실로 갔다. 옷을 벗었다. 욕실에서 타이레놀을 찾아 네 알을 먹고 침대에 올라갔다. 알람시계를 오후 1시에 맞췄다. 휴대폰을 음성메시지 모드로 바꿨다. 이불을 정수리까지 뒤집어쓰고 금세 곯아떨어졌다.

어느새 알람소리가 울렸다. 알람을 껐다. 옆에 있는 베개에 쪽지가 놓여 있었다.

'오늘밤에 시애틀로 가. 이틀 동안 출장이야. 샐리.'

눈을 가늘게 뜨고 알람시계를 보았다. 오후 1시. 억지로 몸을 일으켰다. 샐리가 남긴 쪽지를 집어서 다시 읽었다.

마치 가정부에게 남긴 쪽지 같았다.

불현듯 몹시 외롭고 두려웠다. 딸이 보고 싶었다. 휴대전화를 집어 들었다. 평소에는 메시지가 왔다는 알림이 휴대전화 화면에서 깜박거릴 텐데, 아무것도 없었다. 그래도 음성메시지를 확인하는 번호를 눌렀다. 녹음된 목소리는 내가 알고 있는 걸 재확인시킬 뿐이었다.

'저장된 메시지가 없습니다.'

뭔가 잘못된 게 분명했다. 맥콜의 칼럼에 대해 알게 된 친구, 동료들이 나를 지지한다는 메시지를 남겼어야 하는데…….

2주 전에는 모두가 나에게 전화하지 않았나? 표절했다는 증거가 제시되자 나는 이제 혼자가 됐다. 모두들 나를 모르는 체했다.

다시 전화를 집어 들었다. 소살리토에 있는 루시의 집에 전화했다. 케이틀린은 학교에 가 있을 시간이라는 걸 잘 알고 있었다. 다만 음성 메시지를 안내하는 인사말에 들어 있는 케이틀린의 목소리라도 듣고 싶었다.

그러나 벨이 두 번 울리자 루시가 전화를 받았다.

"아, 안녕."

"오후에 웬 전화야? 케이틀린이 학교에 있다는 걸 알잖아?"

"그냥 케이틀린에게 보고 싶다는 말을 전하고 싶어서."

"작가 생명이 끝나니까 갑자기 옛날 가족이 사무치게 그리워졌어?"

"어떻게 알았어?"

"오늘 아침 신문도 안 봤어?"

"방금 일어났어."

"나라면 다시 얼른 침대로 들어가겠어. 《샌프란시스코 크로니클》에도 《로스앤젤레스타임스》에도 세 번째 면 톱뉴스로 나왔어. 아무튼 잘했어, 표절이라니."

"표절 안 했고……."

"그래, 그냥 살짝 속인 거겠지. 나를 속인 것처럼."

"케이틀린한테 나중에 전화하겠다고 말해줘."

나는 전화를 끊었다.

주방으로 갔다. 조리대 위에 《로스앤젤레스타임스》가 놓여 있었다. 샐리가 친절하게도 세 번째 면을 펼쳐 놓았다. 맨 위 오른쪽에 헤드라인이 보였다.

'또다시 표절 의혹에 휩싸인 〈셀링 유〉 원작자.'

기사 내용은 맥콜의 칼럼을 간추린 것이었다. 간밤에 급히 작성한 기사겠지. 《할리우드 러시트》가 깔리기 전에 다른 신문들에서 먼저 확인했을 것이다. 맥콜이 제시한 표절 증거를 죄다 옮겨 적고 나서 《로스앤젤레스타임스》에서는 밤늦게 연락된 〈셀링 유〉의 프로듀서 브래드 브루스의 코멘트도 넣었다. '이번 일이 데이비드 아미티지뿐만 아니라 〈셀링 유〉 관계자 모두에게 비극'이라는 코멘트였다. FRT방송국의 공식성명은 오늘 오후에 발표될 거라는 내용으로 기사는 마무리됐다.

브래드, 작전 잘 짰네. 상황이 나쁘다는 듯이 코멘트한 뒤에, 나를 해고할 수밖에 없다는 보도 자료를 뿌릴 생각이군.

나는 컴퓨터 앞으로 달려갔다. 인터넷에 접속해 《샌프란시스코 크로니클》의 웹사이트로 들어갔다. 《샌프란시스코 크로니클》의 로스앤젤레스 주재 기자가 쓴 그 기사에도 《로스앤젤레스타임스》의 기사와 마찬가지로 맥콜의 주장과 브래드의 코멘트가 적혀 있었다.

정말이지 기분 나쁜 건 이메일 우편함에 쌓인 기자들의 메일이었다. 하나같이 인터뷰 요청이거나 맥콜의 칼럼에 어떻게 대응할 예정인지 코멘트라도 달라는 내용이었다.

수화기를 들고 내 사무실에 전화했다. 아니, 내 전 사무실이지. 내 전 비서인 제니퍼가 전화를 받았다.

제니퍼가 말했다.

"제가 선생님 짐을 싸야 해요. 아파트로 다 보내면 되죠?"

"제니퍼, 인사는 할 수 있잖아?"

"안녕하세요. 짐은 아파트로 다 보내면 되죠?"

"그래."

"네, 내일 아침에 다 받으실 수 있을 거예요. 선생님을 찾는 전화들은 어떻게 할까요?"

"나를 찾는 전화가 있었어?"

"오늘 아침에만 열다섯 통을 받았어요. 《로스앤젤레스타임스》, 《할리우드 리포터》, 《뉴욕타임스》, 《시애틀타임스》, 《샌프란시스코 크로니클》, 《산호세 머큐리》, 《보스턴글로브》……."

내가 말했다.

"무슨 뜻인지 알았어."

"연락처를 모두 이메일로 보낼까요?"

"아니."

"선생님과 연락하고 싶다는 기자들한테는 뭐라고……."

"그냥 나와 연락이 안 된다고 해."

"뭐, 원하신다면……."

"제니퍼, 왜 그렇게 차갑게 굴어?"

"저에게 뭘 더 바라세요? 선생님 때문에 저도 일주일 안에 회사를 나가야……."

"이런."

"아뇨, 뻔한 위로의 말은 듣고 싶지 않아요."

"미안하다는 말밖에 내가 무슨 말을 더 하겠어. 나도 이번 일로 놀라고 있어서……."

"왜 놀라세요? 표절한 당사자시면서."

"절대 고의로 그런 게 아니라……."

"고의로 그런 게 아니라고요? 뭐가요? 발각된 게 고의가 아니었나요? 저까지 피해를 입게 해 주셔서 참 고맙네요."
　수화기를 탕 내려놓는 소리.
　나도 전화를 끊었다. 손바닥에 얼굴을 파묻었다. 나 혼자 손해를 보는 건 감당할 수 있지만 나 때문에 죄 없는 사람들이 피해를 보는 건 견딜 수 없었다. 나에게 코멘트를 들으려고 달려드는 기자들도 끔찍했다. 이제 나는 진짜 뉴스거리가 됐다. 힘들게 성공했다가 하루아침에 다시 바닥으로 곤두박질친 작가. 기자들은 나를 그렇게 뉴스거리로 삼겠지. 지난주에는 나의 해명이 통했다. 그러나 이제 새로운 증거 때문에 태풍의 진로가 바뀌었다. 지난 10년 사이에 나온 텔레비전 시트콤들 가운데 가장 독창적인 작품을 쓴 작가였던 나는 다른 작가들의 대사를 훔친 파렴치범으로 돌변했다. 나는 나쁜 버릇 때문에 자신의 재능을 망친 예로 사람들 입에 오르내리겠지. 천박한 성공을 이루기 위해 수단과 방법을 가리지 않은 할리우드의 피해자 어쩌고저쩌고 하는 입방아의 주인공이 되겠지.
　나에 관한 기사들의 결론은 뻔했다.
　'데이비드 아미티지는 절대 다시 작가로 일어설 수 없을 것이다.'
　손목시계를 보았다. 1시 14분. 앨리슨의 사무실로 전화했다. 앨리슨의 비서 수지가 전화를 받았다. 수지는 정말 흥분한 목소리로 말했다.
　"그냥 이 말씀만 전해드릴게요. 이번 일은 정말 선생님께 불공평해요."
　나는 그 말에 코끝이 찡했다.
　"고마워요."
　"기분은 괜찮으세요?"
　"아뇨."
　"여기로 오실 거죠?"

"네, 곧 갈 겁니다."

"네, 기다리고 계세요."

"지금 앨리슨과 통화할 수 있을까요?"

"지금 FRT 측과 통화 중이세요."

"그럼, 삼십 분 안으로 갈게요."

앨리슨의 방문을 열었다. 앨리슨은 책상 앞에서 창밖을 묵묵히 바라보고 있었다. 근심에 잠긴 표정이었다. 앨리슨은 내가 들어오는 소리를 듣고 회전의자를 돌려 책상 밖으로 나오더니 나를 꼭 껴안았다. 앨리슨은 일 분쯤 그렇게 나를 꼭 껴안아 주었다. 그런 다음 캐비닛으로 가서 서랍을 열었다.

앨리슨이 나에게 물었다.

"스카치위스키 괜찮지?"

"그렇게 나쁜 상황인가요?"

앨리슨은 대답하지 않고, J&B 병과 잔 두 개를 가지고 탁자로 왔다. 두 잔 모두 가득 따르고, 담배에 불을 붙이고 나서 깊이 한 모금을 빨고, 위스키를 꿀꺽 마셨다. 나도 잔을 들어 술을 마셨다.

"자, 이제 이야기할게. 나는 에이전시로서 여태껏 자기한테 한 번도 거짓말한 적 없고, 지금도 거짓말하지 않을 거야. 지금 상황이 더할 수 없이 나빠."

나는 술잔에 남은 술을 다 비웠다. 앨리슨이 얼른 술을 다시 따랐다.

"공항에서 맥콜 칼럼을 읽었을 때 처음 든 생각은 '브래드와 밥이 어떻게 이런 글을 진지하게 받아들일 수 있을까?' 였어. 맥콜이 제시한 증거들은 아주 사소한 것들이잖아. 맥콜의 비난 자체가 어이없는 일이야. 농담을 빌려왔다고 작가를 비난한다면, 과연 이 세상에서 비난

받지 않을 작가가 얼마나 되겠어? 톨스토이에 대한 개소리는 그저 개소리야. 맥콜 자신도 잘 알 거야. 어쨌든 치버의 문장을 가져온 시나리오는……."

"내가 할 수 있는 말은 이것뿐이에요. 그건 나도 알고 썼어요. 그렇지만 어디까지나 초고였어요. 그걸 실제로 시나리오에 쓰면 안 된다는 것쯤은 나도 잘 알고 있었어요."

"그래, 나도 알고 자기도 알아. 문제는 먼저 나온 〈프런트 페이지〉의 예와 짝을 이루면……. 뭐, 그 뒤의 이야기는 굳이 내 입으로 말하지 않아도 잘 알지?"

"유무죄를 떠나 큰 곤경에 처하는 거죠."

"그게 요점이야."

"FRT 측과 이야기해 보셨죠? 설득할 방법은 없나요?"

"전혀 없어. 그 사람들이 보기에 자기는 새까맣게 타서 못 먹게 된 토스트야. 그런데 그게 전부가 아냐. 로스앤젤레스에 도착하자마자 FRT 담당 변호사와 핏대를 올리며 싸웠어. 그쪽에서는 조금이라도 자기를 편들 생각이 없는 것 같아."

산 넘어 산이었다.

"하지만 계약상……."

"아, 그래. 계약서에도 빌어먹을 조항이 있어. 43B 조항. 간단히 말하자면 이 시트콤과 연관해 작가가 불법 행위나 범죄를 저지를 경우 급여나 수당을 지불할 수 없다는 내용이야."

"FRT 측에서는 내가 불법 행위나 범죄를 저지른 것으로 몰아가고 싶겠군요."

"그렇지. 표절 혐의를 불법 행위로 만들어 원작료를 내놓지 않으려는 수작을 부리겠지.”

"한 마디로 개수작이잖아요.”

"물론 그렇지만 FRT에서는 확고하게 밀어붙일 것 같아.”

"그놈들 뜻대로 될 수도 있을까요?”

"방금 내 변호사와 삼십분 가량 통화했어. 변호사가 오늘밤에 계약서를 꼼꼼히 검토하겠대. 그렇지만 일단 직감적으로 느끼기에 FRT의 뜻대로 될 수도 있을 것 같대.”

"다른 보상도 못 받고 그냥 물러나야 해요?”

"보상이 문제가 아냐. FRT에서 오히려 소송을 걸겠대. 표절 의혹이 제기된 삼 회분 원고료에 대해 반환 소송을 내겠대.”

"뭐요? 나한테 오히려 반환 소송을 건다고요?”

"그래, 현실 상황을 직시하자고. 걸린 돈이 상당해. 자기한테 원작자 몫으로 나가는 원작료를 주지 않을 경우 FRT는 매 시즌마다 35만 달러를 아낄 수 있어. 두 시즌만 더 방송한다고 치면……알아서 계산해. 문제의 3회 분에 대해서는 자기가 회당 15만 달러를 다시 토해내야 해. 그걸 다 합치면…….”

"그 점에 대해서는 우리도 확실히 맞싸워야 하겠군요.”

"그래, 다시 내 변호사의 말을 빌리자면 계약서에 작가는 혼자 작업해야 한다는 조항이 있대. FRT는 그 조항을 내세울 거고……. 그래도 액수를 조정할 수는 있을 것 같아.”

"어쨌든 돈을 내놓아야 한다는 말인가요?”

"결과적으로는 그래. 내가 바라는 건, 이건 어디까지나 내 바람이지만 며칠 안으로 상황이 진정되고, FRT에서 원작료를 주지 않아도 된다고 확신하고 3회 분 원고료 반환에 대해서는 잊어버리는 거야.”

"원작료는 포기하려고요?"

"데이비드, 내가 영화사나 방송국을 상대할 때 내 고객이 손해 보는 상황에서 그냥 구경만 한 적 있어? 이번에는 상황이 상황인 만큼 어쩔 수 없어. 법적으로 보자면 자기가 계약을 위반한 거야. 할리우드 계약서의 구석구석을 속속들이 잘 알고 있고, 시간당 수임료를 375달러나 받는 내 변호사의 말에 따르자면 우리는 꼼짝달싹할 수 없는 상황에 처했대. 가능한 한 피해를 최소한으로 줄이는 수밖에 없대. FRT와 협상 테이블에 앉기 전에 다른 변호사한테도 조언을 구할 생각이야. 워너브라더스 건에 대해서도 마찬가지고."

"위스키를 한 잔 더 마셔도 돼요?"

"좋은 생각이야. 좋지 않은 소식이 또 있으니까."

나는 직접 잔에 위스키를 따랐다.

"말씀하세요."

"워너브라더스 변호사한테서 연락이 왔어. 〈무단 침입〉을 다시 생각하겠대."

"네이젤 감독과 만나기로 한 약속이 취소됐다는 뜻이에요?"

"그래, 그런데 그게 다가 아냐. 계약금도 반환하래."

"말도 안 돼요. 어떻게 그럴 수 있어요?"

"존 치버의 문장을 가져다 쓴 걸 문제 삼고 있어."

"아니, 그건 초고잖아요. 그냥 아이디어로……."

"나에게 설명하지 않아도 돼. 문제는 워너브라더스도 FRT처럼 '모든 작업은 작가 혼자서 해야 한다.'는 조항을 내세우고 있어. 영화사에 있는 놈들 대부분이 존 치버가 누군지도 모르겠지만 문제는 워너브라더스에서 증거를 확실하게 가지고 있다는 거야."

"어쨌든 플렉한테서 받는 돈으로 해결은 다 되겠군요."

재떨이에 아직 끄지 않은 담배가 놓여 있는데, 앨리슨은 그걸 잊었는지 또 담배에 불을 붙였다.

"이런 이야기는 꺼내기 싫지만 플렉의 변호사한테서 전화가 왔어."

"제발……."

"플렉의 변호사 말을 그대로 옮길게. '아미티지 씨의 현재 평판 때문에 플렉 씨는 더 이상 원고료 협상에 응할 수 없습니다.'"

나는 바닥만 내려다보다가 말했다.

"워너브라더스에 이십오만 달러를 갚을 길이 없군요."

"벌써 다 썼어?"

"많이 썼죠."

"그래도 빈털터리는 아니지?"

"나도 바보는 아닌가 봐요. 오십만 달러쯤 투자해둔 돈이 있어요. 문제는 그 투자액의 절반은 정부채권에 들어가 있다는 거죠. FRT와 워너브라더스가 돈을 다 돌려받겠다고 나오면 그때는 정말 빈털터리가 돼요."

"아직 거기까지는 생각하지 마. 나도 그놈들한테 호락호락 넘어가지 않을 거야. 일단 반납해야 할 돈의 금액을 낮출 생각이야. 내가 협상하는 동안 자기는 투자 담당자와 상의해서 최대한 수익을 올릴 수 있게……."

"이제 할리우드에는 더 이상 내가 발붙일 곳이 없다는 뜻이죠?"

"일을 찾기가 힘들 거야."

"이번 일을 벗어나지 못하면 어떻게 될까요? 이 일이 계속 멍에가 돼서 영원히 나를 쫓아다니면 어떻게 되죠?"

앨리슨이 되물었다.

"솔직한 대답을 듣고 싶어?"

"그럼요."

"나도 몰라. 하지만 이제부터 몇 주 동안 상황이 어떻게 돌아가는지 지켜보자고. 우선 자기는 자신의 입장을 변호하는 성명서를 작성해야 해. 거기에는 우선 반성의 뜻이 담겨야 해. 내가 홍보전문가인 매리 모스와 통화했어. 십분쯤 있으면 여기에 도착할 거야. 매리와 함께 성명서를 만들어 뿌려야 해. 최소한 자기 입장을 알리기라도 해야지. 며칠이 지나도 상황이 좋아지지 않으면, 우리에게 우호적인 기자를 찾아 우리 입장을 이야기해야 해."

"그 《데일리 버라이어티》 기자는 기자 생명이 끝났으니 분명 우리 편이 될 수 없을 거예요. 가엾은 홍보이사도……."

"그건 자기 잘못이 아냐."

"그렇지만 나에게 문제가 생기지 않았다면……."

"데이비드, 그 두 사람은 각자 자기 일을 가진 사람이야. 자기들 과거가 밝혀질지도 모른다는 것쯤은 알고 있어야 했어."

"홍보이사는 나를 보호하려고 그런 거잖아요."

"틀린 말은 아니지만 그게 그 여자 일이야. 지금은 그 사람들을 걱정할 때가 아냐. 자기 문제로도 벅찰 지경이야."

"난들 그걸 왜 모르겠어요?"

이튿날 아침, 온세상이 내 문제를 다 알게 됐다. 맥콜의 칼럼이 거리에 깔렸다. 내가 시트콤에서 물러났다는 내용을 담은 FRT의 보도 자료도 발표됐다. 주요 전국 신문 모두가 문화면에 내 소식을 실었다. 《로스앤젤레스타임스》는 1면에 실었다. 텔레비전에서도 가만히 있지 않았다. 아침 토크쇼 대부분이 내 이야기를 전했다. 〈엔터테인먼트 투나잇〉에도 나왔다.

물론 나의 성명서도 인용되었다. FRT방송국과 〈셀링 유〉 제작진 모두에게 사과하고, 단 몇 줄 때문에 도둑으로 취급되는 건 참기 힘들다고 말한 것도 언급됐다. 나는 성명서에 이렇게 적었다. '작가에게 표절만큼 끔찍한 죄는 없다. 나는 분명 도둑이 아니며……'

그날 밤, HBO의 〈리얼 타임〉에서 진행자 빌 마허는 이런 말을 했다.

"오늘 할리우드의 톱뉴스는 시트콤 〈셀링 유〉의 원작자 데이비드 아미티지가 표절 의혹으로 FRT에서 물러난 뒤 '나는 사기꾼이 아니다.' 라는 닉슨의 유명한 말을 써먹었다는 겁니다. 데이비드 아미티지에게 지금껏 쓴 글들이 백퍼센트 본인 글이 맞는지 물으면 이렇게 대답하겠죠. '나는 그 여자와 섹스하지 않았습니다.'"

마허의 그 한마디에 사람들은 폭소를 터뜨렸다. 나는 〈리얼 타임〉을 혼자 보았다. 샐리는 시애틀에 있었다. 호텔 이름도 나에게 말해주지 않았고, 하루종일 전화도 없었다. 샐리가 시애틀에 출장갈 때에는 으레 포시즌호텔에 묵는다는 걸 알고 있었지만 전화하기가 두려웠다. 너무 절박하거나 필사적으로 보이기는 싫었다. 나쁜 평판이 잠잠해진 뒤, 샐리가 나와 처음 만나 사랑에 빠졌을 때의 그 모든 이유를 다시 떠올리기만을 바랄 뿐이었다. 그리고…….

그리고 뭐? 나에게 달려와 무슨 일이 있든 내 옆을 지킬 거라고 말하기를 바라? 루시처럼? 루시는 내 옆을 지켰지. 가끔 툴툴거리기는 했지만 늘 내 옆을 지켰어. 내 무명 시절, 루시는 그토록 오랫동안 갈망해온 배우의 꿈을 접고 집세를 내기 위해 텔레마케팅을 시작했을 때에도 내 옆을 지켰어. 그 보답으로 나는 루시에게 뭘 해줬지? 루시에게 뒤늦게 성공을 거둔 사람이 흔히 하는 잘못을 저질렀어. 루시가 나를 경멸하는 건 이상한 일이 아니야. 내가 이렇게 두려워하는 것도 이상한 일이 아니야. 내가 집을 나와 샐리와 함께 살기 시작한 지 몇 달 지나지 않아 깨달은 사실을 이제야 마침내 인정하게 됐으니까. 나에 대한 샐리의 사랑은 연예계에서의 내 성공과 지위, 그로 인해 높아질 자기 지위 때문이었다는 사실.

에미상을 받기 직전에 샐리가 말했다.

'누구에게나 전성기가 있어. 우리에게는 지금이 바로 전성기야.'

이제는 아니야.

어쩜 지난 몇 년 동안 애써 이룬 모든 게 단 며칠 만에 와르르 무너질 수 있지?

나는 지붕에서 소리치는 기분이었다.

'이봐요, 여러분! 나는 데이비드 아미티지입니다!'

하지만 지붕 위에 올라가면 다음으로 갈 곳은 바닥뿐……. 어쨌든 할리우드에서 영광은 오래 지속되지 않는다. 재능은 고갈된다. 최고의 자리에 오른 사람도 이 법칙으로부터 자유롭지 못하다. 누구나 똑같은 게임을 하고 있으며, 그 게임의 기본 규칙은 하나다. '할리우드에서의 성공은 한철이다.'

그 한철도 운이 좋은 사람에게만 찾아온다.

나의 한철은 이제 지나간 과거가 되었다. 나는 여전히 그 사실을 믿을 수 없었다. 샐리가 지금 당장 나를 버리지 않을 것만 같았다. 브래드와 밥, 워너브라더스의 제이크 데커를 비롯해 이 빌어먹을 할리우드의 온갖 제작사들을 설득할 방법이 있을 것만 같았다. 내가 아직 신뢰할 만한 사람이라는 걸 증명할 수 있을 것만 같았다.

'이봐요, 여러분! 나는 데이비드 아미티지입니다! 내가 여러분에게 돈을 안겨 줄 수 있어요!'

그러나 내가 상황을 긍정적으로 보려고 애쓸수록 '최악의 거짓말은 자신을 속이는 거짓말이다.' 라는 생각이 점점 짙어졌다.

나는 글렌리벳 싱글 몰트 위스키를 따서 술이 서서히 줄어드는 걸 지켜보았다. 다섯 잔쯤 마셨을까? 자아 성찰의 기분에 빠져 바보 같은 생각이 머릿속에 떠오르기 시작했다. 샐리에게 솔직한 내 심정을 고백하는 거야. 내 고백에 샐리가 부드럽게 답하기를 바라는 거야.

나는 휘청휘청 컴퓨터 앞으로 걸어가 자판을 두드렸다.

샐리

사랑해. 자기가 필요해. 정말이지 절실해. 지금 상황은 끔찍해. 불공평해. 제발, 제발, 제발, 나를 포기하지 마. 나는 지금 절박해. 제발 전화해. 제발 돌아와. 이 상황을 함께 이겨 내자. 우리는 이길 수 있어. 우리는 서로에게 최고의 선물이잖아. 자기는 내가 평생 함께 지내고 싶은 여자야. 함께 아이들을 낳고, 세월이 흘러 인생의 황혼에 접어들어도 여전히 사랑하고 싶은 여자야. 나는 늘 자기 옆을 지킬 거야. 제발, 제발, 제발 지금 내 옆에 있어 줘.

나는 내가 쓴 이메일을 다시 읽지 않고 '보내기' 버튼을 눌렀다. 위스키를 또 털어 넣고, 침실로 가서 침대에 누웠다.

아침이었다. 전화벨이 울렸다. 전화를 받기 전, 아주 짧은 순간, 흐릿한 머릿속에 문장 하나가 스쳐 지나갔다. 아니, 문장이 아니라 정확히 말하자면 두 단어였다.

'인생의 황혼.'

그러자 이메일의 나머지 내용들이 다 떠올랐다. 나는 생각했다. '너는 바보 천치야.'

수화기를 집었다.

"데이비드 아미티지 씨입니까?"

아주 들뜬 목소리.

"네, 그런데요."

"《로스앤젤레스타임스》의 프레드 베네트입니다."

"도대체 몇 시인데……."

"일곱 시 삼십 분입니다."

"통화하기 싫습니다."

"아미티지 씨, 잠깐만 시간을 좀 내주세요."

"집 전화번호는 어떻게 아셨죠?"

"그렇게 찾기 어렵지도 않던걸요."

"이미 성명을 발표했잖아요."

"하지만 지난밤에 〈영화 텔레비전 작가협회〉에서 보인 움직임에 대해 모르시죠?"

"무슨 움직임이 있었는데요?"

"아미티지 씨의 표절을 앞으로 공개적으로 점검할 것이며, 협회에서 제명하고, 최소한 오 년 동안 상업적인 저술 활동을 할 수 없도록 규제하는 움직임이 있었습니다. 아, 평생 저술 활동을 막아야 한다고 주장한 회원도 있었다고……."

나는 수화기를 내려놓았다. 전화선을 홱 잡아당겨 플러그를 뽑았다. 다른 방에서 전화벨이 울리기 시작했다. 나는 무시했다. 이불을 머리끝까지 뒤집어썼다. 시간이 멈추기를 바랐다.

하지만 잠들기는 글렀다. 결국 비칠비칠 욕실로 걸어갔다. 머리를 해머로 내리치는 것 같은 두통을 없애 보려고 애드빌(진통제 상표명 : 옮긴이) 세 알을 입 안에 털어 넣었다.

거실로 가서 컴퓨터 앞에 앉았다. 이메일 우편함에 새 메일 열두 통이 들어 있었다. 열한 통은 기자들에게서 온 것이었다. 하나도 열지 않았다. 나머지 하나는 내가 바로 겁내고 있던 것이었다. 샐리의 이메일.

데이비드

나는 지금 당신이 처한 상황이 싫어. 언론에 밝혀진 일들로 당신의 작가 생명이 위태로워졌다는 사실도 싫어. 하지만 이 상황을 만든 장본인은 바로 당신이야. 당연히 당신은 스스로 죄가 없다고 믿으면서 방어벽을 쌓기로 마음먹었겠지. 하지만 나는 당신을 따를 수 없어. 나는 내가 알던 사람이 진짜 당신인지 의심스러울 지경이야. 당신의 이메일을 받고 그 의심이 더욱 커졌어. 아주 걱정스러운 이메일이더군. 지금껏 벌어진 일들 때문에 당신이 몹시 스트레스를 받고 있다는 건 나도 알아. 하지만 애정을 구걸하는 것처럼 흉한 모습은 없어. 더구나 애정을 유지하는 데 필요한 신뢰를 깨버린 당사자가 애정을 구걸하는 거야말로 더욱 끔찍해. 당신이 감정적으로 불안할 수밖에 없는 상황에 처했다는 건 충분히 이해해. 아무리 그렇더라도 감정의 노예가 되어 나에게 메일을 보낸 건 절대로 용납할 수 없어. 나는 당신이 맞이할 '인생의 황혼' 속으로 함께 걸어 들어갈 생각이 없어.

당신의 이메일을 읽고 난 지금 나는 더욱 혼란스럽고 당황스럽고 속상해. 며칠 더 떨어져 지내는 게 우리의 상황을 명확하게 보는 데 도움이 될 것 같아. 주말 동안 밴쿠버 섬에서 지내기로 마음먹었어. 월요일에 돌아갈 예정이야. 대화는 돌아가서 해. 그때까지 서로 연락하지 않았으면 좋겠어. 더는 혼란을 겪고 싶지 않아. 누군가의 도움이 필요하다면 상담을 받기 바라. 당신의 이메일은 도와달라고 징징거리는 소리로 들릴 뿐이야.

샐리

대단하군. 대단해.
전화벨이 또 울렸다. 나는 무시했다. 휴대전화도 합주를 시작했다. 휴대전화를 집어 화면에 뜬 번호를 보았다. 앨리슨이었다. 얼른 전화를 받았다.
"목소리가 엉망이네. 간밤에 술 마셨어?"
"눈치 빠르시네요."
"잠은 안 잤어?"
"아침 일찍 《로스앤젤레스타임스》 기자가 전화하는 바람에 잠을 깬 뒤로 못 잤어요. 그 기자가 작가협회에서 나를 영구제명하고 영원히 작품 활동을 못하게 막을지도 모른다고 친절하게 알려주더군요."
"뭐?"
"그 기자가 그랬어요. 간밤에 작가협회에서 긴급 모임을 가졌대요."
"갈수록 가관이네. 그런데 더 나쁜 소식도 있어."
"말씀하세요."
"테오 맥콜이 〈투데이 쇼〉 생방송에 나와 인터뷰를 한대."
"인터뷰 주제가 나예요?"
"그런 것 같아."

"제기랄! 그놈은 끝도 없군요."

"가십 기사를 쓰는 기자들이 다 그렇잖아. 인정사정 보지 않는 놈들이야. 우리는 놈의 좋은 먹잇감이 됐어. 그 놈 이름을 전국에 알리고 〈투데이 쇼〉까지 출연하게 해준 더없이 좋은 먹잇감이지."

"내가 완전히 결딴나서 이용 가치가 없어져야 멈추겠군요."

"그렇게 될 것 같아서 걱정이야. 그래서 이렇게 일찍 전화해서 〈투데이 쇼〉 이야기를 전하는 거야. 아무래도 자기가 보는 게 좋겠어. 그 좁쌀 같은 놈이 근거 없는 말이나 악의적인 말을 들먹이면 그걸 빌미삼아 역으로 이용해야지."

그러나 화면으로 본 테오 맥콜의 모습은 좁쌀과는 거리가 멀었다. 맥콜은 40대 초반의 영국 출신으로, 10년 전쯤 미국에 와 영국 악센트에 캘리포니아 남부 악센트가 섞인 말투를 구사하는 신사였다. 몸은 뚱뚱하고, 얼굴은 햇빛 아래 오래 놔둔 카망베르 치즈 덩어리 같았지만 잘 차려입은 옷 덕분에 원래 몸집보다는 날씬해 보였다. 그는 진회색 줄무늬 슈트와 넓은 칼라의 흰 셔츠를 입고, 물방울무늬가 들어가 있는 검정넥타이를 맸다. 《할리우드 러지트》의 급여가 그리 많지 않을 테니 한 벌뿐인 고급슈트를 입은 게 틀림없었다. 하지만 맥콜의 이미지 관리 수완을 높이 사지 않을 수 없었다. 맥콜의 옷차림은 할리우드의 비밀스러운 악행을 고발하는 미국 신사의 이미지를 적절하게 꾸미고 있었기 때문이다. 방송 인터뷰를 위해 신중하게 옷을 골랐을 것이다. 이 인터뷰를 발판으로 가십 전문 방송인의 자리에 올라서려고 남몰래 발버둥을 쳤을 테니까.

〈투데이 쇼〉의 앤 플레처는 T.S. 엘리엇과 톰 울프를 합친 듯한 맥콜의 모습을 그다지 높이 사지는 않는 것 같았다.

앤 플레처가 말했다.

"맥콜 씨, 지금 할리우드에서 사람들이 가장 두려워하는 기자가 되셨습니다."

맥콜의 얇은 입술에 만족스러운 미소가 비쳤다.

맥콜이 최대한 점잖은 목소리로 대꾸했다.

"과찬의 말씀입니다."

"하지만 달리 생각하는 사람들도 있어요. 맥콜 씨가 스캔들을 캐내는 데 혈안이 돼 인정사정 보지 않고 다른 사람의 일과 인생을 파괴한다고 비난하는 사람들도 간혹 있습니다."

맥콜이 조금 움찔하다가 곧 안정감을 되찾았다.

"네, 그렇게 느끼는 분들도 분명 있을 겁니다. 다만 그런 사람들은 할리우드에 존재하는 거대한 규칙을 모르기 때문입니다. 할리우드의 규칙이란 '서로서로 보호한다' 입니다. 더구나 심각한 잘못이 벌어졌을 때에도 그 규칙을 따르죠."

"데이비드 아미티지 씨는 자신이 원작자인데도 표절 의혹으로 방송국에서 쫓겨났습니다. 그 표절 의혹도 방금 말씀하신 '심각한 잘못'에 속한다고 보세요?"

"그럼요. 그 사람은 다른 작가의 작품을 훔쳤습니다."

"아미티지 씨가 '훔친' 게 뭐죠? 한 희곡에서 우스운 대사 몇 줄, 여러 작품들에서 농담 한 줄씩 가져온 게 전부 아닌가요? 아미티지 씨가 그런 사소한 실수로 작가로서의 생명을 끝내야 한다고 생각하십니까?"

"글쎄요, 우선 아미티지 씨한테 내려진 조처는 제가 정한 게 아닙니다. FRT방송국에서 결정한 것이죠. 아무튼 표절을 심각한 죄로 생각하는지에 대해 묻는다면 제 대답은 항상 도둑은 어쨌든 도둑일 뿐이고······."

"맥콜 씨, 제가 묻고자 하는 건 어떤 희곡에서 짧은 농담 한 줄을 빌려온 것 같은 사소한 실수가……."

"그 사람은 톨스토이 작품에서 줄거리도 베꼈고……."

"그렇지만 아미티지 씨가 해명하기로는 톨스토이의 소설을 의도적으로 재해석한 희곡으로……."

"아미티지 씨가 이제 와서 그렇게 말할 수는 있겠죠. 하지만 지금 저에게는 그 희곡의 원본이 있습니다."

맥콜이 낡은 〈절벽〉 원고를 쳐들었다. 카메라가 첫 페이지를 줌인해서 비췄다.

맥콜이 말했다.

"보시다시피 첫 페이지에 이렇게 적혀 있습니다. '절벽, 데이비드 아미티지 희곡'. 줄거리 전체가 톨스토이 소설을 베낀 것인데도 '톨스토이의 〈크로이체르 소나타〉를 원작'으로 했다는 말은 그 어디에도 없습니다. 여기서 더 커다란 의문이 떠오릅니다. 아미티지 씨가 재능과 능력을 갖춘 사람이라면 왜 애당초 다른 작가의 작품을 훔쳐야 했을까요? 할리우드 사람들 모두가 궁금하게 여기는 질문은 이것입니다. '데이비드 아미티지가 어떻게 작가 생명을 위험에 빠뜨릴 만큼 필사적으로 거짓을 일삼고 스스로를 파괴할 수 있었을까?' 잘 알려진 예를 들어 볼까요. 데이비드 아미티지는 〈셀링 유〉가 히트하자마자 아내와 아이를 버리고 잘 나가는 텔레비전 방송국 이사를 택했습니다. 그렇게 남을 속이는 습관 때문에 결국 안타깝게도 본인의 작가 생명까지 말아먹고……."

나는 손을 부들부들 떨며 리모컨 전원 버튼을 눌러 텔레비전을 껐다. 그 다음에는 리모컨을 벽을 향해 집어던지고, 재킷을 집어 들고 밖으로 뛰어나갔다.

차에 올라타 시동을 걸고 30분도 채 안 돼 NBC방송국에 도착했다. 놈이 인터뷰를 마치고 메이크업을 지우는 데 시간이 걸리겠지. 내가 주차할 때와 맥콜이 주차장으로 나와 자기 차로 가는 시간이 딱 겹칠 것 같았다. 내 예상은 그대로 적중했다. 내가 주차장으로 들어설 때 맥콜이 주차장으로 나오는 모습이 보였다. 나는 그 앞으로 차를 휙 몰아 브레이크를 밟았다. 어찌나 꽉 밟았는지 끼익 소리가 났다. 맥콜이 깜짝 놀라 내 쪽을 쳐다보았다. 나는 순식간에 차에서 뛰어나가 맥콜에게로 달려가며 소리쳤다.

"이 돼지 새끼……."

맥콜은 눈을 휘둥그렇게 뜨고 나를 보았다. 뚱뚱한 맥콜의 얼굴에 공포감이 서렸다. 달아나려 하는 것 같았지만 겁을 집어먹어 몸이 굳었는지 한 발짝도 움직이지 못했다. 나는 맥콜의 멱살을 잡고 거세게 흔들며 정신없이 소리쳤다.

"내 인생을 망치려 들어? 나를 도둑놈으로 몰아. 내 아내와 아이를 욕보여. 열 손가락을 다 부러뜨릴 테다, 이 뚱보 새끼……."

이 앞뒤가 맞지 않는 고함 속에서 두 가지 일이 일어났다. 당연히 나에게 좋은 일은 아니었다. 첫 번째 일은 NBC로비에서 대기중이던 프리랜스 사진가가 내 고함을 듣고 뛰어와 맥콜의 멱살을 잡고 소리치는 모습을 촬영한 것이다. 두 번째 일은 건장한 20대 후반의 NBC경비원이 달려온 것이다.

"거기, 이봐요, 이봐요. 그만하세요!"

경비원은 그렇게 말하며 내 팔을 뒤로 꺾었다.

경비원이 맥콜에게 소리쳤다.

"공격당했습니까?"

맥콜이 뒤로 물러서며 말했다.

"아직 맞지는 않았어요."

"경찰에 신고할까요?"

맥콜은 경멸이 담긴 눈빛으로 나를 쏘아보았다. 마음속으로 즐거워하는 것 같았다. '이 개자식, 이제 너는 꼼짝없이 잡혔어.' 하는 비열한 미소가 슬쩍 얼굴에 비쳤다.

맥콜이 말했다.

"그렇지 않아도 벌써 곤경에 처할 만큼 처한 사람입니다. 그냥 저리 쫓아내세요."

맥콜은 돌아서서 사진가와 이야기를 나누기 시작했다. 사진가의 이름을 물어보고 명함을 달라고 하면서 물었다.

"아까 그 모습 다 찍으셨죠?"

그 사이에 경비원은 나를 꽉 붙잡고 내 차까지 나를 끌고갔다.

"이 포르쉐 맞아요?"

내가 고개를 끄덕였다.

"차는 좋군요. 자, 특별히 한 번만 봐줄게요. 차에 타서 당장 여기서 나가세요. 아까 일은 없던 것으로 하겠습니다. 하지만 다시 돌아오면……"

"안 돌아옵니다."

"믿어도 되겠죠?"

"약속합니다."

경비원은 천천히 내 손을 풀어주며 말했다.

"알겠습니다. 약속을 잘 지키는지 지켜보겠습니다. 이제 조용히 돌아가세요."

나는 차문을 열고 운전석에 앉아 시동을 걸었다. 경비원이 창문을 톡톡 두드렸다. 나는 차창을 내렸다.
"한 가지 더. 오늘 다른 곳에 가기 전에 옷을 갈아입는 게 좋겠어요."
그제야 나는 내가 잠옷 차림이라는 걸 깨달았다.

제3장

 인과율에서 벗어날 길은 없다. 더구나 잠옷 차림으로 기자를 공격했는데, 그 광경이 사진가의 카메라에 다 담겼을 때에는…….
 《로스앤젤레스타임스》 1면에 등장한 지 이틀 뒤에 나는 또 뉴스거리가 됐다. 《로스앤젤레스타임스》 토요일 판 4면에 내가 테오 맥콜의 멱살을 잡은 사진이 실린 것이다. 내 얼굴은 분노 때문에 이성을 잃은 표정이었다. 내 잠옷도 문제였다. 침실이 아닌 곳에서 잠옷을 입고 있으면 미치광이로 비칠 뿐이었다. 대낮의 방송국 주차장에서 이성을 잃은 표정의 남자가 잠옷 바람으로 소란을 피웠다면 당장 치료가 필요한 미치광이로 보는 게 당연했다. 내가 독자라도 그런 사진과 그 아래쪽 기사를 읽었다면 그 남자를 미치광이로 취급했을 게 틀림없었다.
 사진 아래에 실린 짧은 기사의 제목은 다음과 같았다.
 〈셀링 유〉의 해고 작가, NBC방송국 주차장에서 기자를 공격하다!

기사는 사실 위주였다. 맥콜 때문에 내 작가생활이 위기에 처한 과정이 요약되었다. 맥콜이 나를 경찰에 신고하지는 않겠다고 하자 경비원이 나를 보내줬다는 사건 개요가 그대로 정리되어 있었다.

맥콜의 코멘트도 실렸다.

'나는 그저 사실을 밝혔을 뿐인데 아미티지 씨는 분노했다. 아미티지 씨에게 폭행을 당하기 직전에 다행히 NBC경비원이 막아 줬다. 나는 아미티지 씨가 전문가의 상담을 받길 바란다. 정신적으로 큰 문제를 겪고 있는 것 같다.'

네, 프로이트 박사님, 그 헛기침에 경의를 표합니다(윌리엄 프리드킨 감독의 1970년작 영화 〈밴드의 소년들〉에 나오는 대사 : 옮긴이). 하지만 나는 맥콜이 내 정신건강에 대해 왈가왈부한 것에 대해 신경 쓸 겨를이 없었다. 이미 더 심각한 문제들이 눈앞에 산적해 있었다. 내가 맥콜의 멱살을 잡고 있는 장면을 찍은 프리랜스 사진가는 이미 몇몇 통신사에 그 사진을 팔아버린 모양이었다. 내 이야기는 당장 전국으로 퍼졌다. 한때 유명했던 사람이 이제 맛이 간 이야기는 누구나 좋아한다. 북쪽으로도 올라가 광활한 캐나다 땅에도 퍼졌다. 더 정확히 꼬집어 말해 캐나다 브리티시 콜롬비아 주 빅토리아 시까지 퍼졌고, 샐리는 그곳 지방 신문에 실린 내 뉴스를 읽었다.

샐리에게도 분명 달가운 소식은 아니었다. 어찌나 달갑지 않았던지 토요일 아침 9시 30분에 나에게 전화해 인사도 없이 다짜고짜 말했다.

"데이비드, 신문에서 그 기사 봤어. 미안하지만 이제 우리 사이는 끝이야."

"해명할 기회가 없을까?"

"없어."

"아니, 그놈이 〈투데이 쇼〉에 나와 무슨 말을 했는지 자기도 봤다면……."

"봤어, 나도. 솔직히 말해 맥콜 씨 말에 나도 동의해. 당신 행동은 좋게 말해서 정신 나간 짓이었어. 그 말은……."

"제발, 샐리, 그냥 조금 자제력을 잃어버린 것뿐……."

"아니, 제정신을 잃어버린 거겠지. 그렇지 않고서야 어떻게 잠옷 바람으로 방송국 주차장까지 갈 수 있어?"

"그건 그저 조금 흥분해서……."

"조금? 조금 흥분했다고?"

"자기야, 우선 깊이 대화를 나눈 뒤에……."

"아니, 내일 밤에 내가 돌아가기 전까지 아파트에서 나가."

"잠깐! 나에게 나가라 마라 명령할 수는 없잖아. 이 아파트는 우리가 공동명의로 빌린 거야. 잊었어? 세입자 명의에 우리 둘의 이름이 같이 올라가 있어."

"내 변호사 말에 따르면……."

"벌써 변호사와 얘기했어? 이 아침에? 게다가 토요일이잖아!"

"아직 유대교회에 예배하러 가기 전이더군. 어쨌든 내가 위기에 처해 있으니까."

"제발, 드라마 여주인공처럼 굴지 마."

"기분 나쁘지 않다면서……."

"아니, 화났어."

"잘됐네. 나도 화났으니까. 어쨌든 캘리포니아 법에 따르면 공동 세입자 중에서 한쪽에 물리적인 위험을 가할 수 있는 사람한테는 법원에서 추방과 접근금지명령을 내릴 수 있대. 우리의 경우 내게 위험을 가할 수 있는 사람이란 바로 당신이지."

긴 침묵.

"설마 정말 그렇게 하려는 건 아니지?"

"내일 저녁 여섯 시 이전까지 아파트에서 나가겠다고 약속하면 접근금지명령까지는 받지 않을게. 하지만 그때에도 당신이 아파트에 남아 있으면 변호사한테 연락해 법적 조치를 취하게 할 거야."

"샐리, 제발 대화로 풀 수 없을……."

"더는 할 말이 없어."

"이건 불공평해."

"다 당신이 자초한 일이야. 이제라도 당신 자신을 위한 길이 뭔지 잘 생각해보는 게 좋지 않아? 내가 법원까지 가게 될 일을 만들지 않는 게 당신한테도 좋을 거야."

그 말과 함께 전화는 끊겼다. 나는 충격으로 머리가 어질어질해 소파에 앉았다. 처음에는 내 명예에 먹칠을 당했다. 그 다음에는 해고됐다. 그 다음에는 신문에 이름이 오르내리고 구설수에 올랐다. 그 다음에는 연인으로부터 나가라는 말을 들었다. 아파트에서 추방된 것뿐만이 아니었다. 결혼생활까지 깨뜨리고 선택한 여자로부터 영원히 추방됐다.

이제 또 무슨 일이 닥칠까?

당연히 전처 루시가 다음 차례였다. 샐리와 통화한 지 한 시간쯤 지났을 때 루시의 변호사 알렉산더 맥헨리의 전화를 받았다.

맥헨리는 사무적인 목소리로 말했다.

"아미티지 씨? 플랫 맥헨리 앤드 스와브 법률사무소의 알렉산더 맥헨리입니다. 기억하시겠지만 저는……."

"누구 변호사인지 잘 기억합니다. 토요일 오전에 전화하셨으니 분명 나쁜 소식이라는 것도 짐작하고 남습니다."

"에……저기……."

"본론만 말씀하세요. 루시한테 또 무슨 불만이 있나요?"

나는 그 질문에 대한 대답도 짐작하고 있었다. 주차장 사건이 《샌프란시스코 크로니클》에도 실렸을 테니까.

"네, 선생께서 어제 NBC방송국 앞에서 보인 행동 때문에 제 의뢰인이 크게 놀란 상태입니다. 제 의뢰인은 그 사건이 언론에 크게 보도된 것 때문에 더욱 걱정하고 있습니다. 따님 케이틀린에게 미칠 영향 때문이죠."

"그렇지 않아도 딸아이한테 직접 설명할 계획입니다."

"그건 불가능할 것 같습니다. 제 의뢰인은 선생의 어제 행동을 보고 심각한 우려를 표했습니다. 선생께서 의뢰인과 케이틀린에게도 위험한 행동을 할 수 있다고 판단하고 있으며……."

"루시가 그런 생각을 해요? 어떻게 그럴 수 있죠? 내가 딸아이한테 위험한 행동을 한다고요? 절대, 절대로……."

"현실로 드러난 사실만 생각합시다. 선생은 NBC주차장에서 맥콜 씨를 공격했습니다. 표절혐의가 공개되고 FRT와 맺은 계약도 파기된 상황에서 주차장 사건 같은 일이 벌어진 것이죠. 어떤 정신과 전문의라도 선생의 정신 건강 상태를 의심할 게 뻔합니다. 간단히 말해 선생은 의뢰인 모녀에게 심각한 위협이 될 수 있다는 뜻입니다."

"아까 말을 막아 제대로 못 마친 말을 마저 할게요. 나는 전처와 내 딸에게 해를 끼친 적이 전혀 없습니다. 어제는 흥분한 나머지 잠깐 동안 자제력을 잃었을 뿐입니다. 그게 전부예요."

"그게 전부가 아닙니다, 아미티지 선생. 이미 법원에 접근금지명령을 신청했습니다. 지금부터 제 의뢰인과 케이틀린한테 접근하거나 연락을 취할 수 없습……."

"딸아이를 나에게서 떼어놓을 꿈도 꾸지 마세요."

"이미 끝났습니다. 변호사로서 의무적으로 알려드리는데 제 의뢰인이나 케이틀린을 만나거나 통화하려 들 경우 체포될 수도 있습니다. 최소한 구류 처분을 받게 될 겁니다. 아셨죠?"

나는 수화기를 탁 내려놓고 소파에 털썩 주저앉았다. 손바닥에 얼굴을 파묻었다.

다 가져가도 좋아. 하지만 케이틀린만은 안 돼. 이럴 수는 없어. 이럴 수는 없어.

노크 소리가 났다. 세차게 두드리는 노크 소리.

"데이비드, 문 열어. 안에 있는 거 다 알아. 얼른 문 열어."

앨리슨이었다.

나는 문으로 다가가 반만 열고 나직이 물었다.

"왜 왔어요?"

"자기를 구하러 왔다고 대답하지."

"나는 괜찮아요."

"그렇겠지. 오늘 아침 《로스앤젤레스타임스》에 나온 모습도 아주 멋지던데? 잠옷 참 예쁘더라. 에이전시가 자기 스타 고객한테 바라는 모습 딱 그대로였어. 주차장에서 잠옷 차림으로 폭력을 행사하는……."

"폭력은 안 썼어요. 때릴 생각도 없었어요."

"어머, 그것 참 더 좋은 말이네. 나를 여기 그냥 세워 둘 거야?"

나는 붙잡고 있던 문손잡이를 놓고 안으로 들어갔다. 앨리슨도 뒤

따라 들어왔다. 나는 소파에 앉아 바닥만 내려다보았다.
"빌어먹을! 빌어먹을!"
"NBC주차장 건 때문에 그래?"
나는 신문에 난 사진, 샐리가 아파트에서 나가달라고 말한 사실, 루시가 케이틀린을 못 만나게 한 조치 등을 모두 이야기했다.
앨리슨은 한참 동안 아무 말도 하지 않다가 말했다.
"로스앤젤레스를 떠나는 게 좋겠어."
"뭐요?"
"상황을 더는 악화시키지 않게 자기를 조용하고 안전한 곳으로 끌어내겠어."
"나는 괜찮아요."
"아니, 전혀 괜찮지 않아. 로스앤젤레스에 오래 있을수록 흉측한 모습을 보일 확률이 더욱 커질 뿐이야."
"저더러 흉측하다니요? 그것 참 고마운 말씀이네요."
"아무튼 내 말이 사실이잖아. 좋든 싫든 자기는 지금 자제력을 잃었어. 사람들 앞에서 그런 모습을 계속 드러내면 언론에서 얼씨구나 하고 덤벼들 테고, 앞으로 평생 작품활동을 못하게 될 수도 있어."
"나는 벌써 끝장났어요."
"그런 이야기는 아예 안 들은 것으로 하겠어. 샐리가 집을 언제까지 비우래?"
"내일 오후 여섯 시까지요."
"우선 급한 일부터 해결해야지. 아파트 열쇠를 줘."
"왜요?"
"내일 자기 짐을 다 싸려고."

"내가 알아서 할게요."

"그건 안 돼. 자기는 삼십 분 안에 여기서 나가야 할 테니까."

"어디로요?"

"내가 아는 곳."

"재활원 같은 곳으로 보내려고요?"

"그럴 리가? 더는 곤란한 일이 벌어지지 않는 곳으로 데려갈 거야. 거기에 가면 마음을 추스를 수 있을 거야. 나를 믿어. 자기한테 당장 필요한 건 휴식과 생각할 여유야."

나는 생각했다. 싫든 좋든 앨리슨의 말은 옳았다. 나는 온통 신경이 곤두서 있었다. 모든 걸 끝내고 싶은 유혹에 굴복하지 않고 주말을 넘길 수 있을지 나 스스로도 의심스러웠다. 창문에서 뛰어내리고 싶은 유혹…….

내가 말했다.

"알았어요. 이제부터 내가 어떻게 하면 되죠?"

"가방 한두 개를 챙겨. 책이나 시디는 넣지 않아도 돼. 거기 가면 많이 있을 테니까. 노트북컴퓨터는 챙겨둬. 인터넷을 써야 할 경우가 있을지도 모르니까. 샤워를 하고 그 빌어먹을 수염은 깔끔하게 면도해. 테러범 같으니까."

씻고, 깔끔하게 면도하고, 옷을 갈아입고, 큰 가방 두 개와 노트북 가방을 앨리슨의 차에 실었다.

앨리슨이 말했다.

"자, 이제 앞으로 할 일이 뭔지 잘 들어. 퍼시픽코스트 고속도로를 두 시간쯤 달릴 거야. 자기는 자기 차로 가. 나는 내 차로 갈 거야. 하지만 중간에 사라지거나 다른 곳으로 새면 안 돼. 약속할 수 있지?"

"내가 왜 다른 곳으로 새겠어요? 내가 잭 케루악 흉내라도 낼까봐 그래요?"

"그냥 말이 그렇다는……."

"알았어요. 사라지지 않을게요. 약속해요."

"좋아. 어쨌든 가다가 서로 놓치게 되면 휴대전화로 연락하기로 해."

"잘 따라갈게요."

앨리슨의 차를 뒤따라 퍼시픽코스트 고속도로를 내처 달렸다. 그러다가 고속도로를 빠져나와 메러디스라는 작은 마을에 들어섰다. 상점들이 늘어선 좁은 길을 지나갔다. 서점과 작은 식료품점도 보였다. 구불구불한 이차선 도로가 계속되다가 비포장도로가 나왔다. 비포장도로는 곧 나무들이 빽빽한 숲길로 이어졌다. 마침내 도로가 끝나는 곳에 집이 보였다. 탈색된 목재로 외장을 한 집이었다. 집 뒤로 자갈이 깔린 해변에 태평양의 파도가 찰싹거렸다. 집은 그리 크지 않았지만 전망은 아주 좋을 것 같았다. 나무 사이에 해먹도 달려 있었다. 그 해먹에 누워 편안하게 바다의 풍경을 즐길 수 있을 것 같았다.

"괜찮은 곳이네요. 숨겨둔 비밀별장인가요?"

"내 것이면 좋겠지만 사실 여긴 윌러드 스티븐스의 별장이야. 운이 좋은 놈이지."

윌러드 스티븐스는 앨리슨이 에이전시를 맡고 있는 시나리오 작가였다. 1970년대에는 제법 잘 나가는 작가였지만 이제는 시나리오 수정 작업이나 해주면서 조용히 살고 있었다.

"윌러드 스티븐스는 어디 있어요?"

"석 달 동안 런던에 갔어. 새 007영화 시나리오를 다듬으러."

"다듬는 데에만 석 달이 걸려요?"

"유럽에 간 김에 코트다쥐르에서 좀 쉬다 올 생각인 것 같아. 어쨌든 떠나면서 나에게 이 집 열쇠를 맡겼어. 나는 딱 한 번 썼어. 앞으로 두 달 반 동안 비어 있을 테니까 맘 놓고 여기 있어도 좋아."

"두 달 반이나 여기 있지는 않을 텐데요?"

"그래, 그래. 가택연금은 아니야. 자동차도 가져왔잖아. 언제 어디든 마음대로 다녀와도 돼. 우선 일주일 동안 여기서 지내. 내가 바라는 건 그 정도야. 휴가라고 생각해. 할리우드에서의 악몽을 죄다 몰아내고 힘을 재충전할 기회로 여겨. 나와 약속해. 일주일 동안 여기 있겠다고."

"집 구경도 안 하고 어떻게 약속을 해요."

집에 들어가 2분쯤 둘러본 뒤 나는 일주일 동안 별장에 머물겠다고 약속했다. 벽과 바닥 소재는 돌이었고, 가구도 편안한 제품들로 잘 갖춰져 있었다. 책과 음악 CD, 영화 DVD도 많았다.

내가 말했다.

"아주 좋네요."

"마음에 든다니 다행이야. 전화기가 한 대 있고, 텔레비전은 잡히는 방송이 없지만 좋은 DVD가 많아. 윌러드는 여기 있을 때 DVD로 옛날 영화만 본대. 보다시피 읽을 책도 많고, 들을 음악도 많아. 오디오의 라디오 튜너는 국립방송국에 맞춰져 있으니까 자기 사건에 대한 새 뉴스도 계속 들을 수 있을 거야. 오는 길에 작은 식료품점을 봤지? 큰 슈퍼마켓에 가려면 이십오킬로미터를 나가야 하지만 웬만한 건 그 식료품점에 다……."

"네, 잘 지낼 수 있겠어요."

앨리슨은 소파에 앉아 나에게 맞은편 안락의자에 앉으라고 손짓했다.

"자, 잘 들어. 이제 몇 가지만 나와 약속해줘."

"네, 약속할게요. 이 집을 망가뜨리지 않을게요. 사라지지도 않겠습……."

앨리슨이 내 말을 끊으며 말했다.

"로스앤젤레스 경계 너머로는 발도 내딛지 않겠다고 약속해. FRT 방송국이나 워너브라더스를 비롯해 일과 관계된 곳에는 어디든 일절 전화하지 않겠다고 약속해. 무엇보다 중요한 게 있어. 샐리나 루시, 케이틀린에게도 연락하지 않겠다고 약속해."

"케이틀린에게도요? 딸아이한테 어떻게 연락을 안 해요?"

"나중에 하면 돼. 시간이 지나면 자주 할 수 있어. 그렇지만 지금은 나에게 맡겨. 내가 일단 문제를 해결하고 나서 케이틀린한테 연락하면 돼. 자기 이혼 소송 때 변호를 맡았던 변호사 이름이 뭐랬지?"

"그 사람은 관둬요. 그때도 일을 제대로 못했잖아요."

"알았어. 내 변호사에게 가정 문제 소송에 뛰어난 변호사를 찾아보라고 할게. 어쨌든 다시 강조하는데……."

"알았어요. 내가 케이틀린한테 연락하면 그렇잖아도 대재앙인 현재 상황을 지구 종말의 상황으로 악화시키는 거라 생각할게요."

"그래, 좋았어. 내가 회계사한테 연락해서 자기 세금 문제나 재정 상황을 파악할게. 샐리가 말한 내일 저녁 여섯 시까지는 자기 아파트의 짐을 빼내 창고로 옮길 거야. 아파트 보증금이나 함께 구입한 가구 같은 걸 어떻게 처리할지는 샐리에게 전화해서 의논할게."

"다 가지라고 하세요."

"그건 내가 용납 못하지."

"내가 다 망쳤어요. 아파트도 샐리도 내 잘못으로 날렸어요. 다 날렸어요. 그리고 이제……."

"이제 여기서 일주일 동안 지내면 돼. 산책하고, 해먹에서 책을 읽고, 술은 와인 한두 잔만 마시고, 잠을 푹 자. 잘 알았지?"

"네, 네, 의사선생님."

"의사 이야기가 나왔으니 말인데, 마지막으로 한 가지 더. 이 얘기에 비명을 지르지는 마. 내일 오전 열한 시쯤에 매튜 심스라는 심리치료사가 전화할 거야. 내가 오십 분짜리 상담을 예약해 뒀어. 괜찮으면 매일 전화로 상담을 받아. 내가 장담하는데 심리치료에는 매튜 심스가……."

"그동안 심리치료를 받고 있었어요?"

"그렇게 놀란 척하지 마."

"아니, 그저……나는 미처 몰랐던 일이라서……."

"난 할리우드 에이전시야. 당연히 상담을 받고 있지. 매튜 심스는 전화 상담을 아주 잘해. 지금은 자기의 속마음을 털어놓을 사람이 필요할 테고……."

"알았어요. 전화 잘 받을게요."

"좋아."

"앨리슨……."

"왜?"

"이렇게까지 나에게 잘해주지 않아도 되는데……."

"아니야. 자기는 그럴 자격이 충분해. 이제 나는 가봐야 해. 오늘밤에 소개팅이 있어."

"기대할 만한 사람이에요?"

"영화사 CFO로 있다가 은퇴했는데 예순세 살이래. 심장 수술을 세 번이나 받았고, 치매 초기일 거야. 그렇지만 지금은 찬밥 더운밥 가릴 처지가 아니잖아."

"앨리슨, 그러지 말고……."

"이봐, 내 나이가 쉰일곱이지만 자기가 내 아들은 아니잖아. 그러니까 내 섹스라이프에 대해서는……."

"저는 아무 말도 안 했어요."

앨리슨은 한쪽 입술만 위로 올리고 미소를 지은 채 나를 바라보며 말했다.

"그렇지. 아무 말도 안 했지."

그런 다음 앨리슨은 내 손을 잡고 말했다.

"잘 지내야 해."

"그럴게요."

"명심해. 자기의 작가 인생에 아무리 끔찍한 일이 생기더라도 어떻게든 살아남을 수 있어. 어떻게든 살아남을 거라는 사실. 그걸 명심해."

"잘 알았어요."

"자, 이제 해먹에 가서 누워."

나는 앨리슨의 말을 그대로 따랐다. 윌러드 스티븐스의 책꽂이에서 대실 해밋의 《그림자 없는 남자》를 꺼내 해먹에 누웠다. 《그림자 없는 남자》는 내가 정말 좋아하는 범죄소설이지만 지난 며칠 동안 쌓인 긴장과 피로가 갑자기 몰려와 한 장도 못 넘기고 곯아떨어졌다.

한기가 느껴져 잠에서 깼다. 앨리슨은 가고 없었고, 해는 수평선 아래로 내려가고 있었다. 추웠다. 잠결에 내가 어디에 있는지 헷갈렸다. 불현듯 다급한 계획이 머릿속에 가득 찼다. 전화기로 달려가 루시한테 전화해 욕을 퍼부은 다음 당장 케이틀린을 바꾸라고 소리치고 싶었다. 가장 격한 광경을 상상했을 때, 마음 한쪽에서 스스로를 타이르는 목소리가 들려왔다.

자제력을 잃고 테오 맥콜에게 달려간 결과가 어땠지? 법원의 접근 금지명령을 어기면 세상 사람들이 나에게 뭐라고 하겠어?

집으로 들어가 세수를 하고 스웨터를 꺼냈다. 그런 다음 텅 빈 찬장을 확인하고, 집을 나와 차에 올라탔다. 동네 식료품점 안으로 들어갔다. 단순한 식료품점이 아니라 갖가지 일용품부터 고급 식재료까지 다양한 물건을 팔고 있었다. 메러디스 중심가에 있는 상점들은 거의 다 비슷했다. 향초와 고급 목욕 소금을 파는 가게도 있고, 쇼윈도에 랄프 로렌 셔츠를 진열한 옷가게도 있고, 작은 서점도 있었다. 이 지역이 로스앤젤레스 부자들의 주말 별장이 있는 동네라는 걸 알 수 있었다.

사람들이 서로 적당히 거리를 두며 예의를 지키는 동네였다. 그 사실을 확인한 곳은 '풀러스'라는 간판이 붙은 식료품점에서였다. 나는 생필품 몇 가지와 고급 파스타 면과 소스를 골라 계산대 앞에 섰다. 계산대 뒤에 서 있는 50대 여자는 나에게 아무것도 묻지 않았다. 다른 곳이라면 으레 언제 이사를 왔는지, 아니면 주말에만 묵을 것인지 시시콜콜 성가신 질문을 하게 마련일 텐데 아예 아무것도 묻지 않았다. 하얗게 센 머리카락, 데님 셔츠 차림의 인상 좋은 식료품점 여자는 이런 가게를 운영하는 품위 있는 주인의 전형적인 모습이었다.

식료품점 여자는 나에게 이 말만 건넸다.

"소스를 잘 고르셨네요. 제가 직접 만들었답니다."

정말로 잘 고른 소스였다. 오리건 피노누아르 와인도 좋았다. 와인은 두 잔만 마셨다.

10시에 침대에 누웠지만 잠이 오지 않았다. 다시 일어나 빌리 와일더 감독의 〈아파트 열쇠를 빌려 드립니다〉를 보았다. 내가 아주 좋아하는 영화 중 하나였다. 벌써 여섯 번이나 보았지만 마지막에 셜리 맥클레인이 잭 레먼에게 사랑을 고백하려고 맨해튼 거리를 뛰어가는 장면에서는 늘 눈물이 흘렀다.

영화를 보고 나서도 잠이 오지 않았다. 이번에는 〈신사 지미〉를 멍하니 보았다. 제임스 캐그니가 주인공으로 등장하는 1930년대의 뛰어난 코미디 영화였다. 〈신사 지미〉를 보고 나자 새벽 3시가 다 되었다. 침대로 비틀비틀 걸어가 곯아떨어졌다.

전화벨 소리에 잠이 깼다. 앨리슨이 나를 위해 예약했다는 심리치료사 매튜 심스의 전화였다. 목소리가 침착하고 믿음직스러웠다. 심스는 전화 때문에 자다가 깼는지를 물었다. 내가 그렇다고 대답하자 심스는 일요일이어서 예약이 많지 않으니 20분 뒤에 다시 걸겠다고 했다. 나는 고맙다고 답하고, 주방으로 가서 얼른 커피를 만들었다. 커피 두 잔을 전화기 옆에 놓고 전화를 기다렸다.

앨리슨의 말이 옳았다. 심스는 마음에 드는 심리치료사였다. 겉만 번지르르한 위로의 말은 하지 않았다. '자기 안의 어린아이를 찾아라.' 같은 헛소리도 늘어놓지 않았다. 지난주에 있었던 일들, 내 기분, 작가 생명이 위태로운 현재 상황에서 절대로 못 벗어날지도 모른다는 두려움, 예전에 가정을 깨뜨린 것에 대한 죄책감, 이 모든 상황을 스스로 자초한 일이 아닐까 하는 자기의심……. 심스는 그 모든 걸 내 입으로 말하게 했다.

마지막 자기의심 이야기에는 심스가 얼른 되물었다.

"이번 문제들이 의식적이든 무의식적이든 스스로 자초한 일이라 생각한다는 말씀인가요?"

"무의식적으로 자초했다고 생각해요."

"정말 그렇게 믿고 있어요?"

"제 글에 다른 작가의 문장을 썼으니 무의식중에 제가 자초한 일이죠."

"그저 우연일 수도 있잖아요. 남에게서 들은 농담이나 표현을 자기 글에 써먹는 일은 흔하잖아요. 그렇죠?"

"혹은 제가 다른 사람에게서 지적을 받고 싶었는지도 모르죠."

"어떤 지적을 받고 싶었는데요?"

"그건……."

"네, 그건?"

"그건……제가 사기꾼이라는 사실입니다."

"최근까지 거둔 성공에 대해 스스로 사기를 친 거라 생각하신다는 뜻입니까?"

"그렇습니다. 지금은 그렇게 생각해요."

거기까지 말하고 나서 상담 시간이 끝났다. 다음날 11시에 다시 통화하기로 했다.

낮 시간 대부분은 해먹에 누워 있거나 해변을 산책하며 보냈다. 걷는 동안 생각하고 또 생각했다. 머릿속에서는 이런 '나'와 저런 '나'가 끝없이 싸움을 벌였다.

루시와 통화하고 싶었다. 샐리에게 한 번만 더 기회를 달라고 조르고 싶었다. PBS에서 찰리 로즈와 인터뷰를 하고, 그 인터뷰를 통해 맥콜이 나에게 씌운 혐의가 부적절하다고 밝혀지고, 그러자 이튿날 브래드 브루스가 나에게 전화해 사과하면서 다시 〈셀링 유〉 시즌3 작업을 함께 하자고 말하고…….

아니, 그런 일은 두 번 다시 일어날 리 없어. 나를 되살릴 길은 그 어디에도 없어. 내가 다 날렸어. 무의식중에 저지른 실수 때문에 스스로를 완전히 망가뜨렸어.

나는 '……했더라면' 하고 가정하는 놀이를 했다. 맥콜이 처음에 시비를 걸었을 때 아예 대응하지 않았더라면, 모든 사실을 겸허히 받아들이고 내 사소한 잘못을 지적해 주어 고맙다고 맥콜에게 편지를 썼더라면…….

나는 겁먹기도 했고, 이기적이기도 했다. 샐리와 바람피우기 시작했을 때에도 겁먹기도 했고 이기적이기도 했다. 다 발각되어 가정을 잃지 않을까 겁먹었고, 뒤늦게 새로 얻은 성공에 우쭐해 그런 '상'을 받을 만하다고 생각할 만큼 이기적이었다.

당연히 '루시와 계속 살았더라면…….'이라는 상상도 했다. 그랬더라면 맥콜이 〈투데이 쇼〉에 출연했을 때 그처럼 심하게 반응하지 않았을지도 모른다. 맥콜의 입에서 내가 아내와 딸을 버렸다는 말이 나왔을 리 없으니까. 사실 나는 바로 그 말에 흥분해 밖으로 튀어나가 NBC주차장에서 볼썽사나운 꼴을 보인 것이었다.

그만, 그만. 이제 됐어.

흔한 말을 인용하지 않을 수 없었다.

'쏘아 놓은 화살이요, 엎지른 물이다.'

그러나 무엇보다 기분 나쁜 생각은 '사실은 이 모든 상황을 내가 바란 건 아니었을까?' 였다. 나는 내 성공이 못 미더워 스스로 실패하기를 바라지 않았을까? 샐리가 지적했듯이 나의 패망은 내 스스로 계획한 게 아니었을까?

그 생각을 월요일 아침 매튜 심스와 상담할 때 이야기했다.

매튜 심스가 물었다.

"스스로 자신을 신뢰할 수 없다는 뜻인가요?"

"자기 자신을 진정으로 신뢰하는 사람이 있나요?"

"그 말뜻은?"

"누구에게나 자기를 파괴할 버튼이 있지 않을까요?"

"그렇다고 할 수 있죠. 하지만 대부분은 그 버튼을 누르지 않아요."

"저는 눌렀습니다."

"계속 그런 결론으로 돌아오고 있군요. 지금 벌어진 일들이 모두 자기 잘못이라고 생각하세요? 진심으로 그렇게 생각하시나요?"

"모르겠어요."

이후 며칠 동안 그 이야기가 상담의 중심이었다.

'이런 몰락을 몰고 온 장본인은 바로 내가 아닐까?'

매튜 심스는 '아무 이유 없이 나쁜 일이 일어나기도 한다.' 며 나를 설득하려 애썼다.

"극도의 스트레스를 받으면 누구나 평소와 다른 행동을 하게 됩니다. 어쨌든 그 사람한테 신체적인 피해를 준 것도 아니고……."

"저 스스로가 제 상황에 엄청난 피해를 줬죠."

"알았어요. 큰 실수를 저질렀다고 치죠. 하지만 그렇게 하지 않았다고 해도 지금 뭐가 달라지죠?"

"모르겠어요."

하루 중 가장 중요한 일은 심스와의 전화 상담이었다. 나머지는 산책과 독서, 옛날 영화 보기, 전화하거나 인터넷에 접속하고 싶은 충동을 억누르는 게 전부였다. 신문도 일절 사지 않았다. 앨리슨이 매일 저녁 6시에 전화했는데, 그때에도 내 이름이 신문에 오르내리는지 묻지 않았다. 그저 앨리슨이 들려주는 이야기를 듣기만 했다.

월요일에는 아파트에 있던 내 짐을 다 싸서 창고로 보냈다고 했다. 화요일에는 월터 디커슨이라는 이혼전문변호사를 고용해 내 변호를 맡겼고, 아파트 보증금과 내가 샐리와 함께 산 가구 값으로 오천 달러를 받아냈으니, 변호사 비용은 그 돈으로 해결하면 될 거라고 했다.

내가 물었다.

"샐리는 뭐래요?"

"처음에는 독설이 많이 오갔어. '댁이 뭔데 나서요?' 라며 엄청 따지더군. 그래서 내가 대답했지. '당신이 뭔데 한 남자의 가정을 깨고, 그 남자가 힘든 상황에 처하니까 헌신짝 던지듯 버려?'"

"맙소사, 정말 그렇게 말했어요?"

"정말이지 않고."

"샐리는 그 말에 뭐라고 대답했어요?"

"또다시 '댁이 뭔데 나서요?' 같은 헛소리를 퍼붓더군. 그래서 내가 지적했지. 나 혼자만 그렇게 생각하는 게 아니라고. 할리우드 사람들 대부분이 그렇게 생각하고 있다고. 그건 그냥 지어낸 말이었는데, 샐리가 그 말 끝에 얼른 수표를 쓰더군. 액수를 두고도 말다툼이 벌어졌어. 내가 처음에는 칠천오백 달러를 불렀거든. 어쨌든 그 가까이로 합의를 봤어."

"고마워요."

"이봐, 에이전시로서 당연히 할 일을 한 것뿐이야. 어쨌든 샐리가 먼저 총알을 박았으니까 이제 솔직히 말할게. 내 눈에는 샐리가 늘 냉혈한으로 보였어. 성공을 위한 사다리로 자기를 이용한 거야."

"일이 이렇게 되고 나니 그런 생각이 드는 거죠."

"데이비드, 자기도 늘 알고 있던 일이잖아."

나는 나직이 대꾸했다.

"그래요. 그랬던 것 같아요."

수요일, 앨리슨은 내 회계사 샌디 마이어가 내 재정상태를 정리하고 있다고 말했다. 웬일인지 바비 바라는 아직 연락이 안 된다고 했다. 바비 바라의 비서 말로는 중국에 출장을 갔다고 했단다. 틀림없이 바비는 중국인들에게 만리장성을 팔고 있을 것이다.

목요일, 앨리슨은 월터 디커슨이 알렉산더 맥헨리와 협상 중이며 다음 월요일이면 몇 가지 결과가 나올 것이라고 했다.

"월터 디커슨이 저에게 전화하지 않았는걸요."

"내가 하지 말라고 했어. 내가 상황을 대충 설명하고, 자기가 딸을 만날 정당한 권리를 행사할 수 있게 해달라고 말했어. 맥헨리의 전화번호를 주면서 확실하게 싸우라고도 했지. 디커슨한테 더 전할 말이 있어?"

"아뇨, 그저……."

"잠은 잘 자고 있어?"

"비교적 잘 자요."

"매튜 심스한테서 상담도 잘 받고 있다면서?"

"아, 네."

"어때? 좀 나아진 것 같아?"

"상담 치료가 어떤지 잘 아시면서……. 케케묵은 이야기를 계속 반복해서 말하다가 결국 질리면 '치료됐다'고 생각하게 되잖아요."

"치료된 것 같아?"

"그럴 리가요? 깨어진 그릇 맞추기가 어디 그리 쉽겠어요?"

"그래도 지난주보다 많이 나아진 것 같아."

"맞아요."

"그럼 일주일쯤 더 있지 그래?"

"그러죠, 뭐. 달리 갈 데도 없어요."

두 번째로 맞은 주말에도 할 일은 별로 없었다. 월러드의 영화를 보고, 책을 읽고, 음악을 듣고, 해변을 달리고, 간단한 밥을 먹고, 날마다 와인 두 잔을 마시고, 부정적인 생각은 떠올리지 않으려 애썼다.

다시 월요일, 심스와 전화 상담을 마치고 얼마 지나지 않아 전화벨이 울렸다. 내 변호사 월터 디커슨이었다.

"솔직히 털어놓을게요. 루시는 이번 일을 법정까지 가져갈 생각이더군요. 루시의 변호사도 접근금지명령은 지나치다고 생각한답니다. 아미티지 씨에게는 가정폭력 전례가 없고, 딱 한 번만 빼고는 주말마다 케이틀린을 만나는 약속을 성실하게 지켜 오셨으니까요. 맥헨리 변호사도 루시에게 잘 설명했지만 아미티지 씨를 처벌하겠다는 결심을 굽히지 않았다는군요. 경험상 보자면 상대가 흥분했을 때 얼굴에 영장을 던지면 더욱 화를 돋우게 되죠. 우리가 법정에 나가 작가생명을 망친 그놈에게 더할 수 없이 화가 났지만 신체적으로 아무런 가해도 하지 않았다는 걸 예로 들면서 전처와 딸에게 해를 끼치지 않으리란 걸 잘 설명할 수도 있겠죠. 그럴 경우 루시는 더욱 흥분해 아미티지 씨에게 악의적인 감정을 품게 될 겁니다. 심한 악담을 퍼뜨리고……."

"루시가 그 정도로 이상한 여자는 아닌데……."

"물론 그렇지만 루시는 지금 아미티지 씨에게 몹시 화가 난 상태입니다. 더욱 화를 돋우게 되면 금전적으로나 감정적으로 좋을 게 없을 겁니다. 제가 맥헨리 변호사와 상의한 내용을 말씀드리겠습니다. 이상적인 방법은 아니지만 잠자코 있는 것보다는 낫습니다. 맥헨리 변호사는 루시를 설득해 아미티지 씨가 케이틀린과 매일 통화할 수 있도록 하겠다고……."

"겨우 전화통화요?"

"생각해 보세요. 루시는 현재 아미티지 씨가 케이틀린에게 접근하는 걸 아예 차단하려고 해요. 전화라도 할 수 있게 합의를 끌어낸다면 큰 진전입니다."

"앞으로는 어떨까요? 딸아이를 다시 볼 수 있을까요?"

"당연합니다만 시간이 더 필요합니다. 두 달쯤……."

"두 달이나요? 변호사님, 지금……."

"저도 기적을 만들 수는 없어요. 맥헨리 변호사를 통해 그쪽 요구사항도 충분히 파악해야 합니다. 맥헨리 변호사의 말에 따르자면 따님과 매일 통화할 수 있게 되는 것만도 큰 선물로 여겨야 합니다. 이편에서 먼저 소송을 거는 것도 생각해 볼 수 있지만 그 경우 비용을 아무리 최소한으로 잡아도 이만오천 달러가 듭니다. 언론에서도 법정송사에 대해 떠들어 대겠죠. 앨리슨한테 듣고, 요즘 신문기사로도 읽었는데, 아미티지 씨의 경우 당분간 언론에 노출되는 걸 무조건 피하셔야 하지 않습니까?"

"알았어요, 잘 알았습니다. 케이틀린과 매일 통화할 수 있는 것으로 만족하겠습니다."

"잘 생각하셨어요. 루시 측에서 확답을 받는 즉시 아미티지 씨께도 연락드리겠습니다. 그건 그렇고 저도 〈셀링 유〉의 팬입니다."

나는 힘없이 대답했다.

"고맙습니다."

월요일에 샌디 마이어의 전화를 받았다. 샌디 마이어는 3주 안에 내야 하는 세금이 25만 달러며 지금 현금 흐름이 걱정스럽다고 말했다.

"뱅크아메리카나에 확인했는데, 현금 계좌에 이만팔천 달러가 남았어요. 이 돈으로 두 달치 이혼 수당과 양육비는 낼 수 있겠지만, 그 다음에는……."

"다른 돈은 모두 바비 바라한테 묶여 있어요."

"지난 분기 바비 바라의 실적을 살펴봤어요. 꽤 수익을 올렸더군요. 두 달 전의 투자 수익 총액은 533,245달러였어요. 문제는, 현금화할 수 있는 다른 투자가 없다는 점이에요."

"일이 이렇게 되기 전에는 올해 수입이 이백만 달러 가까이 될 줄 알았어요. 그런데 이제……들어올 돈이 없어요. 그동안 번 돈은 알다시피……."

"네, 알아요. 전처와 국세청에서 다 가져갔죠."

"둘 다 잘 먹고 잘살라지."

"세금을 내려면 투자한 돈의 절반은 현금화해야 할 것 같아요. 그런데 앨리슨한테 듣기로는 FRT와 워너브라더스가 원고료를 환급하라고 한다면서요? 둘을 합치면 오십만 달러라고 들었는데, 그 요구가 현실로 닥치면……."

"나도 알아요. 계산이 안 나오죠. 어쨌든 지금으로는 앨리슨이 그 두 곳과 잘 협상해 환급액을 반으로 줄일 수 있기를 바랄 뿐입니다."

"그래도 지금 투자로 묶인 돈을 모두 써야 해요. 혹시 다른 수입원은 없어요?"

"없어요."

"그러면 이혼 수당과 양육비로 매달 나가야 하는 일만천 달러는 어떡하실 거예요?"

"요술 구두?"

"앨리슨이 일을 찾아내겠죠."

"못 들었어요? 나는 이제 표절 작가로 찍혔어요. 표절 작가는 어디서도 안 써요."

"제가 모르는 재산은 전혀 없나요?"

"자동차뿐이에요."

수화기 너머로 샌디가 서류를 넘기는 소리가 들렸다.

샌디가 말했다.

"차가 포르쉐죠? 지금 팔면 사만 달러쯤 받을 수 있겠네요."

"그렇겠죠."

"파세요."

"그럼 난 뭘 타고 다녀요?"

"포르쉐보다 훨씬 싼 차를 타면 되죠. 그 사이에 앨리슨이 FRT와 워너브라더스의 환급액을 줄일 수 있기를 바랍시다. 환급액을 다 내야 하면……."

"알았어요."

"잘 해결되기를 바라야죠. 그리고 바비 바라는 이번 주말에 돌아온답니다. 급히 연락 바란다고 메시지를 남겼어요. 선생님도 바비 바라한테 메시지를 남기세요. 주말이면 국세청 세금 마감 기한이 십칠일밖에 안 남게 돼요. 투자금을 현금화하는 데에도 어느 정도 시간이 걸릴 테고……."

"알았어요, 나도 바비 바라와 연락을 취해 볼게요."

이튿날 아침, 매튜 심스와 상담하면서 재정 문제에 대한 걱정을 털어놓았다. 당연히 심스는 내 기분을 물었다.

"무서워서 죽을 것 같아요."

"최악의 상황을 상상해 봅시다. 모든 걸 잃었어요. 파산했어요. 은행 거래도 할 수 없게 됐어요. 앞으로 어떻게 될 것 같나요? 다시는 일을 못할 거라고 생각해요?"

"당연히 뭔가 일을 하겠죠. 가령 '셰이크나 프렌치프라이는 추가로 안 드시겠습니까?' 라고 묻는 직업을 구하겠죠."

"왜 그러세요. 똑똑한 분께서……."

"할리우드에서는 비뚤어진 사람으로 통하고 있죠."

"그런 평판쯤이야 금세 사라질 수도 있어요."

"영원히 계속될지도 모르죠. 그럴까봐 두려워요. 다시는 글을 못 쓰게 될까봐."

"아니, 당연히 다시 글을 쓸 수 있게 될 거예요."

"과연 내 글을 살 사람이 있을까요? 작가는 좋아해주는 대중이 있어야 살 수 있어요. 내가 잘할 수 있는 일이라고는 글쓰기뿐이에요. 남편으로는 형편없었고, 아버지로는 중간쯤 되려나? 그나마 글쓰기 재주는 있어요. 나는 내가 꽤 괜찮은 작가라는 사실을 세상에 증명하려고 십사 년이라는 세월을 노력했고, 마침내 인정을 받았어요. 작가는 내 꿈이었어요. 이제 다 빼앗길 판이에요."

"전 부인이 케이틀린을 영원히 못 만나게 할지도 모른다고 생각할 때 느끼는 기분과 유사한 느낌인가요?"

"루시는 실제로 케이틀린을 못 만나게 하려고 안간힘을 쓰고 있죠."

"전 부인의 시도가 성공할 거라고 생각하세요?"

"모르겠어요."

그 말과 함께 상담이 끝났다.

밤에 잠을 설치고, 이튿날 아침 일찍 일어났다. 잠에서 깨자마자 공포감이 밀려왔다.

앨리슨이 전화했다. 조금 긴장한 목소리였다.

"오늘 아침 신문 읽었어?"

"여기 온 뒤로 신문은 안 읽어요. 무슨 일인데요?"

"좋은 소식도 있고, 나쁜 소식도 있어. 뭘 먼저 들을래?"

"나쁜 소식부터 들을게요. 얼마만큼 나빠요?"

"생각하기 나름이지."

"무슨 생각?"

"에미상을 얼마나 중요하게 생각해?"

"상을 반납하래요?"

"그래, 맞아. 오늘 아침 《로스앤젤레스타임스》에 기사가 났어. 에미상 주최 측에서 어젯밤에 결정을 내렸대. 이유는……."

"이유는 나도 알아요."

"나도 안타까워, 데이비드."

"괜찮아요. 까짓것 별로 예쁘지도 않은 트로피잖아요. 아파트에서 짐을 챙길 때 에미상 트로피도 챙기셨죠?"

"챙겼어."

"그럼 보내세요. 짐이 줄어 좋네요. 좋은 소식은 뭐죠?"

"이것도 《로스앤젤레스타임스》에 실린 기사야. 〈영화 텔레비전 작가협회〉의 월례 회의가 어제 열렸는데, 자기 작품을 검열하기로……."

"그게 어떻게 좋은 소식이에요?"

"끝까지 들어 봐. 작품을 검열하되 자기의 작품 활동을 금지시키는 투표는 전체 표 차이 2:1로 부결됐대."

"작가협회에서 어떤 결정을 내리든 어차피 방송국, 영화사, 프로듀서들이 나에게 일거리를 맡기진 않을걸요."

"심리치료사의 빤한 이야기처럼 들리겠지만 검열은 아무것도 아니야. 이번 결정은 좋은 징조로 봐야 해. 작가들이 이번 일을 있는 그대로 보기 시작했다는 증거잖아. 맥콜의 주장이 개소리인 게 밝혀지고 있는 거야."

"그나마 에미상 주최 측과는 다르군요."

"그 사람들은 그냥 대외적인 이미지 관리 때문에 그러는 거야. 자기가 성공적으로 컴백하면……."

"난 부활을 믿지 않아요. 피츠제럴드가 남긴 말 몰라요? 죽음을 얼마 안 남기고 정신이 오락가락할 때 가끔 드는 제정신으로 말했다잖아요. '미국인의 삶에서 제2막은 없다.'"

"내 좌우명은 달라. 인생은 짧지만 작가는 말도 안 되게 오래 살아남는다. 오늘은 잠을 잘 자도록 애서 봐. 목소리가 형편없어."

"형편없는 게 어디 목소리뿐이겠어요."

결국 잠은……못 잤다. 〈아퓨 삼부작〉을 세 편 모두 봤다. 힌두교 사회의 생활을 다룬 1950년대 영화로 연작 세 편을 다 보려면 여섯 시간이 걸린다. 비록 아주 뛰어난 걸작이지만 심각한 불면증을 앓는 영화광이 아닌 다음에야 여섯 시간 내리 세 편을 다 볼 수는 없었다. 영화가 끝나고 나서 비칠비칠 침대로 걸어갔다.

전화벨에 놀라 잠이 깼다.

무슨 요일이지? 수요일? 목요일? 시간 감각이 전혀 없었다. 최근 몇 년 동안 내 생활은 온통 일뿐이었다. 글쓰기, 제작 회의, 기획, 끝없는 전화, 접대 점심, 접대 저녁, 시사회, 꼭 얼굴을 비추어야 할 파티.

케이틀린을 만나지 않는 주말에도 하루에 아홉 시간을 컴퓨터 앞에 앉아 새 에피소드의 아이디어를 짜거나 내가 집필을 맡은 부분을 쓰고 또 썼다. 그 모든 게 책임감 때문이었다. 일을 멈출 수 없었다. 멈추면 어떻게 될지 잘 알고 있었으므로…….

계속해서 전화벨이 울려 결국 전화기를 집어 들었다.

"월터 디커슨입니다. 주무셨어요?"

"지금 몇 시죠?"

"열두 시가 다 됐어요. 다시 전화할까요?"

"아뇨, 아뇨. 말씀하세요. 새로운 소식이라도 있나요?"

"네."

"뭐죠?"

"꽤 괜찮은 소식입니다."

"어떤 소식이기에…….."

"전 부인 되시는 분이 따님과의 전화통화를 허락했습니다."

"고무적인 일이네요."

"아주 고무적이죠. 다만 몇 가지 조건을 내걸었습니다. 전화는 이틀에 한 번씩 허용되고, 한 번 통화할 때마다 십오 분을 초과해서는 안 된답니다."

"정말 그런 조건을 내걸었어요?"

"그렇습니다. 그쪽 변호사 말에 따르면 그 십오 분이라는 시간도 꽤나 힘들게 설득해서 늘린 거랍니다."

"언제 전화할 수 있죠?"

"오늘 저녁에요. 저녁 일곱 시로 시간을 정했답니다. 괜찮은가요?"

나는 '딱히 할 일도 없어요.' 라고 생각하며 말했다.

"네, 괜찮아요. 그런데 변호사님……저기……케이틀린을 직접 만나 볼 수 있을 때까지는 시간이 얼마나 걸릴까요?"

"솔직히 말씀드리자면 그 결정은 전적으로 전 부인께서 마음먹기에 달려 있습니다. 저쪽에서 선생님의 목을 계속 조이겠다고 마음먹으면 몇 달이 되든지 시간을 질질 끌 수도 있습니다. 선생님 지갑이 두둑하면 소송을 걸 수도 있겠죠. 일단 저쪽에서 조금이나마 마음을 가라앉히면 적절한 면접권을 두고 협상을 벌일 수 있을 겁니다. 그렇게 되기를 바라야죠. 어쨌든 시간은 좀 걸려야겠죠. 더 좋은 소식을 전해드리지 못해 송구스럽습니다. 선생님도 이미 잘 알고 계시겠지만 이혼하고 나서도 사이좋게 지내는 커플은 없습니다. 특히 자녀가 끼어 있으면 다툼이 끝없죠. 그나마 최소한의 통화는 할 수 있게 됐잖아요. 이제부터 시작입니다."

그날 저녁 7시에 전화를 걸었다. 루시가 케이틀린을 전화기 앞에 앉혀 두었는지, 신호가 가자마자 케이틀린이 전화를 받았다.

케이틀린은 내 목소리를 듣고 무척이나 기뻐했다.

"아빠! 왜 갑자기 사라졌어?"

"멀리 떨어져서 해야 할 일이 있었어."

"나, 안 보고 싶어?"

나는 목이 메었다.

"물론 너무나 보고 싶어. 그게……지금은 보고 싶어도 못 보는 것뿐이야."

"왜 못 봐?"

"왜냐하면……왜냐하면……먼 곳에 와 있기 때문이야. 일하느라고."

"엄마가 그러는데 아빠한테 힘든 일이 생겼대."

"그래, 힘든 일이 있었어. 그나마 이제 좀 나아졌어."

"그럼 이제 나를 만나러 올 거야?"

"최대한 빨리."

나는 숨을 깊이 들이쉬었다. 아랫입술이 떨렸다.

"당분간은 전화통화만 해야 해."

결국 나는 참지 못하고 울음을 터뜨렸다.

"아빠, 왜 그래?"

"괜찮아. 아빠는 괜찮아."

나는 그렇게 말하며 수화기를 멀리 뗐다가 다시 말을 이었다.

"학교생활은 어때?"

우리는 14분 동안 갖가지 이야기를 나눴다. 케이틀린이 학교의 부활절 공연에서 천사 역을 맡은 이야기, 〈세서미 스트리트〉에 나오는 등장인물들 중 빅버드는 재미없고 쿠키몬스터는 멋지다는 이야기, 눕히면 눈이 감기는 바비 인형을 갖고 싶다는 이야기.

나는 통화하면서 손목시계로 시간을 확인했다. 케이틀린이 수화기를 든 지 딱 15분이 지나자 뒤에서 루시의 목소리가 들려왔다.

"아빠한테 시간 다 됐다고 말해."

케이틀린이 나에게 말했다.

"아빠, 시간이 다 됐대."

"알았어, 아가. 너무 보고 싶구나."

"나도 보고 싶어."

"금요일에 다시 전화할게. 이제 엄마 좀 바꿀래?"

"엄마, 아빠가 전화 받으래. 그럼 안녕, 아빠."

"안녕, 아가."

루시한테 수화기를 건네는 소리가 들렸다. 그러나 말을 꺼내기도 전에 루시가 수화기를 쾅 내려놓았다.

이튿날, 매튜 심스와 상담하는 내내 나는 케이틀린과 전화통화를 한 이야기만 했다.

"루시가 그렇게도 나를 싫어하니 케이틀린을 만나도록 허락하지 않을 것 같아요."

"전화통화는 할 수 있게 됐잖아요. 지난주에 비하면 큰 발전이죠."

"이 모든 게 다 내 불찰인 것 같아요."

"전 부인과는 언제 헤어졌죠?"

"이 년 전에요."

"이혼할 때 전 부인에게 재산을 대폭 양보하셨다면서요?"

"루시가 집을 가졌어요. 집이 재산의 전부나 다름없었죠."

"이혼수당과 양육비도 늘 제때에 주셨고요? 케이틀린한테는 늘 좋은 아빠였고, 전 부인에게도 해가 되는 행동은 일절 하지 않았고요?"

"네, 그랬죠."

"그럼에도 전 부인이 이혼한 지 이 년이 지나도록 계속 적대적인 입장을 고수한다면 그건 인간 됨됨이의 문제지 데이비드 씨 탓이 아니에요. 게다가 전 부인이 케이틀린을 무기로 이용한다면 문제가 크죠. 전 부인께서는 결국 자신의 행동이 너무 이기적이었다는 사실을 깨닫게 될 거예요. 케이틀린이 좀 더 자라면 엄마의 이기적인 태도를 지적할 테니까요."

"그 말씀 대로 되었으면 좋겠어요. 하지만 저는 여전히 그 생각에서 벗어나지 못하고 있어요."

"무슨 생각에서 못 벗어나는데요?"

"애당초 전처와 딸을 떠나지 말았어야 한다는 생각……. 제가 엄청난 실수를 저질렀어요."

"돌이키고 싶어요? 진심으로?"

"돌이킬 수 없잖아요. 우리는 다시는 돌아갈 수 없는 강을 건넜어요. 핏물과 오물이 넘쳐 다리가 잠겼어요. 제가 아주 형편없는 실수를 저질렀다는 사실은 변하지 않아요."

"전 부인께도 그런 뜻으로 말씀해 보셨어요?"

금요일, 다시 케이틀린과 통화할 때 루시는 여전히 나에게 말할 기회를 주지 않았다. 이번에도 주어진 15분이 다 되자 루시는 케이틀린에게 전화를 끊으라고 말했다. 일요일에도 마찬가지였다. 그나마 일요일에는 케이틀린에게 별장의 전화번호를 알려주며, 앞으로 몇 주 동안 이곳에서 지낼 테니 엄마에게도 전화번호를 알려주라고 했다.

윌러드의 별장에서 몇 주 더 머물기로 결정했다. 어차피 선택의 여지가 없었다. 좀 더 머물 곳이 필요했던 나에게 윌러드가 반년 더 런던에 머물기로 결정한 건 희소식이었다.

앨리슨이 그 소식을 나에게 전화로 전했다.

"윌러드가 런던에서 각색 작업을 하나 더 맡았대. 윌러드는 그 우울한 잿빛 도시가 마음에 드나 봐. 덕분에 자기는 크리스마스까지 거기 머물 수 있겠어. 게다가 윌러드는 자기가 거기 묵으면서 집을 돌보고 있는 게 좋대. 자기가 전기요금 같은 것만 내면 집세는 전혀 안 받겠대."

"고맙군요."

"윌러드도 자기한테 벌어진 일들이 도무지 말도 안 되고 불공평한 처사라고 생각한대. 에미상 주최 측에도 개똥 같은 짓을 당장 그만두라고 항의편지를 썼다더군."

"정말 그렇게 썼대요?"

"그냥 내 표현이야."

"윌러드와 다시 통화하게 되면 제가 정말 고마워하더라고 전해 주세요. 이렇게 기분 좋은 소식은 정말이지 오랜만에 들어보네요."

하지만 행운은 그리 오래가지 않았다. 이튿날 메가톤급 폭탄이 내 발등에 떨어졌다. 이번에는 바비 바라 때문이었다.

나는 바비 바라의 휴대전화로 전화를 걸었다. 바비는 내 목소리를 듣고 왠지 대답을 주저하는 것 같았다.

"친구, 잘 지내지?"

"요 몇 달 아주 좋네."

"그래, 많이 힘들다는 얘긴 들었어. 이 전화번호는 어디야?"

나는 샐리에게서 쫓겨나 앨리슨이 구해준 은신처에서 지낸다고 대답했다.

바비가 말했다.

"자네가 할리우드의 쓴맛을 제대로 맛봤어."

"자네가 지금껏 한 말 중에서 최고로 절제된 표현인데?"

"친구, 들어 봐. 그동안 연락 못해서 미안해. 그럴 만한 사정이 있었어. 난 그 검색엔진 회사 때문에 상하이에 가 있었어. 나에게 전화한 이유는 알아. 주식상장이 무산된 이유를 듣고 싶겠지?"

내 귀에 경고음이 울렸다.

"주식상장? 그게 나와 무슨 상관이야?"

"그게 무슨 상관이냐고? 친구, 왜 이래. 투자금 모두를 그 검색엔진 회사 상장주에 다 옮겨 투자하라고 말한 장본인이 바로 자네잖아."

"나는 그런 적 없어."

"그런 적 없다고? 이런 젠장! 두 달 전쯤 내가 아시아 검색엔진회사 이야기를 하며 투자 상황을 설명해준 게 기억나지 않는다고?"

"그거야 기억하지."

"그때 내가 뭐랬지?"

그때 바비는 나에게 아시아 검색엔진 회사, 중국과 동남아시아에서 최고의 검색엔진으로 부상할 게 확실시되는 회사의 상장주에 투자하는 특권을 주겠다고 말했다. 나는 기억력이 좋다. 그 때 나눈 대화 내용이 전부 생생하게 기억났다.

그때 바비와 내가 나눈 대화는 이랬다.

'찢어진 눈의 야후에 투자하는 거야.'

'인종차별적인 말은 삼가.'

'이봐, 아직 길이 나지 않은 미지의 땅에 첫발을 내딛는 거야. 초반부터 낄 수 있는 절호의 기회지. 내가 아주 빨리 정보를 얻었기 때문에 가능한 일이야. 관심 있어?'

'뭐, 투자에 관한 한 여태껏 자네가 틀린 적은 없잖아.'

'자네는 역시 똑똑하다니까.'

젠장, 젠장, 젠장. 그 말을 내 투자금 모두를 옮기라는 말로 듣다니.

"내가 관심 있는지를 물었고, 자네는 분명 긍정적으로 대답했어. 나는 당연히 그 상장주에 투자하고 싶다는 뜻으로 받아들일 수밖에 없었지."

"돈을 다 거기로 옮기라는 말은 하지 않았……"

"그러면 안 된다는 말도 하지 않았어. 나는 투자할 때 과감하게 밀어붙이는 스타일이라서."

"내가 서류에 서명하지 않은 한 내 돈을 마음대로 옮길 수는 없어!"

"그게 억지소리라는 건 자네가 더 잘 알잖아. 투자가 어떻게 이루어진다고 생각해? 늘 서류를 정중하게 주고받을 것 같아? 이 바닥은 삼십 초마다 상황이 뒤바뀌는 곳이야. 누가 나에게 팔라고 말하면……."

"나는 팔라고 말하지 않았어."

"난 자네한테 상장주에 투자할 건지 물었고, 자네는 그러겠다고 대답했어. 우리 회사에 투자를 맡기겠다는 계약서에도 서명했지? 그 계약서를 다시 잘 들여다 봐. 자네 투자금의 투자처를 옮기는 건 구두 승인만 받으면 진행할 수 있어. 증권거래위원회에 제소하고 싶으면 해 봐. 비웃음만 살걸."

"어떻게 이런 일이……."

"이봐, 세상이 끝난 건 아니야. 아홉 달만 기다려. 주가가 네 배로 뛸 거야. 그러면 지금 손해 본 오십 퍼센트 정도는 죄다 보상받고도 남아."

이제 머릿속에서 비상벨 세 개가 요란하게 울렸다.

"방금 뭐라고 했어?"

바비는 침착했다.

"인터넷회사 주식 상황이 현재 일시적으로 하향세라는 뜻이야. 그 회사 상장 과정이 기대처럼 진행되지 않았기 때문이지. 자네 투자액의 절반 정도가 사라졌어."

"그럴 리 없어."

"이미 그렇게 돼 버렸다는 말밖에 해줄 말이 없어. 어쨌든 투자라는 건 죄다 도박이야. 자네도 잘 알잖아? 나는 고객의 위험을 최소화하려고 애쓰지만 시장이 저주를 받은 듯이 이상하게 돌아갈 때도 있어. 중요한 건 아직 완전히 망한 건 아니라는 사실이야. 아니, 오히려 그 반대야. 내년 이맘때면 틀림없이……."

"바비, 내년 이맘때면 나는 감옥에 가 있을 거야. 국세청에 내야 할 세금이 자그마치 이십오만 달러쯤 되고, FRT와 워너브라더스에서도 그쯤 되는 돈을 내놓으라고 할 거야. 지금 내가 어떤 상태인지 알겠어? 계약은 다 취소됐어. 할리우드에서는 모두가 나를 기피해. 지금 나에게 남은 재산이라고는 자네한테 투자한 돈이 전부야. 그런데 지금 자네는 나한테……."

"지금 나는 자네한테 마음을 가라앉히라고 말하고 있지."

"지금 내가 자네에게 해줄 말이 있다면 세금 마감이 십칠 일 남았다는 거야. 국세청은 고액체납자한테 절대로 너그럽지 않아. 아니, 아주 무시무시하지."

"내가 어떻게 해줄까?"

"돈을 다 돌려줘."

"진득하게 기다리는 게 좋아."

"지금은 진득하게 기다릴 형편이 아니야."

"뭐, 지금 당장은 나도 어쩔 수 없어."

"지금 당장 나에게 줄 수 있는 액수가 얼만데?"

"지금 상태로는 총액이 이십오만 달러쯤 돼."

"나를 파산시키다니……."

"내가? 자네가 파산한 건 내 잘못이 아니야. 그리고 아까도 말했지만 아홉 달만 기다리면……."

"빌어먹을 아홉 달 타령은 집어 치워. 지금 나에게는 단 십칠 일밖에 없어. 그때까지 세금을 낸다고 해도, 그 뒤로는 빈털터리 신세야. 알았어? 완전히……."

"난들 어쩌라고? 도박이 다 그런 거지."

"자네가 투명하게 일처리만 했어도……."

바비가 갑자기 화를 벌컥 냈다.

"야, 이 새끼야. 나는 투명하게 했어. 까놓고 따져 볼까? 네놈이 다른 작가 대사를 훔쳐다 쓰는 바람에 여기저기서 쫓겨났잖아. 안 그랬으면……."

"이 개자식, 개자식, 개자식……."

"이제 끝이야. 말 그대로 끝. 이제 너와 거래 안 해."

"당연히 그렇겠지. 나를 엿먹이고 이제……."

"대화 끝이야. 마지막으로 하나만 묻지. 주식을 현금으로 바꿔 줘?"

"지금은 그 수밖에 없어."

"확실하지?"

"그래, 다 팔아."

"알았어. 내일 송금할게. 끝."

"다시는 전화하지 마."

"내가 왜 전화해? 나도 낙오자는 상대 안 해."

당연히 이튿날 전화 상담은 바비 바라와 나눈 통화 이야기로 채워졌다.

매튜 심스가 물었다.

"자신이 낙오자라고 생각해요?"

"선생님은 어떻게 생각하세요?"

"질문한 사람은 접니다."

"그냥 낙오자가 아니죠. 완전히 망했어요. 다 잃었어요. 다 빼앗겼어요. 내가 멍청해서 벌어진 일이에요. 내가 자만에 빠져 중요한 문제를 면밀하게 체크하지 못한 결과죠."

"다시 자기혐오로 들어갔군요."

"제가 어쩌겠어요? 이제 파산이 눈앞에 닥쳤는데……."

"이 위기상황에서 벗어날 수 있을 만큼 선생님 자신이 똑똑하다고 생각하지 않나요?"

"어떻게 이 위기를 벗어나요? 자살이라도 할까요?"

"그런 농담은 정신과의사와 상담할 때에는 적절하지 않아요."

회계사 샌디 마이어에게 바비 바라의 일을 다 설명했을 때에도 농담은 통하지 않았다.

샌디 마이어가 말했다.

"이제 와서 제가 전에 해주었던 말을 들먹이고 싶지 않지만 한 사람의 손에 돈을 다 맡기는 건 위험하다고 경고했잖아요?"

"바비 그 놈이 종전까지는 아주 잘했거든요. 올해에는 큰 수익을 올릴 거라 기대했는데……."

"아무튼 힘든 입장이 됐어요. 내 생각으로는 이렇게 하는 게 좋겠어요. 우선 주식을 판 돈 이십오만 달러는 세금으로 냅시다. 신용카드 결제대금이 이만팔천 달러니까 예금 잔액인 삼만 달러로 결제하면 이천 달러가 남아요. 앨리슨한테 들었는데, 지금 집세는 내지 않아도 된다면서요?"

"집세는 안 들어요. 아껴 쓰면 일주일에 이백 달러로 충분히 살아갈 수 있어요."

"그럼 이천 달러로 십 주 정도는 버티겠네요. 매달 이혼 수당과 양육비로 나가야 하는 일만천 달러가 문제로군요. 그 문제는 앨리슨과 상의해볼게요. 전 부인을 상대할 변호사를 새로 구했다고 들었어요. 법원에서는 현재 입장을 고려해 이혼 수당과 양육비를 낮추도록 허락할 거예요."

"그것까지 깎고 싶지는 않아요. 딸아이한테 불공평한 일이에요."

"데이비드, 루시도 지금 꽤 많이 벌고 있어요. 제가 보기에는 현재 지불하는 이혼 수당과 양육비가 너무 많아요. 물론 얼마 전까지만 해도 수입이 연간 일백만 달러는 됐으니 문제될 게 없었지만 제가 보기에 이혼 수당과 양육비 액수는 애초에 지나치게 많이 책정됐어요. 제 말을 너무 고깝게 듣지는 마요. 죄책감에 대한 보상차원으로 보이지만 액수가 턱없이 큰 건 사실이잖아요."

"죄책감을 돈으로라도 보상할 생각이었어요. 지금도 그 생각은 변함이 없어요."

"그렇지만 이제는 그럴 만한 돈이 없잖아요. 매달 일만천 달러를 감당할 방법이 없어요."

"우선 차를 처분해야겠어요. 그럼 사만 달러는 생기잖아요."

"차 없이 어떻게 움직이려고요?"

"칠천 달러 정도면 싸고 괜찮은 차를 살 수 있어요. 남는 돈 삼만삼천 달러를 세 달치 이혼 수당과 양육비로 낼게요."

"그 뒤에는 어떡하려고요?"

"그건 저도 몰라요."

"앨리슨과 상의해 일을 구하는 게 좋겠어요."

"앨리슨이 할리우드 최고의 에이전시인 건 사실이지만 지금 저에게 일을 맡길 사람을 찾아내지는 못 할 거예요."

샌디가 말했다.

"제가 앨리슨에게 직접 이야기할게요. 그래도 되죠?"

"소용없어요. 누가 저 같은 패배자를 쓰겠어요?"

샌디와 통화한 지 며칠 뒤, 앨리슨이 전화해 말했다.

"안녕, 패배자."

"내 회계사와 통화했군요."

"아, 여러 사람들과 통화했어. FRT와 워너브라더스 사람들하고도."

"그래서요?"

"또 좋은 소식과 나쁜 소식이 있어. 우선 나쁜 소식부터 전할게. FRT와 워너브라더스가 환급을 받기로 결정했대."

"정말 끝장이군요."

"아직 아냐. 두 곳 모두 금액을 반으로 줄이겠대. 각각 십이만오천 달러씩 내면 돼."

"그래도 어차피 망하기는 마찬가지잖아요."

"그래, 샌디한테 자기 이야길 다 들었어. 그나마 좋은 소식 한 가지가 더 있어. FRT와 워너브라더스를 설득해 그 돈을 차차 갚기로 했어. 반년 뒤부터 갚아나가면 돼."

"대단하네요. 아무튼 지금은 갚을 돈도 없고, 일도 없잖아요."

"그렇지 않아."

"무슨 말이에요?"

"일을 찾아냈어."

"글 쓰는 일을 구했어요?"

"당연하지. 딱히 멋진 일이라고 할 수는 없지만 어쨌든 일은 일이야. 게다가 작업시간을 생각하면 고료도 괜찮아."

"얼른 말해 보세요."

"내 이야기를 듣고 한숨을 쉬면 안 돼."

"어서 말씀하세요."

"소설 각색이야."

나는 한숨을 쉬지 않으려고 애썼다. 정말이지 소설 각색은 달가운 일이 아니었다. 개봉 예정인 영화 시나리오를 읽기 쉬운 소설로 각색하는 것이었다. 영화 시나리오를 대중소설로 만들어 팔겠다는 뜻이었다. 작가가 하기에는 가장 낮은 수준의 일이었다. 자존심에 연연하지 않는 사람이나 문제가 생겨 현금이 절실하게 필요한 사람이 맡을 만한 일이었다. 나는 자존심도 없고, 문제에 휘말렸고, 무엇보다 현금이 절실하게 필요한 사람이었다. 나는 못마땅한 마음을 억누르고 앨리슨에게 물었다.

"무슨 영화죠?"

"다시 한 번, 한숨 쉬면 안 돼."

"아까도 한숨을 쉬지는 않았어요."

"글쎄, 이번에는 한숨이 절로 나올지도 몰라. 뉴라인 영화사에서 만들고 있는 청소년 영화야."

"제목은?"

"〈딱지 떼기〉."

그 말에 다시 절로 한숨이 나왔다.

"어디 보자……. 여드름투성이 열여섯 살짜리 두 주인공이 총각 딱지를 떼려고 애쓰는 이야기인가요?"

"어머, 어머, 영리하기도 하지. 열여섯이 아니라 열일곱 살인 것만 빼면 다 맞았어."

"열일곱 살이면 늦됐네요."

"요즘은 순결이 대세니까."

"두 주인공 이름은 뭐죠?"

"이름은 마음에 들 거야. 칩과 척."

"만화영화에 나오는 비버 이름 같아요. 배경은 잘사는 교외 주택 단지가 있는 위성 도시겠군요. 반누이 같은 곳."

"비슷해. 오렌지카운티야."

"둘 중 하나가 살인마고요."

"그건 틀렸어. 〈스크림〉이 아니야. 하지만 반전은 있지. 칩이 마침내 잠자리를 하는 여자애가 척의 이복여동생인 걸로 밝혀지고……."

"척은 자기한테 그런 여동생이 있는지조차 몰랐고요?"

"정답, 재뉴어리는……."

"여자애 이름이 재뉴어리라고요?"

"딱 그런 영화잖아. 뭘 더 바라?"

"그렇군요. 얘기만 들어도 완전 쓰레기네요."

"맞는 말이지만 각색을 잘 해주면 이만오천 달러를 준대. 작업 기한은 이주고."

"하죠, 뭐."

이튿날 아침 택배로 시나리오가 도착했다. 역시나 끔찍했다. 발기와 클리토리스에 대한 음담패설, 아무런 가치도 없는 대사들, 일차원적인 인물들, 십대 코미디 소설에서 으레 볼 수 있는 뻔한 상황들(자동차 뒷자리에서 벌이는 오럴섹스 등등), 칩이 동침하는 여자가 사실은 자기 동생이라는 사실을 알게 되는 척, 두 주인공 사이에 벌어지는 싱거운 싸움, 마침내 두 주인공의 '성장'을 이야기하는 결말.

이 영화의 결말에서는 칩과 척이 화해하고, 척이 사이 나쁜 아버지와 화해하고, 재뉴어리가 칩에게 사실은 처음 본 순간부터 사랑했다고 고백한다. 그렇지만 지나치게 무겁고 뜨거운 관계는 싫으니까 영원히 친구로 지냈으면 좋겠다고 한다.

나는 시나리오를 다 읽고 나서 앨리슨에게 전화했다.

앨리슨이 물었다.

"어때?"

"쓰레기네요."

"마감은 이주야. 마감시간은 지킬 수 있지?"

"당연하죠."

"좋아, 발행인이 내세운 조건이 있어. 길이는 칠만오천 단어를 넘지 않아야 해. 책을 읽을 독자들이 멍청이라는 사실을 명심해야만 해. 쉽고, 단순하고, 빨리 읽힐 수 있게 쓰라는 뜻이야. 섹스 장면은…… 뭐랄까…… '화끈하지만 지나치게 야하지 않게'라고 할까? 아무튼 그렇게 써야 해. 알았지?"

"네, 알 것 같아요."

"마지막으로 하나 더. 자기가 쓰는 걸 발행인도 알고 있어."

"발행인이 싫어하지 않아요?"

"발행인은 뉴욕 사람인데 할리우드에서 벌어지는 온갖 일들을 한심하게 생각해. 그렇지만 모두를 위해 필명을 쓰는 게 좋겠다고 합의했어. 괜찮지?"

"당연하죠. 이런 쓰레기 글에 제 이름을 붙이고 싶겠어요?"

"그럼 필명 좀 생각해 봐."

"존 포드 어때요?"

"안 될 이유가 어디 있어? 데이비드, 마지막으로 하나만 더. 이 일이 개똥 같다는 건 자기도 알고 나도 알고 발행인도 알아. 그렇지만……."

"알았어요. 프로답게 할게요."

"그래야 착한 내 새끼지."

이튿날부터 일을 시작했다. 정확히 13일을 투자해 작업을 마칠 계획이었다. 장별로 나누어 전체 구성을 잡기 전에 7,5000단어를 13으로 나누는 아주 간단한 산수부터 했다. 하루에 5,770단어. 마감을 맞추려면 날마다 그 정도의 양을 써야 했다. 워드프로세스 프로그램에서 한 페이지에 250단어가 들어가게 해놓으면 하루에 23페이지를 써야 한다는 계산이 나왔다. 물론 깊이 생각할 필요 없이 술술 써나가면 되는 작업이지만 작업 양으로 보자면 말도 안 될 만큼 많았다.

일은 일이다. 어차피 다른 일거리는 모두 막혀 있지 않은가? 나는 그 일을 진지하게 받아들였다. 저질 원고지만 최선을 다하기로 마음먹었다. 프로답게 마감을 지켜 타깃에 맞춘 소설로 각색하리라.

엄격하게 일정을 짜고, 그 일정을 지켰다. 케이틀린과 이틀에 한 번 나누는 통화, 매튜 심스와 매일 나누는 통화를 빼면 전적으로 각색 작업에 매달렸다.

소설 각색 작업이 반쯤 진행됐을 때 심스가 말했다.

"훨씬 기분이 좋아 보입니다."

"일이 생겼으니까요. 쓰레기 같은 일이지만 어쨌든……."

"성실하게 임하고 있잖아요. 그건 고무적인 일입니다."

"돈이 필요하니까요. 생산적으로 시간을 때울 일도 필요하고요."

"달리 말하자면 아미티지 씨는 책임감이 강한 사람이고 다시 일을 찾을 수 있다는 걸 스스로에게 증명한 셈이죠."

"사실 이런 일은 하고 싶지 않아요."

"이제 다시 출발하는 거잖아요. 그만하면 보수도 괜찮지 않나요? 좋은 출발점이니까 긍정적으로 받아들이고 즐겁게 임하세요. 그러기 힘들 것 같아요?"

"시나리오를 소설로 각색하는 작업이 결코 긍정적인 일이 아니니까요."

그렇지만 나는 열심히 일했다. 계획한 작업 양을 어김없이 채웠다. 한심한 일을 한다고 해서 내 작업 태도까지 한심해지긴 싫었다. 발행인이 원하는 기준에 맞춰 좋은 결과물을 만들었다. 마감날짜도 정확하게 지켰다.

원고 세 부를 프린트했다. 한 부는 뉴욕에 있는 발행인에게, 한 부는 앨리슨에게 부쳤다. 나머지 한 부는 내가 보관했다. 그런 다음 40분쯤 산타바바라로 차를 몰아 작은 이탈리아식당으로 들어갔다. 윌러드의 별장에 온 뒤로는 한 번도 외식을 하지 않았지만 힘든 일을 끝마쳤으니 조금은 호사를 누리고 싶었다.

오랜만에 별식을 먹으니 기분이 좋았다. 지난 2년 동안 나는 이런 호사를 당연한 것으로 여기며 살았다. 하지만 아주 가끔 누릴 수 있는 사치가 되다보니 아주 기쁘게 느껴졌다. 달빛이 비치는 해변을 오래도록 산책하며 일을 제때에 제대로 마쳤다는 단순한 사실에 기뻐했다.

아니, 그저 일을 제대로 마친 정도가 아니었다. 사흘 뒤에 앨리슨이 전화했다. 뉴욕에 있는 발행인이 내 원고를 무척이나 맘에 들어 한다고 했다.

"막스 뉴튼이 뭐라고 말했는지 알아? '이 친구, 형편없는 쓰레기를 수준 높은 쓰레기로 격상시켰네.' 라고 했어. 문장이 좋은 건 물론이고 마감날짜를 확실하게 지킨 것에도 감동했대. 자기 같은 작가는 보기 드물다는 사실을 각인시킨 셈이지. 정말 좋은 소식은 막스가 이런 소설을 한 달에 한 권씩 낼 계획이라는 거야. 이전에는 이런저런 작가들한테 한 권씩 맡겼는데, 만족스러웠던 적이 없었대. 그래서 자기한테 여섯 권을 한꺼번에 맡기고 싶대. 원고료는 같아. 작품당 이만오천 달러야. 일정은 한 달에 한 권."

"계속 필명으로 내도 상관없고요?"

"물론이지, 존 포드. 이름은 문제될 게 없어. 중요한 건 한 권 작업료만 해도 FRT나 워너브라더스에 갚아야 할 돈이 해결된다는 점이지."

"이혼 수당도 생각해야 해요."

"그래, 샌디가 그 이야기를 하더군. 매달 부담하는 그 짐을 덜어야 해. 터무니없이 큰 액수야. 게다가 루시가 버는 돈도……."

"그 이야기는 하기 싫어요."

"알았어."

"어쨌든 좋은 소식이네요. 아니, 아주 좋은 소식이에요. 소설 각색 작업을 좋은 소식이라고 말하게 되리라고는 상상도 못했지만……."

"일이 없는 것보다는 훨씬 좋지."

그날은 잠을 푹 잤다. 이튿날, 희망적인 기분으로 깨어났다. 여섯 편의 각색 작업이 막스 뉴튼의 마음에 들면 앨리슨은 나를 출판사의 전속 각색 작가로 삼게 할 수도 있겠지. 이 정도 고료만 지속적으로 받는다면 앨리슨의 커미션과 세금을 고려해도 FRT와 워너브라더스에 갚아야 할 돈을 2년 안에 해결할 수 있다는 계산이 나왔다.

이혼 수당과 양육비도 계속 낼 수 있을 거야.

전화 상담 때 매튜 심스가 말했다.

"목소리가 아주 밝아보여요. 듣기에도 좋은걸요."

"마음을 비우니까 좋아요."

일주일이 흘렀다. 앨리슨을 통해 막스 뉴튼의 수표를 받았다.

나는 곧장 돈을 루시의 계좌로 이체하고 나서 이메일을 보냈다.

'오늘 두 달치 돈이 입금될 거야. 조만간 통화할 수 있었으면 좋겠어.'

이튿날 밤, 케이틀린과 정해진 통화시간이 끝나갈 때 엄마를 바꿔 달라고 말했다.

"엄마가 바쁘다고 말하래. 미안해, 아빠."

나는 더 이상 따지지 않았다.

며칠이 지났다. 막스 뉴튼이 보내기로 한 새 시나리오가 오지 않았다. 나는 앨리슨에게 어찌된 일이냐고 이메일을 보냈다. 앨리슨의 답장에는 어제 막스와 통화했고, 시나리오와 계약서가 다음날쯤 도착할 거라고 적혀 있었다.

다음날, 앨리슨이 전화했다. 앨리슨의 목소리가 떨렸다. 나쁜 소식을 전할 때의 목소리였다.

"어떻게 말해야 할지……."

나는 '이번에는 무슨 일이에요?'라고 물을 기운도 없어 가만히 기다렸다.

"맥스가 계약을 취소했어."

"왜요?"

"테오 맥콜이……."

"아, 제발……."

"내가 읽어 줄게. 길지 않아."

앨리슨은 테오 맥콜의 칼럼을 읽었다.

"'아, 몰락의 힘은 강하도다. 〈셀링 유〉의 원작자 데이비드 아미티지는 다른 작가의 대사를 훔쳐(본 칼럼에서 처음 밝혔다) FRT방송국에서 쫓겨나고, NBC방송국 주차장에서 어느 기자(본 필자)를 공격해 공개적으로 망신을 당하고 나서 이른바 '창작', 구체적으로 말해 '시나리오를 원작으로 한 각색 소설'을 쓰는 최저급작가로 몰락했다. 뉴욕 라이오넬 출판사에 있는 소식통에 따르면 한때 에미상을 받았지만 얼마

전 주최 측에 의해 상이 취소된 작가는 앞으로 개봉될 영화의 시나리오를 각색해 가벼운 소설을 만드는 일까지 맡을 만큼 밑바닥으로 전락했다.

한때 시트콤의 천재로 불리던 작가가 최근 각색 소설로 펴낸 영화는 무엇일까? 뉴라인 영화사에서 내놓을 예정인 십대 코미디물 〈딱지떼기〉다. 소문에 의하면 〈아메리칸 파이〉가 잉마르 베리만 영화로 보일 만한 끔찍한 영화라고……. 더 재미있는 건 아미티지가 고른 필명이다. 존 포드. 왜 하필이면 위대한 서부극 감독의 이름을 땄을까? 아니면 〈불쌍하게도 그 여자는 창녀〉를 쓴 영국 제임스 1세 시대의 극작가의 이름을 땄을까? 아, 아미티지의 경우 제목이 〈불쌍하게도 그 남자는 표절 작가〉가 되겠지만…….”

긴 침묵. 화가 나지도, 충격을 받지도, 정신이 어지럽지도 않았다. 이미 겪을 만큼 겪었기 때문이다. 그저 멍했다. 얼굴을 주먹으로 너무 많이 맞아 오히려 통증을 못 느끼게 된 권투 선수 같았다.

앨리슨이 마침내 말했다.

"데이비드, 무슨 말을 해야 할지…….”

나는 기묘하게 침착한 목소리로 말했다.

"막스 뉴튼이 이걸 읽고 계약을 취소한 거예요?”

"그래, 그렇게 됐어.”

나는 역시 아무 감정 없이 말했다.

"알았어요.”

"이것만 알아둬. 지금 내가 맥콜을 명예훼손으로 고소할 수 있는지 변호사와 이야기하고 있는 중이라는 것.”

"그럴 필요 없어요.”

"그렇게 말하지 마."

"이제 끝났어요. 제가 잘 알아요."

"이번 일은 싸워서 이길 수 있어."

"아니요. 전화 끊기 전에 하고 싶은 말이 있어요. 앨리슨, 당신은 저에게 뛰어난 에이전시라는 말로는 부족한 분이었어요. 저에게는 더없이 좋은 친구였어요."

"데이비드, 도대체 무슨 생각으로 그런 말을 해?"

"다른 생각 없어요. 그저……."

"어리석은 짓은 안 할 거지? 그렇지?"

"포르쉐를 타고 나무로 돌진하는 것 같은 일이라면 안 해요. 맥콜을 기쁘게 할 수야 없죠. 그래도 이제 싸움은 포기할래요."

"그러지 마."

"아니, 진심이에요."

"내일 전화할게."

"그러세요."

수화기를 내려놓았다. 노트북컴퓨터를 챙기고, 자동차에 관련된 서류를 모두 챙겼다. 일주일 전쯤 통화한 산타바바라 포르쉐 딜러에게 전화했다. 딜러는 나를 기다리고 있겠다고 말했다.

산타바바라로 갔다. 딜러가 나를 맞으며 커피를 마시겠느냐고 물었다. 나는 사양했다. 딜러는 두 시간 안에 자동차 상태를 점검하고 나서 가격을 매기겠다고 말했다.

나는 딜러에게 택시를 불러 달라고 부탁했다. 택시가 도착했다. 가까운 전당포로 가자고 했다. 운전사가 백미러로 나를 걱정스레 살펴보았다. 택시를 대기시키고 전당포 앞으로 갔다. 전당포 철문의 창은

굵은 창살로 가려져 있었고, 위에는 감시카메라가 달려 있었다. 초인종을 누르고 안으로 들어갔다. 곳곳이 긁힌 리놀륨 바닥, 형광등 불빛, 방탄유리로 된 유리창. 안에 있는 것만으로도 마음이 심란해지는 전당포였다. 마흔 살쯤 돼 보이는 과체중 남자가 유리창 너머로 나타났다. 남자는 이야기하는 내내 샌드위치를 먹고 있었다.

남자가 물었다.

"뭘 맡기시려나?"

"도시바 테크라 노트북입니다. 최고 사양이에요. 사천오백 달러를 주고 샀어요."

남자가 유리창 아래쪽을 위로 올리며 말했다.

"이리 줘봐요."

남자는 노트북을 대충 살펴보았다. 노트북을 열고, 전원을 켜고, 아래위로 돌리고, 깔러 있는 소프트웨어들을 보고……. 그런 다음 전원을 끄고 노트북을 닫고는 고개를 갸웃했다.

"이런 물건의 문제가 뭔지 알아요? 신제품으로 나와도 반 년만 지나면 고물이 된다는 거죠. 아무리 비싸게 샀어도 팔 때는 값을 안 쳐줘요. 사백 달러 드리지."

"일천 달러요."

"육백."

"좋아요."

자동차 매장으로 돌아가자 딜러가 가격을 뽑아 놓았다. 39,280달러였다.

"사만이천이나 사만삼천 달러는 받을 줄 알았어요."

"최대한 쳐서 사만 달러를 드릴게요. 그 이상은 곤란합니다."

"좋아요."

다시 택시를 불러 가까운 뱅크아메리카 지점으로 갔다. 신분증을 여러 번 보여야 했고, 내가 거래하는 뱅크아메리카 웨스트할리우드 지점과 길게 통화해야 했고, 여러 서류에 서명해야 했다. 어쨌든 마침내 수표를 현찰로 바꿀 수 있었고, 3만2천 달러는 소살리토에 있는 루시의 계좌로 이체했다.

남은 돈 7천 달러를 들고 다시 택시를 잡았다. 이번에는 저렴한 자동차만 취급하는 중고차 매장으로 갔다. 16만 킬로미터를 뛴 1994년형 네이비블루 폭스바겐 골프를 5천 달러에 샀다. 나는 중고차 매장에 있는 전화로 보험설계사한테 전화했다. 내 포르쉐를 5천 달러짜리 7년 된 골프로 바꿨다는 말에 내 담당 보험설계사는 조금 놀란 눈치였다.

"선납하신 금액이 아직 유효하게 남아 있습니다. 포르쉐로는 구 개월 분 보험료지만 골프 보험료는 포르쉐의 삼분의 일쯤 되니까 남은 차액이 오백 달러쯤 되네요."

"차액을 수표로 보내 주시겠어요?"

나는 보험설계사에게 메러디스에 있는 별장 주소를 불러 주었다.

새 중고차를 타고 인터넷카페로 갔다. 커피를 사고, 인터넷에 접속했다. 루시에게 이메일을 보냈다.

'석 달치 수당과 양육비를 이체했어. 총 다섯 달치를 먼저 보낸 거야. 나는 아직도 우리가 대화할 시간을 가질 수 있길 바라. 어쨌든 그 전에 한 가지만 말할게. 내가 큰 잘못을 저질렀어. 이제는 나도 깨달았어. 그리고 미안해.'

이메일을 보내고 나서 카페에 있는 전화로 아메리칸익스프레스, 비자, 마스터카드에 전화했다. 세 카드 모두 납입해야 할 돈이 없다는 걸 확인했다. 몇 주 전, 샌디의 충고대로 남은 잔고로 신용카드사에 납입해야 할 돈을 다 납입했다.

내가 카드를 없애겠다고 말하자 세 곳 모두 나를 설득하려 했다.

아메리칸익스프레스의 상담원이 말했다.

"고객님, 굳이 거래를 취소하지 않으셔도 됩니다. 우수 고객이신데 여러 가지 혜택을 고려하시고……."

나는 뜻을 굽히지 않았다. 일단 모두 거래 정지를 시키고, 거래 취소에 필요한 서류는 메러디스의 내 주소로 보내라고 했다.

카페에서 나가기 전, 카운터에서 가위를 빌렸다. 세 장의 골드 카드를 잘게 잘랐다. 카운터 뒤의 남자가 나를 보며 말했다.

"플래티넘 카드로 업그레이드하셨어요?"

나는 웃으며 카드 조각들을 남자의 손에 놓고 카페를 나갔다.

메러디스로 돌아오는 길에 몇 가지를 암산으로 계산했다.

은행 계좌에 남은 잔고 1만7천1백 달러. 주머니에 남아 있는 현찰 3천6백 달러. 자동차 보험회사에서 올 돈이 5백 달러. 이혼 수당과 양육비는 앞으로 5개월 동안 생각하지 않아도 된다. 윌러드의 별장에서 5개월 더 지낼 수 있으니까 집세 역시 잊어도 된다. 운이 좋으면 윌러드가 런던에 더 머물지도 모른다. 하지만 나는 5개월 너머의 먼 일은 아예 생각하지 않기로 했다. 당장 갚아야 할 빚은 없다. 크게 지불해야 할 비용도 없다. 매튜 심스에게 지불해야 할 상담료는 앨리슨이 부담하겠다고 했다. 나는 사양했지만, 앨리슨은 내가 승승장구하던 2년 동안 내 덕분에 많은 혜택을 누렸으니 심리치료사 비용쯤은 자기가 내겠다고 고집을 부렸다. 의료보험은 선납한 돈으로 아직 9개월은 유효했다.

좋은 옷도, 책도, 고급 만년필도, 음악 CD도, 영화 비디오도, 헬스 트레이너도, 75달러짜리 미용실도, 1년에 2천 달러가 드는 치아 미백도, 바다가 내다보이는 작고 예쁜 고급 호텔에서 보내는 8천 달러짜리 휴가도 다 필요 없었다. 다시 말해 한때 내 생활을 이루던 값비싼 것들은 죄다 필요 없었다. 별장에서 쓰는 전기, 수도, 가스 요금은 일주일에 30달러를 넘지 않았다. 전화는 거의 쓰지 않았다. 음식, 적당한 수준의 와인 두 병, 맥주 몇 캔, 가끔 들르는 가까운 영화관, 이렇게 쓰면 일주일에 2백 달러로 충분히 살아갈 수 있었다. 즉, 앞으로 26주는 너끈히 버틸 수 있다는 계산이 나왔다.

모든 걸 줄이자 기분이 묘했다. '버릴수록 자유롭다' 같은 뻔한 헛소리가 아니라 확실히 삶이 단순하고 편해졌다. 앨리슨이 마지막으로 맥콜의 칼럼을 읽어 주었을 때 느낀 멍한 기분은 여전히 벗어던질 수 없었다. 그저 자동적으로 결정을 내리고 움직이는 게 아닐까 하는 생각도 자주 들었다. 신용카드를 모두 자르거나 노트북컴퓨터를 판 것도 그랬다. 메러디스 중심가에 있는 서점 북스앤컴퍼니에 가서 일자리가 없는지 물어보았을 때도 그랬다.

요즘 대형서점 체인이 아닌 동네서점은 희귀했다. 그만큼 북스앤컴퍼니는 요즘에는 보기 드문 서점이었다. 순수문학 소설, 베스트셀러 대중소설, 요리책, 어린이책 등을 적당히 구비하고 있는 동네서점의 전형이었다. 서점 쇼윈도에는 몇 주 전부터 점원을 구한다는 글이 나붙어 있었다.

레스 피어슨은 50대 후반의 남자로 안경을 쓰고 턱수염을 길렀다. 데님 셔츠와 청바지 차림인 레스 피어슨을 보며 나는 그가 히피 문화가 꽃피던 시절 샌프란시스코의 시티라이트 서점을 좋아했던 사람이거나 한때 봉고를 연주하는 걸 즐긴 사람이 아닐까 상상했다. 그의 자취에서는 해안마을의 동네서점 주인으로 살아가는 것에 만족하는 중년의 분위기가 풍겼다.

내가 서점에 들어섰을 때 레스 피어슨은 카운터 뒤에 앉아 있었다. 내가 전에도 들른 적이 있었으므로 피어슨은 나에게 인사를 건넸다.

"필요한 게 있으면 제가 찾아 드릴까요?"

"실은 사람을 구한다는 안내문을 보고 왔습니다."

"정말요? 서점에서 일한 적이 있나요?"

"로스앤젤레스에 있는 북수프서점을 아세요?"

"북수프를 모르는 사람도 있나요?"

"거기서 십삼 년 동안 일했습니다."

"그런데 이제는 여기 사시죠? 자주 뵀어요."

"네, 윌러드 스티븐스의 집에서 지내고 있어요."

"아, 그렇군요. 그 집에 누가 들어왔다는 이야기는 들었어요. 윌러드와는 어떻게 아는 사이인가요?"

"에이전시가 같아요."

"작가세요?"

"전에는 그랬죠."

"아, 저는 레스 피어슨이라고 합니다."

"저는 데이비드 아미티지입니다."

"성함이 제 귀에도 익숙한걸요."

나는 고개를 갸웃했다.

"정말 여기서 일하고 싶어요?"

"서점을 좋아합니다. 서점 일도 오래 했고요."

"근무 시간은 주당 사십 시간이에요. 수요일부터 일요일, 열한 시에서 일곱 시까지. 점심시간은 한 시간이고요. 작은 서점이라 형편상 시급 칠 달러밖에 못 드립니다. 일주일에 이백팔십 달러쯤 되겠죠. 미안하지만 의료보험 혜택은 없어요. 대신 커피는 얼마든지 공짜로 마실 수 있고, 책은 반값에 드립니다. 주급 이백팔십 달러도 괜찮겠어요?"

"네, 좋습니다."

"혹시 신원을 확인할 연락처는?"

나는 재킷 주머니에서 수첩과 펜을 꺼내 북수프 매니저인 앤디 바론의 이름을 적었다. 앤디 바론은 입이 무거운 사람으로 내가 서점에서 일하려 한다는 사실을 어디에도 말하지 않을 것이다. 앨리슨의 전화번호도 적었다.

"앤디는 전에 제 상관이었고, 앨리슨은 제 에이전시였어요. 그리고 제 연락처는……."

"윌러드의 집 전화번호는 저도 알고 있어요. 연락하겠습니다."

그날 저녁, 전화벨이 울렸다.

앨리슨이 말했다.

"도대체 무슨 짓이야? 서점에 취직한다고?"

"안녕하세요. 로스앤젤레스는 어때요? 살만 해요?"

"스모그가 심해. 내 질문에나 대답해. 레스 피어슨이라는 작자가 나한테 전화했어."

"제 얘기, 좋게 말해 주셨어요?"

"도대체 무슨 생각이야? 아니, 그게 무슨 짓이야?"

"일이 필요해요."

"지난 며칠 동안 내가 보낸 이메일에는 왜 답장도 안 해?"

"컴퓨터를 없앴으니까요."

"맙소사, 왜?"

"이제 글을 안 쓸 테니까요."

"말도 안 되는 소리."

"정말이에요."

"이봐, 조금만 둘러보면 우리가……."

"뭐요? 세르비아 연속극을 다듬는 일을 할까요? 멕시코 뱀파이어 영화 시나리오를 다듬을까요? 필명을 쓰면서 시나리오를 소설로 각색하는 일조차 할 수 없는데 도대체 누가 저 같은 사람을 쓰겠어요?"

"지금 당장은 없을지 모르지. 그렇지만……."

"그렇지만 언제요? 기사를 날조해 퓰리처상을 반납했던 그 《워싱턴 포스트》 기자를 기억하실 거예요. 십년 뒤에 그 기자가 뭘 하고 있었는지 알아요? 백화점 화장품 매장의 판매원으로 일하고 있었어요. 대중을 속였다가 찍히면 그렇게 돼요. 결국 보잘것없는 매장의 판매원이 되는 거죠."

"그 기자에 비하면 자기 일은 아무것도 아냐."

"테오 맥콜이 계속 물고 늘어질 거예요. 이제 작가로서는 끝났어요."

"데이비드, 그렇게 목소리가 차분한 게 더 싫어."

"사실 기분이 차분해요. 아주 만족스럽기도 해요."

"프로작(우울증 치료약의 유명 상표명 : 옮긴이) 이라도 먹었어? 아니지?"

"세인트존스워트(우울증에 효과적이라고 알려진 허브 : 옮긴이)도 안 먹었어요."

"내가 당장 자기를 만나러 가야겠어."

"몇 주만 여유를 주세요. 지금은 혼자 있고 싶어요."

"정말 괜찮은 거지?"

"더 이상 좋을 수가 없어요."

"그 말이 더 수상해."

한 시간쯤 뒤, 전화벨이 또 울렸다. 이번에는 레스 피어슨이었다.

"앤디 바론과 에이전시한테 전화했는데 아주 좋은 말만 들었어요. 언제부터 일을 시작할 수 있나요?"

"내일부터 할 수 있어요."

"그럼 열 시에 봅시다. 아, 한 가지 더. 그동안 겪은 일들을 다 들었어요. 안타깝습니다."

"고맙습니다."

이튿날부터 서점에서 일하기 시작했다. 수요일에서 일요일까지, 혼자 서점을 돌봤다. 카운터를 보고, 손님들이 원하는 책을 찾을 수 있게 도왔다. 서점 뒤쪽에 있는 사무실에서 주문과 재고를 확인했다. 바닥을 닦고, 먼지를 털어내고, 화장실을 청소했다. 돈을 세고, 저녁마다 은행에 입금했다. 매일 한두 시간씩 금전등록기 뒤에서 책을 읽었다.

조금도 힘들지 않았다. 평일에는 소수의 지역 주민들이 가끔 들러 책구경을 할 뿐이었다. 그나마 로스앤젤레스 사람들이 별장으로 몰려오는 주말에는 조금 바빴다. 그래도 일이 딱히 고되지는 않았다. 메러디스 주민들은 내가 누구인지 몰랐다. 나를 수상한 눈빛으로 눈여겨 쏘아보는 사람도 없었고, 나에게 말을 거는 사람도 없었다. 메러디스에서는 서로 정중하게 거리를 두는 게 불문율처럼 되어 있었다. 나로서는 아주 고무적인 일이었다. 로스앤젤레스 사람들이 몰려오는 금요일에도 '업계' 사람은 보이지 않았다. 윌러드 스티븐스는 예외지만, 메러디스에 별장을 두고 있는 사람들은 대부분 변호사, 의사, 치과의

사 등이었다. 그 사람들의 눈에 나는 그저 서점 점원일 뿐이었다. 몇 주 사이에 내 외모도 변했다.

처음에는 살이 빠졌다. 7킬로그램쯤 빠지자 몸무게가 73킬로그램으로 아주 홀쭉해졌다. 스트레스가 가장 큰 원인 같았다. 하루에 맥주 한 캔이나 와인 한 잔으로 술을 줄인 것도 살이 빠지는 원인으로 작용했으리라. 식사도 간단하게 했고, 탄수화물 섭취량도 적었다. 매일 해변에서 달리기도 했다. 늘상 해오던 아침 면도도 생략했다. 머리도 길어져 서점에서 일한 지 두 달이 지날 무렵에는 1960년대 히피 같았다. 레스도, 메러디스 주민 어느 누구도 내 외모를 지적하지 않았다. 나는 맡은 일을 했다. 부지런하고 솔직하고 늘 공손했다. 모든 일이 순조로웠다.

레스도 고용주로는 편한 사람이었고, 내가 쉬는 월요일과 화요일에만 서점에 나왔다. 다른 때에는 항해를 즐기고 인터넷으로 주식투자를 했다. 어쩌다가 나누는 대화를 통해 알게 되었지만 10년 전쯤 유산을 조금 물려받았고, 그 돈으로 서점을 열고 이 작은 해안 마을에서 인생을 즐기며 살기 시작했다. 이전에는 시애틀에서 광고 일을 했는데, 서점 운영은 오래도록 꿈꿔온 일이었다.

부인과는 이혼했으며 두 아이는 샌프란시스코에 있다는 이야기를 한 적이 있었다. 일하기 시작한 첫날, 내가 이틀마다 저녁 7시에 딸아이와 통화해야 한다고 말하자 레스는 내가 극구 사양하는데도 서점 전화를 쓰라고 했다. 15분씩 전화를 썼으니까 거기에 맞는 요금을 내겠다고 하자 레스는 내 말을 들으려 하지도 않았다.

레스가 말했다.

"이 변변치 않은 직장에서 누릴 수 있는 작은 혜택이라고 생각하세요."

루시는 여전히 나와 이야기하지 않았다. 두 달 뒤, 나는 결국 월터 디커슨에게 전화해 케이틀린을 직접 만날 수 있도록 협상해 달라고 부탁했다.

"루시가 옆에서 감독하겠다고 해도 상관없어요. 딸아이가 보고 싶어 못 견디겠어요."

며칠 뒤, 디커슨이 전화해 말했다.

"전 부인의 생각이 너무나 완고해요. 저쪽 변호사 말로는 변화를 기대하기 어렵겠다는군요. 하지만 좋은 소식도 있습니다. 케이틀린이 왜 아빠를 만나지 못하게 하는지 설명하라며 엄마에게 압력을 가하고 있답니다. 한 가지 좋은 뉴스가 또 있어요. 전화를 하루에 한 번씩 할 수 있도록 약속을 받아냈습니다."

"정말 좋은 소식이네요."

"조금 더 참고 신사적으로 행동하다보면 전 부인도 양보하지 않을 수 없을 겁니다."

"케이틀린과 매일 통화할 수 있게 해 주셔서 감사합니다. 청구서를 보낼 주소는 아시죠?"

"이번 건은 서비스라고 해두죠."

북스앤컴퍼니에서 일한 지 석 달이 지났다. 내 생활은 편안하고 즐거웠다. 매일 달리기를 하고, 출근하고, 7시에 서점 문을 닫았다. 케이틀린과 통화하고, 집으로 갔다. 집에서는 책을 읽거나 영화를 보았다. 쉬는 날에는 해변을 따라 드라이브를 했다. 동네 영화관에 가거나 산타바바라에 있는 멕시코 식당에도 갔다. 8주가 지나면 루시에게 일만 천 달러를 또 보내야 했지만 미리 걱정하지 않으려 애썼다. FRT와 워너브라더스에 환급해야 할 돈도 생각하지 않으려 애썼다. 앨리슨의 말 대로라면 윌러드 스티븐스가 삼 개월 뒤에는 런던에서 돌아올 테지만 미리 어떻게 해야 할지 생각하지 않으려 애썼다. 지금은 그저 하루하루의 일만 생각하기로 했다. 앞날을 깊이 생각하기 시작하면 다시 극도로 초조한 상태에 빠져들 것을 잘 알고 있었기 때문이다.

앨리슨은 매주 연락했다. 딱히 새로운 소식은 없었다. 새로운 작업 의뢰도 없었다. 판권료나 로열티 이야기도 없었다. FRT와의 계약이 파기되었을 때, 모든 게 다 산산조각 났기 때문이다.

앨리슨은 토요일 오전마다 나에게 전화해 내 안부를 물었다. 그때마다 나는 잘 지낸다고 대답했다.

앨리슨이 말했다.

"자기 입에서 다 개똥 같다고 말하는 걸 들으면 훨씬 기분이 좋을 것 같아."

"그렇지만 개똥 같지 않은 걸요."

"현실부정 단계가 틀림없어. 그러다가 현실이 한순간에 와르르 무너져 자기를 덮칠지도 몰라."

"아직까지는 괜찮아요."

"한마디만 더 할게. 조만간 동전 떨어지는 소리에 놀라 나한테 전화하게 될 걸."

2주 뒤, 정말 놀라 앨리슨에게 전화할 일이 생겼다. 아침 10시, 서점 문을 막 열었을 때였다. 손님이 없어 혼자 커피를 만들어 마시며 우편물을 정리하고 나서 《로스앤젤레스타임스》를 대충 넘겨보았다. 신문은 얼마 전부터 다시 읽기 시작했다. 문화면에 실린 기사가 눈에 띄었다.

은둔 생활로 유명한 억만장자 필립 플렉이 다시 감독 의자에 앉는

다. 자비로 4천만 달러의 제작비를 들여 만든 데뷔작 〈마지막 기회〉가 몇 안 되는 개봉관에서 관객의 웃음거리가 됐던 때로부터 5년 만에 다시 영화에 뛰어드는 것.

플렉의 두 번째 영화 〈세 불평꾼〉은 액션 코미디로 전작에 비해 대중적일 것이라고. 힘들게 살던 두 명의 베트남 참전용사가 은행을 털기로 계획한다는 줄거리로, 배경은 시카고다. 이번에도 제작비는 플렉이 직접 대며, 시나리오도 직접 썼다. 1970년대 로버트 알트만 감독의 영화들처럼 블랙 유머가 많이 담긴 시나리오라는 게 플렉의 설명. 플렉은 곧 발표될 캐스팅도 놀라울 것이라고 예고했다. 2백억 달러의 재산가인 플렉이 이 코미디를 분노에 찬 예술 영화로 만들지 않기를 기대해 보자. 존재론적 분노는 시카고의 스카이라인에 절대로 잘 어울릴 리 없으니까.

신문을 내려놓았다가 다시 집어 들었다. 내 눈을 믿을 수 없었다. 내 눈은 한 문장에 박혔다.

'이번에도 제작비는 플렉이 직접 대며, 시나리오도 직접 썼다.'

개자식. 재능은 손톱만큼도 없는 개자식. 내 시나리오를 훔친 것으로 모자라 이제는 뻔뻔하게 원래의 제목까지 가져다 써?

나는 수화기를 집어 들고 로스앤젤레스에 전화했다.

앨리슨이 전화를 받았다.

"나도 막 전화하려던 참이었어."

"봤어요?"

"그래, 봤어."

"제정신이라면 이럴 수 있어요?"

"플렉은 돈이 이백억 달러나 있잖아. 뭐든 마음대로 할 수 있다는 뜻이야."

제4장

앨리슨이 말했다.

"신경 쓰지 마."

"어떻게 신경을 안 써요? 그놈은 내 시나리오를 훔쳤어요. 이건 정말이지 더할 수 없는 아이러니예요. 나는 무의식중에 쓴 대사 몇 줄 때문에 인생을 망쳤는데, 이 억만장자는 내가 쓴 시나리오를 그대로 가져가서 자기 이름만 얹었잖아요."

"그놈 뜻대로는 안 될 거야."

"당연히 그냥 내버려두면 안 되죠."

"자기가 이걸 쓴 게 1990년대 중반이지? 그때 작가협회에 등록했지? 작가협회에 전화 한 통만 하면 〈세 불평꾼〉의 합법적인 저자가 누구인지 금방 확인될 거야. 그 다음에는 내 변호사가 플렉 쪽에 고소장을 날릴 거야. 몇 달 전, 플렉이 시나리오 값으로 이백오십만 달러를 제안했던 거 기억하지? 이제 그 돈을 다 내놔야 할 거야. 모든 신문 일면에 플렉이 시나리오를 훔쳤다는 기사가 나게 될 테니까."

"앨리슨, 꼭 그렇게 해요. 그 놈에게 돈은 어차피 마르지 않는 샘이나 다름없어요. 그놈에게 이백오십만 달러는 그야말로 껌값이니까. 더욱 중요한 사실은 꼼짝하지 못할 지경에 놓인 나에게 이런 나쁜 짓을 했다는 사실이에요. 이건 도둑질보다 더한 짓이에요."

앨리슨은 담배 때문에 걸걸한 웃음을 뱉었다.

"자기 입에서 그런 말을 들으니까 한결 낫네."

"그건 또 무슨 뜻이죠?"

"지난 두 달 동안 자기가 어떻게 지냈는지 생각해 봐. 참선하는 사람 같았어. 자기가 서점에 취직해 완전히 다른 삶을 살겠다고 했을 때 내가 얼마나 큰 충격을 받았는지 알아? 결국 나도 자기를 포기할 뻔했어. 그런데 다시 이렇게 패기 넘치는 말을 들으니 기분이 좋아."

"이건 달리 생각할 일이 아니잖아요. 지금까지는 그냥 포기하고 말았지만 이번 일은 도대체 너무 심해서……."

"걱정하지 마. 그 인간쓰레기가 제대로 대가를 치르게 할 테니까."

이튿날, 앨리슨으로부터 아무런 연락이 없었다. 그 다음날에도 없었다. 셋째 날, 내가 앨리슨에게 전화했다. 하지만 비서가 전화를 받아 앨리슨이 사무실을 비웠으며 다음날 돌아올 예정이라고 했다. 하지만 그 다음날에도 앨리슨의 전화는 오지 않았다. 주말이 됐다. 주말에 나는 앨리슨의 집에 세 번이나 메시지를 남겼지만 전화는 오지 않았다. 월요일도 지나갔다. 마침내 화요일 아침, 전화벨이 울렸.

앨리슨이었다.

"오늘 뭐해?"

"전화를 수없이 했는데 이제야……."
"그동안 바빴어."
"새로운 소식이라도 있어요?"
앨리슨의 목소리는 조금 심란해 보였다.
"직접 만나서 얘기하는 게 좋겠어."
"전화로 말할 수 없는 얘기인가요?"
"점심에 시간 있어?"
"그럼요."
"좋아. 한 시까지 내 사무실로 와."

나는 몸을 씻고 옷을 입었다. 폭스바겐 골프에 올라타 로스앤젤레스로 향했다. 두 시간 안에 로스앤젤레스에 들어섰다. 거의 넉 달 만에 처음으로 돌아온 로스앤젤레스였다. 앨리슨의 사무실 건물로 가면서 내가 이 도시를 몹시 그리워했다는 걸 깨달았다. 사람들은 이 도시를 천박하고 흉하다고 욕하지만(뉴욕에 사는 친구는 로스앤젤레스를 가리켜 '옷차림만 조금 괜찮은 뉴저지'라고 말했다), 나는 로스앤젤레스가 주는 환각 같은 매력을 사랑했다. 실용과 사치가 공존하는 도시, 눈이 시릴 만큼 휘황찬란한 도시, 천박한 낙원에 있는 듯한 기분을 주는 도시. 그러면서도 가능성이 넘치는 도시.

앨리슨의 비서 수지는 처음에는 나를 알아보지 못했다. 내가 사무실 문을 들어서자 수지는 수상쩍은 사람을 보듯 실눈을 뜨고 나를 보며 말했다.

"무슨 일로 오셨죠?"

그러다가 비로소 내가 누구인지 알아채고 말했다.

"어머 세상에, 데이비드 선생님……아, 안녕하세요."

앨리슨이 자기 방에서 나와 나를 뚫어져라 쳐다보았다. 앨리슨에게도 내 모습이 무척이나 낯설었을 것이다. 턱을 다 덮은 수염, 포니테일로 묶은 긴 머리.

앨리슨은 나를 가볍게 껴안으며 인사하고 나서 내 모습을 다시 한 번 훑어보더니 말했다.

"찰스 맨슨(연쇄살인으로 유명한 미국의 범죄자로 수염과 머리가 길었음 : 옮긴이)과 닮은꼴을 찾는 대회가 있으면 자기를 내보내겠어. 일등은 떼놓은 당상이겠어."

나는 그 말을 못 들은 척 시치미를 떼고 말했다.

"나도 만나서 아주 반가워요."

"무슨 다이어트를 한 거야? 매크로바이오틱 다이어트?"

나는 그 질문에 대꾸하지 않고, 앨리슨이 겨드랑이에 끼고 있는 두툼한 서류철을 바라보았다.

"그건 뭐예요?"

"증거물."

"무슨 증거물?"

"들어가서 얘기해."

앨리슨의 방으로 들어갔다. 앨리슨은 자기 책상 앞에, 나는 책상 맞은편에 앉았다.

앨리슨이 말했다.

"멋진 레스토랑에 가면 좋겠지만……."

"여기서 말하는 게 낫겠다고요?"

"맞아."

"그렇게 나쁜 소식인가요?"

"아주 나쁜 소식이야. 자, 점심은 배달을 시킬까?"

나는 고개를 끄덕였다. 앨리슨은 수화기를 들고 수지에게 점심 주문을 부탁했다. 바니 그린그래스(뉴욕 어퍼웨스트사이드에 있는 유명 레스토랑으로 로스앤젤레스 베벌리힐스에 지점이 있음 : 옮긴이)에 유명한 노바 연어 요리와 베이글을 시키라고 했다.

"셀러리 소다 두 잔도 부탁해. 그걸 마셔야 뉴욕에 온 척할 수 있거든."

앨리슨은 그렇게 말하고 수화기를 내려놓더니 나에게 말했다.

"요즘 술은 안 마시지?"

"그렇게 티가 나요?"

"온몸에서 건강한 빛이 뿜어져 나와."

"술을 마셔야만 견딜 수 있을 이야기예요?"

"그렇다고 할 수 있지."

"그래도 술은 안 마시고 그냥 들을래요."

"대단한걸."

"그만 뜸들이고 얼른 말씀하세요."

앨리슨이 파일을 펼쳤다.

"자, 〈세 불평꾼〉을 처음 탈고한 때를 떠올려 봐. 내가 가진 자료를 보면 1997년 가을이네."

"정확히 말하자면 1997년 11월이에요."

"분명 작가협회에 등록했고?"

"물론이죠. 제 대본이나 시나리오는 늘 협회에 등록해요."

"등록증도 늘 받았고?"

"네."

"〈세 불평꾼〉 등록증을 가지고 있어?"

"그건 잘 모르겠어요."

"정말?"

"아주 중요한 서류가 아니면 버리거든요."

"등록증이 중요하지 않아?"

"일단 등록하면 협회에도 기록이 남으니까 제가 굳이 등록증을 보관할 필요는 없잖아요. 그런데 왜 그런 이야기를 꺼내요?"

"〈영화 텔레비전 작가협회〉에 등록된 작품 목록에 〈세 불평꾼〉이 있기는 해. 그런데 바로 지난달에 등록된 것밖에 없어. 지은이는 필립 플렉 한 사람으로 등록됐어."

"잠깐! 아닐 거예요, 1997년 11월에 제가 등록한 기록이 분명 남아 있을 텐데요?"

"아니, 없어."

"그럴 리가 없어요. 제가 분명 등록했어요."

"물론 나는 자기를 믿어. 1997년에 자기가 쓴 원본 시나리오 원고도 찾아냈어."

앨리슨이 서류철에서 조금 누렇게 바랜 원고를 꺼냈다. 앞장에는 다음과 같이 적혀 있었다.

세 불평꾼

지은이
데이비드 아미티지
(초고: 1997년 11월)

나는 거기 적힌 날짜를 손가락으로 짚어 보이며 말했다.

"증거가 있잖아요."

"그렇지만 플렉이 이 첫 페이지는 날조한 거라고 주장하면 어쩔래? 데이비드 아미티지가 자기 이름을 필립 플렉 시나리오의 첫 페이지에 넣어 훔치려 했다는 주장이 나오면 사람들은 어떻게 반응할까?"

"앨리슨, 지금 저에게 무슨 죄를 뒤집어씌우는 거예요?"

"왜 내 말뜻을 못 알아들어? 나는 알아. 자기가 이 시나리오를 썼다는 것도 알고, 표절 작가가 아니라는 것도 알아. 내가 인연을 맺고 있는 그 어떤 작가보다 자기가 정직하다는 것도 알아. 하지만 지금 남아 있는 증거로는 사실을 증명할 길이 없어. 자기가 〈세 불평꾼〉을 썼다는 기록이 작가협회 어디에도 없어."

"기록이 없는 건 어떻게 확인하셨어요?"

"지난주 협회에서 연락을 받았어. 〈세 불평꾼〉은 필립 플렉의 이름으로 등록된 것밖에 없다는 거야. 내가 즉각 변호사한테 연락했더니 사립탐정을 한 사람 소개해주었어."

나는 놀란 목소리로 물었다.

"사립탐정을 고용했어요?"

"그래, 이건 심각한 범죄인데다가 이백오십만 달러가 걸린 일이잖아. 당연히 탐정한테 일을 맡겼지. 자기도 그 탐정을 봤어야 해. 서른다섯 살인데, 그렇게나 여드름이 심한 사람은 평생 처음 봤어. 양복은 모르몬교 합숙소에서 훔쳐 입은 것 같고, 샘 스페이드(대실 해밋 소설 《몰타의 매》에 나오는 탐정 이름 : 옮긴이)와는 정말 딴판이었어. 어쨌든 생긴 거와는 달리 일은 세무 감사관만큼 철저하게 하더군. 이게 그 탐정이 가져온 증거들이야."

앨리슨이 파일에서 서류를 꺼냈다. 〈영화 텔레비전 작가협회〉의 공식 등록증으로 작품명은 〈세 불평꾼〉이고 지은이는 필립 플렉으로 확실히 명시되어 있었다. 그 다음, 앨리슨은 내 작품들의 등록 목록을 꺼냈다. 회별로 〈셀링 유〉의 대본이 모두 등록되어 있었다. 〈무단 침입〉 시나리오도 등록되어 있었다. 하지만 이전에 내가 등록한 시나리오는 아무것도 등록되어 있지 않았다.

앨리슨이 말했다.

"예전에 쓴 시나리오 제목을 한 가지만 대 봐."

"〈바다에서〉요."

미국 대통령의 세 자녀가 탄 여객선을 이슬람교도 테러리스트가 납치한 이야기를 담은 액션 영화였다.

앨리슨은 서류 한 장을 내 앞에 펄럭였다.

"지난달에 필립 플렉의 이름으로 등록됐어. 또 하나 대 봐."

"〈선물 받은 시간〉요."

1996년에 쓴 시나리오로 암으로 죽어 가는 여자의 이야기였다.

앨리슨이 또 다른 서류를 내밀며 말했다.

"지난달에 필립 플렉의 이름으로 등록됐어. 자, 마술을 더 해 볼까? 하나만 더 대 봐."

"〈장소는 좋은데 타이밍이 틀렸어〉요."

"뒤죽박죽된 신혼여행 이야기지? 지난달에 필립 플렉의 이름으로 등록됐어."

앨리슨은 또 서류를 건넸다. 나는 그 서류를 내려다보았다.

"영화화되지 않은 제 시나리오를 몽땅 훔쳤어요?"

"그래."

"제 이름으로 시나리오가 등록된 기록은 하나도 없고요?"
"전혀."
"그놈이 도대체 무슨 수를 쓴 거죠?"
앨리슨이 서류철 더 깊숙한 곳에 손을 넣어 종이 한 장을 꺼냈다.
"비법은 이거야."
앨리슨이 건넨 종이는 《할리우드 리포터》지의 기사를 복사한 것이었다. 넉 달 전 기사였다.

플렉 재단, 〈영화 텔레비전 작가협회〉에 8백만 달러 기부.

필립 플렉 재단은 오늘 〈영화 텔레비전 작가협회〉에 8백만 달러를 기부한다고 발표했다. 플렉 재단 대변인 시빌 해리슨은 이번 기부가 시나리오 작가와 대본 작가들의 작품을 보호해 온 당 협회의 빛나는 업적을 기리며 재정적인 위기나 심각한 질병으로 고생하는 작가들을 돕기 위한 것이라고 말했다.
작가협회의 제임스 르로이 회장은 이렇게 말했다. '필립 플렉은 예술 지원에 있어서 미국의 메디치라고 말할 수 있다. 이번 기부를 통해 그 사실이 다시 한 번 증명됐으면 한다. 필립 플렉은 작가에게 꼭 필요한 친구 같은 존재다.'

앨리슨이 말했다.
"그 마지막 문장이 주옥같지?"
"믿기지가 않아요. 필립 플렉이 협회를 매수했어요."
"그것도 아주 효과적으로 매수했어. 아니, 더 정확히 말하자면 영화

화되지 않은 데이비드 아미티지의 시나리오들의 등록 기록을 지우고 자기 이름으로 등록하도록 작가협회를 산 거야."

"맙소사. 〈세 불평꾼〉을 빼면 나머지 시나리오들은 그다지 특출하지도 않아요."

"그래도 꽤 영리하게 쓰인 시나리오인 건 맞잖아."

"물론 영리하게 쓰였죠. 제가 썼으니까요."

"바로 그거야. 플렉은 이제 탄탄한 시나리오 네 편을 자기 이름으로 등록했어. 그 중 하나는 아주 뛰어난 시나리오여서, 피터 폰다와 데니스 호퍼가 베트남 참전 용사 역을 맡기로 했대. 오늘 아침 《데일리 버라이어티》에 기사가 났어. 잭 니콜슨도 카메오로 나오는데 맡은 역이……."

"변호사 리차드슨요?"

"맞아."

나는 나도 모르게 들떠서 말했다.

"환상적인 캐스팅이네요. 〈이지 라이더〉 세대 사람들은 모두 확실한 관객으로 확보됐어요."

"그것도 맞는 말이야. 그리고 컬럼비아영화사에서 배급을 맡기로 했대."

"그럼 정말 이렇게 진행해도 되는 건가요?"

"이봐, 플렉은 자기 돈으로 영화를 만들어. 언제든 마음대로 시작할 수 있어. 문제는 자기 이름이 거기 들어가지 않는다는 거야."

"법적인 조치를 취할 수 있지 않을까요?"

"변호사와 이리저리 다 살펴봤어. 변호사 말로는 플렉이 완벽하게 일을 꾸몄대. 자기가 예전에 등록한 기록은 싹 사라졌어. 자기의 옛날 작품들에 대한 공식적인 저자는 이제 필립 플렉이야. 우리가 〈세 불평꾼〉을 문제 삼으면서 언론에 밝히면 플렉 측 사람들은 '아미티지는 정신 나간 표절꾼이다.'라는 카드를 내 걸 거야. 게다가 플렉은 자기를 섬으로 불러들여 각색 작업을 함께 하자고 제안했는데 자기가 표절시비에 휘말리는 바람에 계획을 취소했다고 할 거야. 사람들은 자기가 그때 일에 대한 앙갚음을 하느라 〈세 불평꾼〉을 자기 작품이라 주장한다고 생각하겠지. 시나리오 내용은 그때 자기가 섬에서 읽어 잘 알고 있는 것으로 간주되겠지. 자기가 그 시나리오의 진짜 작가라는 기록은 어디에도 없고 작가협회 기록에는 필립 플렉이 지은이로 등록되어 있으니까 물적 증거도 그에게 유리할 뿐이야."

"이런 맙소사."

"돈의 능력이 이렇게 무서워."

"아니, 잠깐만요. 지난달에 네 편을 한꺼번에 등록했다면서요? 그게 증거가 되지 않아요?"

"뒤늦게 등록한 걸 문제 삼을 수 있겠어? 플렉은 아마 이럴 거야. 몇 년 전에 썼지만 집에 잘 보관해두고 있었다고. 〈세 불평꾼〉을 제작하기로 결심하면서 다른 시나리오들도 협회에 함께 등록하기로 마음먹었다고 둘러댈 거야."

"제 시나리오를 읽은 사람들도 있어요. 영화사 사람들 중에서……."

"오년 전에? 데이비드, 자기도 잘 알잖아. 영화사 기획자들이 검토하다가 버린 원고를 기억이나 해? 아마 삼 분 안에 잊어버릴 거야. 시나리오를 기억하고 있는 사람이 있다고 해도 그가 자기 편을 들어줄까? 자기보다는 플렉의 영향력이 훨씬 막강하잖아. 게다가 지금 할리우드에서 자기 위치를 생각해 봐. 변호사, 탐정과 함께 온갖 방법을 다 생각해 봤어. 아무리 따져 봐도 답이 없어. 플렉이 구멍을 철저하게 막

앉아. 변호사마저도 플렉의 완벽한 사기가 존경스럽대. 우린 철저하게 당한 거야."

나는 앨리슨의 책상 가득 펼쳐진 서류들을 내려다보았다. 거울로 빙 둘러싸인 방에 나 홀로 서 있는 듯한 기분이었다. 벗어날 방법이 없었다. 내 작품들은 이제 플렉의 것이 되었다. 내가 무슨 말을 하든 어떤 행동을 하든 되돌릴 수 없었다.

앨리슨이 말했다.

"자기가 알아야 할 게 또 있어. 내가 탐정한테 테오 맥콜이 자기 작가생활을 망친 이야기를 들려줬더니, 탐정이 관심을 보이면서 조사를 했어."

앨리슨은 서류철에서 종이 몇 장을 찾아내 나에게 건네며 말했다.

"이걸 잘 봐."

테오 맥콜의 뱅크오브캘리포니아 은행 계좌 거래 내역서였다.

"도대체 이걸 어떻게 구했대요?"

"그건 안 물어봤어. 알고 싶지도 않았고. 마음먹으면 못 할 일이 없지 않겠어? 어쨌든 매달 14일마다 찍힌 항목을 봐. 루비치홀딩스라는 회사에서 일만 달러씩 입금됐지? 탐정이 루비치홀딩스를 조사했어. 케이맨 제도로 주소가 등록된 유령회사였어. 탐정이 더 찾아낸 사실들을 보자면 맥콜이 《할리우드 러지트》에서 받는 연봉은 삼만사천 달러밖에 안 된대. 거기에다 어느 영국신문의 할리우드 통신원으로 일하며 일 년에 오만 달러를 받는 게 수입의 전부래. 유산을 받은 것도 없고, 신탁기금도 없고, 돈이 될 만한 건 아무것도 없어. 그런데 지난 반년 동안 루비치홀딩스라는 이상한 회사에서 매달 일만 달러씩을 받고 있어."

앨리슨은 말을 잠시 멈추었다가 나에게 물었다.

"플렉의 섬에 갔던 게 언제지?"

"칠 개월 전에요."

"자기가 나에게 플렉이 영화광이라고 말하지 않았어?"

"영화를 엄청나게 많이 수집해 뒀더군요."

"영화인 중에 루비치라는 사람이 있어?"

"에른스트 루비치요. 1930년대에 걸작 코미디영화들을 만든 감독이죠."

"케이맨 제도에 있는 투자 회사 이름을 지으면서 전설적인 영화감독의 이름을 따서 쓰며 흐뭇하게 만족스런 웃음을 짓는 사람이 과연 있을까? 엄청난 영화광이나 그러지 않을까?"

긴 침묵이 이어졌다.

내가 말했다.

"그럼 플렉이 맥콜에게 돈을 주고 나를 망가뜨리게 했다는 말이에요?"

앨리슨이 고개를 갸웃했다.

"아직 확실한 물증은 없어. 플렉이 워낙 꼬리를 잘 숨겼거든. 그렇지만 탐정도 나와 같은 결론을 내렸어."

나는 의자에 깊숙이 몸을 묻었다. 생각을 거듭하던 중에 머릿속에서 퍼즐이 갑자기 딱 맞춰졌다.

지난 반년 동안 나는 운명의 장난이 우연히 계속 이어졌다고 생각했다. 불행의 도미노라고 생각했다. 재난 하나가 다음 재난을 불러오고, 그 재난이 또 다음 재난을······.

이제 번쩍 깨달음이 찾아왔다. 그 모두가 완벽하게 계획되고 조작된 것이었다. 플렉에게 나는 싸구려 마리오네트일 뿐이었다. 자기 마음대로 가지고 놀 수 있는 인형. 플렉은 나를 망치기로 마음먹었던 것이다. 플렉은 자신이 초월자인 양 줄만 당겨도 나를 조종할 수 있다고 생각했던 것이다.

앨리슨이 말했다.

"이 모든 일 중 내가 가장 놀란 게 뭔지 알아? 플렉이 자기를 완벽하게 깔아뭉갠 거야. 플렉이 〈세 불평꾼〉 시나리오에 단순히 자기 이름만 넣고 싶었다면 돈으로 해결할 수도 있었을 텐데……. 가령 액수만 적당하다면 우리와 합의를 시도해볼 수도 있었잖아. 그런데도 플렉은 자기를 완전히 망가뜨리는 쪽을 택했어. 혹시 플렉한테 크게 미움을 살 만한 일을 한 적 있어?"

나는 고개를 갸웃하며 생각했다.

그런 일이 뭐가 있겠어? 하지만 플렉의 아내 마사와 지나치게 가까워지기는 했잖아. 아니, 다시 생각해 봐. 마사와 나 사이에 있었던 일? 따지고 보면 일이랄 것도 없었잖아. 술에 취해서 잠깐 껴안은 것뿐이야. 그것도 직원들 시야에서 멀리 떨어진 곳에서 벌어진 일이었어. 야간 감시카메라가 야자수들 사이에 숨겨져 있다면 모를까? 그만, 그만! 이건 다 신경과민증적인 상상이야. 플렉과 마사는 별거 중이라고 했어. 마사와 내가 해변에서 조금 다정한 모습을 보였다고 해도 플렉이 신경 쓸 이유가 없지 않나? 하지만 플렉이 신경 쓴 건 분명해. 그렇지 않고서야 왜 나에게 이렇게까지 하지?

아니면……아니면…….

플렉이 나에게 보게 만든 영화 〈살로, 소돔의 120일〉에 어떤 의미가 숨어 있지 않을까? 플렉이 그 불쾌한 영화를 왜 굳이 나에게 보여 주려 했는지 그 이유를 궁금하게 여기지 않았어.

그 영화에 대한 플렉의 말이 기억났다.

'파졸리니는 테크놀로지가 개입되기 전 단계의 순수한 형태로 파시즘을 보여 주고 있어요. 인간의 존엄성과 인권을 부정하고, 인간을 지배하는 게 바로 파시즘이죠. 파시즘은 인간의 개성을 말살하고, 인간을 기능적인 대상으로 취급하죠. 이를테면 인간이 그 기능을 제대로 수행해내지 못하면 가차 없이 없애버리는 거죠.'

그 말이 이 사악한 음모의 요점이 아니었을까? 플렉은 자신이 '사람을 완전히 지배하는 특권'을 갖고 있다고 생각하고 나에게 행사한 게 아닐까? 마사도 이런 계획의 일부가 아니었을까? 마사가 나를 좋아한다는 이유로 플렉이 나에게 복수하는 것처럼 느끼게 만들었지만 결국 그 모두가 그저 나를 마음대로 지배하려는 커다란 음모의 일부가 아니었을까? 아니면 자신에게는 재능이 없다는 사실을 깨닫고 그 열등감 때문에 다른 작가의 작가적 생명을 파괴하려는 게 아니었을까?

플렉에게는 어이없게 많은 돈과 큰 권력이 있다. 그러다보니 세상일이 모두 지루해졌을 것이다. 로스코의 작품이 너무 많아 지루하고, 늘 크리스털을 마셔서 지루하고, 어디를 가든 걸프스트림과 보잉767이 대기 중이어서 지루하고……. 그렇게 지루한 나머지 그 많은 돈을 이용해 아주 독창적이고 과감하게 타인의 삶을 파괴하는 놀이를 해야겠다고 마음먹은 게 아닐까? 말로는 형언할 수 없을 만큼 많은 돈과 권력을 가진 자가 할 수 있는 궁극적인 역할은 결국 스스로 신이 되고자 하는 게 아닐까?

정답은 알 수 없었다. 아니, 몰라도 상관없었다. 플렉이 무슨 동기로 이런 일을 벌였든 내게는 그다지 중요한 일이 아니다. 다만 내가 알고 있는 건 이 모든 음모의 배후에 플렉이 있다는 사실이었다. 플렉은 성을 포위하고 전략적으로 나를 몰락시켰다. 성의 밑바닥을 공격해 결국 전체가 무너지는 것을 지켜보았다. 플렉은 나를 마음먹은 대로 조종했다.

"데이비드, 괜찮아?"

앨리슨의 말에 긴 상상에서 깨어났다.

"아, 생각 좀 하느라고요."

"쉽게 받아들이기 힘들겠지. 나도 충분히 이해해. 정말 충격적이야."

"부탁 하나만 들어주세요."

"뭐든 말해."

"그 사립탐정이 찾아낸 서류들을 다 복사해서 저에게 주세요."

"어쩌려고?"

"서류가 필요해요. 제 시나리오 원본도요."

"그러지 마. 걱정돼."

"저를 믿으세요."

"무슨 계획인지 힌트라도 줘봐."

"지금은 안 돼요."

"데이비드, 지금 일을 망치면……"

"지금보다 더 엉망이 되겠죠. 그러면 더 추락할 곳도 없는 바닥이겠죠."

앨리슨은 인터폰으로 비서 수지를 불러 말했다.

"이 파일에 있는 것들을 다 복사해 줘."

30분 후, 나는 복사한 서류들을 챙기고, 배달된 음식으로 연어 샌드위치를 만들어 재킷 주머니에 집어넣었다. 그런 다음 앨리슨과 가볍게 포옹하며 더없이 고마웠다고 감사를 표했다.

앨리슨이 말했다.

"제발, 후회할 일은 하지 마."

"그런 일을 하게 되면 가장 먼저 연락할게요."

앨리슨의 사무실을 나와 자동차에 올라탔다. 두툼한 서류철은 조수석에 내려놓았다. 재킷 주머니에 수첩이 들어 있는지 확인하고 웨스트할리우드로 차를 몰았다. 가는 길에 서점에 들러 원하던 책을 찾았다. 수없이 지나다니며 보아서 알고 있는 인터넷카페로 갔다. 도헤니가에 있는 인터넷카페였다. 카페 앞에 차를 세우고 안으로 들어갔다. 컴퓨터 앞에 앉아 인터넷에 접속했다. 수첩을 펴고 마사 플렉의 이메일 주소를 찾아 '받는 사람' 칸에 입력했다. '보내는 사람' 칸에는 서점 이메일 주소를 집어넣었다. 내 이름은 일부러 넣지 않았다. 그 다음, 조금 전 구입한 책에서 다음 구절을 옮겨 적었다.

내 삶은 닫히기 전에 두 번 닫혔네
불멸이 세 번째로 나에게
정체를 드러낼지는
아직 지켜보아야 하네

두 번의 부활도 받아들이기에
너무 크고 너무 절망적이네.
천국에 대해 우리가 아는 것도
지옥에 있어 우리에게 필요한 것도, 이별뿐.

소식을 들을 수 있으면 기쁘겠습니다.

친애하는 당신의 친구
에밀리 D.

'전송' 버튼을 눌렀다. 마사만 알고 있는 이메일 계정이기를 바랐다. 만약 플렉이 보더라도 그저 서점에서 보내는 홍보 메일이라고 생각하기를 바랄 수밖에 없었다. 혹은 플렉이 다 알아내기 전에 마사를 만날 수 있기를 바라거나…….

나는 웨스트할리우드에서 잠시 시간을 보냈다. 노천카페에서 카페라테를 마시고, 샐리와 내가 살던 아파트 건물 앞을 어슬렁거렸다.

나는 어떻게 그처럼 빨리 샐리를 잊었을까? 아니, 샐리를 전혀 그리워하지 않게 되었을까?

샐리는 집 전화기에 분명 이렇게 응답메시지를 녹음해 두었을 것이다.

'데이비드 아미티지는 더 이상 여기 살지 않습니다.'

그러나 아파트 건물을 지나가자 상처의 딱지가 다시 벗겨졌다. 나는 다시 소리 없이 반복했다. 많은 중년남자들이 계속 되묻는 질문.

'나는 대체 무슨 생각으로 샐리와 함께 살았을까?'

나는 답을 찾을 수 없었다.

액셀러레이터를 밟으며 웨스트할리우드를 빠져나왔다. 시 경계를 벗어나 해안을 따라 올라갔다. 메러디스에 도착해보니 여섯 시였다. 레스는 금전등록기 뒤에 있었다. 나를 보고 놀라는 눈치였다.

레스가 나에게 물었다.

"휴일이 재미없었어요?"

"기다리는 이메일이 있어서요. 혹시 이메일 온 것 없어요?"

"오늘은 메일을 확인하지 않았어요. 지금 확인해 봐요."

나는 서점 뒤쪽에 있는 작은 사무실로 들어가 애플 맥을 켰다.
침을 꿀꺽 삼키고…….
바라던 이메일이 있었다.
'에밀리 D에게 보내는 편지'
이메일을 열었다.

바로 앞에 사랑이 있다면
한 시간을 기다리기
그것도 길어
마지막에 사랑이 온다면
영원히 기다리기
그것도 짧아

시를 아시는 것 같군요. 이 답장으로 당신을 다시 볼 수 있다면 제가 기뻐하리라는 것도 아시겠지요? 보내는 사람 이메일 주소가 왜 서점 주소인지 몹시 궁금합니다. 제 휴대전화로 전화하세요. 917-555-3739. 이 전화는 저만 받을 수 있어요. 그러니까 연락하기에 가장 좋은 수단이지요. 제 뜻을 아시겠지요.
  전화 기다릴게요.

  안녕하시기를 기원하며
  앰허스트의 여인

나는 레스에게 소리쳤다.

"전화 좀 써도 되죠?"

레스가 말했다.

"얼마든지요."

나는 사무실 문을 닫고 마사의 휴대전화로 전화를 걸었다. 마사가 전화를 받았다. 이상하게도 마사의 목소리를 듣자 내 심장이 고동을 쳤다.

내가 말했다.

"안녕하세요."

"데이비드 선생님? 거기 어디예요?"

"메러디스에 있는 북스앤컴퍼니요. 메러디스 알아요?"

"퍼시픽코스트 고속도로 위쪽에 있는 곳이요?"

"바로 거기요."

"서점을 샀어요?"

"사연이 길어요."

"알 만해요. 안 좋은 일들이 벌어지기 시작했을 때 제가 진작 전화했어야 하는데 못 했어요. 하지만 지금이라도 이것만은 말하고 싶어요. 데이비드가 비난받게 된 일, 그건 정말이지 아무것도 아니에요. 필립한테도 말했지만 다른 작품에서 가져온 대사가 들어간 대본 하나에 동전 하나를 받는다면 제가 읽은 대본들만으로도……."

"필립 만큼 부자가 됐을 거라고요?"

"필립 만큼 부자가 될 수 있는 사람은 아무도 없어요. 다섯 명을 빼고요. 어쨌든 제가 하고 싶었던 말은 마음이 아프다는 거예요. 특히 그 인간쓰레기 맥콜이 퍼부은 중상모략에 더 마음이 아파요. 하지만 적어도 필립에게서 받은 시나리오 원고료가 완충제는 됐겠군요."

나는 건조하게 대꾸했다.
"그래요."
"그건 그렇고 시나리오가 정말 좋아요. 아주 영리하고, 아주 현실적이에요. 정말 획기적이기도 해요. 그런데 작가 타이틀은 왜 필립한테 다 넘겼어요? 그 전에 저를 만났다면 반대했을 텐데……."
"뭐, 왜 그랬는지는 알잖아요?"
"네, 알아요. 필립한테서 들었어요. 선생님 이름이 들어가면 영화 홍보에 악영향을 줄지 모른다고 걱정하셨다면서요? 하지만 영화가 개봉되고 나면 제가 필립을 설득하려고요. 원작자가 데이비드 아미티지라는 사실을 언론에 흘릴 거예요."
"평이 아주 좋을 경우에만 그렇게 해주세요."
"당연히 좋을 거예요. 지난번 필립 영화와 달리 이번에는 출발부터 탄탄하잖아요. 시나리오가 아주 뛰어나니까요. 피터 폰다와 데니스 호퍼, 잭 니콜슨이 출연한다는 소식도 들었죠?"
"환상의 캐스팅이네요."
"이렇게 통화하게 돼서 정말 좋아요. 그동안 궁금했어요. 더구나 그때 일도 있고……."
"우리가 부도덕하거나 불법적인 일을 한 건 아니잖아요."
"안타깝게도 그렇죠. 애인은 잘 지내요?"
"소식을 모릅니다. 이번에 잃어버린 여러 가지들 중 하나죠."
"저런, 안타까워요. 따님은요?"
"잘 지내요. 다만 제가 딸아이의 얼굴을 못 보고 있어요. 맥콜한테 달려드는 사진이 공개된 뒤로 전처가 법원에 접근금지명령을 신청했거든요. 제 정신 상태가 불안하다는 이유로요."

"세상에나, 너무해요."

"그렇죠."

"맛있는 점심을 드셔야 할 목소리예요."

"좋죠. 메러디스 근처에 오시면 언제라도……."

"저도 지금 말리부(로스앤젤레스 서쪽 해안의 고급 주택지 : 옮긴이)에 있어요. 일주일쯤 여기서 지낼 거예요."

"필립은 어디 있죠?"

"로케이션 장소를 헌팅하러 시카고에 갔어요. 팔 주 뒤면 첫 촬영이에요."

나는 계속 가볍고 태연한 목소리를 유지하려고 애쓰며 물었다.

"두 분은 잘 지냈나요?"

"잠깐 살갑게 지냈지만 얼마 전 밀월관계가 끝났어요. 지금은 평소와 다름 없어요."

"안타깝네요."

"늘 그렇듯이……."

"시카고의 그 사람도 늘 그렇듯이……."

마사가 웃었다.

"내일 점심에 시간 괜찮으면……."

우리는 1시에 서점에서 만나기로 약속했다.

전화를 끊자마자 나는 사무실에서 나갔다. 레스에게 내일 오후에 두 시간쯤 근무를 대신할 사람을 구할 수 있을지 물었다.

"뭐, 수요일이고 손님도 별로 없을 거예요. 오후에는 그냥 서점 문을 닫아야겠어요."

"고맙습니다."

그날 밤, 푹 자려고 타이레놀을 세 알 먹었다. 잠에 빠지기 전, 내 귀에는 마사의 목소리가 울렸다.

'내가 필립을 설득하려고요. 원작자가 데이비드 아미티라는 사실을 언론에 흘릴 거예요. ……필립한테 들었어요. 선생님 이름이 들어가면 영화 홍보에 악영향을 줄지 모른다고 걱정하셨다면서요?'

나는 플렉이 그 많은 재산을 모으기까지 어떻게 움직였을지 이제야 깨달았다. 플렉은 전쟁을 치를 때 진정한 사기꾼이 된다. 플렉의 재능은 바로 그것이었다.

마사는 정확히 1시에 나타났다. 눈부시게 아름다웠다. 검정색 진 바지, 검정색 티셔츠, 파란색 데님 재킷. 단순한 옷차림이었다. 록 가수 루 리드의 복장과 비슷했지만 미국 동부의 귀족적인 분위기를 풍겼다. 위로 올린 긴 갈색 머리, 가늘고 긴 목, 도드라진 광대뼈 때문에 1870년대 보스턴 사교계 여자들을 그린 존 싱어 사전트의 그림들이 떠올랐기 때문인지도 모른다. 혹은 마사가 늘 끼고 있는 고전적 디자인의 뿔테안경 때문인지도 모른다. 뿔테안경은 바이커 복장이나 마사의 재산과 묘한 대조를 이루었다. 더구나 그 뿔테안경은 값이 50달러를 넘지 않아 보였고, 왼쪽 안경다리는 스카치테이프를 돌돌 감아 붙여 놓았다. 그 스카치테이프는 마사가 남편과는 별개의 사람이며 지적인 사람이라는 걸 웅변처럼 강조하고 있었다. 몇 달 만에 만나는 마사의 모습에도 나는 몹시 끌리지 않을 수 없었다.

마사는 나를 똑바로 보며 서점으로 들어섰다. 나를 그저 그런 서점 종업원으로 보는 것 같았다.

"안녕하세요. 저……만나기로 한 분이 있는데, 데이비드 아미티……."
마사는 말하던 도중에 나를 알아보았다.

"데이비드 선생님?"

정말 깜짝 놀란 목소리였다.

"안녕하세요, 마사."

나는 마사의 볼에 키스할 뻔했지만 퍼뜩 정신을 차리고 손을 내밀어 악수를 청했다. 마사는 악수를 나누며 당황하고 놀란 눈으로 나를 뚫어져라 쳐다보았다.

"정말 데이비드 선생님 맞아요? 그 앞을 가린 것이……."

"수염이 아주 덥수룩하죠?"

"머리도요. '자연으로 돌아가자'는 스타일은 들은 적 있는데, 이건 '서점으로 돌아가자' 스타일인가요?"

나는 마사의 농담에 웃었다.

"마사는 여전히 아주 멋져요."

"선생님 모습도 멋지지 않다는 말은 아니었어요. 그냥……뭐랄까……달라졌다는 말로는 부족하고 '변신' 했어요. 아이들 장난감처럼……."

"몇 번 조작하면 군인이 공룡으로 변신하는 장난감 말인가요?"

"맞아요."

"바로 그게 새로운 나예요, 공룡."

이제 마사가 웃었다.

"서점을 돌보는 공룡이네요."

마사는 그렇게 말하며 갖가지 책이 쌓인 책꽂이와 진열대를 둘러보았다. 왁스를 칠한 나무 선반을 손으로 쓸어내리기도 했다.

"멋져요. 문학의 향기가 물씬 풍기네요."

"……."

"어떻게 이런 곳을 찾아냈어요?"

"사연이 좀 길어요."

"점심 먹으면서 다 들려주실 거죠?"

"그럼요."

"이메일을 보고 놀랐어요. 제가 생각하기에는……."

"말씀하세요."

"아, 아니, 글쎄……그날 밤 뒤로 저를 어리석은 여자로 생각하셨을 것 같아서……."

"그런 어리석음이라면 얼마든지 환영이죠."

"정말이에요?"

"그럼요."

"다행이네요. 저는……."

마사는 긴장한 듯 몸을 움츠렸다가 다시 말을 이었다.

"저는 그 뒤로 제가 참 어리석다고 느꼈거든요."

내가 말했다.

"저도 마찬가지입니다."

마사는 얼른 이야기를 바꾸었다.

"그럼, 점심을 먹으러 어디로 갈까요?"

"제가 묵고 있는 집으로 가면 어떨까 하는데……."

"여기서 집도 빌렸어요?"

"원래는 같은 에이전시에 소속된 작가의 집이에요. 윌러드 스티븐스라고."

"시나리오 작가인 스티븐스?"

"맞아요."

마사는 어리둥절한 표정으로 나를 보았다. 퍼즐을 맞추려 애쓰는 것 같았다.

"이 마을과 서점을 발견하고, 살 집을 발견했는데 그 집이 우연히 윌러드 스티븐스의 집이었고······또 윌러드 스티븐스는 우연히 같은 에이전시 소속의 작가였다?"

"그렇죠. 자, 그럼 갈까요?"

서점 문을 닫느라 몇 분이 걸렸다. 마사에게는 메러디스까지 찾아온 걸 기념해 오후 영업을 하지 않기로 했다고 설명했다.

"감동했어요. 하지만 일에 방해되긴 싫어요."

"걱정하지 않아도 돼요. 수요일은 한가해요. 여하튼 레스는 괜찮다고······."

"레스가 누구예요?"

"이 서점 주인."

이제 마사는 정말 헷갈리는 표정이었다.

"선생님이 서점 주인이라고 하지 않았나요?"

"아뇨, 그런 말은 한 적 없어요. 저는 그저······."

"알아요. 사연이 길다고만 하셨죠."

마사의 차가 밖에 있었다. 커다랗고 반드르르한 검정색 레인지로버. 마사가 말했다.

"제 괴물 차에 타실까요?"

나는 낡은 폭스바겐 골프를 가리키며 말했다.

"내 차를 타죠."

이번에도 마사는 '느리게 살기' 스타일의 자동차를 조금 뚫어져라 보았지만 아무 말도 하지 않았다.

우리는 내 차에 올랐다. 늘 그렇듯 시동이 잘 걸리지 않았다. 그 차를 산 뒤로 발견한 여러 사소한 문제들 중 하나였다. 네 번째 시도에 마침내 시동이 걸렸다.

커브 길을 돌아 나갈 때 마사가 말했다.

"차, 멋져요."

"목적지까지 잘 가죠."

"선생님이 지금 꾸미려 한 나이 든 대학생 스타일과도 잘 어울리기도 하고요."

나는 아무 말도 하지 않았다. 그저 고개만 갸웃했다.

5분 안에 집에 도착했다. 마사는 바다가 내다보이는 전망에 감탄했다. 흰색 계조로만 이루어진 색과 속이 빵빵하게 채워진 안락의자, 책꽂이 등 단순한 집 인테리어에도 감탄했다.

"여기서 잘 지내시는 이유를 알겠어요. 작가가 은둔하며 지내기에는 아주 좋은 곳이네요. 일은 어디서 하세요?"

"서점에서요."

"재밌네요. '진짜 일'은 어디서 하세요?"

"진짜 일이라면 '글쓰기' 말인가요?"

"머리를 포니테일로 했다고 말귀도 못 알아듣게 됐다는 말씀은 마세요. 선생님은 작가고……"

"아뇨, 작가였죠."

"직업을 과거형으로 말하는 사람이 어디 있어요?"

"왜요? 그게 사실인걸요."

"필립이 선생님 시나리오로 영화를 만들 테고, 캐스팅도 뛰어나고 컬럼비아영화사에서 배급을 맡기로 됐어요. 어제 전화로도 말했지만 그 영화 시나리오가 선생님 작품이라는 소문이 돌기 시작하면 여기저기서 같이 일하자는 의뢰가 쇄도할 거예요. 할리우드가 가장 반기는 게 뭐겠어요? 화려한 컴백이잖아요. 천만 달러대의 원고료를 쓸 새도 없이 컴퓨터 앞에 붙들려 있어야 할걸요."

"아뇨, 그럴 일은 없습니다."

"어떻게 그렇게 확신해요?"

"컴퓨터를 팔았거든요."

"네?"

"노트북컴퓨터를 팔았어요. 정확히 말하자면 산타바바라에 있는 전당포에 맡겼죠."

"농담이죠?"

"아뇨, 사실이에요. 앞으로 다시는 글을 쓰지 않으리라는 걸 잘 알았거든요. 또 돈도 필요했고……."

마사가 갑자기 짜증스러운 말투로 말했다.

"알았어요, 알았어요. 이게 도대체 무슨 장난이죠?"

"장난이 아니에요."

"서점에서 일하는 건 뭐예요?"

"정말로 서점에서 일하니까요. 주급 이백팔십 달러를 벌기 위해."

"이상한 말씀만 하시네요. 일주일에 이백팔십 달러요? 필립한테 시나리오를 제공한 대가로 이백오십만 달러를 받으셨잖아요?"

"아뇨, 못 받았습니다."

"필립이 저한테 말하기로는……."

"거짓말입니다."

"못 믿겠어요."

나는 책상으로 가서 서류철을 집어들었다. 앨리슨이 고용한 탐정이 모은 자료들의 복사본과 〈세 불평꾼〉의 1997년 초고가 들어 있는 서류철을 마사에게 건넸다.

"증거가 필요해요? 여기 다 있어요."

그런 다음 나는 자초지종을 모두 들려주었다. 마사의 눈이 점점 커졌다. 작가협회의 서류들을 모두 꺼내 확인시키며 내가 작품을 등록한 기록이 다 사라지고 하루아침에 필립 플렉의 이름으로 등록됐다고 설명했다. 맥콜의 은행계좌와 루비치홀딩스에서 매달 받는 거액에 대해서도 지적했다.

"플렉이 에른스트 루비치의 영화를 좋아하나요?"

"글쎄요, 루비치 영화는 다 가지고 있어요."

"그렇군요."

나는 바비 바라 때문에 투자한 돈을 잃은 이야기도 들려주었다. 바비가 플렉의 지시에 따라 움직였을 거라 생각하는 근거에 대해서도 이야기했다.

"한 가지 풀리지 않는 의문이 있어요. 플렉이 이런 일을 꾸민 이유를 모르겠어요. 혹시 우리 사이에 있었던 일을 알아내고 그것 때문에 이러는 건 아닌지."

"알아낼 게 뭐 있어요? 그날 우리의 행동은 그저 중학생들이 자전거 여행을 가서 어울리는 정도였을 뿐이잖아요. 어쨌든 그 당시에는 필립이 몇 달 동안 저와 말도 안 하고 있었고……."

"그 일 때문이 아니라면……그럼……모르겠지만……내 작은 성공을 질투해서……."

"필립은 창의적인 재능을 갖춘 사람이라면 다 질투해요. 자기에게는 그런 재능이 없으니까요. 필립이 이런 일을 꾸밀 이유를 찾자면 아주 많죠. 다른 사람들에게는 말도 안 되고 기막힌 일이 필립에게는 그렇지 않을 수 있거든요. 하지만 또 달리 생각하면 그냥 그렇게 할 수 있는 능력이 있어서 그렇게 했을 수도 있어요. 아무런 이유도 없이."

마사가 일어서서 고개를 절레절레 흔들었다.

"정말이지 이건……도대체 어떻게……어떻게 이런 빌어먹을 장난을……이렇게 온갖 몹쓸 짓들을……정말 말도 안 되지만 빌어먹게 필립다워요."

"플렉에 대해서는 물론 저보다 잘 아시겠죠?"

"정말 미안합니다."

"마사에게 도움을 청하려고요."

"뭐든 기꺼이 도울게요."

"그러니까 좀……뭐랄까……위험할 수도 있어요."

"그건 제가 걱정할 몫이잖아요. 말씀하세요. 제가 뭘 하면 되는지."

"플렉과 싸움을 벌이세요. 플렉의 입에서 내 시나리오들을 훔쳤고, 내 작가생활을 망치려고 맥콜에게 돈을 줬다는 말을 끌어내세요."

"몸에 녹음기를 부착하고 플렉이 시인하는 말을 녹음하라는 뜻이겠죠?"

"주머니에 들어가는 작은 녹음기 하나면 충분할 겁니다. 이 모든 음모의 배후에 플렉이 있다는 말 한 마디면 충분해요. 그 말이 녹음된 테이프만 있으면 내 에이전시와 변호사들이 필요한 증거를 확보해줄 거예요. 증거가 우리 손에 있다는 사실을 알게 되면 플렉이 협상을 시도할 겁니다. 이런 일이 세상에 알려질 경우 어떤 결과를 초래하게 될지 플렉도 잘 알 테니까요. 플렉은 언론에 자신이 부정적으로 비치는 걸 아주 싫어하지 않나요?"

"네, 아주 싫어하죠."

"제가 바라는 건 명예를 회복하는 것뿐이에요. 돈은 상관없어요."

"돈에도 신경을 쓰세요. 왜냐하면 필립이 궁극적으로 이해하는 유일한 언어는 돈이거든요. 하지만 문제가 있어요."

"플렉이 다 부인할 거라는 뜻인가요?"

"맞아요. 하지만……."

"하지만 뭐죠?"

"필립의 입에서 그 말이 나오게 하려면 제가 아주 심하게 성질을 건드려야 할 거예요."

"성공하기가 쉽지 않겠네요."

"저는 필립을 잘 알아요. 시도해볼만한 일이긴 해요."

"알았어요."

마사가 서류를 다 챙기며 말했다.

"이 증거들이 모두 필요할지도 모르겠어요."

"다 가져가요."

"이제 제 차가 있는 곳까지 데려가 주시겠어요?"

서점까지 가는 동안 마사는 아무 말도 하지 않았다. 나는 딱 한 번 마사를 흘깃 쳐다보았다. 마사는 서류철을 가슴에 꼭 안고 조용히 분노한 채 골똘히 생각에 잠겨 있었다. 서점 앞에 도착해 차를 세우자 마사는 작별인사로 내 뺨에 살짝 입술을 댄 뒤 말했다.

"연락드릴게요."

마사는 내 차에서 내려 자기 차를 타고 떠났다. 나는 집으로 돌아오며 생각했다.

'내가 바란 일이 바로 이거였어.'

그러나 며칠이 지나도 마사로부터 연락 한 번 없었다.

앨리슨은 정기적으로 연락하면서 복사한 증거 서류들로 무엇을 하고 있는지를 물었다. 나는 아직도 서류들을 살펴보며 어떻게 이용할 수 있을지 방법을 찾는 중이라고 거짓말을 했다.

앨리슨이 말했다.

"거짓말하지 마."

"마음대로 생각하세요."

"나는 자기가 좀 똑똑해졌으면 좋겠어."

"저 나름대로 애쓰고 있어요. 그건 그렇고 그쪽 변호사들은 어때요? 그놈을 일급절도죄로 고소할 아이디어는 아직 못 짜냈어요?"

"온갖 방면으로 다 살펴봤어. 그런데 없어. 전혀 없어. 이놈이 물 샐 틈 없이 다 막아 놨어."

"두고 보죠."

마사로부터 아무 연락도 없이 일주일이 다 지나갔다. 나는 플렉이 정말 모든 면을 다 막아 놓은 게 아닐까 염려되기 시작했다. 마사조차 그놈에게 한 마디 고백도 못 듣는 게 아닐까? 나는 수시로 밀려드는 불안과 싸워야 했다.

앞으로 3주 뒤면 루시에게 돈을 보내야 했다. 그 액수의 절반도 채울 형편이 안 됐다. 그러면 루시는 케이틀린과 통화조차 못하게 막을 것이다. 변호사 비용을 댈 형편도 안 되니 루시를 상대로 소송을 걸 수도 없었다.

집도 문제였다. 윌러드 스티븐스가 며칠 전 런던에서 직접 전화했다. 윌러드는 간단한 인사를 하고 나서 집에 문제가 없는지 묻고, 두 달 뒤면 미국으로 돌아온다고 말했다. 그러니까……

주급 280달러로 메러디스에서 집을 구할 길은 없었다. 가장 싼 집도 월세가 8백 달러쯤 되었다. 가장 싼 집을 구한다 해도 남는 돈은 일주일에 80달러뿐이니, 그 돈으로 생활해야 한다. 다시 말하자면 죽었다 깨어나도 불가능한 일이다.

노숙자가 되어 월트샤이어 보도에서 새우잠을 자는 상상을 시작할 때쯤 마침내 마사로부터 전화가 왔다. 금요일 저녁이었다. 마사와 내가 만난 지 열흘이 지난 때였다. 마사는 저녁 여섯 시쯤에 서점으로 전화했다. 간단명료하고 사무적인 말투였다.

"그간 연락 못해 미안해요. 먼 곳에 있었어요."

"새로운 소식이 있나요?"

"쉬는 날이 언제죠?"

"월요일, 화요일요."

"월요일에 종일 시간을 낼 수 있어요?"

"네."

"좋아요. 두 시쯤 집으로 갈게요."

내가 무슨 질문을 던지기도 전에 마사는 전화를 끊었다.

다시 전화해서 일이 어떻게 되어 가는지 묻고 싶었지만 그랬다가는 오히려 부정적인 영향을 미칠 것 같아 참았다. 아무리 초조해도 월요일까지 기다리는 수밖에 없었다.

마사는 현관 바로 앞에 레인지로버를 세우고 정각에 나타났다. 역시 아름다웠다. 빨간색 미니스커트, 딱 맞는 검정 민소매 톱, 지난주에 입었던 데님 재킷, 역시 지난주에 썼던 부러진 뿔테안경……. 그리고 골동품 같은 카메오 펜던트 목걸이를 했다.

시내 멋쟁이와 이사벨 아처(헨리 제임스의 소설 《여인의 초상》의 주인공으로 자신의 운명에 맞서 자유를 지키는 강인한 성격의 소유자 : 옮긴이)를 섞어놓은 차림새였다. 내 인사에 마사는 환한 미소로 답했다. 좋은 소식을 기대하게 만드는 미소였다. 마사는 내 팔을 잡으며 내 입술에 살짝 입을 맞췄다.

나는 생각했다.

'좋은 소식을 가져왔나 봐. 입맞춤 때문에 어지럽네.'

마사가 말했다.

"잘 지냈어요?"

"네, 마사도 잘 지냈어요? 기분이 좋아 보여요."

"말도 못하게 좋아요. 오늘 그렇게 입을 거예요?"

나는 낡은 청바지, 티셔츠, 회색 면 파카를 입고 있었다.

"오늘 뭘 할지 몰라서……."

"제가 한 가지 제안을 해도 될까요?"

"얼마든지요."

"오늘은 저에게 일정을 맡겨 주세요."

"그 말뜻은……?"

"뭐든 제가 하는 일에 대해 질문하지 말아달라는 뜻이에요. 제가 부탁하는 일이라면 뭐든 해주시겠다고 동의해 달라는 뜻이기도 해요."

"뭐든?"

마사가 씩 웃으며 말했다.

"네, 뭐든. 걱정 마세요. 불법적이거나 비도덕적인 일은 없어요. 위험한 일도 없고요."

"뭐, 그렇다면 안심이 되지만……."

"자, 그럼 동의하신 거예요?"

마사가 손을 내밀어 악수를 청했다.

나는 마사와 악수를 나누며 말했다.

"네, 뭐 시체를 땅에 묻는 일만 아니라면……."

"그건 범죄 중에서도 중범죄잖아요. 자, 이제 옷을 갈아입을까요? 지금 입고 계신 옷은 지나치게 편해 보여요."

마사는 곧장 침실로 갔다. 옷장을 열고 옷을 한참 뒤적이다가, 블랙 진, 흰 티셔츠, 얇은 가죽 재킷, 발목까지 올라오는 검정색 컨버스 운동화를 꺼냈다.

마사는 그 옷들을 나에게 건네며 말했다.

"이 정도면 괜찮겠어요. 얼른 갈아입어요."

마사가 방을 나가고, 나는 옷을 갈아입었다. 거실로 나가자 마사는 내 책상에 놓인 옛날 사진을 보고 있었다. 케이틀린과 내가 함께 찍은 사진이었다. 마사가 나를 아래위로 훑어보았다.

"아까보다는 훨씬 낫네요."

마사는 그렇게 말하고 나서 사진을 집어들며 말했다.

"오늘, 제가 이 사진을 가지고 다녀도 되죠?"

"음……네. 그런데 이유를 물어봐도 될까요?"

"아까 동의하신 게 뭐죠?"

"뭐든 질문하지 않는다?"

마사가 다가와 내 입술에 가볍게 입을 맞췄다.

"그러니까 질문하지 말아요."

마사는 내 팔짱을 꼈다.

"자, 이제 여기서 나가요."

우리는 마사의 레인지로버에 올라탔다. 메러디스를 벗어나 퍼시픽 코스트 고속도로를 타고 북쪽으로 올라갔다.

마사가 말했다.

"아주 감명 깊었어요."

"뭐가요?"

"지난 열흘 동안 무슨 일이 있었는지 묻지 않은 거요. 자제심이 강하시군요."

"질문하지 않기로 했으니까요."

"이제 대답할게요. 그 전에 또 미리 약속할 게 있어요. 제가 답을 들려드린 뒤에는 그 이야기를 다시는 입에 올리지 않기로 해요."

"나쁜 소식이기 때문인가요?"

"네, 만족스러운 소식은 아니지만 그 일 때문에 오늘을 망치고 싶지는 않아요."

"알았어요."

마사는 이야기를 시작했다. 가끔 백미러를 올려다보기는 했지만 거의 앞만 보며 이야기했다.

"그날 말리부로 돌아간 뒤에 시카고로 곧장 갈 수 있게 걸프스트림을 준비시켰어요. 비행기를 타기 전에 로스앤젤레스 국제공항에 있는 전자제품 매장에 들어가 작은 녹음기를 샀죠. 시카고공항에서 필립한테 전화했어요. 당장 만나자고요. 포시즌호텔 스위트룸에 들어서자마자 서류들을 필립 앞으로 내던졌어요. 그러자 필립이 어떻게 했는지 아세요? 고개를 갸웃거리더니 도무지 무슨 말인지 모르겠대요. 그래서 필립이 저지른 일을 조목조목 이야기했어요. 그날 받은 증거도 모두 들이댔죠. 필립은 전혀 모르는 일이라며 끝까지 부인하더군요. 그 증거들을 어디서 구했는지 묻지도 않았어요. 제 말을 깡그리 무시하는 거예요. 제가 너무 흥분해 서서 설명해 보라고 소리치기 시작하자 필립은 곧장 특유의 반응을 보이더군요. 아무것도 못 느끼는 척하면서 완전히 무표정해지는 거죠. 마치 좀비처럼. 필립의 입에서 자기 행동을 인정하는 한마디 말을 끌어내리려고 별별 수단을 다 동원했어요. 배우처럼 연기도 했어요. 그래도 필립은 저를 완전히 무시했어요. 결국 다시 서류를 다 모아 스위트룸을 뛰쳐나왔죠. 곧장 걸프스트림을 타고 로스앤젤레스로 왔어요.

그리고 이틀 동안 직접 조사를 했어요. 루비치홀딩스는 누구 소유인지 절대 밝혀지지 않게 잘 위장됐지만 필립의 회사가 맞아요. 증거는 없지만 확신해요. 〈영화 텔레비전 작가협회〉에는 아주 큰 후원금을 낸 것뿐만이 아니더군요. 회장인 제임스 르로이한테 두둑한 보너스도 줬어요.”

"그걸 어떻게 알아냈어요?"

"오늘 정한 규칙을 잊으셨어요?"

"미안해요."

"그건 그렇고, 그날 선생님이 들려준 이야기는 놀랍도록 정확했어요. 필립은 아예 작정하고 선생님을 망가뜨렸어요. 왜 그랬는지는 저도 모르겠어요. 하지만 분명 필립 짓이에요. 필립은 끝까지 절대로 시인하지 않을 거예요. 그러니까 그 이유는 더더욱 들을 수 없겠죠. 하지만 저는 알아요. 필립 짓이에요. 반드시 대가를 치르게 할 거예요. 필립과 헤어지기로 마음먹었어요. 물론 필립은 전혀 당황하지 않겠지만요.”

나는 질문처럼 들리지 않게 하려고 애쓰며 말했다.

"헤어지겠다고 말했군요."

"아뇨, 아직 말은 안 했어요. 그 뒤로 필립과 한마디도 안 했으니까요. 아, 질문을 질문으로 안 들게 잘도 꾸미셨네요."

"고마워요."

"천만에요. 필립의 자백을 받아내지 못해 답답할 뿐이에요. 자백만 받아낸다면 일을 바로잡을 수 있을 텐데……."

내가 말했다.

"괜찮아요."

"아니, 저는 괜찮지 않아요."

"오늘은 그 일을 생각하지 않기로 해요."

마사는 한 손을 핸들에서 떼더니 내 손가락을 깍지 끼어 잡았다. 산타바바라에서 기어를 바꿀 때까지 깍지를 풀지 않았다.

내가 포르쉐를 판 자동차 매장과 노트북컴퓨터를 맡긴 전당포가 있는 거리를 지나쳐 산타바바라 중심가로 들어섰다. 디자이너 부티크들이 늘어서 있고, 겨자 잎과 얇게 저민 파르마 산 치즈(이탈리아 파르마 지방에서 처음 만들어진 치즈로, 원래 이름은 파르미자노레자노이며, 흔히 가루로 가공된 것을 쉽게 접하지만 원래 딱딱한 치즈임 : 옮긴이)로 만든 샐러드가 유행인 고급 음식점들이 즐비했다. 해변에 다다르자 마사는 차를 꺾어 해안도로를 따라 달리다가 마침내 포시즌호텔 앞에 도착했다.

루시와 이혼하기도 전에 샐리와 이곳에서 불륜을 일삼던 일주일이 떠올라 나도 모르게 끙 하는 탄식을 내뱉었다. 내가 질문하기도 전에 마사가 말했다.

"질문하지 마세요."

주차요원에게 차를 맡기고, 차에서 내렸다. 마사가 앞장서서 호텔로 들어섰다. 그러나 프런트로 가지 않고 곧장 옆 복도로 가서 커다란 오크 문 앞에 섰다. 문 위에는 '웰니스 센터'라는 간판이 달려 있었다.

마사가 빙긋 웃으며 말했다.

"선생님한테는 웰니스가 필요해요."

마사는 문을 열고 나를 안으로 밀었다. 안으로 들어온 뒤, 마사는 안내원에게 데이비드 아미티지 이름으로 오후 스페셜 코스를 예약했다고 말하고 계산을 치렀다. 안내원이 인터폰 수화기를 들었다. 잠시 후, 뒷문에서 키가 크고 몸집이 건장한 남자가 나타났다. 남자는 거의 속삭이는 듯한 목소리로 마틴이라고 자기소개를 했다.

마사가 말했다.

"마틴, 자, 여기 희생자가 왔어요."

마사는 핸드백에서 사진 액자를 꺼내 마틴에게 건넸다. 케이틀린과 내가 함께 찍은 사진이었다.

"이 사진 속 남자가 이 분이 동굴 속으로 들어가기 전 모습이에요. 이 분을 네안데르탈인 상태에서 이 사진 속 모습으로 돌려놓을 수 있겠죠?"

마틴이 살짝 웃으며 말했다.

"그럼요."

마틴은 사진을 마사에게 돌려주었다.

마사가 나에게 말했다.

"자, 이제 네 시간 동안 즐겁게 지내세요. 일곱 시에 베란다에서 뵈어요."

"마사는 혼자 무얼 하게요?"

마사가 또 내 입에 가볍게 입을 맞추고는 말했다.

"질문 금지."

마사가 나간 다음 마틴은 내 어깨를 툭 쳐 웰니스센터 안쪽을 가리켰다.

우선, 옷을 벗고 가운으로 갈아입었다. 두 여자 관리사의 안내를 받아 커다란 대리석 샤워 룸으로 들어갔다. 샤워기에서는 아주 뜨거운 물이 강한 제트 수압으로 뿜어져 나왔다. 관리사들이 해초 비누와 뻣뻣한 브러시로 내 몸을 다 씻겼다. 몸을 말리고 나서 마틴의 의자로 보내졌다.

마틴은 바리캉으로 내 수염을 거의 다 깎았다. 그런 다음 뜨거운 물수건을 얼굴에 씌웠다가 거품을 발랐다. 이번에는 날카로운 면도칼이 나왔다. 마틴이 면도칼로 내 얼굴을 말끔히 면도하고, 다시 뜨거운 물수건으로 얼굴을 덮었다. 그 다음, 물수건을 벗기고 의자를 180도로 빙글 돌린 뒤 내 머리를 뒤로 젖혔다. 머리가 물에 닿았다. 마틴은 헝클어진 긴 머리카락을 샴푸하고 나서 짧게 잘랐다. 만사가 뒤틀려 돌아가기 전까지 내가 즐겨 하던 짧은 머리로 되돌아가고 있었다.

마틴은 머리를 다 자르고 나서 다시 내 어깨를 톡톡 치더니 또 다른 문을 가리키며 말했다.

"이제 저쪽으로 가세요. 다 마치신 뒤에 다시 오세요."

이후 세 시간 동안 나는 안마를 받고, 진흙으로 온몸이 덮이고, 오일 마사지를 받았다. 세 시간 뒤, 마틴의 의자에 다시 앉았다. 마틴은 드라이어와 브러시로 머리 모양을 다듬고 나서 거울을 가리키며 말했다.

"이제 예전 모습으로 돌아왔네요."

나는 거울 속 내 모습을 바라보았다. 예전 모습이라고는 해도 전과는 조금 달랐고, 보기에 어색했다. 얼굴은 야위었고, 눈은 퀭했다. 네 시간 동안 집중적으로 '웰니스'를 받아 깔끔해진 모습이었지만, 내 마음은 이 피상적인 마술을 신뢰하지 않았다. 나는 깔끔해진 내 얼굴을 보고 싶지 않았다. 더 이상 깔끔한 얼굴을 믿지 않게 되었기 때문이다. 내일 아침에 다시 수염을 기르겠다고 마음속으로 결심했다.

베란다로 나가자 마사는 태평양이 멋지게 내다보이는 테이블에 앉아 있었다. 마사의 옷은 짧은 검정원피스로 바뀌어 있었다. 머리 모양도 어깨로 자연스럽게 흘러내리게 바뀌었다.

마사는 나를 보며 환히 웃었다.

"이제 보기 좋아요."

나는 마사 옆에 앉았다.

"이리 와 보세요."

나는 그 말에 따라 마사 쪽으로 몸을 기울였다.

마사가 내 얼굴에 한쪽 손을 댔다. 그런 다음 고개를 내 쪽으로 기울인 뒤 깊게 키스했다.

"실은, 훨씬 보기 좋아요."

"마음에 든다니 다행이에요."

내 머릿속은 마사와 나눈 키스 때문에 몽롱했다.

"요즘에는 매력적이고 똑똑한 남자가 드물어요. 매력적이지만 멍청한 남자, 똑똑하지만 못생긴 남자는 아주 많죠. 하지만 매력적이고 똑똑한 남자는 혜성을 보는 것만큼이나 드물어요. 그래서 매력적이고 똑똑한 남자가 〈왕중왕(예수의 일대기를 다룬 1961년 영화 : 옮긴이)〉의 예수를 닮아갈 경우에는 그 남자의 센스를 반드시 되돌려야 해요. 저는 '산상 설교' 그림에서 갓 걸어 나온 듯한 남자와는 절대로 같이 자지 않으니까요."

아주 긴 정적. 마사가 내 손을 잡고 물었다.

"제가 방금 한 말, 들었어요?"

"아, 네."

"왜 아무 말씀도 없어요?"

이번에는 내가 고개를 기울여 마사의 입술에 키스했다.

마사가 말했다.

"제가 바라던 대답이었어요."

내가 불쑥 말했다.

"처음 만난 날, 제가 마사한테 완전히 반했다는 걸 알아요?"

"그것도 질문의 일종이에요."

"그게 어때서요? 꼭 말하고 싶었어요."

마사는 내 재킷 칼라를 붙잡고 나를 가까이 끌어당겨 몸을 밀착시켰다.

마사가 속삭였다.

"저도 알고 있었어요. 사실은 저도 그랬거든요. 그렇지만 이제 더는 말하지 않기로 해요."

마사는 나에게 한 번 더 키스하고 나서 말했다.

"오늘은 아주 색다른 일을 해볼까요?"

"좋죠."

"오늘은 각자 와인을 한 잔씩만 마셔요. 취하지 않는 게 나중을 위해 더 좋을 것 같아요."

우리는 샤블리스를 한 잔씩만 마셨다. 그 다음에는 식당으로 자리를 옮겨 굴과 게 요리를 먹었다. 나는 와인을 한 잔 더 마셨다. 우리는 저녁을 먹는 한 시간 동안 계속해서 수다를 떨었다. 대단할 것 없는 이야기들이었지만 우린 둘 다 바보처럼 웃어댔다.

마지막 음식이 테이블에서 치워지고 커피도 다 마시고 난 뒤 마사는 내 손을 잡고 호텔 본관으로 이끌어 엘리베이터를 탔다. 우리는 화려하고 넓은 스위트룸에 들어가 문을 닫았다.

마사가 나를 팔로 감싸 안고 말했다.

"캐리 그랜트와 캐서린 헵번이 주연한 영화마다 반드시 나오는 장면 알아요? 캐리 그랜트가 캐서린 헵번의 안경을 벗기고, 미친 듯이 키스하잖아요. 지금 그 장면을 재현해보고 싶어요."

우리는 그렇게 했다. 영화와 달리 우리는 그 장면을 침대까지 곧장 이어갔다.

그리고…….

아침이었다. 나는 개운한 기분으로 눈을 떴다. 아주 기분이 좋았다. 그 기분에 취해 아직 잠이 덜 깬 몇 분 동안 가만히 침대에 누워 간밤의 특별한 일들을 머릿속으로 떠올렸다. 마사를 찾아 옆으로 손을 뻗었다. 그러나 손에 닿은 건 나무 재질의 물건뿐이었다. 케이틀린과 함께 찍은 사진이 들어 있는 액자였다. 내 옆에는 액자뿐이었다. 윗몸을 일으켜 앉았다. 호텔방 안에는 나밖에 없었다. 손목시계를 보았다. 10시 12분. 탁자에 검은 상자와 편지봉투가 놓여 있었다. 일어서서 탁자까지 걸어갔다. 봉투 겉면에 '데이비드 선생님께'라고 적혀 있었다. 봉투를 열었다.

데이비드 선생님

저는 가야 해요. 조만간 다시 연락할게요. 죄송하지만 제가 먼저 연락할 때까지 참고 계세요.

상자 안에 든 건 작은 선물이에요. 그걸 없애면 다시는 선생님과 만나지 않겠어요. 저는 선생님과 다시 만나고 싶어요. 그러니까 그걸 꼭 가져가셨으면 좋겠어요.

사랑을 담아

마사

나는 상자를 열었다. 새 도시바노트북컴퓨터가 들어 있었다.

몇 분 뒤, 나는 욕실 거울 앞에 섰다. 어느새 살짝 수염이 자라 있었다. 나는 그 수염을 쓰다듬었다.

세면대 옆에 전화기가 있었다. 수화기를 들어 프런트데스크에 전화를 걸었다.

"안녕하세요. 면도용품 좀 보내 주실 수 있나요?"

"그럼요. 아침도 드시겠습니까?"

"오렌지주스와 커피만 보내 주세요."

"곧 올려 보내겠습니다. 아, 드릴 말씀이 있습니다. 일행 분께서 손님을 댁까지 모셔다 드리라고 해서 차를 대기시켜두었습니다."

"아, 그래요?"

"네, 하지만 서두르지 않으셔도 됩니다. 체크아웃 시간은 오후 한 시고, 아직 여유가 있으니까요."

1시 5분, 나는 메르세데스벤츠 뒷자리에 앉아 있었다. 내 옆에는 노트북컴퓨터가 놓여 있었다.

이튿날, 북스앤컴퍼니로 출근했다. 레스가 오후에 서점에 잠깐 들렀다. 카운터 뒤에 서 있는 사람이 내가 아닌 줄 알았는지 잠시 놀란 표정을 지었다. 그러다가 짐짓 아무렇지 않은 듯한 표정으로 나에게 말했다.

"내 경험으로 보건대 머리와 수염을 다 깎은 걸 보니 사랑에 빠졌군요."

레스의 말은 옳았다. 나는 사랑에 빠졌다. 그것도 아주 열렬히, 깊이. 그날 밤 일을 머릿속으로 계속 다시 떠올렸다. 마사의 목소리, 웃음, 사랑을 나누는 동안 토하던 격한 신음. 마사가 간절히 그리웠다. 함께 있고 싶었다. 만지고 싶고, 이야기하고 싶었다. 아직도 마사에게서는 전화가 없었다. 그래서 그 전화가 더욱 간절했다.

나흘째 되는 날, 더는 참을 수가 없었다. 다음날 정오까지 기다렸다가 그때까지도 전화가 없으면 마사가 뭐라고 하든 전화해서 당장 만나자고 하리라 마음먹었다.

이튿날 아침 8시, 누군가 문을 세게 두드렸다. 나는 얼른 침대에서 튀어나왔다.

'마사가 왔나?'

그러나 현관문을 열자 파란색 제복을 입은 남자가 서 있었다. 남자는 커다란 봉투를 들고 있었다.

"데이비드 아미티지 씨죠?"

나는 고개를 끄덕였다.

"소포가 왔습니다."

"어디에서 보낸 거죠?"

"모르겠습니다."

나는 남자가 내민 서류에 서명하고 고맙다고 인사했다.

집 안으로 다시 들어왔다. 봉투를 열었다. DVD였다. DVD의 흰 라벨에는 화살이 꽂힌 하트가 그려져 있었다. 화살 한쪽에는 D.A.라는 이니셜이, 다른 한쪽에는 M.F.라는 이니셜이 적혀 있었다.

온몸에 전율이 흘렀다. 그래도 애써 DVD를 플레이어에 넣었다.
화면에는 폐쇄회로 카메라로 찍은 호텔스위트룸이 나타났다. 스위트룸 문이 열리고, 마사와 내가 방으로 들어섰다. 마사가 나를 껴안았다. 음향은 작고 지지직거렸지만, 마사의 목소리는 분명하게 알아들을 수 있었다.
'캐리 그랜트와 캐서린 헵번이 주연한 영화마다 반드시 등장하는 장면 알아요? 캐리 그랜트가 캐서린 헵번의 안경을 벗기고 미친 듯이 키스하잖아요. 지금 그 장면을 재현해보고 싶어요.'
마사와 내가 키스하기 시작했다. 침대로 가서 뒹굴며 서로 옷을 벗겼다. 카메라는 장면을 최대한 잘 잡아낼 수 있는 위치에 숨겨져 있었다.
5분 뒤, 나는 플레이어의 전원을 껐다. 더 볼 필요가 없었다.
전지전능한 필립 플렉. 모두 플렉이 꾸민 일이었군. 플렉은 마사의 전화를 도청하고, 산타바바라 포시즌호텔에서 밀회를 나누리란 걸 미리 알고 있었어. 그리고 또 돈으로 사람들을 풀어 마사가 예약한 스위트룸의 방 번호를 알아내고, 카메라와 마이크를 가장 좋은 위치에 숨겨 놓은 거야.
이제……이제 마사와 나는 플렉의 손아귀 속에 있었다. 플렉의 첫 포르노 영화에 마사와 내가 벌거벗고 출연한 셈이었다. 플렉은 이것을 이용해 마사를 망가뜨리고, 이미 나락에 떨어진 나를 영원히 파멸의 구렁텅이에 묶어 두겠지.
전화벨이 울렸다. 나는 전화기로 달려갔다.
"여보세요?"
마사였다. 이상하게 침착한 목소리였다. 사람들은 너무 큰 충격을 받았을 때 오히려 침착해지지 않나? 그런 의심이 드는 목소리였다.

"반가워요, 마사……."
"보셨어요?"
"네, 봤어요. 방금 소포로 받았어요."
"대단하죠?"
"어떻게 이럴 수 있는지 정말……."
마사가 말했다.
"우리, 만나야 하지 않아요?"
"당장 만나야죠."

제5장

나는 5분도 채 안 돼 옷을 입고 차를 몰고 있었다. 로스앤젤레스로 가는 내내 나는 액셀러레이터 페달을 꽉 밟았다. 폭스바겐 골프는 최고 속도인 시속 125킬로미터로 달렸다. 폐기종이 있는 노인에게 100미터 달리기를 시키는 셈이었지만 상관없었다. 얼른 마사를 만나고 싶었다. 플렉이 그 DVD로 무슨 일을 꾸밀지 모르지만, 그 일이 실행되기 전에 마사를 만나야 했다.

마사는 산타모니카에 있는 카페에서 보자고 했다. 10시가 조금 지나 카페에 도착했다. 마사는 이미 바다를 마주한 테이블에 앉아 있었다. 해가 쨍쨍했다. 태평양에서 불어오는 산들바람이 아침의 열기를 식히고 있었다.

테이블로 급히 온 나를 보며 마사가 말했다.

"어서 와요."

마사는 짙은 선글라스를 끼고 있어 눈빛을 읽을 수 없었다. 자세는 평소처럼 아주 침착했다. 그런 모습이 나에게는 더 큰 충격이었다.

나는 다가가서 마사를 안았다. 마사는 가만히 앉은 자세로 한쪽 뺨만 내 입술 쪽으로 내밀었다. 그 행동에 나는 금세 초조해졌다.

"좀 진정하세요."

마사는 그렇게 말하며 한 손을 내 가슴에 대고 살며시 나를 밀어냈다. 나는 마사의 손길에 밀려 옆자리에 앉았다.

마사가 말했다.

"누가 보고 있을지도 몰라요."

"그렇죠, 그렇죠."

나는 자리에 앉아 테이블 아래로 마사의 손을 잡고 말을 이었다.

"그렇지만 여기까지 오는 동안 계속 생각했어요. 우리가 어떻게 해야 할지 떠올랐어요. 같이 플렉에게로 갑시다. 우리는 사랑하는 사이니까 그냥 내버려두라고······."

마사가 내 말을 끊고 날카롭게 말했다.

"우리가 뭘 하기 전에 물어볼 게 있어요. 꼭 대답하셔야만 해요."

"말해 봐요."

"뭐 마실래요? 에스프레소? 카푸치노? 카페라테?"

나는 고개를 들었다. 테이블 옆에 선 웨이트리스가 어떻게든 상냥한 표정을 지으려 애쓰고 있었다. 웨이트리스는 조금 전에 내가 한 말들을 다 들은 게 틀림없었다.

"더블 에스프레소요."

웨이트리스가 가자마자 나는 마사의 손을 잡고 손에 입을 맞췄다.

"나흘이 정말 길었어요."

마사가 즐거운 듯 말했다.

"그랬어요?"

"선물도 아주 감동적이었어요."

"글을 쓰셔야죠."

"쓸게요."

"선생님이 잘하시는 건 글쓰기잖아요."

"꼭 하고 싶은 말이 있어요."

"말씀하세요."

"그날 호텔에서 혼자 눈을 뜬 뒤 한순간도 마사에 대한 생각이 떠나지 않았어요."

마사는 조용히 손을 빼며 나에게 물었다.

"처음 잠자리한 상대한테 늘 그렇게 말해요?"

"미안해요. 저도 잘 알아요. 상사병에 걸린 어린애가 하는 말처럼 들리겠죠."

"아주 달콤해요."

"솔직한 내 마음이에요."

"그렇지만……더 큰 문제가 있잖아요."

"맞아요, 맞아요. 그 DVD가 어떤 일을 불러올지 겁나요."

"그건 플렉의 반응에 달렸죠."

나는 갑자기 어리둥절해서 물었다.

"그게 무슨 말이죠?"

"플렉은 그 DVD 앞에서 꼼짝도 못 할 거라는 말이에요."

"이해가 안 돼요. 플렉이 꾸민 일이 아니라는 뜻인가요? 플렉이 아니면 누가 그런 일을 꾸몄죠?"

"제가 꾸몄어요."

나는 마사를 뚫어져라 쳐다보았다. 마사의 얼굴에 장난기라고는 없었다. 마사는 나를 똑바로 바라보기만 했다.

"무슨 말인지 모르겠어요."

"사실, 아주 간단해요. 필립은 자신이 선생님을 함정에 빠뜨렸다는 사실을 시인하지 않으려 했어요. 저는 더 강하게 나가기로 마음먹었죠. 계획을 짰어요. 한 가지 생각이 떠올랐죠. 필립의 자백을 테이프에 담을 수 없다면 우리의 모습을 테이프에 담는 거죠. 호텔직원들이 기꺼이 도왔어요. 제가 미리 사례를 좀 했거든요. 로스앤젤레스에 친한 촬영기사가 있어 그 사람에게 일을 맡겼죠."

"그 사람이 그 자리에 있었어요? 그러니까 우리가 그……."

"설마 제가 우리 모습을 다른 사람에게 보이고 싶었을 거라고 생각하세요? 레스토랑에서 일어서기 전에 제가 화장실에 다녀 온 거 기억나요? 사실은 그때 방에 미리 들어가 벽장에 숨겨둔 카메라를 켰어요. 공연이 시작된 거죠. 다음날 아침에 제가 먼저 일어나 카메라를 챙겨 나갔죠. 이틀 뒤에 다시 시카고로 갔어요. 필립이 보는 앞에서 그 DVD 앞부분을 틀었어요."

"어떻게 반응하던가요?"

"늘 하던 대로였어요. 아무 말도 없었죠. 화면만 뚫어져라 쳐다보더군요. 저는 사실 필립이 어떻게 반응할지 알고 있었어요. 겉으로는 전혀 내색하지 않겠지만 질투심에 불타리라는 걸……. 필립이 가장 두려워하는 건 언론에 치부가 노출되고 사람들에게 추문이 알려지는 거예요. 그걸 알기에 제가 이런 방법을 꾸몄어요. 우리가 침대에 누워 있는 동영상이 있다는 것만으로도 필립의 머릿속에는 온갖 두려움이 들끓었을 거예요. 필립의 가슴에 확실히 못을 박아두기 위해 미리 준비해둔 말을 했어요. 뉴욕에 있는 제 변호사도 이 DVD의 복사본을 가지고 있다고요. 일주일 안에 아미티지 선생님을 제자리로 돌려놓지 않으면 제 변호사가 그 DVD 복사본들을 모든 신문사와 방송국에 보낼 거라고 했죠. 이제 필립한테 남은 날짜는 엿새뿐이고……."

"하지만 플렉이 그 말을 듣지 않으면……. 그 DVD가 공개되면……."

"그러면 우리 둘이 뉴스거리가 되겠죠. 저는 상관없어요. 필립이 일을 더 어렵게 만들면 저는 '오프라 쇼'에 나가 아주 솔직하게 인터뷰를 할 거예요. 돈만 많고 감수성은 종이컵만큼도 없는 남자와 사는 기분이 어떤지를 다 말하겠어요. 어쨌든 지금 중요한 건 단 하나예요. 필립이 선생님한테 저지른 일을 보상하게 하는 것. 저는 마음의 결정을 내렸어요. 필립과 헤어지기로."

"정말요?"

그렇게 물어보는 내 목소리에는 반가운 기색이 지나치게 많이 드러났다.

마사가 말했다.

"필립에게도 그렇게 말했어요. 제 변호사의 말에 따르면 제가 언론에 그 DVD를 공개해도 혼전 계약서에는 아무런 영향을 미치지 않는대요. 제가 먼저 이혼을 요구하든, 필립이 먼저 요구하든, 결과는 같다는 거예요. 저는 일억이천만 달러를 받게 되는 거죠."

"세상에나."

"필립에게는 그리 큰돈이 아니죠. 우리 거주지가 캘리포니아에 국한됐더라면 제가 소송을 제기해 필립의 재산 절반을 받을 수 있어요. 하지만 저도 그렇게 큰돈은 바라지 않아요. 일억이천만 달러면 충분해요. 저한테도 제 아이한테도……."

"뭐라고요?"

"저, 임신했어요."

나는 더 큰 충격을 받은 목소리로 말했다.

"아……음…… 좋은 소식이군요."

"고마워요."

"언제 알았어요?"

"석 달 전에요."

나는 문득 깨달았다. 지난번에 마사가 술을 피한 이유가 그것 때문이었구나.

"플렉은……."

마사가 내 말을 끊으며 말했다.

"필립한테는 어제 말했어요. 그것도 제가 필립에게 터뜨린 폭탄 중 하나죠."

"그렇지만 그때 듣기로는 별거 중이라고……."

"몇 달 전에 잠깐 사이가 좋았던 적이 있어요. 섬에서 선생님과 만난 직후였어요. 필립이 다시 함께 지내고 싶다고 하더군요. 정말 다시 저를 사랑하는 것 같았어요. 제 마음에서는 필립에 대한 사랑이 다시 살아났거든요. 하지만 석 달로 끝이었어요. 필립은 석 달이 지나자 다시 자기 안으로 움츠러들었어요. 그래서 임신 사실을 알았을 때에도 필립한테는 말하지 않았어요. 어제 처음으로 필립한테 밝혔어요. 어제 필립이 그 얘기를 듣고 무슨 말을 했게요? 아무 말도 안 했어요. 입도 뻥끗 안 했어요."

나는 다시 마사의 손을 잡았다.

"마사……."

내가 무슨 말을 꺼내기도 전에 마사는 내 말을 막고 말했다.

"말하지 마세요."

"하지만……아니었나요?…… 아닌가요?"

"뭐가요? 선생님을 사랑한 게 아니냐고요?"

"네."

"우린 딱 세 번 만났을 뿐이잖아요."

"아니, 처음 만나서 오 분이면 알 수 있잖아요."

"그건 그렇지만 아직 그런 얘기를 할 때는 아닌 것 같아요."

"저를 위해 모든 걸 걸었잖아요. 그러니까 저는 당연히 감동할 수밖에 없어서……."

"하이틴로맨스 소설 구절 같은 말씀은 하지 마세요. 필립이 선생님한테 그런 짓을 벌인 건 그날 밤 저와 섬에서 있었던 일을 전해 들었기 때문일 거예요. 우리가 실제로 어디까지 갔는지는 필립에게는 상관없는 일일 거예요. 선생님이 재능 있는 작가고, 제가 선생님한테 반했다는 사실만이 중요했겠죠. 필립이 선생님의 작가적 생명을 망가뜨렸다는 이야기를 처음 들었을 때 저는 문득 책임감을 느꼈어요. 필립이 대화를 아예 거부했을 때에도 저는 정당한 방법으로는 안 되겠다고 생각했죠. 그 결과 여기까지 오게 된 거예요. 눈에는 눈, 이에는 이. 받은 만큼 돌려준다. 뭐, 이 경우에 해당되는 말은 많겠죠."

"돈만 받는다고 끝날 일은 아니라고 생각해요. 작가로서의 자리도 되찾아야 해요. 플렉이 자기 입으로 세상에 말하게 해야 해요. 이게 모두 자신이 꾸민 일이라고. 그리고 또……."

"그리고 또 뭐요?"

순간 머릿속에 아이디어가 번쩍 떠올랐다. 황당하고 이상한 아이디어였다. 그렇지만 한 번 도박을 걸어 볼 만한 아이디어였다. 더는 잃을 게 없으니 더욱 시도해 볼 만했다.

"플렉과 함께 텔레비전 인터뷰에 나가고 싶어요. 플렉을 설득해줘요. 시청률이 높은 전국방송에 나가야만 해요. 플렉이라면 그런 방송 인터뷰도 어렵지 않게 잡을 수 있잖아요."

"인터뷰에 나가서 뭘 하시려고요?"

"그건 저에게 맡겨 주세요."

"도울 수 있는 일이라면 저도 돕고 싶으니까 우선 설명해 봐요."

"마사가 지금껏 저에게 해준 것들만으로도 고마워요. 아니, 고맙다는 말로는 부족할 정도예요."

마사가 말했다.

"그런 말씀 마세요."

그런 다음 마사는 자리에서 일어서며 말했다.

"이제 가야 해요."

나도 일어서 마사에게 키스했다. 이번에는 마사가 입술로 내 키스를 받았다. 다시 사랑의 감정이 휘몰아쳤지만 자제하려 애썼다.

마사가 말했다.

"새로운 소식이 있으면 곧장 전화할게요."

마사는 돌아서서 자동차로 갔다.

메러디스로 돌아오는 내내, 나는 마사와 나눈 대화를 곱씹었다. 상사병에 걸린 사람이라면 누구나 그렇듯 마사의 작은 말들을 긍정적인 신호로 받아들이며 거기에 집착했다.

마사는 플렉과 헤어지겠다고 했어. 나를 사랑한다는 말은 하지 않않지만 부인하지도 않았잖아. 나한테 끌렸다고 직접 고백했어. 내가 이혼 위자료 따위에 관심을 둔 게 아니라는 건 마사도 잘 알고 있어. 이혼 이야기가 나오기도 전에 나는 마사를 사랑한다고 말했으니까. 내가 위자료 때문에 마사를 사랑하는 게 아니라는 사실은 꽤나 중요하지 않아? 그렇지?

나는 비관론자가 되어 최악의 시나리오를 상상해보기도 했다.

플렉이 굽히지 않기로 결정한다. DVD가 공개된다. 나는 다시 사람들의 입방아에 오른다. 사이코 표절 작가일 뿐만 아니라 자신과 남의 결혼생활을 다 망친 놈이라고, 더구나 임신 삼 개월인 유부녀와 간음한 놈이라고, 사람들은 나를 손가락질한다. 마사는 플렉과 이혼하지만 나를 만나지 않고 혼자 살기로 마음먹는다. 나는 아무것도 못 건진 채 전보다 더 깊은 수렁 속으로 빠져든다.

메러디스로 돌아오자 서점 전화응답기에 나를 급히 찾는 메시지 두 개가 녹음되어 있었다. 하나는 레스의 메시지였다. 레스는 오늘 아침에 왜 서점 문을 열지 않았는지 야단을 치며 이번 한 번은 그냥 넘어가겠지만 다시는 이런 일이 없길 바란다는 말을 남겼다. 두 번째 메시지는 앨리슨이 남긴 것이었다. 앨리슨은 얼른 전화하라고 했다.

앨리슨이 전화를 받았다.

"하늘의 뜻은 신비롭고 놀라워."

"그게 무슨 말이에요?"

"잘 들어. 뉴욕에 있는 대형 법률사무소에 있는 미첼 반 파크스라는 변호사로부터 전화를 받았어. 〈플렉필름스〉 영화사의 담당 변호사라더군. 그러면서 〈세 불평꾼〉 시나리오 등록에 혼동을 빚어서 죄송하대. 그 변호사가 이러더군. 〈영화 텔레비전 작가협회〉에서 작품을 관리하는 시스템에 큰 문제가 있었습니다. 〈플렉필름스〉에서는 그 문제를 바로잡고 싶습니다.' 그래서 내가 말했지. '어떻게 바로잡겠다는 말씀인가요?' 그러니까 변호사가 그러는 거야. '일백만 달러를 드리고 공동 시나리오 작가로 크레디트에 이름을 올리겠습니다.' 내가 말했지. '그쪽 고객인 플렉 씨가 칠 개월 전만 해도 제 고객인 아미티지 씨한테 고료로 이백오십만 달러를 제시했어요. 이번 일로 플렉 씨의 이름이 신문을 장식하게 될지도 모르는데…….' 그러니까 그 변호사가 내 말을 끊고 이러더군. '알았어요. 일백사십만 달러.' 나는 어림없다고 했어."

내가 말했다.

"정말 그런 건 아니죠?"

"아니, 정말 그렇게 말했어. 지금 그 시나리오를 둘러싸고 알 수 없는 일이 벌어지고 있는 것 같은데, 〈플렉필름스〉에서는 그 문제를 확실히 정리해야 할 거라고 말했지. 플렉 씨와 내 고객 사이에 있었던 개인적인 문제도 확실히 정리해야 할 거라고 말했어."

"그러니까 그쪽 변호사가 뭐래요?"

"삼백만 달러를 부르더군."

"그래서 뭐라고 대답하셨어요?"

"좋다고 했지."

나는 잠시 수화기를 얼굴에서 떼고 손바닥으로 턱을 괴었다. 승리감을 느낄 수도 없었고, 명예를 회복했다는 느낌도 들지 않았다. 누명을 벗었다는 기분도 느껴지지 않았다. 어떤 기분을 느껴야 할지 알 수 없었다. 다만 낯선 상실감이 아프게 나를 찔렀다. 돌연 마사를 안고 싶은 욕망에 휩싸였다. 마사의 무모한 도전이 성공을 거두었다. 이제 마사가 다시 한 번 도박을 걸면 나와 함께 살아갈 수…….

전화기에서 앨리슨의 고함소리가 들려왔다.

"데이비드! 듣고 있어?"

나는 다시 수화기를 귀에 댔다.

"미안해요. 잠깐……."

"설명 안 해도 돼. 반 년 동안 얼마나 고생했는지 나도 잘 알아."

"고마워요, 고마워요."

"그런 인사를 하기에는 아직 일러. 그 영화의 시나리오 작가로 데이비드 아미티지라는 이름을 단독으로 올릴지 아니면 플렉과 공동으로 올릴지 결정해야 해. 고려해야 할 게 골치 아프게 많아. 일단 내가 그 변호사에게 촬영용 대본을 특송으로 보내달라고 했어. 내일이면 자기한테 전달될 거야. 촬영용 대본부터 검토하고, 그걸 바탕으로 생각하기로 해. 자, 어쨌든 지금은 샴페인을 사러 갈래. 자기도 샴페인을 사 와. 내가 오늘 커미션으로 사십오만 달러를 벌었으니까."

"축하해요."

"축하해. 대체 어떻게 했기에 이런 반전이 일어났는지 언젠가 이야기를 꼭 들려줘."

"그건 기대하지 마세요. 한 가지만 말할게요. 우리가 함께 다시 일하게 돼서 기뻐요."

"우리는 늘 함께 일하고 있었잖아. 언제 아닌 적이 있었어?"

앨리슨이 전화를 끊자마자 나는 마사의 휴대폰으로 전화했다. 하지만 곧바로 음성메시지로 넘어갔다. 할 수 없이 음성메시지만 남겼다.

'마사, 저예요. 통했어요. 그 도박이 통했어요. 전화 기다릴게요. 언제라도 좋아요. 낮도 좋고 밤도 좋으니까 꼭 전화해요. 사랑해요.'

그러나 그날 밤에도 마사의 전화는 오지 않았다. 다음날에도, 그 다음날에도. 다만 앨리슨이 더욱 흥미로운 소식으로 전화했다.

"오늘자 《뉴욕타임스》를 볼 수 있어?"

"우리 서점에서 팔고 있으니까 당연히 볼 수 있죠."

"문화면을 봐. 필립 플렉의 독점 인터뷰가 실렸어. 우리 얘기도 포함돼 있어. 자기도 직접 읽어 봐. 플렉이 뭐라고 말했는지 보게 되면 아마 나처럼 입이 딱 벌어질 거야. '데이비드 아미티지'는 볼테르 이래로 가장 심하게 박해를 당한 작가래. 데이비드 아미티지가 뒤집어 쓴 누명은 예전에 매카시 열풍으로 희생된 작가들 이상으로 억울하대. 정말 기가 막힌 부분은 지금부터야. 플렉의 말에 따르면 맥콜이 계획적으로 데이비드 아미티지를 비방했고, 할리우드 전체가 아미티지를 버린 건 무자비하고 잔인한 일이었대. 플렉은 아미티지와 상의한 끝에 영화 크레디트에서 데이비드 아미티지의 이름을 빼기로 했대."

앨리슨이 거기까지 말했을 때, 나는 서점 카운터 앞에 진열된 《뉴욕타임스》를 집어들고 인터뷰기사를 읽어나갔다.

앨리슨이 말했다.

"그 다음 부분을 읽을 테니까 들어 봐. '그러나 플렉의 말에 따르면, 작가의 이름을 크레디트에서 뺀다는 건 끔찍했던 1950년대의 블랙리스트 사건과 다를 바 없다는 생각에 시달렸고, 결국 사실을 공개하고 데이비드 아미티지를 변호하기로 마음먹었다고 한다. 어떤 인터뷰에도 응하지 않던 플렉이 이렇게 독점 인터뷰를 하게 된 건 그런 이유 때문이라고. 플렉은 이렇게 말했다. 데이비드 아미티지는 미국 영화와 텔레비전 작가들 가운데 가장 독창적인 목소리를 내는 작가가 분명하다. 자신의 실패로 열등감에 시달리던 사람이 잔인하게 휘두르는 칼에 아미티지 같은 작가가 희생된 건 부끄러운 일이다. 아미티지가 쓴 〈세 불평꾼〉 시나리오로 아미티지의 누명이 완전히 벗겨지기를 바랄 뿐이며, 할리우드가 얼마나 훌륭한 작가를 잃을 뻔했는지 깨닫게 되기를 바란다.'"

"맙소사."

"〈에밀 졸라의 생애〉의 리메이크 판이 아닌 게 안타까워. 플렉은 틀림없이 아카데미 조연상 후보에 올랐을 텐데……. 자, 이제는 몇 달 전 섬에서 무슨 일이 있었는지 나에게 들려주지 않겠어?"

"그 일에 대해서는 입을 완전히 걸어 잠가야겠어요."

"재미없어, 그래도 이제 다시 나에게 돈을 벌어 주는 작가가 됐으니 상관없지. 이 기사 한 번으로 이제 자기에게는 또 한 번 문이 활짝 열릴 거야."

앨리슨의 말 그대로, 그날 밤 전화벨이 끊임없이 울렸다. 나는 《데일리 버라이어티》, 《할리우드 리포터》, 《로스앤젤레스타임스》, 《샌프란시스코 크로니클》의 기자들에게 코멘트할 말을 들려주어야 했다.

나도 플렉의 인터뷰 기사에 맞춰 적절히 연기하며 기자들에게 말했다.

"시나리오 작가라면 필립 플렉 같은 감독을 만나야 합니다. 플렉 감독은 관대할뿐더러 의리가 있으니까요. 게다가 글에 대해 보기 드물게 뛰어난 신념을 갖고 있으니까요."

마지막 문장은 플렉에게 보내는 메시지기도 했다. 내 시나리오를 고칠 엄두도 내지 말라는 메시지.

기자들은 나에게 테오 맥콜에게 악감정을 느끼지 않는지를 물었다.

그 질문에 나는 간단히 답했다.

"내가 그 사람 때문에 양심의 가책을 받는 입장이 아니어서 기쁠 뿐입니다."

그날 저녁, 나는 다시 마사에게 전화했다. 역시 음성메시지로 연결됐다. 나는 간단한 메시지를 남겼다. 《뉴욕타임스》 기사로 아주 기쁘며, 플렉과 함께 텔레비전 인터뷰에 나가고 싶으며, 간절하게 통화하고 싶다고 말했다.

마사는 전화하지 않았다.

이메일을 보낼까? 말리부로 차를 몰고 가 마사의 집 문을 두드릴까?

수시로 그런 유혹에 시달렸지만 꾹 참았다. 지금 이 게임에서 플렉이 무슨 수를 쓰고 있는지 나도 잘 알고 있었기 때문이다. 플렉은 그 DVD가 절대 유출되지 않게 막는 한편, 마사를 보내지 않기 위해 애쓰는 게 분명했다.

이튿날 《뉴욕타임스》의 플렉 인터뷰 기사가 《로스앤젤레스타임스》에도 그대로 실렸다. 아침 일찍 NBC 〈투데이〉 PD가 전화했다. 오후 2시에 출발하는 뉴욕 행 비행기가 예약되어 있으며, 뉴욕 케네디 공항에서는 리무진이 대기하고 있을 것이라는 전화였다. 피에르호텔에 방도 예약되어 있으며, 자고 난 뒤에는 다음날 아침 〈투데이〉 프로그램의 마지막 부분에 플렉과 함께 인터뷰를 하면 된다고 했다.

손목시계를 보았다. 9시 15분이었다. 한 시간 안에 출발해야 로스앤젤레스 국제공항에 제때 도착할 수 있을 것 같았다. PD에게 공항에서 비행기 표를 받으면 되는지 확인하고, 전화를 끊었다.

레스의 집으로 전화해 말했다.

"너무 촉박하게 전화해서 미안합니다만 오늘하고 내일은 급한 일이 생겨서 출근을 못 할 것 같습니다."

"그래요, 나도 오늘 아침 《로스앤젤레스타임스》에 실린 기사를 읽었어요. 서점에서 일할 날도 얼마 남지 않은 것 같군요."

"그럴 것 같습니다."

"오늘 내일, 이틀은 괜찮아요. 일을 그만두기 전에 보름은 더 다녀야 하는 규정에 대해 알고 있죠? 그건 반드시 지켜주세요. 새 사람을 구할 때까지요."

"네, 걱정 마세요."

가방을 쌌다. 갈아입을 옷가지와 함께 예전 시나리오 네 편도 넣었더니 가방이 무거웠다. 공항까지 두어 시간이 걸렸고, 대륙을 횡단하는 데 여섯 시간이 걸렸다. 한밤에는 호텔방에 있었다. 하지만 잠은 오지 않았다. 옷을 입고 맨해튼 거리를 쏘다녔다. 새벽빛이 밤하늘을 가를 때가 되어서야 호텔로 돌아왔다. 슈트로 갈아입고 방송국에서 보낸 리무진이 도착하기를 기다렸다.

리무진은 7시에 도착했다. 15분 뒤, 나는 얼굴에 메이크업을 받고 있었다. 분장실 문이 열리고, 필립 플렉이 들어섰다. 검정 슈트를 입은 덩치 큰 남자 두 명도 함께 들어왔다. 보디가드들이었다. 플렉이 내 옆 의자에 앉았다. 나는 플렉을 흘깃 쳐다보았다. 눈이 퀭했다. 간밤에 잠을 못 잔 건 나뿐만이 아니었다. 플렉은 언제나처럼 말이 없었다. 아예 내 쪽을 쳐다보지도 않았다. 분장사가 플렉의 얼굴에 파운데이션을 바르면서 계속 말을 붙였다. 출연자의 긴장을 풀어 주려고 분장사가 으레 하는 행동이었다. 그러나 플렉은 눈을 감은 채 한마디 대꾸도 하지 않았다. 또 문이 열렸다. 분주해 보이는 20대 후반의 여자가 들어왔다. 여자는 조연출을 맡고 있는 멜리사라고 자신을 소개한 뒤 인터뷰의 진행 과정을 대략 설명했다. 멜리사는 진행자 매트 로더가 던질 만한 예상 질문들을 쭉 나열했다. 플렉은 여전히 아무 말도 하지 않았다.

멜리사가 물었다.

"질문하실 게 없나요?"

나도 플렉도 고개를 가로저었다.

멜리사는 우리에게 행운을 빈다고 말하고 분장실에서 나갔다.

나는 고개를 돌려 플렉을 보며 말했다.

"《뉴욕타임스》 인터뷰에서 저를 아주 좋게 말씀해주셨더군요. 고맙습니다. 아주 크게 감동했습니다."

플렉은 아무 말도 하지 않았다. 어쩔 줄 몰라 굳은 얼굴로 앞만 보고 있었다.

그러다가 갑자기 스태프가 와서 우리를 백스테이지로 안내했다. 백스테이지를 지나 〈투데이〉 세트로 갔다. 매트 로더는 이미 안락의자에 다리를 꼬고 앉아 있었다. 우리가 세트에 나타나자 매트 로더는 자리에서 일어나 우리의 손을 덥석 잡았다. 간단한 인사를 나누고 더 대화를 끌 새도 없이, 음향 기사가 와서 플렉과 나의 재킷 라펠에 마이크를 달고, 분장사가 우리 이마에 파우더를 더 발랐다. 나는 내 시나리오 원고들을 탁자에 놓았다.

플렉은 내 원고들을 흘깃 내려다보았지만 여전히 아무 말도 하지 않았다. 나는 플렉을 훑어보았다. 플렉의 이마에 땀이 송골송골 맺혀 있었다. 무대 공포증 때문에 긴장한 모습이 확연히 눈에 띄었다. 플렉이 인터뷰를 병적으로 싫어한다는 이야기는 나도 이미 충분히 들었다. 카메라 앞에 선 플렉의 모습을 내 눈으로 아주 가까이에서 살펴보게 되니, 그 이야기를 실감했다. 플렉이 이렇게 힘든 일까지 감수할 만큼 마사와 헤어지기 싫어한다는 것도 깨달았다.

매트 로더는 플렉의 땀을 보더니 물었다.

"플렉 씨, 괜찮아요?"

"괜찮습니다."

무대감독이 외쳤다.

"십오 초 남았습니다."

우리는 모두 바짝 긴장했다. 곧 무대감독은 5초 카운트다운을 한 뒤 로더에게 신호했다. 그러자 로더는 곧장 카메라를 보며 진행을 시작했다.

"할리우드 스캔들을 좋아하는 분들이라면 지난 며칠 동안 신문지상을 뜨겁게 달군 사건을 기억하실 겁니다. 이 스캔들은 대부분의 스캔들과 달리 해피엔딩으로 끝났죠. 히트 시트콤 〈셀링 유〉로 에미상을 받기도 한 작가 데이비드 아미티지 씨는 표절 시비에 휘말린 끝에 자신이 직접 시니리오를 쓴 시트콤에서 물러나기까지 했습니다. 이제는 아미티지 씨의 명예가 완전히 회복되었죠. 미국 최고의 기업가인 필립 플렉 씨 덕분입니다."

로더는 그동안의 사건을 간략히 설명했다. 테오 맥콜이 나에게 씌운 표절 혐의, 나의 몰락, 플렉이 끼어들어 내 명예를 되찾아 준 것 등.

매트 로더가 말했다.

"자, 플렉 씨, 대중 앞에 나서기를 싫어하는 것으로 유명하신데요, 과감히 언론에 나서서 아미티지 씨를 돕기로 마음먹은 데에는 그만한 이유가 있을 것 같습니다. 그 이유가 뭐죠?"

플렉이 더듬더듬 말을 시작했다. 플렉은 고개를 살짝 숙여 매트 로더의 시선을 피했다.

"저……음……아미티지 씨는 분명 지금 미국에서 가장 중요한 극작가입니다. 제 다음 영화의 시니리오도 썼습니다. 어……그런데 아미티지 씨의 작가적 생명이 위기에 처했어요. 살인 청부업자나 다름없는 못된 기자들 때문이었죠. 음……그래서……제가 나서지 않을 수 없다고 생각했습니다."

"자, 아미티지 씨, 플렉 씨의 행동이 아미티지 씨에게는 큰 전환점이 됐겠네요. 더구나 지난 몇 달 동안 큰 누명을 쓰고 할리우드에서 발도 못 붙이게 된 상황에 처해 있지 않았습니까?"

나는 빙긋 웃으며 말했다.

"맞는 말씀입니다. 저는 한 사람 덕분에 작가로 다시 살아날 수 있었습니다. 바로 지금 여기 함께 앉아 있는 필립 플렉 씨 덕분이죠. 플렉 씨는 정말 좋은 친구입니다. 플렉 씨가 저한테 얼마나 좋은 친구인지 여러분께 직접 보여 드리고 싶습니다."

나는 탁자로 손을 뻗어 거기에 놓아둔 시나리오 원고들 중 하나를 집어 첫 페이지를 펼쳐보였다.

"제 명성이 누더기가 되고 아무도 저에게 일을 주지 않으려 할 때 플렉 씨가 어떻게 했는지 아십니까? 저를 대신해 나섰습니다. 플렉 씨는 제가 옛날에 쓴 시나리오 네 편에 자신의 이름을 내걸었습니다. 제 이름이 작가로 올라 있으면 어느 영화사에서도 관심을 보이지 않으리란 걸 염려했기 때문이죠. 자, 보세요. 〈세 불평꾼〉도 제 초기 시나리오인데, 보시다시피 작가 이름으로 필립 플렉이 적혀 있잖습니까?"

카메라가 원고의 앞 페이지를 클로즈업했다. 그 화면이 방송으로 나가는 사이, 로더가 플렉에게 질문을 던졌다.

"플렉 씨, 정말 아미티지 씨를 대신해서 이름을 거셨나요?"

플렉이 처음으로 내 눈을 똑바로 쳐다보았다. 플렉은 현재 상황이 믿기지 않는다는 듯 눈이 휘둥그레져 있었다. 이제는 내가 칼자루를 쥐고 있고, 플렉 자신은 아무런 힘도 쓸 수 없다는 걸 잘 알고 있는 듯했다. 플렉은 카메라가 다시 자신을 비추자 어쩔 수 없이 말했다.

"에……아미티지 씨 말씀이 맞습니다. 아미티지 씨의 명성이 누명으로 더럽혀져 할리우드 영화사들이 거들떠보지도 않을 지경이 되었죠. 그래서……음……저는 아미티지 씨의 시나리오들로 영화를 만들어 대형영화사를 통해 배급하고 싶었는데……그렇지만……저……음……달리 방법이 없었고……에……그 시나리오들에 제 이름을 걸 수밖에 없었습니다. 에……물론 아미티지 씨의 동의 아래 그렇게 했죠."

매트 로더가 말했다.

"그러니까 다음 달에 피터 폰다와 데니스 호퍼, 잭 니콜슨이 촬영을 시작할 〈세 불평꾼〉 말고도, 앞으로 데이비드 아미티지 씨의 시나리오로 만들 영화가 세 편이나 더 있다는 말씀인가요?"

플렉은 의자 밑으로 숨고 싶은 표정이었지만 그 질문에 대답했다.

"네, 그럴 계획입니다."

나는 그 대목에서 재빨리 끼어들었다.

"제가 깜짝 발표를 할 게 있습니다. 플렉 씨는 워낙 겸손한 분이라 지금부터 제가 밝힐 이야기를 그다지 좋아하지는 않을 겁니다. 그렇지만 플렉 씨가 얼마나 너그러운 분인지 이 자리에서 꼭 밝히지 않을 수 없네요. 제가 아무 일도 못 하게 됐을 때 플렉 씨가 제 시나리오 네 편을 다 사주었을뿐더러 시나리오 한 편당 삼백만 달러의 원고료를 주었습니다. 제가 너무 액수가 크다며 계속 사양했지만 꼭 받으라고 권했죠."

매트 로더조차 그 액수에 깜짝 놀란 표정이었다.

"플렉 씨, 그 말이 사실입니까?"

플렉은 내 말에 뭔가 반박할 듯이 입술을 비죽거렸지만 곧 천천히 고개를 끄덕였다.

매트 로더가 말했다.

"그야말로 영화인다운 신념을 몸소 실천하신 행동이군요."

내가 말했다.

"게다가 플렉 씨는 시나리오 네 편의 원고료를 합한 일천이백만 달러를 영화 제작 여부에 상관없이 저에게 주기로 약속하셨습니다. 저는 지나치게 과한 대접이라며 사양했지만 플렉 씨는 저를 돕는 일이라면 뭐든 아끼지 않겠다고 했어요. 더 정확하게 말하자면 저를 그만큼 신뢰한 거죠. 저도 결국 플렉 씨의 뜻을 받아들였습니다. 물론 제가 그렇게 과분한 대우를 받을 자격이 있다고 생각하지는 않지만요."

내 마지막 말에 매트 로더가 웃음을 터뜨렸다.

매트 로더가 플렉에게 말했다.

"플렉 씨, 시나리오 작가라면 누구나 꿈꾸는 일을 그대로 실현시키셨군요."

플렉은 내 얼굴에서 눈을 떼지 않고 말했다.

"아미티지 씨는 그만한 가치가 있는 분이죠."

나도 플렉과 눈을 맞추며 말했다.

"고마워요."

30초 뒤, 인터뷰가 모두 끝났다. 플렉은 얼른 자리를 떠났다. 나는 매트 로더와 악수를 나누고, 스태프의 안내를 받아 분장실로 돌아갔다. 분장실 선반에 올려놓은 휴대전화를 집으려 하는데 전화벨이 울렸다.

앨리슨이 몹시 들뜬 목소리로 말했다.

"자기는 완전히 미쳤어. 이렇게 화끈한 반격은 내 평생 처음 봤어."
"마음에 드셨다니 기쁘네요."
"마음에 들어? 자기 덕분에 내가 방금 일백만 달러가 넘는 돈을 벌게 되었잖아. 당연히 마음에 들고도 남지. 축하해."
"저도 축하해요. 그동안 십오 퍼센트 커미션으로는 너무나 부족할 만큼 많이 애쓰셨어요."
앨리슨은 담배 때문에 걸걸한 웃음소리를 냈다.
"당장 이리로 와. 이제 전화통에 불이 날 거야. 자기는 이제 만인이 찾는 존재가 됐어."
"저도 당장 달려가고 싶지만 앞으로 두 주 동안 다른 일은 못 해요."
"왜?"
"서점에 새 직원이 올 때까지 거기서 일해야만 해요."
"멍청이 같은 소리는 그만해."
"안 돼요. 서점 주인과의 약속을 깰 수는 없어요."
갑자기 문이 열리고 필립 플렉이 들어왔다.
나는 전화기에 대고 말했다.
"내가 다시 전화할게요."
플렉은 내 옆 의자에 앉았다. 분장사가 클렌징크림을 들고 플렉에게 다가갔다.
플렉이 분장사에게 말했다.
"잠깐 자리를 좀 비켜 주시겠어요?"
분장사가 분장실을 나가며 문을 닫았다.
이제 플렉과 나, 단 둘뿐이었다. 플렉은 잠시 아무 말도 하지 않다가 마침내 입을 열었다.

"댁이 쓴 시나리오로는 절대로 영화를 만들지 않을 거요. 암, 절대로."

"좋으실 대로."

"〈세 불평꾼〉 진행도 취소할 겁니다."

"그것도 좋으실 대로 하세요. 하지만 그럴 경우 피터 폰다, 데니스 호퍼, 잭 니콜슨이 과히 좋아하지는 않을 텐데요?"

"돈만 충분히 받으면 불평할 사람은 없어요. 영화라는 게 원래 중간에 엎어지기 십상이니까. 계약된 돈만 제대로 지불되면 제작이 중간에 취소돼도 신경 쓰는 사람이 없잖아요. 걱정 마요. 일천이백만 달러는 틀림없이 줄 테니까. 어차피 영화화가 안 돼도 내가 주기로 약속했다면서요? 일천이백만 달러라? 그 정도는 나한테 껌값이에요."

"돈은 안 받아도 상관없어요."

"아니, 상관있어요. 아주 크게 상관있죠. 일천이백만 달러의 원고료를 받는 작가가 됐으니까 할리우드에서 다시 황금알을 낳는 존재가 된 거죠. 그러니까 나한테 크게 고마워해야 해요. 뭐, 덕분에 내 이미지도 좋아졌어요. 시청자들에게 내가 인격적으로 대단히 훌륭한 사람으로 비춰졌잖아요. 작가들을 더없이 존중하는 사람. 간단히 말해 우리 둘한테 두루 좋은 일이었어요."

"늘 그렇게 꼭 자신이 중심이 되어야 직성이 풀리나요?"

"무슨 뜻인지 모르겠군요."

"잘 알잖아요? 철저하게 계획해서 내 인생을 산산이 조각내고……."

플렉이 내 말을 자르고 말했다.

"내가 뭘 했다고요?"

"내가 망하도록 일을 꾸몄잖아요."

플렉이 놀란 목소리로 말했다.

"네? 정말 그렇게 생각해요?"

"벌써 다 알고 있어요."

"나한테 남의 인생을 박살낼 능력이 있는 것처럼 보였다니 오히려 우쭐해지네요. 그렇지만 내가 몇 가지 물어보죠. 내가 댁더러 딸을 두고 아내와 헤어지라고 했습니까? 내가 억지로 댁을 내 섬으로 오게 했습니까? 내가 댁의 머리에 총을 겨누고 시나리오를 팔게 했습니까? 게다가 내가 댁의 마음에 안 들게 고치겠다고 말했는데도 댁은 나에게 시나리오를 팔지 않았나요? 맥콜이라는 작자가 댁의 대본에 옛날 희곡 대사가 몇 줄 들어 있다고 지적했을 때, 내가 댁더러 심하게 대응하라고 했나요?"

"지금 요점은 그게 아니잖아요? 당신이 모든 일을 꾸며서 나를……"

"아니죠. 댁이 스스로 초래한 일이죠. 댁이 샐리 버밍엄을 택해 가정을 버렸어요. 댁이 내 초대를 받아들였어요. 댁이 내 제안을 받아들여 이백오십만 달러에 시나리오를 쓰겠다고 했어요. 댁이 맥콜을 향해 날카로운 칼을 뽑아 들었어요. 댁이 내 아내한테 빠지기까지 했죠. 그 모두가 나하고는 전혀 상관없는 일입니다. 모두 댁이 스스로 내린 결정이에요. 나는 아무런 장난도 치지 않았어요. 댁이 스스로 선택한 일에 희생된 거예요. 인생은 그런 겁니다. 누구나 선택을 하죠. 자신의 선택에 따라 상황이 바뀌고요. 그게 바로 '인과율'입니다. 우리는 스스로 내린 결정 때문에 나쁜 일이 생기면 늘 남 탓을 하는 버릇이 있어요. 상황이 안 좋았다거나 사악한 사람 때문에 일을 그르쳤다고 생각하죠. 하지만 근본적으로 조목조목 따져보면 진정 탓할 사람은 자기 자신뿐이라는 걸 알게 되죠."

"플렉 씨, 반성을 모르는 그 태도에 깊이 감동했습니다. 참 대단하시군요."

"상황의 진실을 알려 하지 않는 그 태도도 역시 존경스럽습니다."

"상황이라니요? 게다가 또 무슨 진실?"

"댁이 스스로 만든 덫에 걸렸을 뿐이라는 진실이죠. 댁은 자기 발로……."

"그 덫을 누가 만들었죠? 당신이 만들지 않았던가요?"

"아니죠. 그 덫은 댁이 스스로 만들었어요. 그래서 물론 댁이 인간적이긴 합니다. 우리는 누구나 늘 덫을 놓죠, 자기 자신의 발목을 잡을 덫을 말입니다. 그걸 '의심'이라고 부를 수 있을 겁니다. 우리가 살면서 가장 의심하는 건 자기 자신이죠."

"당신이 의심에 대해서 뭘 알아요?"

"아, 의심이라는 말이 귀에 거슬린 모양이군요. 돈이 의심을 없애 주지는 않아요. 아니, 사실은 돈 때문에 의심이 더 커지죠."

플렉은 그렇게 말하고 자리에서 일어서며 한 마디 덧붙였다.

"자, 나는 이만……."

내가 플렉의 말을 가로막고 불쑥 말했다.

"댁의 아내를 사랑합니다."

"축하해요. 나도 내 아내를 사랑합니다."

플렉은 그 말을 남기고 돌아서서 문을 향해 걸어갔다. 문손잡이를 잡다가 플렉이 고개를 돌려 나를 보며 말했다.

"영화에서 봅시다."

그날 오후, 공항으로 가는 길에 나는 마사의 휴대전화에 두 번 메시지를 남겼다. 나에게 전화하라는 메시지였다. 일곱 시간 뒤, 로스앤젤레스에 도착하자 메시지가 열 통 넘게 도착해 있었다. 전에 친구나 동료였던 사람들이 방송을 잘 보았다면서 남긴 메시지들이었다. 하지만 내가 애타게 바라던 마사의 메시지는 없었다.

주차장에 두었던 차를 찾아 메러디스로 돌아갔다. 이튿날 아침, 《뉴욕타임스》를 펼치자 문화면에 '테오 맥콜과 보복성 언론'이라는 제목 아래 장문의 기사가 실려 있었다. 폭넓게 잘 조사하고 취재해서 쓴 기사였다. 맥콜이 그동안 할리우드 인사들의 명성을 망가뜨린 예가 기사를 통해 낱낱이 드러나 있었다. 기사는 맥콜에 대한 흥미로운 사실도 밝혀 놓았다. 가령, 맥콜이 더블린에 있는 트리니티대학교를 졸업했다고 공공연히 떠들고 다녔지만, 실은 고등학교를 졸업했는지도 확실하지 않다는 것, 여자 두 명을 임신시킨 뒤 책임지지 않고 헤어졌으며 이후 양육비조차 내놓지 않았다는 것, NBC방송국에서 작가로 일하다가 쫓겨난 것 등이 기사에 실렸다. 그 사건에 얽힌 다른 사실들도 아울러 밝혀져 있었다. 〈셀링 유〉가 히트하기 일 년 전쯤 맥콜은 광고대행사를 배경으로 한 시트콤 아이디어를 내놓았지만 시큰둥한 반응 속에서 사장되고 말았다는 것. 데이비드 아미티지가 〈셀링 유〉로 거둔 큰 성공은 맥콜에게 반감을 품게 만들었다.

그날, 테오 맥콜은 완전히 추락했다. 《할리우드 러지트》지는 맥콜의 칼럼 연재를 중단한다고 발표했다. 다른 수많은 기자들이 《로스앤젤레스타임스》 기사에 대한 맥콜의 코멘트를 들으려고 수소문을 하며 찾아다녔지만 그의 모습은 그 어디에서도 보이지 않았다.

앨리슨이 전화로 말했다.

"맥콜이 영국으로 사라졌다는 소문이 있어. 아니, 소문이 아니라 내 사립탐정이 그러더군. 그런데 사립탐정이 알아낸 게 또 있어. 맥콜의 은행계좌 거래 내역을 보니까 지난주에 루비치홀딩스에서 일백만 달러가 들어왔대. 플렉이 맥콜과 무슨 거래를 했는지 뻔하지 않아? 플렉이 그랬겠지. '다 뒤집어쓰고 로스앤젤레스를 떠나 다시는 돌아오지 않으면 일백만 달러를 줄게.'"

"그 탐정은 그런 걸 어떻게 다 알아낸대요?"

"물어보지 않았어. 오늘부로 탐정은 그 사건에서 손을 뗐어. 이제 사건이 완전히 끝났으니까. 아, 그건 그렇고, 오늘 〈플렉필름스〉에서 시나리오 네 편에 대한 원고료 전액이 들어왔어. 일천이백만 달러. 영화로 만들어지지 않아도……."

나는 앨리슨의 말을 받아넘겼다.

"……받게 되어 있는 원고료."

"그래도 〈세 불평꾼〉은 만들어지잖아."

"플렉이 저에게 그 영화도 만들지 않겠다고 했어요."

"그래, 그렇지만 그때는 〈투데이〉에서 자기한테 당한 직후였잖아. 아마 플렉의 아내가 영화를 만들도록 설득했나 봐."

"왜 그렇게 생각하세요?"

"오늘 아침 《데일리 버라이어티》 3면에 기사가 났어. 〈세 불평꾼〉 촬영이 육 주 뒤에 시작된대. 마사 플렉이 영화의 제작자로 나선다는군. 마사 플렉이 정말로 자기의 열성 팬인가 봐."

"저는 잘 모르는 일이에요."

"그 여자가 자기를 좋아하든 안 하든 무슨 상관이야. 영화를 만든다는 건 좋은 소식이잖아."

그리고 좋은 소식은 계속 굴러왔다. 일주일 뒤, 브래드 브루스가 전화했다.

브루스가 말했다.

"나와 다시는 말도 하지 않고 지내겠다고 생각한 건 아니지?"

"나는 유감 따윈 전혀 없어."

"내가 자네 입장이라면 그러지 못 할 텐데 이렇게 너그럽게 대해 줘서 고마워. 잘 지내고 있지?"

"지난 반년에 비하면 좀 낫지."

"앨리슨이 소개한 그 북쪽 작은 집에 아직 살고 있어?"

"그래, 이 동네 서점에서 새 직원을 뽑을 때까지 근무하려고."

"서점에서 일했어?"

"나도 먹고살아야지."

"하지만 이제 필립 플렉한테 일천이백만 달러를 받았으니……."

"아직 닷새는 더 서점에서 일해야 해."

"알았어, 알았어. 아주 훌륭한 자세야. 서점 일이 마무리되면 로스앤젤레스로 돌아올 계획이지?"

"로스앤젤레스는 돈이 있는 곳이니까. 그렇지?"

브루스가 웃었다.

내가 물었다.

"새 시즌 준비는 어떻게 돼가?"

"사실은 그것 때문에 전화했어. 자네가 나가고 나서 전체 대본 감독을 딕 라투시한테 맡겼어. 다음 시즌 처음 여섯 회 분의 대본은 정리가 됐어. 솔직히 말하자면 방송국 윗사람들이 마음에 안 들어 해. 자네가 〈셀링 유〉에 불어넣었던 샤프한 매력이나 색다른 유머 같은 게 전혀 없어."

나는 아무 말도 하지 않았다.

"그래서 말인데, 혹시……."

일주일 뒤, 나는 〈셀링 유〉에 복귀하기로 FRT와 계약했다. 나머지 여덟 회 가운데 네 회의 대본을 내가 직접 쓰기로 했다. 전체 대본 감독도 다시 맡았다. 새 시즌의 첫 여섯 회 대본을 다듬는 게 가장 먼저 해야 할 일이었다. FRT에서는 원고료 환급 요구를 철회했다. 내 원작료도 다시 보장됐다. 개인 사무실, 주차 공간, 의료보험도 다시 보장됐다. 나에 대한 평판이 다시 호의적으로 바뀐 게 무엇보다 좋았다. FRT와 2백만 달러에 계약했다는 사실이 알려지자마자 모두들 다시 나에게 손을 내밀었다. 워너브라더스에서는 당장 앨리슨에게 전화해 〈무단 침입〉의 제작을 재개하겠다고 말했다. 당연히 초고 원고료 반납 건은 부디 잊어 달라고 말했다. 옛 지인들도 부랴부랴 나에게 전화했다. 방송계 부부는 점심을 같이 하자며 나를 초대했다.

나는 될 수 있으면 '내가 이 사람들을 필요로 할 때 과연 이들은 어디에 있었을까?' 같은 생각은 하지 않았다. 할리우드는 어차피 그런 동네다. 엄청난 환영을 받다가도 언제 무시당하며 쫓겨날지 모른다. 추어올려졌다가도 금세 내동댕이쳐진다. 할리우드는 진화론으로 움직이는 곳이다. 가혹하다는 점에서는 다 같지만 예의와 교양으로 겉치레하는 다른 도시와 달리 로스앤젤레스는 단순한 한 가지 전제 즉 자기에게 도움이 될 때만 그 사람에게 관심을 쏟는다는 전제 아래 돌아간다. 사람들은 로스앤젤레스의 그런 문화를 천박하다고 비난한다. 하지만 나는 로스앤젤레스의 무자비한 현실성이 나쁘지 않다. 로스앤젤레스에 있으면 현실을 똑바로 보게 된다. 로스앤젤레스에서는 게임의 규칙을 뼈저리게 깨닫게 된다.

FRT의 계약서에 서명한 그 주에 나는 로스앤젤레스로 돌아왔다.

금방이라도 살 집을 찾아다닐 수 있었지만 새로운 경각심이 파고들었다. 무엇이든 가볍게 결정해서는 안 된다. 화려한 외양에 끌려서는 안 된다. 성공의 힘을 전적으로 믿어서는 안 된다.

널찍한 미니멀리즘 아파트나 신흥부자를 위한 저택을 택하지 않고, 산타모니카의 밝고 현대적인 개발 지구에 위치한 단독주택을 선택했다. 월세 3천 달러에 침실이 두 개인 집이었다. 넓고 아늑했지만 경제적인 부담은 그리 크지 않았다.

차는 폭스바겐 골프를 계속 타고 다니기로 마음먹었다. FRT에 다시 출근한 첫날, 내 바로 앞에 브래드 브루스가 메르세데스벤츠 SR 컨버터블을 몰고 주차장으로 들어섰다. 브래드는 내 고물 차를 재미있다는 듯이 훑어보았다.

"어디 보자. 복고풍 대학생 분위기를 내려고? 수납함에는 〈크로스비 스틸스 앤 내시〉의 테이프들이 가득 들어 있지?"

"그러지 마. 이 차 덕분에 메러디스에서 필요한 곳 여기저기를 잘 다닐 수 있었어. 이 차가 여기서도 당분간은 나를 잘 데리고 다닐 거야."

브래드는 다 알고 있다는 듯이 씩 웃었다. 그 표정은 '그래, 당분간은 검소한 척하겠다는 거지? 그렇지만 그리 오래 가지는 못할걸. 곧 좋은 차로 바꾸겠지. 그러기를 바라.' 하고 말하는 것 같았다.

결국 브래드의 생각이 그리 틀리지 않으리란 건 나도 잘 알고 있었다. 결국 저 낡은 차를 버리게 될 것이다. 다만 하루아침에 그렇게 하지는 않을 것이다.

브래드가 나에게 물었다.

"화려하게 컴백할 준비는 다 됐어?"

"아, 그래."

〈셀링 유〉 제작 사무실에 들어서자 스태프들이 모두 일어서서 박수를 보냈다. 목이 메고 코끝이 찡했다. 박수소리가 잠잠해지자 나는 사람들의 기대에 맞춰 슬쩍 비꼬는 말을 했다.

"앞으로도 자주 해고되는 게 좋겠네요. 환대에 감사합니다. 여러분 중 누구도 제 예전 일과 연관이 없다는 걸 저도 잘 알고 있습니다. 그러기에는 여러분들 모두 너무 착한 분들이죠."

내 예전 사무실로 들어갔다. 내 책상은 그 자리에 그대로 있었다. 내 허먼 밀러 의자도 그대로였다. 의자를 살짝 빼내 앉았다. 높이를 맞추고, 의자등받이에 등을 기댔다. 이곳을 다시는 못 보리라 생각했는데…….

잠시 후, 노크소리가 나더니 예전 비서였던 제니퍼가 들어왔다.

나는 반갑게 말했다.

"아, 안녕?"

"방해가 된 건 아닌지요?"

"내 비서가 내 방에 들어오는 게 왜 방해가 되겠어? 당연히 아니지."

"아미티지 선생님……."

"성은 빼고 간단하게 불러. 그래도 그때 해고되지 않았네? 다행이야."

"다른 비서가 그만두게 돼서 막판에 회사에 계속 남아 있으라고 하더군요. 저를 용서해 주시겠어요? 제가 그때……."

"다 지난 일이야. 현재가 중요하지. 더블 에스프레소가 마시고 싶은데, 괜찮지?"

제니퍼는 안심하는 표정을 지으며 말했다.

"네, 그럼요. 전화 메모도 챙겨 금방 다시 오겠습니다."

전화 메모 역시 전과 다름없었다. 메모 가운데 두 이름이 눈에 띄었다. 샐리 버밍엄과 바비 바라. 샐리는 지난주 금요일에 한 번 전화했다. 반면 바비는 지난 나흘 동안 날마다 두 번씩 전화했다. 제니퍼의 말에 따르면, 바비는 내 집 전화번호를 알려 달라고 애걸복걸했다고 한다. 자기 말을 꼭 전해 달라며 날이면 날마다 똑같은 말을 남겼다고 한다. '좋은 소식이 있다고 전해 주세요.' 라고.

제니퍼에게 그런 이야기를 들으면서 나는 생각했다.

'바비가 말한 좋은 소식이라는 게 뭔지 모르지만 뭐든 그 배후에는 필립 플렉이 있는 게 틀림없지.'

나는 바비의 전화를 한동안 받지 않았다. 내가 그리 호락호락 넘어가지 않으리란 걸 바비에게 확실히 알리고 싶었다.

일주일 뒤, 나는 마침내 바비의 전화를 받기로 했다.

제니퍼가 말했다.

"지금 바비 바라 씨 전화가 1번 회선에 들어와 있어요. 오늘만 해도 벌써 세 번째 전화예요."

내가 말했다.

"알았어요. 연결해요."

내가 인사를 하자마자 바비는 숨넘어갈 듯 떠들어대기 시작했다.

"이런, 자네, 사람 괴롭히는 법을 제대로 알고 있군."

"부자는 그러는 거라면서? 내가 누구한테서 배웠겠어?"

"전에도 나쁜 놈이었지만 이제는 뻔뻔한 나쁜 놈이 됐네."

"아, 나와 다시는 거래하지 않겠다고 말한 사람이 누구더라? 그 말대로 이제 그만 끊지."

"아, 이 사람 좀 보게나. 다시 꼭대기에 올라서니까 나 같은 놈은 아예 똥으로 보시네."

"바비, 난 사람을 차별하지는 않아. 자네처럼 겉 다르고 속 다르고, 비열하고, 이기적이고, 의리 없는 인간이라도 차별하지는 않아."

"그래, 천하의 개망나니 바비 바라가 이렇게 다시 연락했네. 아주 멋진 소식을 들고."

나는 심드렁한 투로 맞받았다.

"뭔지 말해 봐."

"나에게 남겨둔 일만 달러 기억나?"

"바비, 내가 남길 돈이 어디 있었다고 그래? 그때 거래를 다 끝내기로 하고 모두 현금화해서……."

"내가 깜박 잊고 있던 일만 달러가 있었어."

"헛소리하지 마."

"데이비드, 다시 말할게. '잊고 있던 일만 달러가 있었어.' 알아들었어?"

"그래, 알아들었어. 자, 그 '잊고 있던' 돈이 지금 어떻게 됐는데?"

"베네수엘라의 유망한 인터넷회사 상장주를 샀어. 놀라지 마. 그 회사 주가가 오십 배로 껑충 뛰었어. 그래서……."

"왜 그런 말도 안 되는 소리를 늘어놓는 거야?"

"말도 안 되다니? 이제 우리 회사의 자네 계좌에 오십만 달러가 들어 있어. 오늘 자네 회계사한테 확인 공문을 보낼 참이야."

"지금 나더러 그 말을 믿으라고?"

"돈이 있잖아. 데이비드 아미티지의 이름으로 된 돈이 있는데 더 확실한 증거가 어디 있어?"

"내 이름으로 된 계좌에 돈이 들어 있다는 건 나도 믿을게. 하지만 그건 흔한 금융사기 수법이잖아. 머리가 그것밖에 안 돌아가?"

잠시 정적이 이어지다가 바비가 말했다.

"자네 계좌에 들어 있는 돈이 어디서 나왔는지가 그렇게 중요해?"
"나는 그저 자네가 순순히 시인하길 바랄 뿐이야."
"뭘?"
"그 사람이 시켜서 나를 함정에 빠뜨렸다고."
"그 사람? 그게 누군데?"
"말 안 해도 누군지 잘 알잖아?"
"나는 내 고객들에게 다른 고객 이야기는 꺼내지 않아."
"그 사람은 고객이 아니야. 전지전능한 신이지."
"신이 좋은 일을 할 때도 있지. 자, 그러니까 신 타령은 집어치워. 더구나 서랍 속에서 곰팡이 슨 옛날 시나리오 네 편에 일천이백만 달러를 내놓은 신이라면 그렇게 물고 늘어질 것까지 없잖아. 말이 나왔으니 말인데 자네가 완전히 망했을 때 내가 있었으니까 그나마 이십오만 달러라도 건지지 않았어?"

나는 가느다랗게 한숨을 쉬었다.
"더 할 말이 없군. 바비, 넌 천재야."
"칭찬으로 들을게. 자, 이제 나에게 있는 자네 돈 오십만 달러에 대해서나 이야기하지. 이 돈, 어떻게 할까?"
"자네한테 투자를 맡기겠느냐는 뜻이지?"
"바로 그거야."
"무슨 근거로 내가 자네한테 계속 투자를 맡길 거라고 생각해?"
"내가 늘 자네에게 돈을 벌어 줬잖아. 자네도 그걸 잘 알고 있지? 그게 근거야."

나는 잠시 생각하고 나서 말했다.
"플렉한테 받은 돈에서 앨리슨한테 나가는 커미션과 세금을 빼면 육백만 달러가 남아."

"그래, 나도 벌써 계산해 봤어."

"아까 말한 오십만 달러와 육백만 달러를 몽땅 신탁투자에 넣으면……?"

"우리도 신탁을 취급하기는 해. 그렇지만 투자 효과를 생각하면 그다지……."

"그렇지만 신탁 기금은 별안간 인도네시아 상장주 매입에 쓰일 수는 없잖아?"

이번에는 바비가 소리 내 한숨을 쉬었다. 그래도 바비는 반박하지 않고 순순히 말했다.

"이윤은 적어도 안전한 투자를 원한다면 그렇게 하는 것도 나쁘지는 않지."

"내가 바라는 바야. 아주 안전한 것. 확실한 것. 그리고 케이틀린 아미티지 명의로 신탁을 넣어두고 싶어."

바비가 말했다.

"좋은 생각이야."

"고마워. 플렉한테도 고맙다고 전해줘."

"그 말은 못 들은 걸로 할게."

"왜? 귀머거리라도 된 척하려고?"

"아직도 못 알아챘어? 플렉과는 완전히 갈라섰어. 그런 게 인생 아니겠어? 그러니까 늘 순간순간 탄복할 준비를 갖춰야 해. 힘든 시기에는 더더욱."

"철학자가 다 됐군. 바비, 자네의 그런 모습이 얼마나 그리웠는지 몰라."

"나도 마찬가지야. 다음 주에 점심이나 같이 먹을까?"
"왜 안 되겠어."

그러나 샐리의 전화는 계속 피했다. 샐리는 바비처럼 계속 전화하지는 않았다. 내가 FRT사무실로 돌아오고 나서 처음 3주 동안은 일주일에 한 번씩 전화 메모에 샐리의 이름이 올라와 있었다. 결국 폭스텔레비전 공식 편지봉투에 담긴 편지가 도착했다.

데이비드에게

이렇게 편지를 쓰는 건 다름 아니라 정말 기쁘다는 말을 전하고 싶어서야. 테오 맥콜 때문에 끔찍한 누명을 썼던 자기가 제자리를 찾게 돼 정말 기뻐. 당신은 할리우드 최고의 작가야. 당신이 겪은 일은 끔찍하다는 표현으로는 부족하겠지. 폭스텔레비전 전체를 대표해서, 최악의 모함을 벗어나 다시 승리를 거둔 걸 축하해. 세상을 살다 보니 착한 사람이 이길 때도 있네.

또 전할 말이 있는데, 우리가 전에 이야기했던 시트콤 〈터놓고 얘기해〉의 아이디어에 대해 폭스텔레비전에서 큰 관심을 가지고 있어. 혹시 시간이 되면 같이 점심을 먹으면서 이런저런 이야기를 나누면 좋겠어.

답장 기다릴게.

늘 안녕하기를.
샐리
추신 : 〈투데이〉에서 멋졌어.

이게 샐리 나름의 사과 편지일까? 아니면, 내가 다시 돈이 많아졌으니까 '만나서 이런저런 이야기를 나누고 싶다.'는 말을 에둘러 쓴 것일까? 아니면 그저 텔레비전 방송국 이사로서 잘 나가는 작가를 잡으려고 머리를 쓴 것일까?

나는 아무것도 알 수 없었다. 아니, 굳이 알고 싶지 않았다. 하지만 성공했다고 무례하게 구는 사람이 되고 싶지도 않았다. 아니, 내가 뭐 그리 엄청나게 성공한 건 아니지만……. 어쨌든 나는 FRT 공식 편지지에 사무적인 답장을 썼다.

샐리 버밍엄 귀하
편지 아주 고맙게 잘 읽었습니다. 〈셀링 유〉 새 시즌 때문에 일이 많아 점심 먹을 시간을 내기는 힘듭니다. 계약되어 있는 작업들 때문에 당분간은 다른 계획에 신경을 쓸 수 없습니다. 널리 양해바랍니다.
데이비드 아미티지 드림

그 주가 끝나갈 즈음, 마지막 좋은 소식이 날아왔다. 변호사 월터 디커슨이 몇 달 동안 루시의 변호사와 협상한 끝에 마침내 내가 바라던 일을 성사시킨 것이다.

디커슨은 내 사무실로 전화해 말했다.

"따님을 다시 만나실 수 있게 됐습니다."

"루시의 태도가 누그러졌나요?"

"네, 아빠를 만나는 게 케이틀린한테도 필요한 일이라고 마음을 고쳐먹었답니다. 이렇게 오래 걸려 면목이 없습니다. 하지만 좋은 소식도 있습니다. 전 부인 되시는 분께서 정기 면접권을 인정했을 뿐만 아니라 입회자 없이 자유롭게 만나도 좋다고 했습니다. 원래 법원으로부터 접근금지명령을 받은 아빠가 자녀를 다시 만나게 될 때에는 엄마의 입회 아래 만나기 마련이거든요."

"루시가 왜 마음을 바꿨는지 혹시 그쪽 변호사에게서 들은 이야기는 없나요?"

"제가 보기에는 따님이 엄마의 마음을 돌려놓은 것 같습니다."

아니, 다른 이유도 있었다. 여덟 달 만에 처음으로 케이틀린을 만나러 갔을 때에야 그 이유를 알 수 있었다.

샌프란시스코 공항에서 렌터카를 타고 소살리토에 있는 루시의 집까지 갔다. 초인종을 누르자 금세 문이 열리고, 케이틀린이 달려와 내 팔에 안겼다. 나는 아주 오랫동안 케이틀린을 껴안고 있었다. 케이틀린이 팔꿈치로 나를 살짝 밀며 말했다.

"선물, 가져왔어?"

나는 웃었다. 그 엉뚱한 말 때문이기도 하고, 케이틀린의 쾌활한 성격 때문이기도 했다. 여덟 달 동안 떨어져 있던 아빠와 딸은 그렇게 다시 함께 있을 수 있게 됐다. 케이틀린에게는 아무것도 바뀌지 않았던 것이다.

"선물은 차에 있어. 조금 있다가 줄게."

"호텔에서?"

"그래, 호텔에서."

"지난번에 갔던 그 호텔이야? 아주 높은 층에 방이 있는 호텔?"

"아니, 그 호텔은 아니야."

"아빠를 좋아하는 친구가 빌려줬다고 했잖아? 이제 그 친구가 아빠를 안 좋아해?"

나는 눈이 휘둥그레져 케이틀린을 바라보았다. 케이틀린은 다 기억하고 있었다. 우리가 함께 보낸 주말의 일들을 하나하나 다 기억하고 있었다.

"얘기하려면 길어."

"그래도 들려줄 거지, 아빠?"

그 질문에 대한 적절한 답을 찾아내기 전에 루시의 목소리가 들렸다.

"안녕, 데이비드."

나는 케이틀린의 손을 놓지 않은 채 몸을 일으켰다.

"안녕."

어색한 침묵. 그 적대감, 그 끔찍하고 어리석은 법적 조치, 그 쓸모없는 싸움과 손실……. 그 모든 일을 겪고 난 우리가 어떻게 다정한 대화를 나눌 수 있을까?

하지만 나는 어떻게든 노력해보기로 했다.

"좋아 보여."

"당신도."

또 어색한 침묵.

집 뒤쪽에서 남자가 현관으로 나왔다. 남자는 루시가 서 있는 현관문 옆에 섰다. 40대 초반의 키가 크고 호리호리한 남자였다. 파란색 버튼다운 셔츠, 갈색 스웨터, 치노 바지, 보트 슈즈. 백인 중산층이 주말에 입는 유니폼 같은 옷차림이었다. 남자는 한쪽 팔을 루시의 어깨에 둘렀다. 나는 놀란 티를 내지 않으려고 애썼다.

"데이비드, 이쪽은 내 친구 피터 해링튼이야."

해링튼이 손을 내밀며 말했다.

"드디어 만나게 됐네요. 반갑습니다."

나는 해링튼과 악수를 나누며 그래도 '얘기 많이 들었습니다.' 같은 말은 안 해서 다행이군, 하고 생각했다.

내가 말했다.

"저도 반갑습니다."

케이틀린이 말했다.

"아빠, 이제 갈까?"

"그래."

나는 케이틀린에게 그렇게 대답하고 루시를 쳐다보며 말했다.

"일요일 여섯 시에 올게."

루시가 고개를 끄덕였다.

샌프란시스코로 가는 차 안에서 케이틀린이 말했다.

"엄마는 피터 아저씨와 결혼한대."

"아, 그래? 그래서 케이틀린은 기분이 어때?"

"나는 신부 들러리가 되고 싶어."

"그건 문제없을 거야. 피터 아저씨는 뭐하는 사람인지 혹시 알아?"

"교회를 해."

나는 조금 놀라며 말했다.

"정말? 어떤 교회?"

"좋은 교회."

"교회 이름이 뭔지 알아?"

"유니……유니……."

"혹시 유니테리언?"

"맞아, 유니테리언. 발음이 재미 있어."

뭐, 종교 전반을 보자면 유니테리언파는 자유로운 편이다.

케이틀린이 또 말했다.

"피터 아저씨는 아주 착해."

"다행이구나."

"피터 아저씨가 엄마한테 그랬어. 아빠와 나를 다시 만나게 해야 한다고."

"그건 어떻게 알았어?"

"피터 아저씨가 엄마한테 말할 때 내가 옆방에서 놀고 있었거든. 엄마가 아빠를 못 오게 막은 거야?"

나는 차창 너머 항구의 불빛들만 바라보았다.

"아니."

"사실이야?"

케이틀린, 넌 '사실'을 몰라도 된단다.

"그래, 사실이야, 우리 공주님. 아빠가 멀리 일하러 가 있어서 못 온 거야."

"그래도 앞으로는 안 그럴 거지? 그렇게 멀리 안 갈 거지?"

"응, 절대 안 가."

케이틀린이 조막만한 손을 내밀며 말했다.

"계약한 거죠?"

나는 환하게 웃었다.

"언제부터 할리우드에서 일했어?"

케이틀린은 내 농담에 대꾸하지 않고 손을 더 앞으로 내밀었다.

"계약한 거죠, 아빠?"

나는 케이틀린의 손을 잡고 악수했다.

"계약했어요."

주말이 시간 가는 줄 모르게 휙 지나갔다. 일요일 여섯 시, 루시의 집 앞에 도착했다. 문이 열리자 케이틀린은 제 엄마한테 달려가서 안겼다. 그리고 다시 내 쪽으로 돌아서서 내 뺨에 입을 맞췄다.

"아빠, 이주 뒤에 만나."

케이틀린은 주말에 나에게서 받은 바비 인형 등의 플라스틱 장난감들을 껴안고 집 안으로 들어갔다. 루시와 나는 문가에 단둘이 서 있게 됐다. 다시 어색한 침묵이 우리 사이에 놓였다.

루시가 나에게 물었다.

"주말은 재밌게 보냈어?"

"아주 잘 보냈어."

"다행이네."

침묵.

나는 뒤로 물러서며 말했다.

"자, 그럼……."

루시가 말했다.

"그래, 잘 가."

"이주 뒤에 봐."

"알았어."

나는 고개를 끄덕이고 나서 돌아서 걷기 시작했다.

루시가 내 이름을 불렀다.

"데이비드."

나는 뒤돌아보며 말했다.

"왜?"

"그냥……당신 일이 잘 풀려서 다행이라고."

"고마워."

"그동안 힘들었겠어."

"좀 그랬어."

침묵.

다시 루시가 말했다.

"할 얘기가 또 있어. 내 변호사한테 들었는데 상황이 아주 안 좋아 당신에게 돈도 전혀 없었다고……."

"사실이야. 잠시 빈털터리로 지냈어."

"그런 상황에서도 매달 우리에게 돈을 보냈잖아."

"지킬 건 지켜야지."

"완전히 파산했었다면서?"

"그래도 지킬 건 지켜야지."

침묵.

"감동했어."

"고마워."

그리고 다시 어색한 침묵이 찾아왔다. 나는 작별인사를 하고 차로 걸어갔다. 공항에서 로스앤젤레스로 가는 비행기를 탔다. 이튿날 아침, 일어나 사무실에 출근했다. 많은 결정을 내리고, 많은 통화를 하고, 브래드와 점심을 먹고, 오후에 간신히 짬을 내 세 시간 동안 컴퓨터 모니터로 〈셀링 유〉 대본을 보며 등장인물들에 현실성을 부여했다.

8시가 다 되어서야 일이 끝났다. 텅 빈 사무실 문을 잠그고, 집으로 가는 길에 생선초밥을 포장해 가져갔다. 집에서 레이커스 팀의 풋볼 경기 후반부 중계방송을 보며 생선초밥과 맥주를 먹고 마셨다. 침대에 누워 월터 모슬리의 새 소설을 읽다가 잠들었다. 일곱 시간을 곤하게 자고 나서 또 같은 일과를 시작했다.

그 규칙적인 일상 사이에 생각이 비집고 들어오곤 했다.

되찾고 싶던 모든 것을 되찾았어. 하지만 너는 이제 혼자야.

그렇다. 일의 즐거움도 있고, 한 달에 두 번 딸을 보는 기쁨도 있었다. 그러나 그것들을 빼면…….

밤에 내가 돌아오기를 기다리고 있는 가족은 없었다. 내 딸에게는 벌써 날마다 아빠 노릇을 할 사람이 생겼다. 작가로서의 내 명예는 회복했지만 이제 나는 성공의 본질을 더없이 잘 알고 있었다. 지금의 성공은 다음 번 성공으로 이어질 때까지만 유효하다. 그러므로 지금의 성공으로 얻을 수 있는 것은…….

무엇일까? 우리가 궁극적으로 다다를 곳은 어디일까? 그것이 가장 풀리지 않는 의문이었다. 우리는 '그 어디'에 다다르기 위해 몇 년 동안 애쓸 수도 있다. 그러나 마침내 그곳에 다다랐을 때, 모든 게 발아래에 있고 자신이 그토록 간절히 바라마지 않던 것을 손에 넣었을 때 불현듯 낯선 진실과 마주하게 된다.

정말 내가 어디에 다다르긴 한 것일까? 아니, 그저 중간 지점에 다다른 게 아닐까? 더 바랄 게 없을 만큼 성공했다고 생각한 순간 다시 저 멀리 사라지는 신기루 같은 목적지를 향해 계속 나아가고 또 나아갈 수밖에 없는 건 아닐까?

종착지가 존재하지도 않는데, 어떻게 종착지에 다다를 수 있겠나?

그런 생각들 속에서 내가 얻은 깨달음은 하나였다.

'우리 모두가 필사적으로 추구하는 건 자기 존재에 대한 확인이다. 그러나 그 확인은 자신을 사랑해 주는 사람, 자신이 사랑하는 사람을 통해서만 얻어질 수 있다.'

나에게는 마사가 그런 사람이었다.

처음 한 달 동안 나는 이틀에 한 번씩 마사의 휴대전화에 메시지를 남겼다. 이메일은 매일 남겼다. 그러다가 결국 무응답을 암묵적인 신호로 여기고 아예 연락하지 않았다. 그러나 마사에 대한 생각은 오래도록 머리에서 떠나지 않았다. 심하지는 않지만 그렇다고 사라지지도 않는 통증 같았다.

마사와 마지막으로 만난 날로부터 두 달쯤 지난 어느 금요일, 작은 소포가 도착했다. 소포 상자를 풀자 포장지에 싸인 작은 사각형 물건이 나왔다. 서류봉투도 있었다. 봉투를 열었다.

데이비드 선생님에게

전화와 이메일, 늘 모두 답하고 싶었어요. 하지만 저는 여기 있어요. 시카고에, 필립과 함께. 필립과 여기 함께 있는 이유는, 첫째 필립이 제 요구를 따랐고, 신문기사로 미루어 선생님이 원래 자리를 어느 정도 되찾은 것 같았기 때문이에요. 또 제가 여기 있는 이유는 아시겠지만 선생님이 쓴 영화의 제작자 역할을 맡았기 때문이에요. 하지만 제가 여기 있는 이유는 필립이 애원했기 때문이에요. 2백억 달러를 가진 필립 플렉이 누구에게 뭘 애원하다니, 분명 이상하게 들리겠죠. 하지만 사실이에요. 필립은 한 번만 더 기회를 달라고 애원했어요. 저와 아이를 잃는다고 생각하면 도무지 견딜 수 없대요. 그러면서 예로부터 누구나 애걸할 때에 꼭 빠뜨리지 않는 말을 했어요.

"내가 바뀔게."

필립은 왜 저에게 애원했을까요? 그건 저도 모르겠어요. 필립이 바뀌었을까요? 뭐, 적어도 우리는 다시 대화도 나누고 침대도 같이 쓰고 있어요. 그건 큰 발전이죠. 그리고 필립은 아버지가 된다는 기대에 들떠 있는 것 같아요. 물론 지금 필립의 머릿속에는 당연히 영화가 가장 우선이지만요. 어쨌든 지금으로는 우리 관계가 비교적 괜찮은 편이에요. 이런 상태가 계속될지, 아니면 필립이 다시 자기 안으로 숨어들어 제가 다시는 돌아올 수 없는 지점에 다다르게 될지 저로서도 알 수 없어요.

제가 확실히 아는 거라면 선생님이 제 머릿속 한 곳에 자리를 잡고 떠나지 않으리라는 사실이에요. 아름답고도 슬픈 일이죠. 하지만 선생님에게는 선생님의 길이 있어요. 저는 너무나 낭만적이지 않은 사람과 결혼한 너무도 낭만적인 사람이죠. 그러나 제가 선생님과 달아났다면 어떻게 됐을까요? 너무도 낭만적인 사람이 그보다 더 낭만적인 사람과 짝을 이룬다? 어림없죠. 너무도 낭만적인 사람들은 늘 자신이 갖지 못한 것을 갈망하죠. 하지만 그것을 가진 뒤에는……?

어쩌면 제가 선생님에게 전화할 수 없었던 진짜 이유인지도 몰라요. 그런 이유로 답장할 수 없었는지 몰라요. 그랬다가는 상황이 점점 더 드라마처럼 변할 테니까요. 하지만 그 드라마가 끝나면……그러면 어떻게 될까요? 서로를 빤히 보면서, 선생님이 때로 샐리를 그렇게 본다고 말했던 것처럼, '요점이 뭐야?' 라고 생각하겠죠. 혹은 어쩌면 '오래오래 행복하게 살았습니다.' 로 끝날지도 모르죠. 도박이에요. 우리는 늘 도박을 간절히 바라죠. 왜냐하면 우리에게는 위기가, 드라마가, 위험이 필요하니까요. 그런 만큼 우리는 위기를, 드라마를, 위험을 늘 두려워하죠. 그러니까 우리는 우리가 무엇을 원하는지 절대로 모를 거예요.

제 마음속의 일부는 선생님을 원해요. 또 일부는 선생님을 두려워해요. 어쨌든 결정을 내렸어요. 저는 필립 플렉과 살면서 최선을 바라며 견디겠어요. 제 배 안에 있는 아이가 지금 저에게는 가장 중요하기 때문이에요. 아이가 세상에 나올 때 저 혼자만 있고 싶지 않아요. 아무리 이상한 사람이더라도 제가 한때 사랑했고, 아니 어쩌면 지금도 사랑하고 있을지 모르는 남자가 아이의 아버지이고, 아이가 태어날 때 아버지가 보고 있는 게 아이에게 좋을 거라 생각해요. 그래요, 이 아이가 선생님의 아이면 좋겠어요. 하지만 그렇지 않잖아요. 인생은 타이밍이에요. 우리는 타이밍이 맞지 않았어요. 그래서…….

횡설수설했지만 선생님은 제 말뜻을 아셨으리라 믿어요.

우리가 좋아하는 그 시인도 같은 주제에 대해 시를 썼죠.

지금은 앞서간 시기
견뎌 낸다면, 기억될,
얼어붙고 있는 사람들이 눈으로 덮이고
처음에는 한기
다음에는 마비
그리고 보내기

선생님도 그냥 보내기를 바라요.

이 편지를 다 읽은 뒤에는 제 부탁을 들어주세요. 부디 저를 생각하지 말아 주세요. 미련을 두지 마세요. 그저 다시 작품에 열중하세요.

사랑을 담아
마사 드림

마사의 마지막 부탁을 금방 따를 수는 없었다.

포장된 선물을 풀자 1891년에 보스턴 로버트 브라더스 출판사에서 출간한 《에밀리 디킨슨 시집》의 초판이 나왔다. 나도 모르게 그 시집을 뚫어져라 내려다보고 있었다. 시집을 양손으로 집었다. 감탄스러웠다. 작지만 우아한 책의 크기, 세월의 무게. 세상 모든 것이 그렇듯이 책 역시 언젠가 바스러져 먼지가 되겠지만, 그래도 풍기는 영원한 명작의 기운.

고개를 들었다. 노트북컴퓨터의 검은 화면에 비친 내 모습이 보였다. 중년 남자. 지금 들고 있는 책과 달리 111년쯤 뒤에는 분명 이곳에 없을 중년의 남자.

그러다가 머릿속에 다른 생각이 스쳤다. 지난주에 만났을 때 케이틀린이 나에게 한 부탁이 떠오른 것이었다. 호텔에서 케이틀린을 침대에 재울 때 옛날이야기를 들려달라고 했다. 옛날이야기 중에서도 '아기 돼지 삼형제'를 듣고 싶다면서 한 가지 전제를 달았다.

"아빠, 나쁜 늑대는 빼고 이야기해줘."

나는 늑대를 빼고 그 이야기를 어떻게 만들 수 있을지 잠시 생각했다.

"어디 보자. 짚으로 지은 집이 있었어. 나무로 지은 집이 있었어. 벽돌로 지은 집이 있었어. 그 다음은 어떻게 되지? 거주자 협회를 만드나? 아가야, 미안. 나쁜 늑대가 없으면 이야기 자체가 되지 않아."

왜 그럴까? 어떤 이야기라도 이야기에는 위기가 있어야 하기 때문이다. 내 인생 이야기도, 지금 이 책을 읽고 있는 당신의 인생 이야기도, 지금 지하철에서 이 책을 읽고 있는 당신의 맞은편에 앉아 있는 사람의 인생 이야기도, 모든 인생 이야기에는 위기가 있다. 세상 모든 일은 결국 이야기다. 그리고 그 모든 이야기에는 필수적으로 위기가 포함된다. 분노, 갈망, 기대, 실패에 대한 두려움, 지금 자신이 살고 있는 삶에 대한 실망, 자신이 원하는 삶이라고 상상하는 삶에 가까이 다가가지 못하는 절망. 이런 위기는 누구에게나 필요하다.

우리는 위기를 통해 믿게 된다. 자신이 중요한 존재라는 걸 믿게 되고, 모든 게 그저 순간에 불과한 거라 믿게 되고, 자신이 하찮은 존재에서 벗어나 더 나은 존재가 될 수 있다고 믿게 된다. 무엇보다 우리는 위기를 통해 깨닫게 된다. 싫든 좋든 우리는 누구나 나쁜 늑대의 그림자 아래에 있음을, 어디에나 도사리고 있는 위험 아래에 있음을, 우리 스스로가 자신에게 행하는 위험 아래에 있음을 깨닫게 된다.

그러나 우리의 위기를 가장 높은 곳에서 조종하는 자는 누구인가? 누구의 손이 우리를 조종하는가? '신'이라고 대답하는 사람도 있을 것이다. '상황'이라고 대답하는 사람도 있을 것이다. 한편, 지금의 위기를 다른 사람의 탓으로 돌리고 그가 그 모든 위기를 조종했다고 생각할 수도 있을 것이다. 남편을 탓하고, 어머니를 탓하고, 직장 상사를 탓한다. 그러나 어쩌면, 정말 혹시 어쩌면, 자기 자신이 그 모든 위기를 조종했을지도 모른다.

그래서 나는 지난 몇 년 사이에 나에게 일어난 모든 일을 아직도 명확히 규명하지 못하겠다. 그렇다. 내 이야기에도 악당은 있다. 나를 함정에 빠뜨리고, 깔아뭉개고, 그 다음에는 다시 제자리로 돌려놓은 악당. 그리고 그 악당의 이름은 나도 알고 있다. 그러나……진정한 악당은 나 자신이 아니었을까?

나는 다시 노트북컴퓨터의 모니터를 보았다. 그 안에 비친 내 얼굴 윤곽이 먹빛 어둠에 갇혀 있었다. 너무도 유령 같고 허깨비 같은 얼굴.

불현듯 어떤 생각이 번쩍 머리를 스쳤다.

거울 같은 것에 비친 자신의 모습을 인식하게 되는 순간부터, 인간은 날마다 자신을 엄습하는 질문, '이 세상 속에서 나는 누구일까? 나라는 존재에 어떤 의미가 있을까?' 라는 오리무중의 질문에 시달리는 게 아닐까.

그러나 그런 질문을 던져도 답은 그 어디에서도 찾을 수 없다, 지금의 나처럼. 그래도 답 하나는 얻을지 모른다, 역시 지금 내가 스스로를 타이르며 말하는 것 같은 답을.

그런 불가능한 질문들은 아예 생각하지도 말자. 모든 게 헛되다는 생각도 잊자. 그때 이렇게 했더라면, 하고 상상하지도 말자. 과거를 짊어지자. 달리 어쩌겠는가? 치료약은 하나뿐이다. 다시 일에 열중하자.

〈끝〉

옮긴이의 말

누구에게나 이루고자 하는 꿈이 있다. 혼신의 힘을 다 바쳐 최선을 경주하지만 꿈은 먼 산 무지개처럼 쉬 손에 잡히지 않는다. 그토록 간절히 바라마지 않던 꿈이 이루어진다면 과연 행복할까? 더글라스 케네디의 새 소설 《템테이션》은 시나리오 작가 데이비드 아미티지를 통해 성공과 실패, 행복과 불행에 대해 이야기한다.

데이비드 아미티지는 무명작가 생활 11년 만에 도약의 발판을 마련한다. FRT방송국에서 그가 보낸 시나리오를 채택해 시트콤을 제작하기로 한 것. 11여 년의 세월 동안 시나리오 작가로 성공하겠다는 꿈을 이루기 위해 서점직원으로 일해 생활비를 벌며 밤낮으로 글쓰기에 매진한 결과가 마침내 빛을 발하게 된 것이다. 수없이 많은 냉대와 거절을 당하면서도 언제나 꿈을 향해 한 발 한 발 앞으로 나아간 결과이기도 하다. 시트콤의 눈부신 성공으로 데이비드 아미티지는 일약 할리우드 최고의 시나리오 작가로 부상한다.

《템테이션》 즉, '유혹'이라는 제목에서 짐작할 수 있듯 한 번 성공은 영원한 성공으로 귀결되지 않는다. 한 번 성공이 '인생의 성공'으로 귀결된다면 얼마나 좋을까? 산의 정상까지 올라간 산악인에게는 또 다른 산이 기다리고 있을 뿐이다. 성공한 사람 역시 마찬가지다. 성공한 사람 앞에는 무수히 많은 유혹의 손길이 뒤따른다. 유혹을 이겨낼 것인가, 넘어갈 것인가? 흔히 초심을 잃지 말아야 한다는 말은 그럴 때 통용된다.

이 소설은 더글라스 케네디의 재능이 한껏 만개한 책이라고 할 수 있다. 속도감 넘치는 전개, 박진감 넘치는 스토리, 드라마틱한 이야기 구성은 한시도 책에서 눈을 뗄 수 없게 만든다. 최고의 베스트셀러로 각광받고 있는 《빅 픽처》의 재미를 뛰어넘는 책이 있다면 이 소설 《템테이션》이 아닐까 생각한다. 더글라스 케네디는 내놓는 작품마다 화제의 중심에 서며 베스트셀러 행진을 거듭하고 있다. 더글라스 케네디의 작가적 매력에 대해서는 새삼 설명이 필요가 없을 것이다. 남녀 성별에 구애받지 않고 그려내는 탁월한 심리묘사, 긴박감 넘치는 스토리, 블랙유머와 재기 넘치는 입담 등은 더글라스 케네디의 트레이드마크다.

《템테이션》은 주인공이 오래도록 갈망해온 꿈을 이룬 시점에서부터 이야기가 시작된다. 뒤집어 생각해보면 성공이란 또 다른 갈등과 시련의 출발점이라고 할 수 있다. 죽음이 있기에 삶이 있고, 성공이 있기에 실패가 있다. 그러므로 한 번의 '성공'은 또 다른 '성공'에 이르기 위한 출발점일 뿐이다.

더글라스 케네디의 소설은 주인공의 직업, 성장배경, 집안의 내력

등은 모두 다르지만 두드러진 공통점이 한 가지 있다. 도덕적으로 완벽하거나 성격적으로 잘 완성된 사람이 없다는 점이다. 완벽하지 않으므로 오히려 인간적이다. 주인공이 크나큰 실수를 저질러도 독자들은 한없는 애정과 동정심을 느끼게 된다. 성공이 가져다준 달콤한 유혹을 떨쳐버리지 못하고 몰락의 길을 자초하는 데이비드 아미티지의 모습에서 우리는 최고급 샴페인이 가져다주는 달콤한 맛과 그 대가로 주어지는 치명적 숙취의 느낌을 동시에 맛보게 된다. 인생은 성공과 실패가 있는 것도 아니고, 행복과 불행이 있는 것도 아니다. 인생은 흘러가는 것이며 매 순간 우리에게 선택을 요구한다. 즉 어떤 길을 걸을지는 각자가 판단할 몫이다. 더글라스 케네디는《템테이션》을 통해 그것을 역설하고 있다.

《템테이션》에는 여러 가지 흥미 있는 이야기들이 등장한다. 소설의 주요배경이 로스앤젤레스의 할리우드이고, 영화계이고, 방송계이다 보니 신랄한 대화와 재치 있는 묘사, 흥미롭고 다양한 이야기들이 무수히 펼쳐진다. 미국 사회의 영화계와 방송계가 우리와 많은 차이가 있을지언정 현장에서 일하는 스태프들의 속성은 크게 다르지 않은 것으로 보인다. 표절 시비, 파워게임, 이너서클, 권력의 사다리에 의해 좌지우지되는 방송계의 모습은 우리에게도 전혀 낯설지 않다. 상류사회의 화려한 생활을 엿보는 재미, 스캔들을 만들어내는 사람들과 막으려는 사람들의 불꽃 튀는 암투도 재미있게 볼만한 요소들이다.《템테이션》이 독자들의 마음을 제대로 사로잡게 되리라 확신한다.

조동섭

템테이션

초판 1쇄 발행일 2012년 10월 2일 | **초판 14쇄 발행일** 2022년 10월 18일
지은이 더글라스 케네디 | **옮긴이** 조동섭 | **펴낸이** 김석원
펴낸곳 도서출판 밝은세상 | **출판등록** 1990. 10. 5 (제 10 - 427호)
주 소 (10881) 경기도 파주시 문발로 119, 202호
전 화 031-955-8101 | **팩 스** 031-955-8110 | **메일** wsesang@hanmail.net
블로그 blog.naver.com/balgunsesang8101 | **인스타그램** www.instagram.com/wsesang

ISBN 978-89-8437-117-0 03840 | **값** 13,500원
잘못된 책은 구입한 곳에서 교환해 드립니다.